MINGUO TONGSU XIAOSHUO
DIANCANG WENKU

民国通俗小说典藏文库·冯玉奇卷

鸾凤鸣春·蟾宫艳史

冯玉奇◎著

中国文史出版社

目　录

鸾凤鸣春

第一章　一对不同个性的姊妹 …………………………… 3

第二章　使你有些儿神魂颠倒 …………………………… 15

第三章　真不愧是女界中英雌 …………………………… 30

第四章　游泳池中起了醋波浪 …………………………… 43

第五章　含痛做了负情忘义人 …………………………… 56

第六章　喜新厌旧是人之常情 …………………………… 69

第七章　情和欲的分别谁伟大 …………………………… 82

第八章　风流恩爱毕竟全是空 …………………………… 96

第九章　身入囹圄痛悔亦已迟 …………………………… 110

第十章　一代尤物香消玉殒了 …………………………… 121

蟾宫艳史

第一章　奋勇获凶惊生意外缘 …………………………… 135

第二章　冒险释囚愿做情奔侣 …………………………… 150

第三章　小少鸳鸯情意绵绵醉别离 ……………………… 164

第四章　惊弓小鸟含冤沉沉巧认娘 ……………………… 178

第五章　各有怀抱娘儿同苦求 ……………………………… 192

第六章　汤药亲尝聊尽儿媳职 ……………………………… 206

第七章　情切切病榻话缠绵 ………………………………… 220

第八章　雪飘飘含恨奔长途 ………………………………… 235

第九章　腥风血雨战地逢鸳鸯 ……………………………… 255

第十章　灯红酒绿海角会故剑 ……………………………… 270

附　录　从鸳鸯蝴蝶派谈到冯玉奇小说 ………………… 裴效维　279

鸾凤鸣春

第一章

一对不同个性的姊妹

暮春的季节，天气是分外热情，柳丝在温情的微风中飞舞着绿波，桃枝在暖意的春阳下吐露着娇艳。燕儿在白云堆里追逐，蝶儿在花丛中留恋，春天真是一个撩人情思的季节。尤其在怀春的那班少女们的心头，更会感到一种娇懒无力的样子。你瞧，躺在这沙发上那个才二十岁的董美丽小姐那种懒懒的意态，也可知她心头感到多么烦闷的了。

她穿着一件湖色哔叽纱的旗袍、一双淡红色绝薄的丝袜，脚下是双半高跟奶油色的香槟皮鞋。两袖齐肩，露着两条白胖的臂膀，看过去似乎可以榨得出水儿来。董美丽小姐的名字和她的脸庞身材可说是名副其实，因为她是真正的美丽。服装的美丽那不算什么稀奇，她人样儿的美丽，真可以说是"倾国倾城"这四个字了。

董小姐的爸爸董重光，他生前是个南洋的富商，美丽倒是养在南洋的。所以美丽能够说得一口好流利的英语，她的一举一动无不染有欧化的风味。十八岁那一年，重光夫妇都得病死了。病危之前，打电报给重光的弟弟重明，嘱他把美丽领回祖国，好好儿地照顾。重明乘飞机赶到，终算见了最后一面，把一个染有欧化的美丽小姐领回祖国来。

重明在上海是开橡皮厂的，家产已有不少，现在再多了一笔哥哥的遗产。他名义上说代为美丽保管，暗地里都投资事业，因此他的家产自然更加多了。不过家产虽多，却是美中不足，因为重明和他的哥哥一样，也只有一个女儿名叫曼丽。她比美丽小三年，人样儿倒和美丽一样美丽。

美丽到了上海之后，就住在叔父的公馆梅林别墅里。因为美丽对于

3

中文并没有十分的认识，重明遂请个老教师教授她的国学。这两年美丽住在家中真的比坐监狱还痛苦，因为一个素来放浪惯的小姐，一天到晚和一个年老的教师坐在一起，这是多么苦闷。所以她在今年二十岁的春天里，决定不再读那之乎者也的书本了。

美丽现在很欢喜看小说，因为小说内有男女谈爱情的事儿，这给予一个还没有爱人的少女心头，似乎也能够得到一种深深的安慰。今天午饭后没有事儿，她坐在房内的沙发上，手托了香腮，又在看那本怪可爱的小说。当她看到书中男女主角拥抱接吻的时候，她心头会感到一阵不可思议的神秘，全身一阵热燥，懒懒地会软绵起来。她抛下手中的书本，眼前幻象出甜蜜的一幕，她几乎站起身子要发狂起来。但幻象终究是幻象，理想中俊美的男子并没有站在面前啊。她有些失望的悲哀，由不得也轻轻地叹了一口气，激动了独个儿的凄凉。

"姊姊，你不要在房中一个人闷坐了，表哥学校里举行美术成绩展览会，他送来两张入场券，陪我们去参观哩。"美丽孤零地正在感到寂寞得难受，她那十七岁的堂妹曼丽，笑盈盈地进来向她欢喜十分地告诉。

她们的表哥叶良平，是重明姊姊的儿子，他是个二十四岁的青年，现在春江大学念书，这学期已经是可以毕业了。说起良平能够读到大学毕业，事情是很不容易的，因为他是一个没爹的孩子。重明见他朴实聪敏，当然他的一切多半是重明帮助他的。重明既然很瞧得起良平，所以良平时常也到梅林别墅里来游玩的。良平在二十二岁的时候，就很爱这个曼丽表妹，就是曼丽对他的印象也很好。只不过良平对于一个十五岁的女孩子，天真烂漫，不忍十分去爱上她罢了。后来美丽回国，良平见这位表妹的年龄和自己很相称，于是他把爱曼丽的心，也就移到美丽的身上去。

美丽正苦寂寞，听妹妹这么地告诉，心里自然十分欢喜，遂站起身子，一撩眼皮，笑道："真的吗？表哥在哪里？快叫他进来吧。"随了这一句话，只见房外进来一个身穿爱国布长衫的青年，他是个平顶的头，并没有留着西发。一副白净的脸庞，两只眼睛炯炯地显出很有神样子。他脚下穿的是双布底的鞋子，这还是母亲在灯下给他自己制成的。他似乎听得美丽的话，遂笑道："大表妹，我来伴你们瞧美术成绩展览会去，你们有没有这个兴趣呀？"

"好的，好的，我们立刻就去吧！小凤呢？干吗不来伺候我拿衣服呀？"美丽很快乐地跳了跳脚，她对着镜子照了照头上卷曲的云发，口里又这么地喊着。

良平向她身上打量了一下，笑道："这件衣服不是很漂亮吗？你还要换衣服吗？"美丽秋波斜乜了他一眼，频频地点了一下头，笑道："我们到外面玩去，终该换一件衣服的。"

曼丽听姊姊这么地说，遂忙道："那么我也去换一件衣服，你们等我一会儿吧。"她一面说，一面已一跳一跳地奔到房外去了。良平见曼丽走后，遂望着她蛇样的腰肢，低低地道："大表妹，那么我给你拿一件好不好？"

"可是劳驾了你，很对不起得很。"美丽回眸向他一笑，低声地回答。良平于是拉开玻镜大橱的门儿，见里面的中西衣服真不少，遂又问道："大表妹，你穿哪一件西服还是中服？"

美丽问他道："你瞧穿中服好，还是穿西服好？"

"依我之见，还是穿中服的好，因为在上海比不得在南洋，况且你穿中服比西服更美丽好看一些。"

"真的吗？那我就穿中服好了。"

美丽心中十分得意，她一面回答，一面伸手解着旗袍的纽扣。良平于是拣了一件妃色哔叽的旗袍，走了上来。不料美丽已把旗袍脱下了，她对良平嫣然地一笑，是叫他服侍自己穿上旗袍的意思。

良平对于美丽这一个举动，倒是出乎意料之外的。因为他是个从来没有亲近过女色的男子，此刻瞧了这一幕肉感诱惑性的神秘，少不得向她愕住了一会子。原来美丽里面只穿了一件薄纱的汗马甲，下面是一条三角的汗裤，在隐约中，可以瞧到胸部隆起中黑黑的一颗，良平心头别别得像小鹿般地乱撞，他几乎有些神魂飘荡起来了。

"为什么？表哥，你服侍我穿衣服呀。"美丽见他木然出神的样子，粉脸浮上了玫瑰的色彩，秋波逗了他一瞥娇羞的媚眼，身子忍不住又向他走上了两步。良平是没有拒绝的勇气，他让美丽套上了旗袍，方欲退后两步，谁知却被美丽抱住了。她捧了良平的脸儿，把小嘴凑上去，显出了甜蜜的微笑。

良平在这个情景之下，他心儿是醉了，他明白表妹需要的就是热情的灌溉，于是低下头儿去，大胆地和她殷红的小嘴紧紧地吻住了。美丽心里是十分快乐，因为她实行了和小说中同样的事情。果然在这一吻之下，她全身感到异样的愉快。虽然她尚感到遗憾的，这个朴实的表哥并没有像小说中那个西装革履、翩翩风流这么可爱。

"姊姊，你换好了衣服没有？"这一声叫喊，把叶良平急得连忙推开了美丽的身子，可是已经来不及，曼丽穿了一件横条子花呢的旗袍已步入了房中。她见了这一幕热烈的表情，不禁"哦"了一声，这声音是拖延得十分长，乌圆眸珠一转，逗过来一瞥神秘的甜笑。良平红着脸儿有些局促的神气，美丽却若无其事地笑起来，伸手撩过一件维也纳的单大衣，拉了良平的手，又来拉了曼丽的手，笑道："我们走吧。"

三个人坐上了自备汽车，一直开到春江大学的校门。

这次举行美术展览会，是油画占着十分之七，其余十分之三水彩画。良平也有几幅作品，他画的是油画，一幅是个裸体美人，一幅是几只小洋狗。画得惟妙惟肖，十分精致。美丽姊妹俩瞧了，连连赞美，良平听了，自然十分得意。

三个人正在挨次地欣赏下去，却走来一个身穿西服的少年。他先和良平握了一阵手，然后把眼睛又望到美丽姊妹俩的身上来。良平遂给大家介绍道："这位是我们校中运动健将姚克明先生，这两位是我的表妹，董美丽小姐、董曼丽小姐。"

美丽把秋波向他一望，只见他身材魁梧，穿了一套笔挺的西服，一头菲律宾美发，光可鉴人。这样的人才，正合着自己理想中的情人，芳心一喜欢，她便先伸过纤手儿来，和他紧紧地握了一阵。

克明被她这一阵握手之后，不免有些受宠若惊，满脸堆了笑容，连说"久仰久仰"，且又问道："董小姐在什么学校里求学呀？"

"我前年从南洋回来后，还没有进过学校，只在家里请一个老先生教授国文。"美丽秋波斜乜了他一眼，笑盈盈地回答他。

"哦，原来董小姐是刚从南洋回国的吗？那么对于英语一定是说得很流利的了。我们大家到对面咖啡室去用些儿点心好吗？"克明放下她手儿之后，他向良平望了一眼，故意向他先征求意思。

良平见他对表妹很显殷勤的样子，虽然心中有些酸溜溜的作用，但也不得不平静了脸色，含笑点了点头。于是四个人出了校门，一同到对面咖啡室里吃点心去了。

在吃咖啡的时候，克明谈吐甚健，处处迎奉着美丽的心理。所以美丽十分欢喜，心头更嵌上了他一个雄伟俊美的影子，她预备把内心火样的热情，完全爱到姚克明的身上去。良平瞧得出他们有互相爱慕的意思，因为表妹刚才对自己曾经有热吻的表示，所以心中颇为愤怒，觉得表妹是负心得太快了。但是表面上又不好意思怒形于色，也只有暗暗恨着而已。吃毕咖啡，克明抢着付账。良平也不和他客气，说了一声"叨扰你了"。在克明的意思，还想和美丽有个长时间的谈话，后来见良平脸有不悦之色，遂也作罢。暗想：反正我已知道她家的地址，我过几天自可以去拜望她的。想定主意，遂向他们点头说声再见，匆匆分手别去。

良平见克明走后，遂望了美丽姊妹俩一眼，说道："你们还预备到什么地方去玩玩吗？"美丽摇头道："不，我们还是回家了，时候已四点多哩。"

"那么我送你们回家。"良平说着话，已向停在校门口那辆汽车招了招手。车夫阿黄见了，便放车过来。良平拉开车门，给她们跳上车厢，然后自己坐上，吩咐阿黄开回梅林别墅里去。

在车厢里大家默默地坐了一会儿，美丽望了良平一眼说道："表哥，我这学期还想上你们学校里去读书，不知可能的吗？你瞧这一班女学生都多自由的，我在家里真也住腻的了。"

"舅父和我们校长很有交情的，你叫舅父写一封信给校长，大概是可以的。我想你可以读外文系，因为你对于英文程度是很不错的。"良平听表妹突然也要进大学念书了，虽然不知道是不是为了爱上克明的缘故，不过心里终有些不自然。但为了博得表妹欢喜起见，他又只好给她想出这一个主意来。

美丽听了，点了点头，笑道："表哥说得真不错，我回头一定和叔父商量，他老人家一定会答应我的。"曼丽道："只怕你读不了一个月，又会感到麻烦哩。像我在中学里读书，今天做这件功课，明天又做这件功课，忙得一些儿闲工夫都没有，真会头脑涨痛哩。"美丽笑道："待头脑涨痛了，我不是可以请假的吗？"

良平和曼丽听了，都忍不住微微地笑了。过了一会儿，良平向美丽低低地道："大表妹，克明这个人平日爱情很不专一，有许多女同学都被他玩弄过，所以你来学校读书之后，千万不要和他亲热才好，因为说不定你会上他当的。"

美丽明白表哥这句话至少是包含了一些醋意的作用，这就笑了一笑，秋波斜乜了他一眼，笑道："我知道，你放心吧，我可不是一个三岁的小孩子了，绝不会上人家的当，也许人家会上了我的当哩。"

良平给她碰了这一个钉子，心里自觉闷闷不乐，意欲再向她说几句的话，碍着二表妹在旁边，一时又觉说不出口，所以只好呆呆地默坐了一会儿。汽车到了梅林别墅，直达大厅停下，曼丽匆匆跳下，先奔到上房里去了。这里美丽跟着下车，自管回房。良平因为心中还有许多话要和表妹说，所以也跟到美丽的房中来。

小凤见小姐回来，遂上前给她脱了大衣，又倒上两杯香茗。良平道："表妹若真的要去读书，那么你给我两张照相，我可以给你去报名。"

美丽听了，点了点头，遂走到梳妆台旁，拉开抽屉，取出照相簿子，拣了两张报名用的小照，交给良平。良平接过瞧了一会儿，笑道："表妹，你这张照相拍得真美丽极了……"说到这里，回眸见小凤不在房中，遂把她手儿握住了，低低地又道，"美丽，这两年来我们感情还算不错，我心里是没有一分钟不嵌着你的芳影，我爱你，你不知也同样地爱我吗？"

"我本来不是很爱着你吗?"美丽秋波逗了他一瞥妩媚的娇笑,低低地回答他。良平听了,心头荡漾了一下,遂把她手儿握紧了一阵,低低地又道:"那么请你答应我,我们在哪一个月里先来订一个婚呢?"

"订婚吗?可是这一个问题现在还谈不到,因为我年纪还轻,而且我还要上学校里去读书呀。"美丽听他谈到订婚两个字,她觉得表哥痴得可怜复可笑。我是怎么样的一个姑娘?难道会给你一个身穿蓝布长衫、头剃光顶的青年做妻子吗?这个你也太自不量力的了。美丽心中虽然这么想,不过她表面上还和颜悦色的,表示婉言地拒绝他。

良平明白表妹是并没有真心地爱自己,因为她不肯和自己订婚,那就是没有诚心的意思。他感到失望的悲哀,忍不住微微地叹了一口气。不过他还没有完全死了这条心,望着她的粉脸,继续地说道:"美丽,你应该明白我的爱你,完全是一片真心痴意的。我在两年前见了你,我就爱你。我敢大胆地说,别个人的爱都是外表的,他们有了新的,也许会把你旧的抛弃了,所以他们的爱一个都靠不住。只有我,就是到死也会爱上你的。"

"我当然很明白表哥是这么真心地爱着我,但是我也并没有说不爱表哥呀。比方说我此刻需要你热情的拥抱,那么我们尽可以沉醉在爱河中享受甜蜜的滋味。"美丽笑了一笑,她一面絮絮地说,一面已扑向他的怀内去,抱住他的脖子,把她的小嘴又凑到良平唇儿上去甜甜地吮吻。

良平到此方知美丽是个浪漫的姑娘,她的思想和普通一班姑娘不同的。这是因为她自小在南洋长大的缘故,在她以为和一个男子拥抱接吻那是一件平常的事情,和握手是一样的原理。那么推而至于其他女子认为第二生命的贞操,她也是无所谓的了。想到这里,他心头完全地冷了下来。虽然他的嘴儿上是接受着美丽热情的吮吻,他内心并没有甜蜜的滋味,却有了苦涩的难受。

"表哥,你瞧,那我还不是热烈地爱上着你吗?"经过良久的热吻,美丽才推开他的身子,微昂了娇靥,向他笑盈盈地说出了这两句。

良平没有回答什么话,只有微微地报之苦笑。

这时小凤走了进来，良平也就告别走出了她的卧房，在花园里的走廊里，遇到了曼丽。曼丽见他愁眉不展的样子，遂瞟了他一眼，微微地含笑问道："表哥你干吗闷闷不乐呀？"

"谁闷闷不乐的？我心里原觉得很高兴。"良平见她粉脸上含了神秘的微笑，这就感到在她这句话中至少包含了俏皮的作用，遂平静了脸色，摇了摇头回答。

"也许不见得，我倒明白你所以不快乐的缘故。"曼丽也摇了摇头，笑盈盈地说着。她这个说话的表情，十足还显出孩子天真的成分。

良平心头别别地一跳，脸颊微现了一朵红霞。他和曼丽已步到一个池塘的旁边，池中心有个水门汀制成的裸体美女的石像。她手里拿了一只花瓶，在瓶口内喷出雨点般的水花来，千丝万缕地笼罩了整个的池面，微荡漾了一圆圈一圆圈的波纹。在绿油油的浮萍下面，游着不少的金鱼，它们以为上面是落了雨，所以游来游去，更显得活跃了一些。良平愣住了一会子后，望了曼丽一眼，含笑问道：

"曼丽，那么你知道我为什么不快乐呢？"

"这当然不用说的，是因为姊姊不肯爱上你的缘故。"

曼丽秋波斜乜了他一眼，她话声是显得特别低沉。良平脸儿益发红晕起来，摇了摇头，低低地道："其实我并没有爱上你姊姊的意思。"

曼丽噘了噘小嘴，却向他啐了一口，低声地笑，接着又悄声儿地说道："表哥，你不用强辩，我瞧得出你是很爱姊姊的，不过你忽略了最重要的一点，你知道你自己所失败的原因吗？"

"我委实并不知道，你倒给我说出一个理由来。"良平被她这么一说，一时倒不禁为之愕然，遂只好承认下来，向她低声地追问。

曼丽笑了一会儿，却没有立刻就回答。良平"哦"了一声，忽然理会过来似的，说道：

"我明白了，因为我太穷了。"

"倒不是为了你穷的缘故，姊姊自己挺有钱，她不会再爱钱的。"

"那么你说吧，到底我有什么缺点？"

"因为你欠漂亮，并不是说你人儿不漂亮，因为你的打扮太老实一

10

些。比方说，你是一个大学生的人儿，也终应该留一些西发，穿一双皮鞋，干吗还是光头布鞋子？你想，姊姊是个多漂亮的女郎，她会爱上你这一个模样的人吗？"

曼丽絮絮地说完了这两句话，她抿着嘴儿忍不住哧哧地笑。良平这才有个恍然大悟，仔细地想，觉得二表妹这两句话是不错的，遂红了两颊，忍不住又叹了一口气，低低地说道："这还不是为了穷的缘故吗？假使我有钱的话，我也可以穿笔挺的西服呀。不过我觉得男女的爱情，若只求外表的美，这到底不是真的爱情。曼丽，我觉得你姊姊太浪漫一些，她对于男女的爱认为是一种情欲的需要，比方她抱住我热吻，她说是为了这时候需要爱我的表现，明天不需要我了，她当然又和别个男子去热吻了。所以我感到她的手腕有些玩弄男子的作风，她真是一个尤物。"

曼丽听他这么地说，不禁扑哧地一笑，秋波逗给他一个娇嗔，说道："那就是给予打击以打击，因为社会上像姊姊那么的男子太多了，所以现在产生了像姊姊这么一个姑娘，给我们女界出一口怨气。"

"那么你赞成姊姊这一种手段吗？"良平望着她粉脸，低低地问。

"不，我也不被人家玩弄，我也不需要去玩弄人家，因为我有我的责任，就是我现在还是个求学时代。"曼丽粉颊上也浮现了玫瑰的色彩，秋波斜瞟了他一眼，认真地表白自己所抱的主意。

"是的，曼丽，你真不愧是个现代的新女性，令人感到敬爱。"良平听她这么说，心头激起了无限的爱意，他情不自禁走上一步去握住她的手儿，真挚地赞美她。

"可是我并不知道什么，因为我现在还是一个十七岁的女孩子，我觉得现在应干的工作，那就是求学。"曼丽一颗芳心中虽然很得意，不过她还显出不了解的样子，声明自己还是一个女孩子，其实她是避免自己的难为情。

不料良平又误会她的意思，以为她怕自己向她有求爱的举动，所以她先拿这些话来拒绝了自己。他知道自己不够漂亮，而且又太贫穷，没有和人家谈爱情的资格，他心中是感到失望的悲哀，于是他放下握住曼

11

丽的纤手，低下头儿去，望着池塘里的水泡呆呆地愕住了一会儿。

曼丽似乎感到奇怪，悄悄地拉了他一下衣袖，低低地叫道："表哥，你干吗又显出不高兴的样子？你生我的气吗？"

"不，我如何敢生你的气？我觉得我自己太寒酸一些了，我觉得惭愧。"良平对于曼丽这两句话，倒又有些出乎意料之外的，虽猛可回过身子，望着她的粉脸，很羞愧地说出了这几句话。

"表哥，你为什么要说这些颓丧的话？一个人贫穷那是没有关系的，穷只要穷得有志气。我瞧表哥对于功课很用功，这学期不是可以毕业了吗？爸爸说待你毕业后，他会给你到厂内做会计主任去，所以你虽没有财产，但有的是用不完的财产学问，所以我相信你一定有很好的前途。"曼丽见他说着话，大有凄然的样子，芳心有些同情的悲哀，遂用了温和的口吻，向他低声地安慰。

"曼丽，那么你的心中并不像你姊姊一样讨厌我吗？"良平听了她这几句话，他惊喜地笑出声音来。这回他又大胆地去握住她的手，他的表情是显得分外高兴。

曼丽羞红了玫瑰花朵般的娇容，频频地点了点头，这表情是大有羞答答的样子。良平这才明白二表妹是爱自己的，但自己这两年来是辜负她一片情意了。这就把她纤手儿握了一阵，明眸充满了热情的光芒，脉脉地望着她的粉脸，低低地道："表妹，我大胆地问你，你爱我吗？"

曼丽听他这么地问，不禁通红了两颊，回眸嫣然地一笑，却别过身子去了。良平见她这样娇羞万状的意态，因为她对自己嫣然地笑，显然她并没有恼恨的意思，于是跟上了一步，拉过她的手儿，低低地又道："表妹，你回答我呀！"

曼丽这才回过身子，秋波逗给他一个娇嗔，冷笑道："表哥，你是爱我姊姊的呀，为什么又来爱上我了？那你不是爱不专一的人吗？你刚才说克明爱不专一，你自己干吗也做这个没有情义的人了呢？"

"我……我并没有爱上你的姊姊呀！"良平在怔住了许久之后，方才勉强地回答出这一句话，他的两颊已红得像喝过酒了。

"我以为世界上最可耻的就是不诚实，你凭良心说，你爱不爱姊姊的?"曼丽鼓着小嘴儿,这意态有些生气的样子。

"是的,我不敢瞒骗你,在当初我确实曾经爱过你姊姊的。"良平没有办法,只好从实地诉说出来。

"那么现在呢?"曼丽有些明知故问,她几乎忍俊不置。

"现在我觉得你姊姊把爱情太视作儿戏,所以我感到失望。"良平低低地回答。

"干吗不回答清脆一些?是不是在姊姊那儿失了恋,所以爱到我身上来了吗?"曼丽冷冷地一笑,秋波逗了他一瞥神秘的媚眼,话声是包含了一些俏皮的成分。

从曼丽这两句话中猜想,就可知她心中怨恨良平过去是爱上了姊姊。良平有些羞愧,他红着两颊,愣住了一会儿,方才低低地道:"并不是这么说,我自小儿就爱上你,记得你七八岁的时候,我也时常抱着你游玩的。"

"后来她回国了,你就喜新厌旧了是不是?"曼丽鼓着红红的小腮子,秋波逗了他一瞥怨恨的娇嗔。

"不,我并非这个意思。我确实很爱你,不过真因为你而又不敢爱你,因为你太年轻,和我相差太远了。在两年前,我已是二十二岁了,但你还只十五岁,我如何能忍心爱上一个小女孩?所以我只好爱上了你的姊姊。不过我也并非就此不爱你了,只是把你当作小妹妹一样地爱护罢了。"良平明白曼丽在十五岁那一年已经是很懂事了,这两年来,在她的芳心里是怨恨我的负心,可是我真没有想到一个十五岁的女孩子,她就知道了爱情两字而跟她姊姊喝起醋来吗?他感到曼丽的可怜,而且也感到她的可爱,遂握紧她的手儿,真挚恳切地说出了这几句话。

曼丽虽然没有拒绝他的握手,不过她还撇了撇嘴,表示不相信的意思,冷笑道:"那么照你说,我就永远是个小女孩,不会再长大起来了吗?"

良平对于她这两句话,倒忍不住又扑哧一声笑了。曼丽在说这两句话的时候,原没有想到这许多,因为她芳心中是只充满了怨恨的成分。但经过良平这一笑之后,她不免又感到难为情起来,这就红晕了两颊,大有赧赧然的样子。

"曼丽，在当初我委实不知道你小心灵中已有爱上我的意思，以为你这么小的年纪，一定还不知道爱的作用。我怕你到十八九岁的时候，你会嫌我太老了，所以我心中不敢爱上你。早知你心中有爱上我的意思，我也绝不会再去爱上你的姊姊了。"良平在无限甜蜜欣慰之余，他的表情有些得意而忘形的模样。

曼丽听他这么地说，却啐了他一口，秋波在逗给他一个妩媚的白眼之后，也不禁为之嫣然地笑了。她故意绷住了粉脸，娇嗔似的道："谁爱上你?"

"你呀。"

曼丽见他涎脸，遂打了他一手儿，背转身子走了。

良平知道她害羞的意思，他没有追上去，望着她倩影含了欣慰的微笑。

斜阳的余晖反映过来无限美好的色彩，像天女散花似的。一对美丽的蛱蝶在花丛中依恋地飞舞。

第二章

使你有些儿神魂颠倒

这是一件很清洁的浴室，四壁铺着雪白的瓷砖，中间也嵌镶着长方的玻镜。靠西方有个乳白色的浴缸，浴缸内这时坐了一个像羊脂玉雪一般的姑娘的身体，拿了一方雪白的毛巾，正在洗濯她身上的腻脂。她似乎很得意，一面洗浴，一面嘴里还哼着华尔兹的乐曲，显然她内心是这一份儿的喜悦和轻快。

慢慢地安闲地洗净了身上的皂水，她在浴缸内站起身子来。因为她是面对着那个长方的玻镜，所以她的明眸瞥见到镜中这一个肉感的身体。她似乎惊喜万分的而又不相信的样子，自言自语地道："啊！这就是我的身子吗？我竟具有这么美丽的一个身子，太使人陶醉了。我自己也爱她，那何况是其他一切年轻的男子吗？他们见了我这么一个富于肉感诱惑的娇躯，他们一定会拜倒在我的脚下，他们一定会疯狂似的抱我吻我，我是多么兴奋！我是多么骄傲啊！"

"小姐，小姐，你洗好了浴没有？有个姚克明少爷来拜望你哩。"美丽对镜望着自己高耸的乳峰、雪白的大腿，正在感到无限喜悦的时候，突然听小凤在房门外这么地报告，一颗芳心不免荡漾了一下。她对镜扭怩了一下腰肢儿，心中暗想：假使我这样子去接见克明，不知他对我有什么表示？想到这里，两颊一阵子发烧，顿时飞上了一阵红晕，连自己也抹嘴哧地笑了。

"小姐，小姐，你怎么啦？我对你说的话你没有听到吗？"小凤在外面不听美丽的回答，她心中有些焦急，遂敲了两下浴室的门继续地又报告。

15

"我知道，你请他到楼上卧房里坐吧。"美丽这才如梦初觉般地回答她。她把身子已跳出浴缸的外面，擦干了身子，拿巴黎香粉扑了一阵，又把夜来香水精洒了一会儿，方才套上一条粉红软绸的三角裤，披上一件薄绸的汗马甲。她在衣钩上又取下一件雪白麻纱的浴衣，披在身上，拖了银色高跟的拖鞋，拉开浴室的门，姗姗地跨出去了。

　　浴室原在卧房里面的一间，美丽一脚跨入房内，就见姚克明已坐在沙发上吸着烟卷出神。他今天换了一套很美丽的西服，雪白的衬衫，大红的领带，头上卷曲的西发，光可鉴人，风流翩翩，俊美得可爱。美丽十分欢喜，把高跟鞋在地板上叽咯的一声，这才将克明惊回过脸儿来，在他眼帘下暴露了这一幕肉感的情景，一时倒愣住了一会子。美丽见他又惊又喜出神的意态，她感到胜利的得意，因为自己这一个身子，至少有着一份魔力把他迷恋得神醉了，于是嫣然地笑道："姚先生，很对不起，叫你等候好多时候了吧？"

　　"不，才等候了一会儿。董小姐，你洗好了浴吗?"

　　克明这才如梦初觉般地站起身子，摇了摇头，含笑着回答。美丽见他两颊浮上了一层青春的红云，两眼却在自己身上打滚，从他这神情上瞧来，可以知道他是喘着气，这当然是由于心跳得快速的缘故。她觉得克明还是一个脸嫩的孩子，芳心感到说不出的喜欢，遂毫不介意的样子，把手摆了一摆，秋波逗给他一个媚眼，笑道："姚先生，你坐着，不用客气的。"美丽一面说着话，一面把身子已走了上去，拉了他的手儿，大家在沙发上坐了下来。

　　克明在她身子走过来的时候，已经闻到了一阵令人心醉的幽香。此刻和她一同坐在这长沙发上，他几乎有些神魂飘飞起来。两眼望着美丽身上等于没有穿着衣服的白肉，这是酥胸，这是乳峰，黑黑的一颗，像紫葡萄似的，但比紫葡萄更小得可爱。当他视线移掠到美丽下身的时候，他那颗心的跳跃，几乎已从口腔内跳出来了。原来这件薄纱的浴衣，并没有系上软缎的腰带，所以散披开在两旁，这就露着两条白胖如雪的大腿。因为是瞧不到裤脚管的缘故，当然更使克明有些想入非非起来。

"姚先生，你干什么呆住着出神？你笑我太放浪了吗？不过在法国巴黎，那就算不得一回稀奇的事。"美丽见他好像哑巴儿似的出神，遂回眸一笑，向他说出了这几句的话。

"不，我并不敢笑董小姐放浪，我觉得董小姐很文明，我是最崇拜思想新颖的人，所以我只有赞美董小姐的大方豪爽，我想董小姐一定也到过巴黎的吧？"克明竭力镇静自己的态度，他满面的笑容，低低地向她奉承。

"是的，我在十二岁的时候，跟爸爸到巴黎去住过几个月。她们女人的身体，和手足没有分别，在很广大的宴会中，她们都尽情地暴露她们的肉感，没有人会笑她们放浪的。所以我觉得在我自己卧房里，这确实是算不了一回稀奇的事。"美丽一面说，一面取过一支烟卷，衔在嘴里，态度是相当大方。

克明连连地点着头，他在身边取出打火机，给美丽燃着了衔在嘴上的烟卷。美丽见他很会侍候人，心中益发欢喜，她把右腿搁到左膝上去，还微微地颤动，这当然是得意的表示。克明见她右腿翘起的时候，简直暴露了她的一线天，一时心头更像小鹿般地乱撞，遂忙避过了视线。他怕美丽笑他没有见识，所以装出毫不介意的样子，问道："董小姐，你在巴黎既然住过了几个月，那么你一定很知道那边一些风流的韵事，不知你能告诉给我一些听听，以广我的见识吗？"

美丽听他这么地问，忍不住嫣然地一笑，她安闲地喷去了一口烟，说道："在巴黎神秘的事情可多啦。那时候我年纪小，所见过的大半都忘记了。不过细细地想起来，还有些记得，在当时原不知道，不过此刻要我告诉你，倒叫我有些难为情说出口来了。"

"那也没有什么关系，反正我们只有两个人，因为我对于神秘的事情是很喜欢听的，你不告诉，倒叫我心头感到好生难受的。"克明听她这么地说，心头跳动了一下。他丢了烟尾到痰盂里，望着她的粉脸，有些央求她告诉的口吻。

美丽听他这么地说，忍不住噗地一笑，因为一口烟没有喷出，所以她就连连地咳嗽起来。克明见她咳得厉害，这就情不自禁地伸手去拍她的背脊。美丽于是趁势地倒入了他的怀里，粉脸靠在他的颊边，兀是咳个不住。她把克明手儿拉来，放在自己的胸口，是叫他揉擦一会儿的意思。

克明怀内偎了这么一个软绵绵的身子，他心头已是迷醉了，此刻把手按到她的胸口上去，虽然并非要存心去揩她的油，但事实上自己的手会触到她高耸的部分。他觉得柔若无骨，因为从来没有这样的艳遇，在他当然感到无限的惊喜。不过他在惊喜中也感到有些害怕，因为这到底是一个小姐的闺房，自己一个年轻的男子，万一被她的父母撞见了，那不是糟糕了吗？克明有了这一个感觉之后，他把手儿又缩住了，轻轻地推开她身子，笑道："那是我不好，累你咳得这个模样，还是我倒杯茶给你喝好吗？"

"不用，我已不咳了……"美丽却把娇躯依旧倒卧到他的怀内去，她微仰了粉脸，小嘴儿一掀一掀的，似乎叫他低下头来热吻的意思。

克明在她这样柔媚的手腕下，倒反而呆呆地愣住了。美丽见他这鲁男子似的神气，芳心中更感到了无限的有趣，嫣然地笑道："你不是要我告诉你对于巴黎神秘的风流事情吗？"

"是的，我很喜欢听听海外的风流韵事，因为我并没有出国过。"克明还是把脖子抬得高高的，一本正经的样子，低声地回答。

"我不告诉你，你心里好生难受的；不过我告诉了你，你心头也许更会感到难受的。所以我还是不告诉你的好。你是个聪明人，而且你也一定和女人家发生过恋爱，你当然理会到这个中的滋味吧。"美丽一面说着话，一面已把两条粉嫩的玉臂挽了上去，把他的头项直弯了下来。

这举动是再显明也没有了，克明哪里还有个不明白的道理吗？他想不到和美丽仅仅只有两次见面的认识，对待自己就会有这么亲热的表示。虽然明白美丽因为是染有了欧化的缘故，不过凭她这浪漫的举动猜想，几乎不相信她还是一个闺中的姑娘。他被美丽勾住了脖子，他低下头儿来，还没有把嘴凑到她红红的嘴唇上去，他先被一股子幽香熏得迷醉了。于是他再也忍熬不住地吻了下去，几乎有些疯狂的样子。

美丽当然需要他这狂热般的甜吻，她抱住了克明的脖子，也是多么

18

有劲。经过良久的热吻，美丽是非常满足。她全身软躺在克明的怀内，眯了眼睛，娇喘吁吁地向他甜蜜地媚笑，说道："你吻嘴的方式很有经验，你得从实地告诉我，你和多少女人吻过嘴了？"

"不，我并没有和任何一个女人谈过恋爱，今天才是破题儿第一遭。"克明摇了摇头，他把手儿按在她的臂膀上，笑着告诉她。

美丽撇了撇小嘴，秋波逗给他一个娇嗔，笑道："你骗谁？像你这么一个俊美康强的男子，会没有被女人爱上过吗？"

"在过去确实没有，不过现在是已经有一个了。"克明笑嘻嘻地回答。

"你说，是谁？"美丽毫不加以思索地问他。

"还不是你吗？"克明指了指美丽的鼻子，忍不住笑起来。

"啐！我才不相信你还是一个童男子。"美丽啐了他一口，也哧哧地笑。

"你不相信，那么你要不试验一下？"克明胆子渐渐地扩展，有些涎皮嬉脸的样子。这是出乎美丽意料之外的，她突然又正经起来，猛可坐起了身子，绷住了粉脸，伸手就在他颊上量了一下子耳光，薄怒娇嗔地道："你说什么？你给我怎么样试验？你说，你说出来！"

克明到此，也觉得自己失言了。他绯红了两颊，被她打得怔怔得愕住了。美丽见他害怕的神情，一时倒又嫣然地一笑。克明被她这么一擒一纵，他心头有些难堪的滋味，觉得美丽这姑娘的手腕太厉害一些了。他站起了身子，向她鞠了一个躬，很抱歉地道："对不起得很！我是说一句玩话的，不料你就认真的了。假使你认为我有侮辱你意思的话，那么我就告别了。"

美丽见他一面说，一面把身子向门外走，芳心暗想：这人倒也会放刁的。不过自己打了他一下子耳光，原也太以过分了，于是跟着站起身子，她高跟鞋一顿，娇叱道："站住！还不快给我走回来！"

克明被她一喝，只得又回过了身子，望着她娇嗔的意态，却又愕住了一会儿。谁知美丽冷不防地走了上去，伸手一把抓住了他的领带，说道："你想这么轻易地走了吗？没有这么容易的事情，你得赔偿我的损失。"

因为这是一个姑娘的卧房，克明是感到极度的害怕，他心里怕事情闹大了，她的父母还会把自己当作一个强奸女子的暴徒看待。所以他脸儿已吓得发了灰白的颜色，忙低低地说道："董小姐，请你不要愤怒，只要你说一句要我赔偿你什么，我终可以答应你的。"

美丽见他急得这一份样儿，心里由不得暗暗地好笑。不过她表面上兀是显出生气的样子，把他一直拉到沙发上又坐了下来，冷笑道："你既然要走，那么你又何必到我这儿来？"

"因为你有讨厌我的意思，所以我才告别的。董小姐，刚才我这句话完全是开玩笑的意思，我并没有想到你会认了真，早知你要认真的话，我也不敢和你说这些玩话了。董小姐，对不起得很！请你先放了手，因为我被你要拉得透不过气来了。"克明被她拉紧了领带，真像绳子穿进了黄牛的鼻孔，他连挣扎一下都不敢。不过他见美丽拉了自己坐下的情景猜测，觉得她还没有十二分认真地恼恨自己，遂含了央求的语气，向她低低地赔罪。

不料就在这个时候，却见小凤端着一盘子牛奶和布丁进来。克明心中这一焦急，他额角上不免冒上汗点来。美丽一眼瞥见，她却不慌不忙地把两手都伸到他颈项下去，微笑着道："你的领带歪斜了，我给你打打整齐吧。"

克明做梦也想不到她会在小凤面前突然转变了另一副的面目，到此方才明白她对我的薄怒娇嗔完全是假惺惺的装腔，其实她心中原是很爱我的。克明心头仿佛落下了一块大石那么轻松，他抬起了脸儿，也故意给她系领带的样子。

"小姐，点心放在这儿，你要披上了旗袍吗？虽然是暮春的季节，但你也防着受了寒的。"小凤把牛奶布丁放在百灵桌上，她目眸见小姐赤身露体这样不避嫌疑亲热地对待克明，心中明白那一定是小姐的情人了，遂望了她一眼，含笑点点头问她。

美丽在刚洗好浴出来的时候，原不觉得一点儿寒意，而且还感到十分的热情。但在外面时候坐久了，现在究竟不是仲夏的天气，况且窗门又开着，春风虽然含有温意的成分，不过吹在身上，也有些微寒的意思。于是点头说道："也好，你在橱内取一件给我穿吧。"随了她的话，小凤已在橱内取了一件霞霞绉的旗袍。美丽遂站起身子，脱去了浴衣，披上了旗袍。小凤蹲身子，给她扣着一粒一粒的纽襻。克明见她这一种派头，真是一位贵族小姐的身份。不过她对我也许特别亲热，所以并不避一些儿嫌疑了，我倒不要辜负她对我的一番热情哩。

"姚先生，请这儿来坐，一些吃不上口的点心，别客气，少许用一些吧。"美丽让小凤穿舒齐了旗袍，她走到百灵桌旁，拉开了旁边的沙发椅，回眸睇了克明一眼，笑盈盈地说。

克明觉得美丽像现在这一种态度招待自己，才像一个很多情很有礼貌的姑娘。不过在我国礼节上说，一个姑娘在卧房内接见客人，这客人和她本身的关系已经不算浅的了。虽然这位董小姐是并不明白祖国的礼节，但对我终可以说是不当什么外人的了。克明在这样思忖之下，他把刚才的惊慌和害怕都又消失了，遂站起身子，含笑点了点头，走到桌子旁，和美丽对面对坐下了。只见桌子上放着两杯牛奶、一盆子可可布丁。美丽拿了一柄小刀把布丁切成四块，秋波斜也了他一眼，笑道："随意吃，我不和你客气。"她说着话，握了牛奶杯子，微微地呷了一口，然后拿起钢叉，叉了一块布丁，放到嘴里去吃。

克明见她在小凤面前对待自己的态度，既文静又温和，好像是换了一个人的模样，这就感到她的可爱又可恶，遂点了点头，握了杯子也喝牛奶了。一会儿，小凤把浴衣挂在橱内，走了出去。

克明望着美丽的娇容，微微地笑道："董小姐，我很感激你对待我这一份儿的深情蜜意，我心里是嵌着你一个不可磨灭的影子。董小姐，我觉得你是太令人可爱了。"

"姚先生，刚才的事情，我原也和你开玩笑的。不过我的举动，未免有些失礼，好在我们既然成了朋友，你一定会原谅我的吧。"

美丽听他很恳切地说着，在他表情上看来，确实对我表示无限爱意的神气，一时她也感到自己刚才对他的态度，不免有些像未曾开化的民族，于是含了歉意的目光，脉脉含情地逗了他一瞥，低低地说出了这几句话。

"董小姐，你别那么地说，我觉得你突然会说出给我系领带的话，我以为这正是表示你真心的情意来。在当初我确实感到你的野蛮，不过现在我才明白你真是一个多情的姑娘。"克明摇了摇头，他逗了美丽一瞥又喜欢又怨恨的目光，低低地说。

美丽心里感到有趣，她把两条臂膊伏在桌沿边，忍不住哧哧地笑起来了。克明见她这神情令人心醉，遂向她愕住了一会儿，低低地又问道："董小姐，昨天你在表哥的面前，我也没有详细地问你，此刻请你明白地告诉我，你的爸爸妈妈都健在吗？"

"我的爸妈都在南洋时殁了。这儿是我叔父的家里，昨天那个妹子原是我叔父的女儿。我从南洋回国到现在还只有两年，昨天我已叫表哥帮我代为到你们校中去报了名，待你们春假期满，我也要到学校里读书来，那时候我们不是天天可以见面了吗？"美丽听他问起了爸妈，方才停止了笑，蹙起了翠眉，大有凄凉的意味。但是告诉到末了这两句话，她又觉得欢喜，粉脸上含了喜悦的笑容。

克明点了点头，表示很同情的样子，说道："原来你是个没有爸妈的姑娘，那你的身世真和我一样可怜。"

"那么你当然也是没有爸妈的孩子了。不过你现在是靠谁过活的？也许你爸爸有遗产留给你吧？"美丽见他和自己表示同情，因此也和他惺惺相惜。她微蹙了柳眉，放下手中的牛奶杯子，掠了一下鬓间的云发，低低地问他。在这几句话中，很可以瞧出美丽是很关切克明的意思。

克明也放下牛奶杯子，摇了摇头，说道："爸爸也没有什么遗产留给我，现在我是住在姑爹的家里，因为姑爹没有儿子，所以待我十分亲热。我想你爸爸既然是个华侨富商，身后当然有不少的遗产吧？"

"是的，究竟有多少，我也不详细。叔父对我说，只有六百万。不过有人告诉我，最少有三千多万。其实我一个女孩儿家何尝用得了这许多？六百万也已经足够了，至于三千万这一句话我也管不得许多了。姚先生，你这学期不是可以毕业了吗？毕业后你假使要创办什么事业而缺少经济的话，那我一定可以尽力帮助你的。"美丽一面告诉他，一面又向他表白自己的意思。

"董小姐，我很感谢你这一份儿的意思，假使我有需要你帮助的话，我一定可以向你恳求的。"克明频频地点了一下头，望着她粉脸儿悄悄地说，接着又满脸堆笑地道，"董小姐，我真感到太幸福了，居然会和你这么一个爽直的姑娘做朋友，而且还是一个很知己的朋友，那不是叫我喜欢吗？不过这儿也有一个问题，就是我们太亲热了，会遭到良平的妒忌，因为在昨天我瞧他的态度已经有很愤激的意思了。"

"不过交朋友各人有各人的自由，谁能够管得了谁呢？良平只不过是我的表哥，并非是我的未婚夫。就是我的未婚夫吧，他也没有权力来过问我的交朋友呀。姚先生，你说这话是不是？我在巴黎曾经见到这样一件事：一个做妻子的有了外遇，她在丈夫的面前和她的恋人亲吻，说她的丈夫是她的哥哥，她的丈夫没有办法，只好出去让了她。后来做妻子的还要跟丈夫离婚，那丈夫苦苦地哀求，可是她究竟留了一封告别的信，和她的恋人出走了。"美丽听他这么地说，遂把自己瞧到的一件事，向他低低地告诉。

克明点头说道："你这话虽然不错，不过照你说的，那一个做妻子的到底是太没有情义的了。因为她丈夫并没有什么错，她是不应该就这么地抛弃他的呀。"

"但是我所知道的，就是这么一件事情的轮廓而已。当然其中的曲折，绝不会像我所说那么简单。假使她丈夫是个忠实的好人，她恐怕也未必爱上另一个的男子吧。"美丽笑了一笑，她又这么地补充着说了几句，接着把那杯牛奶喝完了，向他又低声地道，"你慢些儿用好了，还有两块布丁，你也吃了吧。"

克明点头答应，他拿钢叉又叉了一块布丁吃。这时小凤拿了一只铜盆进来，里面放着小小的毛巾两条。她用铜钳子夹了毛巾，交到美丽的手里。美丽抹了抹嘴唇，她放下毛巾，已离开了桌边，坐到沙发上去，向小凤说道："小凤，你把我的袜子放在什么地方？"

克明听她这么问，一面接过小凤递过来的手巾抹嘴，一面忍不住扑哧地笑了。美丽见他笑得有些神秘的样子,遂逗给他一个媚眼,问道:"你笑什么?"

"我笑你自己穿的袜子,怎么反而去问别人家放在什么地方?"克明也站起身子来,望着她的娇靥,笑嘻嘻地说。

小凤听了,在旁边插嘴笑道:"姚少爷,你真不知道我们小姐的脾气,她明天连自己的人儿放在什么地方也会向我要的呢,何况是袜子呢。将来谁做了我的姑爷,谁就得服侍我的小姐,因为我家小姐可比不了别人家的小姐,她是一些儿也不会动一动事情的。"

"小妮子,你别给我多嘴,照你这么地说,你把我当作了死人不成?"美丽听她向克明这么说,当然明白小凤这话中是包含了一些俏皮的作用,遂一面笑,一面把秋波逗给她一个妩媚的娇嗔。克明和小凤听了,忍不住也都微微地笑起来。

小凤在五斗橱的抽屉内取出一双肉色绝薄的丝袜,交到美丽的身怀内,她微微地一笑,便走到房外去了。美丽急道:"小凤,你为什么不给我来穿上了?"

"董小姐,你难道真的连自己袜子都不会穿的吗?"克明听她向小凤这么地叫,一时真有些不胜奇怪,他情不自禁地向美丽问出了这一句话。美丽两颊有些红晕的色彩,秋波逗了他一瞥娇羞的媚眼,低低地道:"不瞒你说,我自小到十二岁,就由我母亲服侍穿衣服鞋袜。后来十三岁那年开始,就由小凤一直服侍我到现在,我委实没有自己穿过一双袜子。"

克明从她这几句话中猜想,也可知美丽父母在日真把她当作明珠一般地珍爱了。他忍不住扑哧地一笑,不过他到底还有些不相信她这些话的意思,遂问她道:"那么你十二岁这一年跟随父亲到巴黎去的时候,一切起居怎么办呢?"

"都是爸爸服侍我的呀。"美丽很自然地回答她。

"你爸爸会服侍一个女孩子?"克明愕住了一会儿,他简直有些不相信她这一句话。

"为什么不会?你以为稀奇吗?我十五岁那年,爸爸还抱过我睡觉。

因为那天晚上妈妈在朋友家里没有回家，我一个人害怕，躺在爸爸的怀内才安静地睡熟。第二天我起身上学校都是爸爸服侍我，还亲自用汽车送我到校，我想到爸爸的爱我，真比他爱自己的生命还更近一层，所以我想到了爸爸，我就会伤心起来的。"美丽絮絮地说到这里，真的，她眼角旁已展现了晶莹莹的一颗。

克明方知造成美丽现在这一个性情，正是他们父母溺爱过甚的缘故。幸亏她是个身拥巨产的姑娘，否则真害苦她的终身了。因为美丽在淌眼泪了，自己少不得要去安慰她几句的。于是走到沙发旁也坐下了，拿了一方帕儿，交到她的手里，低低地道："过去的事情，你也不要去伤心了。一个人年纪老了，少不得要步入死亡的道路。所以年老而逝，这是道理如此，你也只好想开一些儿了。"

美丽一面拿帕儿拭眼泪，一面向他频频地点头，秋波脉脉含情地逗了他一瞥多情的目光，表示感谢他的意思。

克明见她兀是不穿袜子，遂望了她一眼，微笑道："董小姐，你今天就不妨自己穿着试试，别冻了可不是玩的。此刻还只有四点三刻，我们还可以去瞧一场五点半的电影，不知你心里有这个兴趣吗？"

"也好，只不过我真的不会穿袜子，能否劳你的驾，给我穿一穿吗？"美丽说到这里，她却老实不客气地把那条粉腿搁到克明的膝踝上去了。克明想不到她有这一个举动，一时全身一阵热燥，两颊立刻热辣辣地红起来。美丽见了，却有不悦之意，秋波逗给他一个妩媚的娇嗔，冷笑道："是不是我没有这个资格劳你的驾，怕脏了你这一双贵手吗？那么等着小凤来穿吧！"

"不，我并没有这个意思，我是怕被小凤瞧见了，会说我放肆吗？其实你认为我有给你穿袜的资格，那我欢喜还来不及，如何还会不愿意吗？"克明见她薄怒娇嗔的意态，更增了她一分妩媚的风韵，因为已经猜摸到美丽不是一个寻常普通的姑娘，所以他立刻堆了满面笑容，竭力去迎合她的欢心。

美丽听了这话，方才回嗔作喜，遂笑道："只要是我欢喜你给我穿的，谁能干涉我们的自由呢？"

"好，我就给你穿袜子，不过我粗手毛脚地服侍得不称你的心，你可不要生我的气。"一个没有亲近过女色的少年，对于这一件差使，当然是感到十二分的兴趣。克明说了一声好，他把美丽的大腿捧了过来。当他两手摸到她光滑滑大腿的时候，他内心受到一重性感的刺激，他几乎有些情不自禁起来。

"为什么捧住着出神，不给我穿袜子呀？"美丽的心中当然也感到被一个年轻男子抱住了大腿，自己全身感到一阵快感，这似乎比小凤往日给自己穿袜子的时候适宜得多。她芳心里有些甜蜜蜜的滋味，秋波斜乜了他一眼，忍不住抿嘴嫣然地笑了。

"董小姐，不瞒你说，我太陶醉了，你这条粉腿多肉感多可爱呀！我简直有些爱不忍释，最好给我永远地抱住着。董小姐，你允许给我闻一闻吗？"克明心神都醉了，他抱住了软绵绵光滑滑的大腿，他几乎连说话都有些气喘的成分。

美丽知道自己的肉感，足以使一个青年神魂颠倒，她心里是多么得意，遂斜乜着秋波，红晕着双颊，抿了小嘴哧哧地笑。克明因为她并没有表示许可，所以他不敢贸然地去闻香。因为他觉得美丽这姑娘有特别的个性，只要是她主动的，你就是立刻把她身子吞吃了，她也不会恼怒；若是我自己有了主动的意思，她一发脾气，立刻会把你怒打的，因为自己刚才已吃了她的耳光了。

"干吗又发怔？既然你爱闻香，你就闻吧。"美丽见他红了脸儿，望着自己木然的样子，这就忍熬不住地嫣然一笑，向他说出了这两句话。

有了美丽这一句吩咐，克明就大胆地低下头儿去，在她粉嫩的大腿上狂吻了一阵。美丽见他这个狂吻的情景，仿佛狗儿嗅肉骨头的神气，因为他吻到后来，竟是喷喷有声起来。美丽只觉一阵奇痒，影响到全身每个细胞，都起了异样的变化。她忍不住咯咯地一笑，把腿儿一抖，却是一脚把他脸儿踢了开去，娇嗔道："你倒有些真的像一条疯狗了，叫人家肉痒得受不了。"

克明被她这一踢，方才回过原有清醒的智觉来。他绯红了两颊，真

26

感到有些儿羞惭的意思，因此望着她春色横眉的娇靥，也忍不住微微地笑了。

"怎么啦？你还不给我穿袜子？"美丽雪白的牙齿微咬了一会儿殷红的嘴唇皮子之后，乌圆眸珠一转，这就又逗给他一个妩媚的娇嗔。

克明这才拿过那双丝袜，给美丽小心地穿上了。正在穿第二只袜子的时候，小凤笑盈盈地走进来。她对于克明给小姐穿袜子的一回事，似乎早在意料之中的神气，遂笑着说道："姚少爷，你现在练习起来，将来服侍小姐的时候，就不会觉得生硬了。"

克明被小凤这么地一说，真是羞得绯红了两颊，颇觉无地自容，这就放下了美丽的还未穿上袜子的那条大腿，站起身子退到桌旁去了。美丽又好气又好笑，狠狠地白了小凤一眼，笑骂道："短命妮子！要你多什么嘴？现在你叫我只穿了半只袜子，那怎么办？你快些儿来帮我穿上了吧！"

"小姐，你何必叫我穿？现在你反正有克明少爷会服侍你的了，还用得了我这个人吗？"小凤倒又放起刁来，秋波逗了她一瞥神秘的媚眼，忍不住扑哧地笑。

美丽急道："你这小妮子！再尖嘴薄舌地胡说，回头可不捶你，你给我穿不穿？"小凤见小姐发了急，方才走上去，帮她穿上了袜子，套上了那只天青的高跟皮鞋。美丽站起身子，在镜中转了转腰肢儿，笑道："克明，我们就走了吧，难道你就这样地怕羞不成？"

克明于是回身笑了一笑，见美丽已披上了维也纳的大衣，两人这就携手步出了卧房，一同走出了梅林别墅的大门口。美丽道："到什么戏院里去瞧电影好？"克明道："美华戏院开映《美人鱼》，里面游泳的镜头很香艳，你瞧好不好？"美丽点头说好，两人遂坐车到美华大戏院里去。

美人鱼是桃乐珊拉玛主演的，她是好莱坞最风流的一个明星，叫她主演风流的戏，当然格外引人入胜。美丽瞧到桃乐珊拉玛和剧中男主角热吻的时候，她把粉脸会偎到克明的颊上去，而且手儿扳着他的下颚，凑了小嘴，也和克明表演了和银幕上同样的镜头。克明在无限惊喜之余，因为四周是黑暗的，所以他顽皮地在美丽的胸部上活跃。美丽觉得十分快感，她几乎要软倒在克明的怀里了。

"美丽，你养在南洋，我想你游泳的技能一定是好到上乘的了。"克明因为发觉旁边有人在注意我们的行动了，他只好停止了顽皮的工作，故意向她低低地探问。

"那还用说的，你对于游泳有没有兴趣?"美丽也把粉脸靠正了，向他悄声地反问。克明笑道："游泳可说是我生平最拿手的了，初夏快到了，待上海游泳池开放之后，我们一同去游玩好吗?"

"其实在游泳池内游泳，那是感不到什么兴趣的，最好到高桥去，或者普渡那边的海滨旁，这就快乐得多。"美丽低声地回答。克明点头说"好的"，他握紧了美丽的纤手，两人又静静地瞧电影了。

电影放场，两人携手走出。忽然有人叫道："喂！你这位小姐皮包落下了。"美丽回头去瞧，只见一个西服少年正从地上拾起自己的皮包，含笑送了过来。美丽见那少年的脸儿，真可说美如宋玉，在英武之中又有柔媚的风韵，比克明更要令人心醉得多。因为克明皮肤棕黄色的，当然及不到他的白净可爱。美丽一面接过，一面秋波逗了他一瞥勾人魂儿的目光，笑盈盈地问道："多谢先生，请问先生贵姓呀?"

那西服少年尚未回答，忽然被旁边一个姑娘拉着走了。美丽想不到他身旁尚有和自己一样的一个同性的人儿，因此颇有些失望的感觉，望着那少年远去了的影子，倒是怔怔地愣住了一会子。克明见她若有所失的样子，心里自然有些酸溜溜的作用，遂笑道："好一个俊美的少年，只可惜人家已有了'司的克'了。"

美丽似乎明白他有醋意作用，遂回眸向他嫣然地一笑，秋波逗给他一个娇嗔，说道："你这人简直是浑蛋，我们女子是你们男子的'司的克'吗?"

"哦，我说错了，我们男子是你们女子的'司的克'，那终好了。美丽，时候不早，我们还是上馆子吃晚饭去吧。"克明"哦"了一声，用了赔错的口吻，一面微笑着说，一面把手儿去勾住美丽的臂胳。美丽这才感到胜利的得意，向他娇媚地一笑，两人遂步出了美华戏院的大门。

　　天空已是灰暗的了，马路上万家灯火，百货商店的霓虹灯光芒，在向行人闪闪烁烁地做媚眼，粉肉市场的夜都会又在这时候展现了迷人的魔力。

第三章

真不愧是女界中英雌

榴火照眼，芰荷张盖，已经是五月里长夏天气了。美丽自进春江大学读书之后，早已被同学们拥护为校后了。他们校中本来原有个校后，名叫唐莉莉。莉莉也是个很浪漫的女子，而且家里也很有钱。她虽然拥有许多的爱卿，不过也有被莉莉玩弄过而遗弃的人，他们心中都非常痛恨莉莉，认为莉莉实有侮辱男性的意思。现在校中又来了一个美丽，于是就有半数的同学都归附到美丽的名下了。不过校无二后，所以美丽和莉莉成了敌对地位，她们各施浪漫的风度要来夺这个校后的宝座。春江大学中既有了这两个尤物，于是同学们也分作了两派：一个董派，一个唐派。两派的人都创办了一份壁报，报上专门刊载美丽和莉莉的风流韵事。比方说，唐派的人称赞莉莉是个新时代中的女性，因为她穿的三角裤是没有裤带的，而且莉莉曾发表过一篇谈话，女子和男子应该享受同等的权利，所以凡是男子能够做的事情，我们女子也应该做得到。比方说男子在夏天可以赤膊，女子当然也可以的，她希望全校女同学都大胆地实行起来。唐派的人认为莉莉思想新颖，所以理应当选本校的校后。

董派的人一见了这张壁报，大家都不服气，在举行一个大会议决之后，决定由美丽也发表一篇谈话，并且由编辑委员会一致商讨攻击唐派的文章。于是在第二天他们壁报上也有一篇文章，说莉莉不够思想新颖，没有做校后的资格。因为美丽在夏天里自称并不穿裤子，除了一件旗袍和一双镂空赤脚高跟外，再无别的衣服。这样既节省物力，而且又便利于洗浴大小解时不用费去脱裤脱袜的麻烦，且更可以享受到夏天中的凉快，希望校中女同学大家一致实行，以求普遍。董派的编辑认为这篇谈话大有价值，不但思想新奇，而且具有经济学的手腕，这比莉莉更为文明，理应当选本校的校后。

类似此等的文章，差不多天天在壁报上大家都有发表，日新月异，各执一词，笔战不已。这么一来，把美丽和莉莉两个人今天换这个花样，明天换这个花样，大家都要争做校后。后来两人被大家捧得头脑也涨痛起来，于是两个人私自接洽讲和，大家按年龄记，莉莉长美丽两岁，该为校后，美丽作为皇姨。

莉莉和美丽两人既长得美又有财产，这当然给全校同学都认为是一块香喷喷热烘烘的窝肉一样，谁都希望和她们作为永远的伴侣，享受到人财两得的快乐和幸福。不过美丽和莉莉的身子只有一个，当然难以接受他们这许多人的热爱。所以她们除了接受他们的拥抱和接吻之外，却依然保持着她们原有的清白。正因为她们两人还是一个处女的缘故，所以这使大家都抱了火样的热望，努力地追求要达到这个最后的目的。不过她们两个人心目中也有一个比较心爱的恋人，美丽的就是姚克明，而莉莉的却是美丽表哥叶良平。诸位当然很有些奇怪，莉莉如何会去爱上这个叶良平呢？这其中当然有个缘故，原来良平听了二表妹的话，觉得很是不错，所以他也竭力注意到外表的美丽。自那一天起，他把头发也留了起来，在经过三个月日子之后，他居然也留了一头菲律宾的西发。

良平的容貌原不算错，而且也眉清目秀，五官本来端整，现在头上一留了西发，说起来有些不相信，同样是个良平，却会俊美风流了许多。曼丽因为一心地爱上了良平，所以她把自己的私蓄取出一部分，给良平也去定制了两套西服。俗语道，佛要金装，人要衣装。这句话真不错，穿上了西服革履的良平，自然再不会给女子们说一声这个人是有些寿头寿脑的了。莉莉的眼里倒是很尖的，她见良平的学问很好，每次考试终在第一名的，现在人儿一变换了样子，自然更令人感到心爱了。所以她时常热情地对待良平，把个良平真也会迷恋得神魂颠倒起来。

曼丽是还在神州女中读书，她既没有一天到晚跟在良平的身后，当然不知道有一个唐莉莉小姐在追求着自己心爱的表哥，所以她还非常放心和安慰，以为表哥终不会再被任何一个女子爱上的了。良平对于浪漫的女子是非常地痛恨，因为他在大表妹那儿曾经失过恋的。但一个年轻的男子，终是逃不过色情的引诱。因为曼丽对良平终是很正经的神气，不要说没有接过吻，连拥抱的举动也没有的。比不得唐莉莉对待他，接吻拥抱不算，两人有时候还闹在一处顽皮着。所以良平虽然抛不了曼丽表妹的深情，可是他也没有勇气拒绝莉莉火样的热情。

这是一个星期六的下午，良平和莉莉坐在校园里的树荫下谈笑。良平穿了一件纺绸的衬衫，下面是条白哔叽的西服裤子，脚下一双白麂皮的皮鞋，他倒还穿着一双短袜子的。可是莉莉却穿了一件红色橡皮绉的旗袍，下面是双赤脚皮鞋。两人坐在一块大青石上，望着树枝儿上那些吱吱喳吱吱喳的鸣蝉出了一会子神。

"莉莉，毕业后你预备做些儿什么工作？"良平回眸望了她一眼，低低地问。

"我预备跟人家结婚……"莉莉秋波斜乜了他一眼勾人灵魂的目光，抿着嘴儿神秘地笑。

良平见她的表情是有一种倾人的风韵，这和美丽的意态一样，叫人见了立刻会引动春情的爆发，这就笑起来问道："你预备和谁去结婚呀？"

"和你，你心里喜欢吗？"

莉莉说着话，把身子偎了上去，微仰了粉脸，含了媚人的微笑。良平有些心动，遂抱住她的身子，低下头儿去，两人只距离了两三寸光景的嘴，低低地笑道："我有这个资格吗？因为我是个被女子认为寿头寿脑的青年呀。"

"可是她们都是有眼无珠的，我一向很爱你，因为你从前热烈地追求着你的表妹，所以我不好意思来爱你罢了。其实我就爱你的朴实，因为你能使我心动……"莉莉说到"心动"两字，她把手臂挽到他的脖子上去，两人的嘴儿这就紧紧地热吻住了。

这也许因为她是天生的尤物，所以她的腰肢是分外软绵，像没有骨脊的样子。良平和她吮吻了一会子后，他额角上的汗点都冒上来了。莉莉是很感到满足的，不过因了满足的缘故，她有些疲劳，这就娇懒地躺在良平的怀内。

良平见她娇喘吁吁的似乎是过分兴奋的缘故，她的胸部是一起一伏地掀动着，显然她是心跳得厉害。橡皮绉的料子是很薄的，不过并不是透明质的，良平瞧到她胸部高起的两粒，他知道莉莉也许是并没有穿着衬衫，遂笑道："我们衬衫里面倒还要穿一件汗马甲，可是你的身上也许只有一件旗袍吧？"

"你怎么知道我只穿了一件旗袍的？难道你眼睛是透明的不成？"莉莉听他这么说，遂微红了两颊，向他含笑着问。

良平笑道："我在壁报上瞧到你的三角裤不用裤带的，所以我猜到你上身绝不会再穿一件衬衫的。"莉莉啐他一口，秋波逗给他一个娇嗔，笑道："可是比你的表妹终好一些，她连裤子都不穿的呢。"

"不过你的身上也未必穿着裤子……"良平涎皮嬉脸地笑。

"你别给我放屁吧！一个人不穿裤子，那成什么样儿？也只有你的表妹做得出。"莉莉恨恨地打了他一下肩胛，她也忍不住笑出声音来。

"我却不相信，因为你先发明不用裤带，那么你当然也赞成不穿裤子的。"良平故意逗着她恼怒起来笑着说。不料出乎意料之外的，莉莉却并没有恼怒的意思，笑了一笑，把脚翘了起来，笑着说道："你不相信，那么你瞧瞧吧，到底我穿着裤子没有？"

良平想不到她有这一个举动，因为莉莉脚上没有袜子，那当然是光着腿的，旗袍的叉子并不十分高，莉莉虽然翘起了脚，却没有瞧到她的裤脚管。显露在良平眼前的只有光滑滑白胖胖的肉体，他心头是感到多么神秘，遂笑道："我不用瞧，你只给我摸一摸，我就明白了。"

良平口里虽然这么说，不过他到底没有这个勇气实行。莉莉秋波水盈盈地白了他一眼，她把娇躯完全靠在良平的怀内，捉住了良平的手，按到她旗袍叉子内的大腿上去媚笑道："你要摸只管摸，谁怕了你吗？"

良平的手儿按到她的大腿上的时候，因了手指的肉感，影响到他全身起了神秘的作用，他心头是完全迷醉起来。遂把她娇躯偎紧了一些，嘴儿凑到她的颊旁，低低地道："你真的允许我摸吗？那么我真的摸了。"

"这也不是一件什么大事情，你又何必这样小心？"莉莉秋波斜乜了他一眼，态度却显得十二分大方。

　　良平见她说着话，还把右腿搁上了一些，这明明是叫自己实行探摸的意思。他心头不免感到意外的惊喜，遂把手指慢慢地摸了上去，觉得莉莉的皮肤，越到腰肢的部分，越是细腻光滑得令人心醉。当他摸到胯间的时候，却仍没有发现她有裤脚管，一时他就不敢再摸上去，望了她一眼，微微地笑道："莉莉，我并没有发现你的裤脚管呀，你还要骗我吗？我想你一定没有穿裤子了。"

　　"小鬼，你胡说，当心我撕破你的嘴。你再摸上去，这不是裤子吗？"莉莉啐了他一声，她把手儿在旗袍的外面，将良平的手拉上了几寸上去。良平的手心这就附在一个迷人的部分上面，这不是肉的感觉，真有一层薄绸的衣服隔开着，知道莉莉确实穿了一条裤子的，不过在事实上说，那条裤子就和没有穿着差不多。因为从腰间到胯下仅仅只有一尺不到的地位，这一条三角形的裤子实在不能称为裤子，只好算是一块幕布罢了。

　　良平的手儿既按到了这个的上面，他在身上一部分也起了异样的态度。他几次想缩回了手，但说来奇怪，这个部分好像有了吸铁石一般，竟有魔力把他手儿紧紧地吸住着，真有些儿舍不得离开。再瞧瞧莉莉的脸部表情，她眯了一双俏眼，含了浅浅的甜笑，对于良平手儿的压力，使她似乎感到很安慰的样子。不过在安慰之中，她的芳心里也有些羞答答的成分，因为良平的手儿呆呆地没有伸到外面来，这当然使自己很难堪。于是她把手儿去把良平的手儿拖了出来，秋波白他一眼，笑道："你难道没有发觉这是条裤子吗？为什么不声不响地出神？"

　　良平被她这么一问，又见她薄怒娇嗔的神情，一时也感到自己有些儿羞惭的意思。这就红晕着两颊，把手儿搓了一搓，好像没处安放的样子，笑道："是的，你的确穿着裤子，不过你的资格到底不及我表妹老呀。"

　　"呸！你再油嘴，我不拧你的颊儿！"莉莉啐了他一口，笑起来嗔他。

"咦！咦！哈哈！你们……这是怎么的一回事呀？"突然一阵惊异后而又咪咪的笑声触入了耳鼓，把他们惊醒过原有的知觉。良平很快地缩回了手，莉莉也很快地站起身子。两人回头去望，原来是美丽，只见她弯了腰肢，笑得分外有劲。良平和莉莉这一难为情，真有些无地自容的情景。不过莉莉到底是个老练的女子，她向美丽白了一眼，说道："你真是一个没有见识的孩子，这也值得如此好笑吗？别人家正在享受一些甜蜜哩，你偏来打扰我们的好事。"

美丽停止了笑，秋波斜乜了他们一眼，说道："既这么地说，那么你们索性躺在草地上表演一场吧，何苦浑水里摸鱼那么没有目的地乱摸？也好叫我喊几个同学来看看你们的艺术，至少我可以收入一笔很可观的门票钱。"美丽说到这里，忍不住咪咪地笑起来。

莉莉啐了她一口，一面走上去拧她的嘴。美丽忙握住她的手，连连地告饶，笑道："好姊姊，我不再吵扰你们的好事了，那么你们继续地工作吧。"

"小妮子！你还说这些话，因为你表哥说你是不穿裤子的，冤我也没有穿裤子，我向他辩白，他不相信，所以我叫他实地地试摸，不料偏被你瞧见了。"莉莉一面拉她到大青石上坐下，一面向她笑盈盈地告诉。

美丽方才明白他们是这么一个缘故，遂笑了一笑，说道："不穿袜子是没有关系，不穿裤子却反而有些不便当，所以我只实行了一天，以后就没有再这样做。"

莉莉想不到她真的实行起不穿裤子，一时暗暗自叹远不如她。不过对于她这一句不便当的话，似乎有些不甚了解的样子，遂凝眸含颦地问她说道："如何不便当？你倒给我说出一个理由来。"

美丽道："这个部分的肉体和别的部分不同，若没有一层遮盖的东西，好像时常要撒尿的样子。而且没有自主的能力，不知不觉会撒下尿来，所以不穿裤子那是办不到的事情。"

良平和莉莉听了她这几句话，不禁捧腹大笑起来。美丽笑道："这是我的经验之谈，你们大概是不会知道的。"

"经你这么一说，我也有些想起了，在浴后还未穿上衣服的时候，我也常有这个感觉，所以你这话是不错的。"莉莉在笑过了一阵之后，她点了点头回答，表示很同情美丽这几句话的意思。

良平在旁边插嘴说道："不过这是因为不惯常的缘故，像狗儿猫儿它们也不穿什么衣裤，也不见随时随地地在撒尿呀。所以你们只要有一二个月不穿裤子后，自然而然地再不会有这个现象了。"

美丽不等他再说下去，就猛可地站起身子来，把良平那条领带紧紧拉住了，笑骂他说道："好好，你嘲骂我们是狗儿猫儿吗？今天可饶不了你！"

一语提醒了莉莉，遂也啐了他一口，笑嗔道："你这该死的东西，胆敢侮辱我们新时代的女性！美丽，你把他拉过来，我们好好儿地罚他一罚。"

良平被美丽拉紧了领带，真是没有办法强一强的。因为你若一挣扎，领带更收紧了，几乎叫他拖得透不过气来，所以他没有抵抗，只好跟了她们到大青石上坐下来，一面好低低地央求道："好妹妹，我并非在侮辱你们，也只不过是一个比方罢了，你们饶了我这一遭儿吧！"

美丽和莉莉把良平拥挤在中间，她们把粉腿都搁到他的膝踝上，臂儿互相环抱了他的脖子，而且另外一条手交相又抓住他的手，说道："没有这么容易，你说我们和狗儿猫儿一样，那么你是什么东西？"

良平如何禁得住她们两人这么一来，他真有些情不自禁的了。莉莉似乎发现他身上一部分的肉体在跳动，这就向美丽努了努，嘴忍不住扑哧地笑。美丽也瞧见了，她一面笑，一面把大腿搁在他膝踝上的压力更重了一些，又把手指去划良平的脸颊。莉莉不知有了一个什么感觉之后，她凑上小嘴儿去，在良平颊上喷喷地吻了两下。美丽见了，也就模仿着吻他。一时之间，只听喷喷的声音不绝于耳。她们互相地狂吻，互相地狂笑。良平被她们两人搂紧了，挣扎也挣扎不了，他全身的细胞，被她们撩拨得都膨胀起来，遂只好央求着笑道："两位好妹妹！你们快放手吧！我实在吃不消你们，你们真不愧是女界中英雌！我敬佩敬佩！"

"别忙，别动，我们正感到有趣好玩，你给我们再玩一会儿。"莉莉和美丽却不肯放松他的身子，笑盈盈地回答他。

良平听她们这么说，心头不免有一个反感，觉得她们把我们男子至少有些视作玩具的意思，这就猛可地站起身子，把两条臂膊左右一推。说也好笑，其实莉莉和美丽到底是个女子，她们都是弱不禁风的，而且又在冷不防之间，所以两人的身子便向左右地跟着跌到地下，只听"喔哟"一声，这就痛得再也爬不起来了。这回良平站在她们的面前，拍手跳脚地大笑不止，在他心中当然表示给予她们一个报复的意思。

　　良平在笑过了一会子之后，方才把她们两人从地上扶起了身子，说道："你们不要以为我是个好欺侮的人，现在你们也尝到我辣手的滋味了吧？"

　　莉莉和美丽把纤手都摸着被跌痛的屁股，狠狠地逗给他一个白眼，笑嗔道："好吧，过几天我们也给你颜色看。"良平听了这话，忍不住好笑起来，遂忙说道："何苦来？大家讲了和吧。"良平为什么要害怕她们呢？因为他知道她们两人不是个普通的女子，说得出做得到，脸皮比什么人都厚上万倍的。在过去已经有事实证明，后来同学宋君也和她们闹着玩，她们记恨在心，有一天晚上，宋君躺在宿舍内的床上睡熟着，她们两人把宋君衣服剥光了，用绳子绑住了四肢。宋君醒来后窘得了不得，她们却叫了许多同学来看这怪模样。宋君被她们这么一玩弄，真有些哭笑不得的了。

　　莉莉和美丽听他软化了，遂都说道："你想这么过去了吗？没有这样容易，应该有个条件方作罢。"

　　"你们说吧，是个什么条件？"良平望着她们的粉脸，忍不住笑嘻嘻地问。

　　"美丽，你想想，什么条件好？"莉莉回眸斜乜了她一眼，征求她的意思。

　　"这样好了，你趴在地上，给我们当马骑吧！"美丽异想天开，乌圆眸珠一转，很得意的神气，笑盈盈地说。

　　"嗬！你们给我们当马骑惯的，怎么倒要骑起我们男子来？这可不行吧！"良平噗地一笑，摇了摇头，低低地回答。

　　莉莉和美丽不约而同地啐了他一口，扬着手儿做个要打他的意思，良平一面笑一面身子向前奔逃。万不料脚下齐巧有一块石子，良平一不小心，身子就覆着跌倒草地上去。莉莉和美丽一见，抢步上前，两人老实不客气地就在良平背上骑了下去，咯咯地笑道："好一只马儿，快快跑呀！"

她们骑了一会儿，良平却没有挣扎而且也没有叫喊。莉莉低头去瞧，这就"啊哟"了一声，原来是良平沾了满面的血水。莉莉忙站起身子，叫道："不好，你表哥把头跌破了，血水淌了满面孔哩！"两人到此，又急又怕，把良平身子抱住怀里。她们都在草地上坐下了，各拿了手帕儿，给他拭脸上的血水，且又连问"怎么啦"。良平这才低低地道："你们别害怕，不要紧的，这是鼻头红，并非头儿跌破了。你们把手帕去浸了水，按在我的额角上，就会好的。"

美丽听了，遂拿了手帕，走到池塘旁边去。莉莉抱着良平的身子，纤手掠着他散乱的西发，很难受的样子，蹙了翠眉，低低地道："良平，这是我害了你，叫我心中真感到难过得很。我送你上医院里去好吗？"

良平见她此刻又显出那么多情的样子，心头不免也激起了一阵感情作用，因为她们到底是孩气未脱，不免带了顽皮的成分，遂摇了摇头，把她手儿抚摸了一会儿，说道："不，你别那么地说，给我这么靠一会儿就好的。"

这时美丽把手帕浸了水儿拿来，蹲下身子，放在良平的额角上，笑道："问你下次还要占我们的便宜吗？"良平笑了一笑，却没有作答。他感到冷手帕按在额角上是很舒服的，这就微闭了一会眼儿。

就在这当儿，克明找着来了，一看他们这个情景，忙问这是怎么的一回事。美丽笑着向他告诉了，问他有什么事情。克明道："我约你去游泳，你有没有这个兴趣？"美丽对于这个改变了模样儿的表哥，虽然也有些爱上他的意思，不过她知道莉莉是很爱他的，自己既已有了克明，也就不用再抱这个野心了。于是丢下了良平和莉莉，她便同克明一同到游泳池里去游玩了。

这里良平在莉莉身上躺了一会儿，他便要站起来的样子。莉莉道："你就多靠一会儿吧。"良平点了点头，他见莉莉额角上香汗盈盈的意态，他不免有些怜惜的意思，显然是很关怀莉莉的身子。

"那么我扶你到宿舍里去躺一会儿。"莉莉的芳心中似乎也激动了一些情感的作用，她温情地扶着良平身子，伴他到宿舍内去了。

良平住的宿舍是只有和黄君两个人，今天是星期六，学生大都回家里去。终要在星期日晚上回校，所以此刻每个宿舍中都是静悄悄的，显得分外沉寂。

莉莉扶着良平在床上躺下了，见他鼻管内还有些血水淌下来，心头不免有些忧虑的神气，一面拿帕儿给他拭了血水，一面叹了一口气，低低地说道："不知要不要紧的，那真是我们害你的了。"

"你放心，鼻头红是没有什么危险性的，假使脑袋跌破了，这当然是很麻烦的了。莉莉你不要难受吧。"良平一面拉了她的纤手，一面含了微笑，低低地安慰着她。

莉莉把他手儿温和地抚摸了一会儿，点了点头，说道："那么你躺一会儿，要不喝一口茶吗？"良平说不要喝，他微闭了眼睛，静静地养了一会子神。莉莉见他有熟睡的样子，于是悄悄地退到房外去了。

良平这一觉睡下去，待他醒回来的时候，天色已夜了，房中黑漆漆的一片，心中暗想：不料已这么晚了，校里的晚饭早已开过，我肚子倒饿起来，到外面吃饭去又得花钱，那真是她们害我的了。谁知就在这时，忽然"哗嗒"的一声，室中的电灯亮了。良平回头去望，只见莉莉笑盈盈地走进来。她手里捧了一个纸袋，乌圆眸珠滴溜地一转，秋波逗给他一个妩媚的俏眼，低声地问道："良平，你醒来了吗？我六点钟的时候也来瞧过你，你睡得正浓，所以我没有惊醒你。你的肚子饿了吧？我给你买了吃的东西来了。"

莉莉一面说，一面把手中的纸袋放在桌子上，她坐到床边来，伸手摸他的额角。良平再也想不到她待自己这么多情，心中一喜欢，他就从床上跳了起来，摇头道："我已完全地好了，莉莉，我真的很饿，你给我买些儿什么好东西来吃呀？"

莉莉很欢喜地瞅了他一眼，笑道："你别这么孩子气，快躺下了，我拿给你吃吧。"她说着话，站起身子，把桌上的纸袋撕开，见里面有十个热气腾腾的烧肉包子，还有四个酱蛋。良平听她这么说，心头不免荡漾了一下，暗想：美丽到底不及莉莉有情有义，她对待我这么的情景，可见她并非是个纯粹浪漫的女子。遂涎水欲滴地笑道："真感激得很！莉莉，你快拿给我吃吧。"他一面说，一面已跳下了床，自己走到桌子旁来，动手拿了一个包子，就向嘴里送了进去吃。

"瞧你这副模样，好像饿了三天三夜的神气。"莉莉白了他一眼，笑盈盈地说。她在热水瓶里倒了一杯开水，递到他的手里，说道："把开水过了吃吧。"

良平狼吞虎咽地连吃了六个包子、两只五香酱蛋，且喝了一杯开水，他竟也有些吃不下了，遂望了莉莉一眼，指了指桌上的包子，说道："莉莉，你也吃两只吧。"莉莉撇了撇小嘴，逗给他一个娇嗔笑道："我以为你终还不够吃，谁知吃了这一半就吃不下了，真是不中用的东西。"

"莉莉，你错了，你以为我因自己吃不下才叫你吃的吗？并不是这个意思。因为你自己特地给我买了来，你自己不是也该吃一些儿吗？"良平听她这么说，遂微红了两颊，向她急急地辩解。

莉莉这才笑了一笑，秋波逗了他一瞥感谢的目光，说道："我是才吃过晚饭还不到两个钟点哩。你既然欢喜吃，那么你和我客气做什么呢？"

"一个人吃没有味儿，一定要两个人抢着吃才有滋味。莉莉，你也吃两只，陪陪我。"良平心头自然十分地感动，遂含情脉脉地望着她粉脸儿，话声包含了一些央求的成分。

莉莉不忍拂他的情意，遂只好陪着他吃两个包子、一个酱蛋，其余都是良平吃完了。他把热水瓶的水，都倒入了盆内，拧了一把面巾，先交给莉莉擦嘴。莉莉道："我已洗过了浴，你自己擦脸吧。"

"你吃过了点心，终该擦个嘴，你擦了，我洗脸吧。今夜很凉爽，我不洗浴了。"良平却把手巾一定要递给她擦嘴，低低地说。

莉莉只好拭了一下嘴唇，依然交还给他，说道："这么大热的天气，你不洗浴，那你真是变成为猪仔了，睡在床上不是怪腌臜的吗？"

良平自己洗脸擦手，望了她一眼，笑道："一个人睡没有关系的，反正没有谁和我一同睡觉呀。"莉莉秋波斜乜了他一眼，红晕了双颊，嫣然地笑道："也许我今夜要和你一同睡，你身子不该去洗得清洁一些儿吗？"

"莉莉，你和我开什么玩笑？"良平听她这么说，心头别别地一阵跳跃，像小鹿般地乱撞。他不相信这两句话会出在莉莉的口中，一时显出无限惊喜的神情，向她怔怔地愣住了一会子。

莉莉虽然脸厚，她的粉脸到底也呈现了玫瑰的色彩，没有回答什么话，终于赧赧然地笑了。良平知道她是善于说笑话的，因为她的个性如此，在任何哪一个男子面前时并不避什么嫌疑的，遂又继续取笑道："刚才你和表妹两个人骑我一个人，我的血也被你们骑出来了。你心里大概过意不去吧，所以今晚也预备给我骑一骑吗？"

莉莉听他这么地取笑，一颗芳心真是又恨又爱，遂啐了他一口，笑骂道："烂脱你的嘴巴，我不捶你，你哪一块肉儿在发痒？"她扬着手儿，赶了上去，做个要打的样子。

"我全身的肉儿都觉得在发痒。莉莉，你要打，我给你打一个痛快。"良平一面笑，一面不但不躲避，反把身子投向莉莉的怀内去。常言道，天下无难事，只怕老面皮。莉莉被良平把身子反而投向怀中来，一时倒也弄得没有了法儿，只好把身子退到床沿边去，白了他一眼，笑骂道："你真是一个顽皮的东西！可是我却不高兴打你这个臭东西！"

良平见莉莉这个表情真是娇媚到了极点，而且瞧了她两袖齐肩的玉臂，露着粉嫩的大腿，他的神志已被色欲占去了大半。这就赶到床边，大胆地抱住了莉莉的身子，把她小嘴像疯狂般地热吻了一阵。莉莉见他嘴儿在狂吻，同时两手却在自己胸部上活动，她心头火样的热情也被他撩拨得压制不住了。因为她感到良平愈活动得剧烈，自己也愈觉快感，她老实地承认，在这一个时期中是需要良平这么的青年给予她性的安慰。

"你疯了……"莉莉被他顽皮了一会子后，方才挣扎出这一句话来，绯红了两颊，有些娇喘的成分。

"是的，我疯了！莉莉，刚才你们曾经疯狂般地吮吻过我，此刻我要报复……"良平一面说，一面已把她身子掀倒床上去。他的手已揭开了她旗袍的纽襻，衣襟落了下来，里面是没有衬衣的，暴露在他眼底下的是雪白的酥胸、高耸的乳峰、像樱桃那么大小的两颗鸡头肉。良平心醉了，神迷了，他低下头儿，吮吻啧啧的，他真的是发了疯的样子。

"良平，你瞧，有人推门进来了。"莉莉被他吮得奇痒难当，她全身起了异样的变化。虽然她想立刻和良平的热情一同融化在爱欲中，不过室内的电灯是亮着，房门是开着，她怕有人会撞了进来。所以在情急之下，她十二分认真地说出了这两句话。

果然，良平被她说得呆住了，他的火热的情欲已消失了大半，回头去瞧房门外，虽然并没有什么人推门进来，但房门是半开着。良平理会她的意思，遂站起身子去把房门关上了，同时他伸手把室中的灯光也熄灭了。

第四章

游泳池中起了醋波浪

　　"美丽，那么我们下池去游泳了好吗？"在上海一个规模最大的游泳池里，池的四周布置着海滩的景致，铺着一片黄沙，黄沙的上面又搭着一个一个的帐篷，在帐篷的里面躺着一对对的青年男女。他们都穿着各种颜色的游泳衣，脸上无不含了甜蜜的微笑。

　　美丽穿的是套浅绿色的游泳衣，她仰卧在黄沙上面铺着的一条淡灰色的线毯上，右脚搁在左膝上，手里拿了一瓶鲜橘水，瓶中插了一根麦秆子，她把小嘴儿凑在麦秆上一口一口地吸吮着。坐在旁边的克明，见她已吸完了瓶中的鲜橘水，遂俯过身子去，把她瓶儿取过放在一旁，向她含了笑容低低地说。

　　美丽听了，望了望帐篷外猛烈的阳光，微蹙了眉尖，摇了摇头，说道："你瞧瞧太阳这么猛烈，晒在身上是多么疼痛，你何必这样性急？且待太阳快下了山，我们再去游泳那不是好得多吗？此刻躺在这儿，吹着凉风，倒是很爽快的。傻子，你也躺下来，我们休息一会儿不好吗？"

　　克明见她说着话，还把手儿来拉自己的臂膀。于是他就趁势覆了下去，把脸儿望到她的粉脸上去，默默地出了一会子神。两人一仰一俯地望着，脸儿的距离是只有三四寸光景。克明感觉到她樱口内吹出来的气，有一股子芬芳的幽香，他陶醉得心儿荡漾了一下，笑道："美丽，我是快要毕业了，毕业后我们不是就要分开了吗？那么你应该给我一个补救的办法呀！"

　　"我想不出什么补救的办法，除非你再从大学一年级读起，跟我一块儿毕业不好吗？"美丽转了转乌圆的眸珠，她说到这里，连自己也扑哧的一声好笑起来了。

克明听她这样说，遂也好笑起来，摇头道："美丽，你不要和我开玩笑了，难道再没有另外一种好办法了吗？"

"我委实想不出来，克明，那么你有什么比较好一些办法吗？"美丽摇了摇头，秋波逗给他一个神秘的媚眼，这一句话显然含有俏皮的作用。

"办法原有一个，只不过你肯不肯答应我，这当然是一个问题。"克明见她一起一伏的胸部，含了微微的笑容，向她低低地说。

"你且说给我听，是个什么办法，再决定可否。"美丽虽然很明白他心中所存的意思，但她故意还装作木人的样子，向他悄声儿地问。

克明听了，把脸儿更低下寸许，沉吟了一会儿，笑道："这一个办法，就是我毕业后，请你答应和我实行结婚，那么我们不是天天可以在一块儿了吗？不知你能赞同我这个意思吗？假使你答应了我，我情愿一辈子给你做牛马，永远做你的侍役……"

美丽笑了一笑，把两条白胖的手臂去拢住他的脖子，说道："假使不答应你，那么你预备怎样？"

"我就预备自杀……"克明很决绝地回答。

"也好，你就先自杀了，我再跟你结婚。"美丽妖媚地扑哧地笑。

"美丽！狠心的人！你真要我死，那么我也得死在你的肚子上……"克明逗了她一瞥哀怨的目光，猛地伏下身子，在她小嘴儿上发狂似的吮吻了一阵。

美丽被他这一阵子吮吻，她是感到全身骨脊都觉愉快。因为他的身子是重重地压在自己的胸部上，胸部受了他的摩擦，好像有一股热的电流灌注到全身每个细胞里去。她只感到不可思议的神秘，这就搂近他的身子，她把两条大腿像剪刀般地去夹克明的腰肢。克明在这个情形之下，假使没有这一层游泳衣的话，两人身子真会合并到一块儿去了。

美丽在疯狂了一会子之后，她把克明身子推开了，全身因为太兴奋的缘故，她已经完全地软化在地上，而且还连连地娇喘。克明笑道："你需要我这么地压你，那么你就该跟我结婚，我就天天可以使你感到快乐了。"

美丽并不作声，秋波逗给他一个妩媚的白眼，嫣然地笑了。一会儿，她低低地道："你说你给我做牛马，那么你就该给我骑呀。"

"只要你喜欢骑我，我当然可以给你骑的呀，只不过你不惯骑人家罢了。"克明涎皮嬉脸地忍不住笑嘻嘻地说。

美丽啐了一口，伸手拧住他的大腿，笑嗔道："我为什么不惯骑人家？今天偏骑你当个马，瞧我有没有这个本领。"

"那么你就不妨试试……"克明猛可抱住她的腰肢，将她身子覆压到自己的身体上来。美丽怕肉痒，忍不住咯咯地一笑，她把身子又跌下地上去了。克明笑道："可不是你不惯骑人家的吗？换作了我，那就拿手得很，你不信，你给我试试。"他一面说，一面把腿儿要跨到她的身上去。美丽一面笑，一面翻身已是站起身子，笑着逃出帐篷外面去了。

两人跳下水池里开始游泳了。游泳池里的人真多，活像一群水狗，又像无数的金鱼，大家都在池水里活跃。美丽游泳的技能很不错，所以她时常在池水里吃人家的豆腐。比方说，她见一个年轻貌美的男子对于游泳技能很幼稚，于是她会钻在水底里，把人家的两脚拉到水底去，抱住了人家吻嘴亲面孔。有时把人家几乎闷得透不过气来，方才满足了，放了人家逃到对面的游泳池岸边去。但那个被玩弄的男子，却始终还不知道究竟是被哪一个女子开玩笑的呢。

"美丽，你瞧我们这样子像什么？"克明偎着她的身子，两人仰面躺在池水上，一面游泳，一面回眸望了她一眼，笑嘻嘻地问她。

"像两条鱼……"美丽微笑着回答。

"还像别的比较有意思一些东西吗？"克明心头似乎含了一些作用般的。

"你说还像什么？哦，除非像鸳鸯……"美丽很喜悦地说。克明当然是十分兴奋，他把身子向水底一沉，又把美丽的身子抱了过来。这么的一个举动，美丽的身子仿佛覆躺在水面上一样，其实她的下面还有克明的身子。美丽感到很有趣，她觉得克明的游泳技能比自己还精熟一些，遂把身子一按，低头在克明的嘴儿上连声地吻了两下，笑道："克明，我们水里接吻今天倒还是第一次。"

"可不是，好像特别地有兴趣一些。"克明在她身子向下按的时候，她胸部的感受是多么软绵，真是温柔得可爱，遂把手儿去捏住她紫葡萄那么的一颗，涎皮嬉脸地回答。

美丽没有挣扎他的顽皮，呛着他的嘴儿，默默地似乎感到说不出的愉快和安慰。两人正在亲热的时候，不料有人在美丽屁股上打了一下，咯咯地笑起来。美丽连忙回头去望，原来是自己的妹子曼丽，和一个并不认识的姑娘，于是忙把身子游在水里，笑道："妹妹，你也在这儿游泳玩吗？和谁一同来的？"

"和我的同学，就是这位李爱娜小姐。爱娜，这是我姊姊美丽。"曼丽指了指旁边那个姑娘，一面又给她们笑盈盈地介绍。

两人正在握手招呼，爱娜忽然一眼瞥见美丽身后钻出来的克明。她奇怪得"咦"了一声，忙含笑叫道："原来表哥和董小姐在一块儿玩吗？"

克明这时也瞧见了爱娜，遂微红了两颊，说道："表妹，你和董二小姐是同学吗？这真是凑巧得很。你们多早晚来的？"一面说，一面又向美丽告诉道，"这就是我姑爹的女儿，我现在就住在她的家里。"

美丽想不到爱娜和克明原来是表兄妹关系，不知怎么的，她心头有些不快乐，遂拉了克明的身子，游到对过岸旁去了。爱娜见此情景，也气得粉脸通红。她本来原不好意思吃醋，因为美丽这么没有礼貌，她忍不住冷笑了一声，也顾不得曼丽在旁边，就恨恨地说道："怪不得表哥现在和我这么冷淡了，原来他是被人家迷住了。曼丽，你是我很知己的同学，你姊姊不应该夺我的爱人呀！"

曼丽听她说着话，几乎要盈盈泪下的神气，这就忍不住扑哧地一笑，秋波斜乜了她一眼，说道："爱娜，你这话太有趣了，可不是我夺你的爱人呀，你为什么向我交涉？这不是很奇怪吗？"爱娜红晕了两颊，微微地叹了一口气，说道："不过你应该可怜我，劝劝你的姊姊，把我的表哥交还了我才好，否则，我是多么痛苦。"

"虽然我很同情你，不过爱情这样东西原比不了别的，他们这样地热爱，叫我有什么能力可以去劝她好呢？你不见刚才他们躺在水里这种游泳的方式，也太使人感到肉麻的了。"曼丽微蹙眉尖，低低地回答她，表示自己难以劝姊姊的意思。

爱娜听了这话，想到刚才美丽竟覆在表哥身上的一幕情景。她芳心里又妒又恨，又觉悲酸，眼皮儿一红，忍不住呜呜咽咽地哭了起来。曼丽被她一哭，遂把手扪住她的小嘴，忙说道："痴妮子，你这一哭算什么意思？被人家见了不是很难为情吗？你应该拿出你的手段来，把你表哥从我姊姊的怀中去拖到你的怀抱里来才是呀。哭是懦弱的表示，这是最消极的办法。"

爱娜听曼丽这么地说，遂收束了泪浪，狠狠地说道："好，我一定和表哥去理论，我们自小一块儿长大的，他就不该负心我呀！"两人说着话，遂从游泳池内跳到岸上来，只见美丽和克明携手钻进一个帐篷里去。爱娜一股子酸气触鼻，遂放了曼丽的手，匆匆地也追到这个帐篷里去。只见两人躺在线毯上又在激烈地接吻，爱娜走上去把克明狠命地拖起，冷笑道："表哥，你的良心放在什么地方？我从小那么地爱你到现在，你如今有了新人，你就丢旧人了吗？况且你住的穿的都是全靠我爸爸帮助你，你倒忍心抛弃我吗？唉！你好狠心的人！"

克明被表妹狠命地拉起，又听她这么说，因为在过去自己确实也爱上过表妹，因为美丽魔力比表妹强，自己也就不知不觉地迷恋美丽起来。此刻见表妹眼泪汪汪的情景，心头也觉不忍，正欲向她含笑安慰几句，不料美丽猛可地坐起身子，也把克明的手一把拖住了，冷笑道："爱情是自由的，他爱谁就爱谁，岂有强迫他要爱你的吗？你这不要脸的东西！陌陌生生到我们帐篷里来闹什么？还不快给我滚出去吗？"美丽柳眉倒竖地骂到这里，一面又向克明说道，"克明，你从今就不用住到他们家里去，我马上答应和你结婚好了。"

克明听美丽这么地说，想到美丽是个身拥数百万家产的女子，于是他把爱娜一片痴心蜜意又抛诸于脑后去了。爱娜见表哥挣脱了自己的手，大有冷淡的意思，芳心中这一气愤，这就狠狠地走上一步，就向坐在地上的美丽狠命地踢了一脚。美丽负痛，这就"喔哟"了一声，大怒道："你敢动手打我吗？克明！你不给我报仇，我立刻死在你的面前！"说着，便呜呜咽咽地哭了起来。

其实美丽故意做作，原是假刀杀人的意思。果然，克明心中好生愤怒，他已忘记了过去表妹的可爱，他终于伸手"啪"的一记，量了爱娜一个耳光，大骂道："你这不要脸的女子！你到这儿来寻死吗？你再不滚出去，我马上把你打死了干净！"

爱娜做梦也想不到表哥竟会狠心到这个地步，因为心头悲痛得过分的缘故，因此她不免捧着脸颊怔怔地愣住了一会子。就在这个当儿，美丽还跳起身子来捶打爱娜，幸亏曼丽赶到了，她把爱娜拉着走到外面去了。

爱娜被曼丽拉到外面，这回她倒在曼丽的怀内真的呜呜咽咽地又哭了起来。曼丽被她哭得伤心，忍不住也淌下几点眼泪来，遂劝慰她道："爱娜，你快不要哭了，你伤心也没有用的，这般无情无义的男子，他绝不会来同情你、可怜你的呀。并不是我埋怨你的手段欠高明，哪一个男子不爱色的？我在外面是偷窥了好多时候，你不该用责问的口气对待表哥，你也应该用柔媚的手段来对待表哥，那么他才会回心转意哩。你说我这个话是不是？不过这种负心的男子，也不值得我们爱他，你的年纪多轻，难道将来会找不到比克明更好一些青年做伴侣吗？"

爱娜听了，遂伸手揉擦了一下眼皮，叹了一口气，说道："我想不到表哥会真的动手打我耳光，我觉得世界上男子的心肠硬，有甚于铁石的呢。我倒并不稀罕这种负心的青年，只不过我心中感到太气愤一些儿罢了。"

"爱娜，我告诉你，其实你表哥也是上了我姊姊的圈套。你不知道我姊姊的行动是多么浪漫，她爱男子也不会有专一的心。你瞧着，将来你表哥同样地会遭到我姊姊的抛弃哩。"曼丽听爱娜这么地感叹，遂又向她这么地安慰。爱娜因为是恨入骨髓的缘故，遂含了祈祷的口吻，说道："但愿有这么的一天，也叫了我看了心中感到痛快。曼丽，我不高兴再在这儿逗留，我要回去了，你多玩一会儿吧。"说到这里，便离开曼丽的身怀，表示要去换衣服的意思。

"那么我和你一块儿走吧。你也不用伤心，我伴你到处去游玩，以达到我们光明的大道。"曼丽知道她是心灰意懒的缘故，遂忙又鼓励着她。爱娜用了感激她的目光，向她脉脉含情地逗了一瞥，点了点头，于是两人携手到女子更衣室中去了。

美丽见爱娜被曼丽拉着走了，遂坐到地上，故意又伤心着哭了。克明忙也跟着坐下，抱着她的身子，低低地道："美丽，我爱你，你还伤心做什么？"

"你爱我，可是我不爱你，你表妹这么地欺侮我，把我腿儿踢起一块紫血了，还不是你害了我的吗？"美丽狠狠地白了他一眼，撒痴撒娇地故意把身子忸怩了一会儿，薄怒娇嗔的神气，愤怒地说。

克明知道她是故意撒娇的表示，遂含了笑容，低低地道："但我不是已经打过她耳光了吗？这个讨厌的女子我原最不爱她的。美丽，你什么地方被踢痛了，我给你揉摸一会儿吧。"说着话，捧了她的大腿，给她细细观察一会儿，可是并没有什么青块。其实爱娜原是赤脚踢了她一下，又不是皮鞋脚，哪里就会有紫血块了？不过克明为了要迎合她的欢心，也只好把她大腿各处揉摸了一会儿，笑说道："美丽，你不是刚才已答应马上和我结婚了吗？那么我们现在就结婚了怎么样？美丽，我生生世世爱着你，绝不会再去爱上别个女子了，请你相信我吧！"说到这里，捧过她的小嘴，又亲热地吻了一个痛快。

"相信？哼，我真不会再相信你的。"美丽被他吻了一会儿，故意冷笑着说。

"那为什么？难道我这样爱你，你还信不过的吗？"克明真挚地问。

"当然信不过你，你们男子都是没有良心的。"美丽撇了撇小嘴回答。

"不过我是例外的，因为我最有良心。"克明把身子偎近了她一些。

"省省吧！你最有良心？我问你，你当初不是很爱表妹吗？假使你不爱她，你为什么见了她就显出害怕的样子？"美丽却把秋波恨恨地白了他一眼，在她心中尚有醋意的成分。

"后来我不是打她耳光的吗？"克明向她竭力地讨好。

"现在你回答我，你到底爱谁？"美丽瞅住了他追问。

"当然爱你，那还用说吗？"克明很快地回答。

"那么你当初为什么要爱表妹？"美丽偏追根究底地问下去。

"在当初因为没有见到你的缘故。"克明笑着说。

"见了我就抛弃表妹，明天见了比我更美丽的人，那你不是又要抛弃我了吗？你还说是个有良心的男子吗？"美丽兀是薄怒娇嗔地冷笑。

"这个是绝不会的，我若抛弃了你，我一定没有好死的。美丽，你为什么要这样说？我除了你外，连我自己的生命也不十分爱惜的了，你难道还信不过我吗？"克明一说，一面又抱住了她的娇躯温存着。

"不过你要嫁给我也可以，一定要服侍我的。因为我是丈夫，你是妻子呀！"美丽说到这里，她感到很得意，忍不住又咶咶地笑起来。

克明听她这么说，倒并不以为她是有侮辱男子的意思，遂点头笑道："我什么都可以答应你，无非给你穿袜子鞋子罢了，是不是？"

"但是还有一个条件，你也应该依从我的。"美丽望着他脸儿，咶咶地笑。

"还有什么条件？你说得出口，我终也依得了你。"克明把身子偎上去，手儿又摸到她胸前去顽皮。美丽把他手儿捧开了，秋波逗给他一个娇嗔，说道："你是我的妻子，那么你就应该给我摸的，如何你能摸我呢？"

"那么你就只管摸我吧，只不过我的没有像你那么高耸耸柔软得可爱。"克明忍不住扑咶地一笑，他把美丽的手拉过来，按到自己的胸部上去。

美丽捏住他赤豆那么的一粒，狠命地一扭，把个克明痛得"喔哟"一声叫起来。美丽放下了手，早又咶咶地好笑起来了。克明道："正经的，你还有个什么条件？快说出来给我听吧。"

"第一个条件，结婚的时候，你应该穿做妻子的礼服。第二个条件，结婚后你穿我的旗袍，我穿你的西服，你能够答应我吗？"美丽方才正了脸色，很认真的神气向他说出了这两句话。

克明见她异想天开的话儿，一时望着她倒不禁为之愕然，过了一会

50

儿，方扑哧地笑了说道："现在这个时代本就有些变了，女子穿西裤的已经是不少，马路上很多很多，但这还是女子要化成男子的意思。不过男子穿新娘的礼服，穿女的旗袍，这到底还不见有人首创实行起来。如此阴阳颠倒，妖孽遍地，无怪世界要大乱起来了。"

"那么你是不是不情愿嫁给我？既然不情愿嫁给我，我当然没有和你结婚的希望了。"美丽故意绷住了粉脸，表示十二分生气的样子。

"但是叫我穿新娘的礼服，这个……到底太不好意思。况且……况且……被人家传扬开去，岂不是滑天下之大稽了吗？"克明皱了眉头，显然他有些吃不消这一个条件。

美丽沉吟了一会儿，笑道："这样吧，第一个条件取消了。第二个条件，你非实行不可。否则，我无论如何也不答应你的。"克明暗想，只要结过了婚，她身子交给了我，以后还怕她什么？于是含了满面的笑容，点头佯作答应了，笑道："也好，准定我就答应你，你是我的丈夫，我是你的妻子。"克明说到这里，把身子滚到她的怀里去，表示撒娇的样子。美丽自然感到无限的得意，遂抱住他的身子，一面向他亲热地狂吻，一面早又咯咯地笑起来了。

经过两人这一度谈话之后，美丽这人倒是说做就做的，她也不待克明毕业，就发表和克明结婚的消息。其实美丽这女子是最喜欢好胜的，在当初她还没有和克明结婚的意思，因为她知道克明的表妹确实热爱着克明，她为了要战胜情场中的成绩，她就毅然和克明结婚。当然，她是要气气爱娜的意思。

果然，爱娜在瞧到报上那个结婚启事消息之后，她是感到多么痛苦，因此整整地伤心了几天。幸而曼丽在旁边殷殷地劝解着她，她才稍微得一些儿安慰。

董重明对于这个放浪的侄女儿是没法给她做主意的，只要美丽喜欢这样做，自然都答应了她的要求。美丽的新房是在另一栋西班牙式的小洋房里，她花了五十万元钱去买下来的。

这是新婚第一天夜里，新夫妇从国际饭店回到新屋子的新房里。室中是燃着融融的花烛，怪明亮的。小凤笑盈盈地给他们倒上两杯龙眼茶。美丽叫小凤把大橱内的西服拿一套出来，给自己换上，又叫小凤服侍克明穿上自己的旗袍和高跟鞋。小凤不知她是什么意思，倒是怔怔地愣住了一会子。

克明听美丽这么地吩咐，两颊由不得飞过了一阵红，遂笑道："美丽，今天时候不早，我们就早些休息了，明天我准定实行是了。"

"那不行，我们订立的条件，怎么能够不实践？"美丽一面回答，一面已穿上了克明的西服，系上了领带，并且对小凤说道，"你快给少奶换衣服吧。我对你说，你以后叫我少爷，知道了吗，他是你的少奶。"

小凤听小姐这么说，虽然还有些不甚明白，但也知道了几分意思，遂含笑步了上去，要给克明换旗袍。克明身子退后了一步，笑道："美丽，你不要和我开玩笑了好吗？我们还是早些儿睡了吧。"

美丽见他反悔起来，粉脸不觉勃然地变色，遂冷笑道："是你自己说的，你嫁给我做妻子的，我就是你的丈夫。你要不答应，我明天立刻和你离婚。"

克明见她声色俱厉的样子，一时倒暗暗吃惊，因为这个姑娘不是寻常女子，她说得出就做得到的。那么今天结婚，明天离婚，这不是太笑话了吗？所以只好含了笑容，低低地说道："我穿就是了，你何必生气呢？"

"少奶，小凤给你服侍换衣裳吧。"小凤见克明软化了，她忍不住笑出声音来，秋波斜乜了他一眼，叫了一声少奶，低低地说。

克明红了两颊，虽然有些儿难堪，但也只好厚了脸皮，把西服都脱去了。美丽叫小凤先给克明穿上粉红软绸的衬衣，然后又叫他穿上了三角小裤。小凤红了两颊，笑道："这个还是请你到床上自己去换吧。"

"你不是叫我少奶吗？大家是个女子，你怕什么难为情？来，小凤，你给我换吧。"克明见小凤难为情，这会儿也脸厚了，遂拉小凤的手，一定要她来给自己脱裤子。小凤不依，回身要逃。美丽笑道："小凤，你怕什么？是个什么了不得的东西，难道你就怕见他吗？"

"我从生以来也没有瞧见过这个东西，我是不要瞧的。"小凤逃到房门口，回过头来微微地笑。美丽瞟了他一眼，笑道："那么你自己换吧。"

"不，我素来穿西服都是丫头们服侍的，我自己不会穿。"克明也放起刁来，平静了脸色，正经地回答。

小凤笑道："穿西服我当然可以服侍你的，难道你连换裤子都要丫头们换的吗？"克明忙道："我只要你能够服侍我穿西服，那么你仍旧来给我穿上西服吧。"他一面说，一面伸手要去脱那件粉红的衬衣。美丽瞧了，娇叱道："你想借此脱去了吗？那么你今夜立刻给我走出去，明天和你登报脱离关系。"

克明没有办法，只好把裤子脱下，穿上了那条三角短裤，又披上了旗袍，换上高跟皮鞋，真有些像一个江南大姊了。小凤站在房门口，忍不住笑弯腰肢。美丽道："小凤，你把我墨水钢笔纸条取出来，给少奶写一张笔据，免得他将来后悔。"

"美丽，你叫我写什么笔据呀？"克明听了这话，真有些不胜惊异的样子，望着她手儿插在两裤袋内那种煞是个男子的神气，倒是愕住了一会子。

美丽道："你写情愿嫁给我做妻子，永远地爱我，绝不变心。"克明道："我当然永远地爱你，如何会变心呢？况且我们正式地结了婚，我自然希望我们能够白首到老，还用写什么笔据呢？"

"不，我要你写一张，比较可靠一些。"美丽很认真地说，她拉了克明的手，已走到桌子旁边去，叫他坐下了，把钢笔塞到他的手里，叫他写下去。克明握了钢笔，蹙了眉尖，望了美丽一眼，忧愁地道："美丽，你叫我写什么好呢？我委实不知怎么地写好。"

"你不知怎么地写？那么我念你写，听写终会的了。"美丽也望了他一眼，低低地说。

"也好，你就念吧。"克明有些难受的样子，似乎还低声叹了一口气。

"你听着：我今情愿嫁给董美丽做妻子咦，为什么不写呀？克明，你到底写不写？"美丽见他并不动笔，这就薄怒娇嗔，向他带了责问的口气问。

“我写，我写，唉，这到底算什么玩意儿呢？”克明是只好屈服了。

“……以后我要一心向着美丽，而且天天应该服侍美丽的起居，听从美丽的吩咐，永远做美丽的爱妻。五月十六日姚克明手签。”

美丽这才一口气地念出了这几句话。克明写毕，心中暗想：也许她是顽皮成性，无非拿我开个玩笑而已，大概没有什么其他的作用吧？遂把纸儿交给了她，叮嘱她说道：“写是这么给你写了，可是你千万不能拿给别人去瞧的，因为这个事情到底只有在我们闺房中开个玩笑而已。”

“我知道的，不过你应该尽妇道，像个做妻子的模样，我绝不会亏待你的。”美丽把笔据藏入袋内，说到这里，忍不住又嫣然地一笑。接着向小凤道：“小凤，你去睡吧，我和少奶也要睡了。”

小凤见小姐说这话，还把手儿去挽克明的脖子，因为他们的衣服已换了一个样子，所以小姐真活像个少爷的神气。秋波瞟了他们一眼，忍不住咯咯地一笑，遂给他们关上了房门，自管回房里去安置了。

这里美丽俨然以丈夫身份自居，拉了克明的手，走到床边去坐下了，望了他一眼，笑起来说道：“妹妹，我们莫要辜负这良宵一刻值千金呢。”

克明见她这个模样，一时又好气又好笑。因为夫妇在闺房里面，原可以不必顾忌一切，美丽既然以丈夫自居，于是他索性装出羞人答答的意态，活像是一个新嫁娘了。

美丽见他显出羞涩的样子，益发感到有趣，遂伸手脱他的旗袍。克明暗想：我就当作一个木头人，瞧瞧你究竟把我怎么样地摆布？于是脱了旗袍后，就直挺挺地仰面躺在床上。美丽遂把电灯关熄，也躺到床上去。

美丽究竟还是一个处女，在新婚的初夜，本来做新娘的已经有些很感痛苦和困难，现在新娘要学做新郎去骑别人家，这当然是更困难到十分的了。所以美丽香汗盈盈，娇喘吁吁，还是不济于事。她心里又急又恨，暗想：女子难道就只配给人家骑的不成？克明却故意默默地躺着，仿佛像个死人的样子。

“克明，你死了不成？”

"咦，你不是我的丈夫吗?"

"虽然我是你的丈夫，但作为妻子也有相当的责任。"

"相当的责任? 我可不管，你有资格做丈夫，你当然有本领的。"

美丽无话可答，笑了一笑。经过了许多时候，才算灰飞葭管，新阳初入二三分。可是不多一会儿，美丽隐痛地跌倒克明的身旁，却娇懒无力得吁气不止。克明望了她一眼，笑道: "美丽，你现在可明白做丈夫也不是一件容易的事吧，问你下次还要做人家的丈夫吗?"

美丽含笑不作声，恨恨地白了他一眼。

克明却依然呆呆地躺着，这回是故意放刁了。

美丽既不好意思开口，又觉得难受，所以伸手去推他的身子。

"美丽，你推我做什么?"克明有些明知故问。

"小鬼，你敢放刁吗?"美丽恨恨地打他。

"美丽，谁应该是做丈夫的资格?"克明低低地问她。

"克明，是你!"美丽究竟是屈服了。

第五章

含痛做了负情忘义人

叶良平自从和唐莉莉在宿舍中一度恩爱缠绵之后，两人你贪我爱，从此便打得火热，大有如胶投漆、不再分离的样子。后来见美丽和克明结了婚，莉莉心中也起了同情之意，遂向良平商量，说我们也索性结了婚吧。良平虽然赞成，不过他心头到底不敢忘情于曼丽，所以免不得沉吟了一会儿。因为这时大家已经毕业，良平也在董重明的橡皮厂内任会计主任。他想到自己今日有这个地位，当然全仗曼丽的力量，所以他真有些不忍去负心曼丽的。

这是一个初秋的天气了，莉莉那天晚上约了良平在舞厅里游玩。在舞过了几次之后，莉莉又对良平提起了结婚的事情。说道："良平，你到底预备怎么样？难道你占了我的身子后，就要抛弃了我吗？为什么我对你提起结婚的话，你终是假痴假呆地不肯给我一个确实的答复呢？"

"莉莉，你这话叫我太心痛了，我如何敢忘记你的恩情？不过你也应该原谅我的苦衷的，我是个穷小子，现在虽有了职业，但收入也不多，结了婚后，也许会不够一家的开支。所以我的意思，且过一年之后，待到有了积蓄，我们再结婚，那不是好得多吗？"良平见她紧锁了翠眉，秋波逗了自己一瞥怨恨的目光，大有悲哀的表情。因为莉莉的处女确实是交给自己手里的，所以他良心有些不安，遂握住她的纤手，低低地说，表示自己不会忘记她一片深情的意思。

莉莉听他这么地说，倒忍不住又微微地笑起来。她把娇躯偎到良平的怀内，把嘴儿吻到他的颊上去，温和地说道："傻孩子，我早已对你说过，你穷我不穷，只要我们结了婚，一切的开支我有呀，谁要你花半分钱的？你说，这还有什么困难的不成？"

"不过这在我似乎太便宜一些了，叫我不是太不好意思了吗？"良平听她这么地说，遂笑了一笑，一面说，一面把嘴儿略微侧过去，和她嘴儿成了一个直角度，于是甜甜地吻住了。

莉莉和他吻了一会儿，方才斜乜了他一眼，娇嗔似的说道："你这人说话就太不漂亮，那么我把身子交给你的时候，你给我些什么代价呢？我以为爱情是金钱所买不到的，只要我爱你，金钱算得了怎么一回事？我老实地告诉你，我在兰心公寓内已租了新房子，而且买了新的家具，决定预备和你结婚。你若再推三阻四的，我一定和你拼命不可！"

良平见她说到这里，把手儿拧住自己的大腿，似乎等待我的答复，我若不答应，她便要狠命拧下的样子，于是忙笑着道："我当然答应你，不过你待我这么好，真叫我心中过意不去，而且也不知叫我如何报答你才好。"

"别说傻话了，我们既成了夫妇，还用得到报答两字吗？"

"你说得很不错，我心里真感激你。"

"感激两字也用不到，只要你立刻和我结婚也就是了。"

"立刻怎么可以？不是也该有个仪式吗？"

"是什么仪式呢？我们不是连性生活都实行过了吗？"

"就是为了这么说，那么我们也无所谓结婚两个字了。"

"结婚也好，不结婚也好，我的意思，你快和我实行同居，知道吗？"

"我知道了，那么你终可以欢喜了。"

"欢喜？哼！你难道不欢喜吗？今夜非跟我回兰心别墅去不可！"

"今夜我有些头痛，明天可以不可以？"

"装什么死腔？我非叫你今夜跟我回去不可的。"

"不过我精神太不好，你也许会讨厌我不中用的吧？"

"我可以给你先抽几筒鸦片烟。"

"不行不行，我从来也不吸烟的。"

莉莉见他一味地拒绝，心头有些恼恨，秋波白了他一眼，拉住他的领带，嗔道："你走不走？"

"我走，我走，好太太，你快放手吧！"

莉莉这才感到胜利的得意，笑了一笑，她付了茶资，拉了他的手儿就匆匆地走出舞厅，和他一同坐车到兰心公寓里去了。

一线曙光从黑漫漫的长夜里突然破晓了。

太阳从地平线上渐渐地升起，从玻璃窗子外照到整个的房间。

良平一觉醒来，见身旁的莉莉还甜睡得浓。因为时间已经不早，自己要上办公室中去工作，所以遂披上了衣服，悄悄地先下床起身了。

仆妇倒上了盆水，良平匆匆地洗脸漱口。

待良平梳洗毕，仆妇送上牛奶吐司，良平于是坐下吃点心。

不一多会儿，莉莉醒来了，她见良平已经起床，心头有些怨恨的成分，逗了他一瞥娇嗔的目光，说道："为什么不伴我多睡一会子？"

"时候不早，难道不要上办公室去了吗？"良平喝完了牛奶，笑着回答。

"今天不好请一天假吗？"丽丽很生气样子责问。

"请一天假，是为了伴你睡觉，这也太笑话了。"良平忍不住笑了起来。

"那有什么稀奇？老实说，有了我，你根本不用上办公室去。"莉莉毫不在意地说。

"我知道，因为你开着银行是不是？"良平笑嘻嘻地奉承她。

"虽然不开银行，但银行里钞票也不算少，你尽管不用做事情，也够你吃上十年八年的了。"莉莉一面说，一面从床上坐起身子来。

"那么十年后怎样办？"

"十年后再作道理，也许我们活不到十年那么久。"

"你少放几个屁吧。"

莉莉也忍不住笑了，遂正经地说道："星期日我和你到大同集团结婚社里去报名，因为我们都没有什么亲友，所以一切仪式尽可以简单一些。你的意思以为怎么样？"

良平口里说好，心中确实忧郁了一阵，遂穿上西服上褂，说道：

"我走了，你多躺一会儿吧。"

"慢着，你回来！"莉莉伸出粉嫩的手臂，向他招了招手。

"你还有什么事情？"良平只好又走到床边，低低地问。

"良平，我爱你，你路上走好。"莉莉把手儿勾住他的脖子，微抬了脸儿，和他又紧吻了一会儿，然后向他这么地说。良平点了点头，急匆匆地走出了兰心公寓，心中不免暗想：瞧莉莉对我真是又痴心又热情，叫我如何能弃她？唉，事到如今，我也只好放弃曼丽的爱，还是准定和莉莉结了婚吧。

第二天下午是星期六，良平是不办公的。吃过午饭后，曼丽打电话给他，叫他立刻去一次，有事情接谈。良平听了不敢怠慢，遂匆匆地坐车前往。两人见面，握手问好，良平问她笑道："好多天不见，妹妹又长得漂亮了，不知叫我到来有什么事情吗？"

曼丽红晕了粉脸，秋波逗了他一瞥哀怨的目光，低低地道："不要说这些好听话吧，你现在是贵忙了，所以贵人是不宜来贱地的。难道一定要有什么事情你才来，没有事就不该来望我一次了吗？唉，你这人真……"说到这里，没有再说下去，却深长地叹了一口气。

良平见她那种哀怨的表情，备觉楚楚可怜，更有一种说不出的娇媚的风韵，一时心头也觉很对不住她，遂忙握住她的纤手，温和地抚摸了一会儿，赔笑着安慰她说道："表妹，你千万不要生气，我因为厂里公务忙，所以别的地方都没有去过，连妈那儿也没有去。今天星期六，下午原想先来望望妹妹，然后再去望妈，不料妹妹先来电话了。"

曼丽听他这么地说，方才回嗔作喜，但表面上犹显出不信的意思，啐了他一口，冷笑道："这些话少说两句吧！我要不打电话给你，你会来我这儿，随便什么东道我都请。"

"不过今天我原预备来望妹妹的，凭良心说，妹妹是输了我这个东道了。不过口说无凭，妹妹终也不肯相信我的，现在还是我来做个东道，请妹妹去瞧电影，算我向你赔个罪，那么你终可以不用生气了。"良平见她鼓小嘴儿的意态，至少还包含了一些天真孩子的成分，遂望着她玫瑰花朵那么的粉脸笑嘻嘻地赔不是。

曼丽感到良平这几句话是多么委婉动听，这就感到表哥真是一个多情的青年。她芳心里是感到无限的甜蜜，秋波斜乜了他一眼，也不由得嫣然地笑起来了，遂正经地告诉道："表哥，我今天叫你到来，原有些事情告诉你的。上学期我是已经中学毕业了，现在我和同学李爱娜一同到南京大学去读书，定明天上午早车动身。我走之后希望你时常通信，并努力于事业上的发展，那么我虽然不在你的身旁，我心里也感到非常安慰的了。"

良平突然听了这个话，一时又喜欢又难受：喜欢的是表妹离开了上海，那么我和莉莉结婚的事情，她自然可以不知道了；不过难受的又是将来表妹回到上海之后，怎么有脸儿再见她呢？因此握着她的手儿，紧锁了眉尖，倒是怔怔地愣住了一会子。

曼丽当然不知道他心存的是怎么一个意思，还以为他知道了自己要到南京去读书，所以他便起了依恋之情，这就转了转乌圆的眸珠，秋波脉脉含情地凝望了他一会儿，妩媚地又笑道："傻孩子，你干吗心里难受吗？我们虽然暂时相别，将来你事业成就，我学业成就，不是终有长相聚的日子吗？"说到这里，忍不住又有些赧赧然的意态，抿嘴笑了起来。

良平听了妹妹这几句话，他心里的疼痛犹如刀割，因为曼丽的痴情，确实使自己感动得几乎要淌泪的。不过他到底还竭力镇静了悲哀的态度，微微地一笑，说道："表妹，你怎么叫我孩子？我当然不会难受，因为表妹为求学而离开我，我只有代你感到无限的喜欢，因为我只祝你的前途一定是无限的光明。"

曼丽笑了一笑，秋波斜乜了他一下。她把娇躯偎到良平的怀内，微仰了粉脸，温和地说道："表哥，我有光明的前途，也就是你有光明的前途，因为我们的心不是已合在一块儿了吗？"

"是的，妹妹，你对待我太真挚了。"良平把她身子抱住了，他颤抖着说着，眼角旁已展现了晶莹莹的一颗了。

"表哥，你为什么伤心呀？"曼丽见他淌泪，一时倒不禁为之愕然，遂掀起了脚尖，含了倾人的媚笑，拿了手帕儿，给他轻轻地拭泪。

良平见她如此情深意密的举动，遂只好破涕为笑，低低地说道："表妹，我并没有伤心，因为我是太喜欢太感激你的缘故。"

"傻子，那也用得到淌眼泪的吗?"曼丽逗给他一个神秘的媚眼，忍不住又微微地笑了。良平见她微昂了娇靥，吹气如兰，令人心醉，这就情不自禁地低下头儿去，在她殷红的嘴唇皮子上接了一个甜蜜的长吻。

曼丽微闭了星眸，掀起了脚尖，默默地承受着他这一个热吻。良久，良久，两人离开了嘴唇。曼丽的粉颊是像映日的海棠了，她逗了他一瞥羞涩的目光，嫣然地一笑，身子便羞涩地回了过去。良平觉得表妹这一种妩媚的意态是莉莉所没有的。而且刚才这一吻，在幽静中带有温文的感觉，和莉莉热狂的情景相较，别有一种令人心醉的风味，他感到曼丽的可爱，遂走上了两步，伸手按住她的肩胛，低声地笑道："表妹，你怎么啦? 你怕难为情吗? 我们快些儿瞧电影去吧，晚上我还得给妹妹践行哩。"

曼丽这才回过身子，望着他娇羞地一笑，说道："爱娜今天原约我在兆丰公园里游玩，那么你和我一块儿去好吗?"

良平点头说好，于是两人携手出了梅林别墅，坐车到兆丰公园门口跳下。果然爱娜先笑盈盈地奔了过来，握了曼丽的手儿，埋怨着她笑嗔道："你这妮子好大的架子，叫我等候足足有半个多钟点哩! 你是缠了足吗?"

"对不起! 对不起! 因为我半途上遇到了我的表哥，所以和他一同来了。"曼丽和她连连地摇撼了一阵手，笑盈盈地抱歉，一面又给两人介绍了一回。爱娜表面上和良平招呼，心中却暗暗地感伤了一会子。因为她见了良平，心里不免想到了克明，大家都是表兄妹，不料我的表哥竟会变了心。良平忙着买了三张票子，大家一同步进公园里面去，虽然是初秋的天气，但还是很热情，并没寒意的感觉，所以园中游人颇多，十分热闹。爱娜见对对情侣携手偕行，不免自感形单影只，所以甚为惆怅。曼丽心知其意，所以也不敢过分和良平亲热，只和爱娜且行且谈，逗她的欢喜。

三人正在闲步而行，忽见迎面走来一男一女，女的手里还抱了一个孩子。良平见了那男子就是自己的同学姓高的，遂忙抢步上前，和他握了一阵手，笑道："守中兄，好多年不见了，原来你已结了婚有了孩子吗？"

　　那个高守中遂含笑给他妻子介绍道："这位是我中学里的同学叶良平先生，这是内子裘玉琴，这是小儿志敏。"玉琴听了，遂向他含笑弯了弯腰，叫了一声叶先生。这时曼丽和爱娜也走到旁边，良平于是给他们介绍了一回。大家含笑招呼，各自客套了几句。良平向守中问道："老兄现在什么地方得意？"

　　守中笑道："我自法科毕业后，就悬了牌执行业务了，不过我已改名高思德了。事务所在江西路惠康大楼三四五号，你有空可以来玩玩。那么你近来大概也在干什么工作了吧？"

　　叶良平听了，"哎呀"了一声，笑道："高思德大律师原来就是老兄吗？我在报上时常瞧到你的大名，你近来是很有名望的呀！"说着，并又告诉他自己在橡皮厂内任职的话。思德忙也说道："哪里哪里，我执行业务还不到两年哩，可谈不到名望两个字的。"

　　两人说着话，谁知那边又走过来一男一女，他们走到曼丽等的身旁。那女的先叫道："妹妹，你们也在这儿游玩吗？"曼丽回头去望，原来是姊姊美丽和姊夫克明，这就笑道："你们怎么也会到兆丰公园里来游玩啦？"美丽一面向良平点头，一面向高思德望了一眼，芳心暗想，倒是个挺俊美的人儿。忽然她脑海里又有一个感觉，这人好生面善的，凝眸望了一会儿，猛可记得了，这就"咦"了一声，笑叫道："这位先生，我们春天里在美华大戏院里不是曾经碰到过的吗？你还给我把皮包拾起来的呢！"

　　高思德听了拾皮包这一句话，遂也想起来了，望了玉琴一眼，笑道："你还记得吗？我们一会儿瞧《美人鱼》影片的时候，不是曾经拾了皮包送还给她的吗？"玉琴点头笑道："是的，原来是曼丽妹妹的姊姊，那可是真凑巧得很。"

　　曼丽于是给他们重新介绍一回，美丽听思德不但结了婚，而且已有了孩子，一颗芳心颇为失望，但见了他那副俊美风流的表情，心头爱火又欲爆发起来。思德因孩子吵闹了，遂向他们作别，拉了玉琴的手儿，自管向那边树蓬内玩去了。

这里爱娜见了克明、美丽两人自然很讨厌。克明对于爱娜也有些羞愧的颜色，于是拉了美丽的手，也匆匆和良平作别到假山洞内去了。曼丽见爱娜粉脸儿有悲哀的意思，遂拉着她手儿，微笑道："我们找个地方去坐一会儿好吗？"

爱娜点了点头，三个人走到一丛树林前的长椅子上坐下，曼丽坐在当中，右边是爱娜，左边是良平。良平说道："你们明天早车动身到南京，先在什么地方住下呢？"曼丽道："那当然是先住旅馆的了，好在我们有两个人，大家终有个商量的。爱娜，你说是不是？"曼丽说着话，回眸又去望爱娜，不料爱娜却没有作答。她的两眼望着自己的脚尖，似乎在想什么心事般的。曼丽见她神情，很显明有些悲哀抑郁的样子，这就劝她说道："爱娜，你也想明白一些儿，欲除烦恼须学佛，各有姻缘莫羡人，你何苦闷闷地不乐呢？难道像你这么才貌双全的姑娘，将来就嫁不到一个好丈夫不成？"

"曼丽，你又和我开玩笑了，谁闷闷不乐的？我是挺高兴的。我们这样轻的年纪，假使为了儿女私情而自寻烦恼，这也太没价值了呀！"爱娜因为在良平的面前，听曼丽这么地劝慰，心头自然十二分不好意思，这就红晕了娇靥，秋波斜乜了她一眼，一面微笑，一面向她低低地辩解。

良平似乎不明白其中的一回事，遂悄悄地拉了拉曼丽的衣角，低低地问道："妹妹，是怎么的一回事情呀？能不告诉我一些儿听听吗？"

曼丽道："你没有知道吗？克明是爱娜的表哥，他自小没有爸妈，全靠爱娜爸爸养他长大的。在过去他很爱爱娜，爱娜也非常地爱他。不料克明自从见了我的姊姊后，他就抛弃了爱娜，和姊姊结婚了。你想，爱娜心中不是要悲痛欲绝了吗？"

爱娜不待她说下去，就伸手扪住她的嘴，冷笑了一声，狠狠地说道："曼丽，你不要说我悲痛欲绝了这句话好吗？我为了这样不情不义不专一的青年而悲痛欲绝，那我也太傻的了。况且像克明这种见一个爱一个的青年，也不值得我去为他而悲伤。爱情是自由的，况且是要两心同情的爱，这才是美满的姻缘，所以我绝不会因此而做无谓的伤心。"

良平听了她们这一遍话。他心头是惭愧极了，而且也疼痛极了。他觉得自己是变成克明第二了，我是个负恩忘义的青年吗？唉，我如何对得住曼丽呢？想到这里，他几乎又欲淌下眼泪来。不过自己无缘无故地落眼泪，这到底是太不合情理了，而且给表妹见了，心头也要引起无限的疑窦。于是只好平静了脸色，低低地说道："原来爱娜小姐还是克明的表妹，那我只有此刻才知道哩。照理，你们自小一块儿长大，终该是一对美满的姻缘了，谁知克明又会去爱上了我的大表妹，可见无论什么事情都有一个数的。"

爱娜听了这话，不免感叹了一会儿。曼丽见时已四点多了，遂站起身子，说道："我们在这里久坐也没有什么趣味，还是到外面去吃些儿点心吧。"

良平赞同，遂和两人一同步出公园，就在对面小吃部里吃了一些炒面。爱娜道："我还要到家中去整理整理衣箱等物，曼丽，我们明天早晨车站上见好吗？"

曼丽拉住她的手，说道："此刻只四点三刻，我们再去瞧场电影不好吗？"爱娜秋波斜乜了她一眼，逗了她一个神秘的媚笑说道："我不奉陪了，你们两位自便好了。"曼丽留她不住，也只好和她握手分别了。

这里良平和曼丽坐车到南京路跳下，不料时已五点半了。良平道："看电影时间怕来不及，我们还是到舞厅里去听一会儿音乐好吗？"

曼丽虽然在平日是不常跳舞游玩的，不过今日临别纪念，自然不忍拒绝他的意思，遂含笑点了点头，说声也好。于是两人携手步进富丽堂皇歌舞升平的舞宫里去了。

两人坐在沙发上，听了一会儿音乐，觉得兴奋得了不得，眼瞧着对对舞侣们那种亲热的样子，是每个青年的心头会爆发春情的爱火。良平原不会跳舞，后来被莉莉带会的。此刻听了热狂的音乐声，他有些脚痒起来，遂情不自禁地说道："表妹，我们去舞一次好吗？"曼丽笑道：

"可是我跳得并不十分好。"

良平见她口里虽这么地说，但身子已站起来了，当然知道她是允许的意思，遂很欢喜地拉了她手儿走到舞池里去。曼丽虽然和良平自小一块儿长大的，不过和良平跳舞实在还只有破题儿第一遭。她见良平跳得好熟的步子，心里有些奇怪，遂含笑问他说道："表哥，你几时学会了这样纯熟的舞步？"

"还不是你姊姊教我会的吗？"良平不敢说明是莉莉教会的，他转了转眸珠，急中生智地说出了这几句话。

曼丽笑了一笑，却没有作答。不料后面有对舞侣偶然撞了过来，曼丽站脚不住，身子倒入他的怀抱，连粉脸也偎到他的颊上去。良平也趁势把她紧紧抱住了，两人一面跳舞，一面亲热地贴了一会儿面孔。待一曲终止，两人回眸一笑，方才携手归座。

"表妹，你的舞步也不错，我想你也常常跳舞的吧？"两人在沙发上坐下了，良平喝了一口茶后，望着她芙蓉出水那么的娇容，含笑着搭讪。

"我哪儿有空常常跳舞玩呢？都是爱娜因为遭了失恋的痛苦，我才伴她来找些儿刺激，无非叫她忘记了一些痛苦罢了。"曼丽摇了摇头，低低地回答。

良平听她提起爱娜的事情，他心里也会感到无限的痛苦。于是他决心拒绝莉莉的结婚，预备始终守着曼丽一个人了，遂说道："表妹，不过爱娜为什么不先和克明订了婚约呢？"曼丽笑道："要负心的人，订了婚约又有什么用处？即使结了婚有了孩子的话，可是要变起心来，照样也会闹离婚的。这结婚订婚无非是一个形式，只要二人同心相爱，这就很困难的了。"曼丽说到这里，她似乎有些代为爱娜悲哀，忍不住微微地叹了一口气。良平听了这话，心中有些羞惭，因此也默然无语，怔怔地愕住了一会子。

两人舞了多次，时已七点。良平遂和曼丽到金光酒家吃饭，这天他们都喝了一些酒。酒后的良平被曼丽的痴情所激励，于是他愈加不敢负心曼丽，准定不再和莉莉结婚。这晚他们分手回家，时已九点多了。

次日早晨，良平赶到车站去送行。因为时间迟了一些，所以火车已经开动。待良平奔进月台，只见头等车厢内两个姑娘正在探首向外张望。良平瞥眼瞧到，正是曼丽和爱娜，这就高声叫道："曼丽！曼丽！"

曼丽似乎听到了这个怪耳熟的叫声，于是急忙向人丛内凝眸望去，果然见良平很急促地挤着奔过来。但这时候的火车已出了月台，向两旁青青的草原中进行了。曼丽心头又怨恨又焦急，不过她还从车窗内伸出半个脸儿，拿了手帕，向他扬了扬。良平在人声鼎沸中似还听到她叫道："表哥，你干吗来得这么得迟呀？"

良平待欲回答她，可是火车去远了。在不到两分钟后，连模糊的影子都消失了。良平回忆曼丽这一句临别的话，显然在她心头是包含了无限哀怨的成分。他很难受，觉得自己有些对不住曼丽，望着天空中那来去的浮云，他心头激起了一阵凄凉的意味。

月台上欢送旅人的都散完了，良平才黯然魂销地跨出了车站。不料这时车站门口停下一辆人力车，上面坐着一个女子，她急匆匆地跳下来，抬头见了良平，遂抢步一把拉住了，叫道："我的郎，你怎么要离开上海了吗？"

良平回眸一望，谁知却是莉莉，这就向她怔怔地愕住了一会子，方徐徐地说道："谁要离开上海了？我是来送一个朋友动身的呀。奇怪了，你怎么知道我在火车站？"

莉莉这才松了一口气，秋波逗了他一瞥又怨恨又爱憎的目光，笑道："前天我不是约你今天一同到大同集婚社里去报名吗？早晨打电话到厂里给你，不料你们这个茶房老爷像吃了生米饭，说了一声'叶先生到火车站去了'，他便挂断了电话。当时我心中一急，真非同小可，以为你另爱他人，不愿和我结婚，所以逃到外埠去了吗？于是我就立刻坐车赶到火车站来。谁知你是送朋友动身的，倒把我急出了一身大汗。"

良平见她絮絮地一面说着话，一面还把手帕拭着额角上盈盈的香汗，因为莉莉对自己确实也痴心到了极点，所以使良平又觉得不忍心负了她。在这左右为难的情景之下，他真弄得十二分痛苦了，遂笑了一笑，见她兀是紧拉住了自己，遂说道："你拉得这么牢，难道你还怕我逃走了不成？莉莉，你放心我不会忘记你的恩情。"两人说着话，已并肩一同向前走了。莉莉这才放了他的肩膀，秋波逗给他一个娇嗔，笑道："你要忘记了我待你的好处，我立刻跟你拼命。良平，我们此刻就报名去好吗？"良平这时心头的跳跃，几乎要从口腔内跳出来了，随之吻了一会儿，低低地笑道："莉莉，我们明年春天里结婚好不好？"

"为什么要到明年春天？你说，这是什么意思？"莉莉微蹙了眉尖，秋波含了嗔意的目光，瞅住了他的脸儿，显然在她是有些生气的成分。

良平当然回答不出一个所以然来，遂愕住了一会儿，方笑道："因为时间太局促，什么东西都备不舒齐。到了明春的时候，这自然舒齐得多了。"

"你还要备什么东西？你说出来，我立刻给你去买舒齐。老实地对你说，你不用推三阻四地巧辩，是不是你想不爱我了吗？"

良平忙赔了满面的笑容，把她手儿握紧了一些，笑道："你这人也太多疑了，你这么地热爱我，我如何还会不爱你吗？况且你的功夫又好，我死在你的身上也情愿呢。"

莉莉听了这话，方才扑哧地一笑，伸手在他手背上拧了一下，娇嗔道："烂舌根的，你既然这么地说，那么你就跟我快些儿报名去吧。"良平没有办法，也只得忍了痛苦，负了表妹曼丽这一片痴情的了。

两人坐车到大同集团结婚社里报了名，如此过了一星期，两人就在举行大众化的结婚仪式中而行了婚礼进行曲。董重明是并不知道自己女儿有爱上良平的意思，所以倒还很赞成良平的结婚，因为以年龄论，良平也很应该有一个贤内助的。不过他对于良平和新人另组小家庭有些不满意，说姊姊苦了一生，现在良平好容易长大了，应该和娘一同居住，也好侍奉娘的晨昏。但是莉莉如何肯住到这种贫民化的屋子去？她特地租好的新屋，当然要在新房子里过生活。良平因为经济不足，一切都只好听从莉莉的话。良平的娘也只有暗暗叹息"娶了一个媳妇，送掉一个儿子"的老古话了。

新婚的第一夜，其实在他们也无所谓第一夜和第二夜的分别，所以新娘根本也不会有羞涩的表情，新郎也不会有迷路不知去向的困难。他们躺在被窝内，早已实行了一幕肉搏的场面。初秋的天气还是非常炎热，尤其在这一场激战之下，各人的心头更感到了十二分的热情。良平在那花烛的光芒下，见到莉莉的粉颊上是沾着无数亮晶晶的水珠，都是从额角上淌下来的香汗，而且两手摸着的高耸的部分，也是怪湿的一片，可见莉莉全身都是汗水了。遂望着她笑了笑，低低地道："莉莉，太热了吧，我们休息一会儿好吗？"

"不，我正高兴着……"

莉莉睁了那双如闭如开的媚眼，瞅了他脸儿，娇喘吁吁地说。良平觉得莉莉太可爱了，一面把她小嘴吮个不住，一面笑道："莉莉，你像一匹马，会跑的马……"

"短命烂嘴巴的……"

莉莉啐了他一口，忍不住扑哧地笑。她已觉得良平软化在自己身上了，这就推开他的身子笑嗔道："不中用的东西！"

"过会儿再和你继续交战。"良平像只战败的公鸡，望着她粉脸儿有气没力地说。莉莉眉飞色舞地笑了，良平也笑起来。

壁上的日历一页一页地撕了去，中秋已过，重阳也去，时候差不多已到冬至了。这几天中彤云密布，天空老是暗沉沉的，好像要落雪的光景。良平想到曼丽寒假结束，快要回上海来了，他心里是非常地担忧，因为自己拿什么话来和她解释好呢？而且她也未必会同情我的苦衷呀。唉，她一定要责骂我是个负恩忘义的人。而且瞧莉莉最近的态度，对我大有冷淡的意思，时常夜里不回家来，看样子恐怕另有新欢的了。我是上了她的当，因为她是个浪漫的奇女子，她对我本来只有欲没有情的呀。良平到此倒又悔恨起来，可是已经来不及的了。这天到梅林别墅去望重明，不料美丽正在哭诉叔父，要和克明离婚。良平听了，不知何故，心中奇怪十分，由不得怔怔地愕住了一会子。

第六章

喜新厌旧是人之常情

　　克明和美丽结婚之后，美丽也不给他介绍到叔父厂内去办事，却天天叫他伴了自己去游玩。热天的时候，终日在游泳池里沉醉。后来入了秋之后，天天又又叫他伴了自己在舞厅里跳舞。每夜到一二时不睡觉，每天早晨，其实也谈不到早晨两字，他们终是午后一二时才起的，克明这半年来简直是糊里糊涂地跟美丽生活着，反正美丽有的是用不完的金钱。一个人享乐终知道，终欢喜，所以克明自以为从此可以快乐一生的了。虽然有时候美丽使起性子来，也会使他感到难堪。原来美丽有了克明这张笔据，她便常可以发脾气，说克明自认是嫁给自己的。中国的制度是重男轻女，那么做妻子的应该服从丈夫的命令。她叫克明穿了旗袍高跟皮鞋，涂脂抹粉，要他服侍自己洗脚、穿袜子等的工作。克明认为闺房之中的事，好在没有第三个人知道，有时候也只有委曲求全地干了。不料美丽得寸进尺，日子一久，肆无忌惮，甚至动手打起来。起初克明被她打两下，也只不过肉麻当有趣罢了。后来美丽竟量克明的耳光，又叫他跪在自己的面前讨饶，仿佛把他当作一个玩物看待。克明虽然有些反感，不过为了习惯成自然，久逼于淫威之下，不知为什么缘故，他竟会没有了丝毫反抗的能力了。

　　这天晚上，两人从舞厅里喝醉了酒回来。美丽是醉得更厉害一些，她跟跟跄跄地走进卧房里，像发狂似的大笑了一阵。小凤对于小姐这半年来改变的态度，也大为不满意，因为到底是太失了一个女孩儿家的本分。所以克明有时候被侮辱，她也着实代为生了一会儿气的。可是自己是下人，也是敢怒而不敢言的。此刻见小姐又发疯的样子，遂免不得意思地走上去，给她把灰背大衣脱去了，低低地道："少爷，你醉了，你该躺一会儿了吧。"

小凤喊她少爷，这也是美丽吩咐的，所以小凤就一直这么地叫。美丽听了，把她身子推了推，又扳了扳，嘻嘻哈哈地笑了一会儿，指着克明说道："小凤，你把少奶衣服脱去了，叫他跳草裙舞给我们看好吗？"

小凤听她匪夷所思，真所谓异想天开的，忍不住又好气又好笑，遂摇了摇头，说道："你醉得很厉害，你还是睡吧。"

"不，我没有醉，刚才我们在舞厅见西洋女子跳草裙舞，现在我要瞧我的太太跳裸体舞。小凤，你快把他衣服去脱下来呀！"美丽把身子倚靠到梳妆柜旁去，嘻嘻地只管笑。她推小凤的身子，是要她去脱克明衣服的意思。

克明也有了几分醉意，他不待小凤来动手，就自动地把西服大衣及西服西裤都剥了下来。小凤见他们要胡闹得不成样儿了，遂给他们关上了房门，自己逃回房中去安睡了。美丽见克明真的已成了一个裸体模特儿，因为房内装着水灯管，所以热烘烘的，并不像寒冬的样子。美丽一面狂笑，一面叫克明快快地跳舞。克明并不跳舞，却摸了上来，抱住了美丽的身子，在她粉脸上樱口上发狂般地吮吻。

美丽因为克明并不听从自己的命令，心中十分恼怒，遂把手儿伸下去，把他一把抓住了，娇叱着道："你这狗蛋！到底跳不跳？"克明负痛，不敢挣扎，只好含笑连说跳给你看。但美丽又不要他跳舞了，说服侍自己到浴室内洗浴去。克明不敢违拗，遂弯了腰肢，跟着步进浴室内去了。

在浴室中，美丽要他擦背揩身，当他是个奴隶模样。克明因为也把她当作一件玩具看待，所以在擦背揩身的时候，尽管地把她弄着游玩。美丽洗好浴后，她要克明趴在地上，给自己骑着爬进房中去。克明觉得这个事情有些困难，虽摇着头儿不答应，笑道："我抱你到房中去倒可以，给你骑了爬到房中去这算什么样儿？"

美丽见他不答应，遂娇嗔满面地冷笑了一声，说道："你吃我的，穿我的，住我的，这一些儿小事情都不肯答应我吗？你笔据上自己不是承认做我的妻子，服从我的命令吗？你到底听从不听从？"

克明笑道："就是我做了你的妻子吧，做丈夫的也没有叫妻子趴在地上当作马儿骑的呀。回头我在床上给你骑着玩倒可以，因为你现在门槛精得不像新婚初夜那么呆笨了。"

美丽听他这么说，她猛可地走上来，伸手就向他量了两个耳光，大骂道："你不服从我，那么你给我滚出去，我稀罕你吗？社会上男子要多少？难道我把你当作活宝看待吗？本来我可以娶小老婆的，因为我是你的丈夫呀！"

克明见她这个样子对待自己，因为仗了几分酒量的缘故，他也挥手量了她两记耳光，猛可把她的身子抱到房中来，放在床儿上，朝她身子狠命地一顿打。美丽到底是个女子，在平日克明无非让她三分罢了，今日互相扭打之下，如何是克明的对手，早已被他打得号啕大哭起来。他们在室内这么一吵闹，把正在被窝内的小凤倒大吃了一惊，慌忙披衣下床，急急地赶到房中一瞧。这一瞧，真是又羞涩又奇怪，又好笑又气。因为小姐和克明两人身上都是一丝不挂的，扭股糖儿似的在床上打作一堆。虽然一时里也辨不清楚他们在恩恩爱爱地打，还是在真刀真枪地打，不过听了小姐的哭声哼声，就知他们打得确实是这一份儿厉害的了。于是急急地奔上去，把他们死活地拉开了，顿脚叫道：

"好少爷！好少奶！你们这到底是怎么的一回事呀？干吗好好儿的竟这样地大打起来？你们是真的醉了。"克明被小凤拉开了后，因为美丽今天着实给自己打了一个痛快，所以他很满足地坐到沙发上去，口里兀是骂道："你这淫贱的女子！真是天地间的尤物！你把我们男子当作什么看待？你想欺侮我吗？老实地说，你是我的妻子，你只配服侍我的，你……你……你这狗养的东西！"

美丽被他打了这一顿，心头感到是太受一些委屈了，此刻又被他这一场大骂，遂跳下床来，一面哭，一面又要扑上去再决个雌雄。小凤连忙把她抱住了，因为全身光滑滑的，拉也拉不住，只好抱住了，急道："好小姐！你耐耐火气吧！你如何打得过他？他到底是个体力强壮的男子呀！你自不量力地还要赶上去，那你不是自讨苦吃吗？"

克明冷笑道："你来吧，我不打你一个半死，我今日也不做你的丈夫了。"一面说一面摩拳擦掌的，表示要和她厮打的样子。

美丽听小凤、克明这么地说，也自觉不是他的对手，今日事情认了真，她的雌威再也发不出来，因此倒在床上，忍不住放声大哭。克明笑道："任你这么浪漫泼辣，到底还是逃不了一个哭。你哭，我笑。哈哈！"说到这里，却是大笑不止。

小凤见他们这一对宝货的情景，抿着嘴儿也忍不住要笑，遂拉了拉美丽的手，叫道："小姐，你别哭了。不是我埋怨你，你原太过分了一些，怎么你要姑爷做少奶，你却做少爷，还要叫他涂脂抹粉，这成什么样子呢？正经地说，从今天起，你做你的小姐，他做他的姑爷。大家好好儿地做些工作，再不要成天荒唐了。我是一番金玉良言，小姐，你终要接受我的一片好意了才好呀！"

美丽听小凤这么地说，心中大不以为然，遂不作答，依然呜呜咽咽地哭。小凤不便多劝，遂把被儿给她身子盖上了。她走到克明的身旁，见他这一副模样，不免羞红了两颊，低低地叫道：

"姑爷，打人算了，现在你终得向小姐赔个错，大家讲一个和，夫妇到底是夫妇，你们难道永远不亲热了吗？好吧，我去睡了，你们也可以睡了。"小凤说着话，她掩上了房门，这次又自管地回到房中去安息了。

克明坐在沙发上，呆呆地出了一会子神，暗想：小凤这话倒很有道理，美丽待我究竟太似过分一些了，不过今晚这一顿打给我出了一口胸中的怨气，也好叫她知道我的厉害，大概以后就不会再这么地肆无忌惮了。女子受了委屈，终要做丈夫的去赔一个小心，她才会气平的，我此刻何不做一个小丑？克明想定主意，遂走到床边去，把身子也钻到被窝内去，一面抱住美丽的身子，一面偎着她的粉脸，低低地道：

"美丽，你醉了，我也醉了。大家都因为醉的缘故。不过你到底先动手打我，这是你的错呀。虽然后来我也错了，如今我向你赔罪，你快不要再哭了，叫我听着不是难受吗？好妹妹，你饶了我吧！"

美丽虽然是停止了哭，不过她还竭力地挣扎着，娇嗔道："谁要你来讨好？你给我滚好了，这儿是我的家，不是你的家。你竟胆敢虐待我，我遍体给你打伤了。我明天非我告诉叔父去，和你办个交涉不可。"

"好了好了，小夫妻吵几句嘴终有的，也值得闹到叔父的耳中去吗？我如何敢虐待你？都是你虐待我的。凭良心说，我待你多么好，给你洗脚，给你穿衣服穿袜子，连这个……都服侍周到了，你也放些良心出来。妹妹，现在我给你骑马了好不好？"克明却紧紧地搂住了她身子，并不放松。当他说到末了这句话的时候，他把美丽身子抱到自己的身子上来，这表情是含了涎皮嬉脸的成分。

美丽到底又软化了，但她兀是娇嗔的神情，伸手啪啪地打了他两记耳光。就在这两记耳光之后，克明一个翻身把她压了下去。美丽身子被他打过后虽有微痛，但此刻经他这一阵子狂动，她不免乐得破涕为笑了。

次日早晨美丽醒来，只觉全身骨节疼痛十分。想到昨夜被打的情景，她胸中尚有余恨，暗想：我自落娘胎以来，可说从没有挨过人家一次打，不料今天却吃他的苦头，这叫我心里如何平得这口怨气？我反正有的是钱，难道还会找不到一个比他更美更好的男子吗？美丽在这么感觉之下，她便决定回家去和叔父商量预备和克明离婚了。

在平日，克明对于美丽的起身终要在午时以后的，今天见她十一时敲过就醒来起床了，遂抱住了她的身子，含了笑容，低低地道："美丽，为什么起得这样早？再躺一会儿吧。"

"不，我起来了，你别抱住了我，我全身疼痛着呢！"美丽绷住了两颊，摇了摇头，伸了手儿把他狠狠地推开，心头是包含了无限的愤意。

克明知道她还气着自己打他的意思，遂偏抱紧她的身子，用了温和的口吻，故作不解似的问道："你怎会全身疼痛呢？莫非昨夜我把你压得太重了吗？"

美丽冷笑了一声，逗给他一个白眼，嗔道："别给我放什么屁吧！我是你的奴隶，竟遭到你这么狠心的毒打，我是从没有挨过这么的苦……"说到这里，因为想到了爸妈在日的珍爱，她由不得伤心，因此淌下眼泪来。

克明在今天早晨想到昨夜的事，也很感到悔恨，颇觉自己不该和她认真打了起来，于是只好给她拭泪，连连地认错，说道："美丽，这是我该死，我该杀，因为最后糊涂了心的缘故，请你饶我这一遭，我下次再也不敢的了。"

"哼！没有这么容易的事情，你拿刀杀了我，你也糊涂了心，你也向我忏悔了事吗？你太欺侮我们女子了，把我女子当作奴隶看待吗？我不依，我无论如何也不依你的。"美丽撇了撇小嘴，冷笑了一声，神情益发显得愤激起来。

"那么照你的意思，你预备把我怎么地处罚呢？"克明兀是涎皮嬉脸的神气，向她竭力地温存。

"照我的意思，我要和你离婚，从此各走各的。反正你讨厌我，所以才会把我毒打的呀。"美丽竭力挣扎他的温存，她要从床上坐起穿衣服的意思。

克明听了这话，仿佛兜头泼了一盆冷水，顿时脸无人色，遂抱住了美丽不放手，"啊哟"叫道："美丽，那是万万不可以的，你要和我离婚，那你还是杀了我好，因为我实在太爱你了。美丽，你可怜我，你饶了我吧！"

美丽见他说着话，眼泪已落了下来，一时芳心倒也软了一软，不过表面上兀是冷笑不止地啐了他一口，娇嗔道："你太爱我，所以你就毒打我是不是？哈哈！你哭我笑，这句话也不是你说的吗？你真心狠如铁，可是你现在也有哭的时候了吗？你莫怨我也笑起来了。"美丽说到这里，觉得这是一个报复，于是也嘻嘻地得意地笑。

"美丽，我不是已经承认错了吗？从今天起，我绝不敢再打你，而且也不敢违拗你的命令，你要我怎么样，我就怎么样。好妹妹，你千万不要存了离婚的心，我们到底也有半年多的夫妻了，我今天纵然错了一次，但你也得瞧着我服侍你许多好处的地方。美丽，你就饶了我吧……"克明抱住了美丽的身子，一面求她的哀怜，一面几乎已哭出声音来。

美丽对于克明越显出可怜的样子，她心中不知怎么的，此刻越感到他的懦弱可耻，因此她决心不再和他过夫妇生活。其实美丽因为对他有了厌恶之心，原预备找个新人来换换口味了，不过表面上并不露一些声色，因为怕再被他起了狠心，有她吃亏的地方，遂抚摸着他的脸儿，娇媚地一笑，说道："那么你现在真的悔过了吗？"

"是的，我什么都听你的话，美丽，我心爱的人儿。"

"也好，我们大家起床了，你给我再写一张悔过书。"

美丽推开他的身子，低低地说。克明不敢说半个不字，遂点头答应了，说道："那么我服侍你穿衣服吧。"他一面说，一面先披上自己的衬衫。不料美丽娇叱道："不许先穿你的，服侍我先穿了不好吗？"

克明这时候说也可怜，他真像一个奴隶的样子，没有半句回嘴的勇气。于是只好自己赤条条地冻着身子，先给美丽穿上软绸衬衫，然后又给她套上三角裤。美丽真是一个大方的女子，她伸了两腿，叫克明穿裤。待给美丽穿舒齐衣服，还不肯给克明自己穿衣服，她叫克明趴在地上做狗，给自己骑。克明因为一心要博美丽欢喜，以苟全不离婚的意思，所以他也只好照样做了。房中虽然气候颇温，但到底是寒冬的天气，所以克明连打了两个喷嚏。美丽见他已受了寒冷，于是才算饶他穿上了衣服。

这时小凤送牛奶吐司进来，她见他们都已起身，还以为和好如初了，遂把牛奶吐司放在桌子上，叫他们用点心。美丽和克明梳洗毕，用过早点，然后叫他写了一张悔过书，以做将来离婚的导火线。待克明写毕，美丽藏入袋内，向克明说道："我今天要回叔父家里去一次，你给我好生地看守在家中，不许走出去，知道吗？"

克明忙道："那么我和你一同去不好吗？你到叔父家去做什么？难道告诉他我打你的事情吗？美丽，你别去告诉吧！"克明一面说，一面走上去拉了她的手，低低地央求。

美丽原有去告诉叔父，要求叔父给她做主和克明离婚的意思，如今被克明说到心眼儿里去，一时倒不禁怔了一怔，忽然乌圆眸珠一转，计上心来，遂微微地笑道："你这个人胆小起来就像一只耗子，我真不会去告诉叔父的。因为我觉得你这样游荡下去，也不是一个道理，所以托叔父给你安排了一个职位，你有了工作做，那么将来不是就有希望了吗？我的郎，你别害怕，好好儿等在家中吧。"

美丽说到这里，逗给他一个娇笑，遂勾住他的脖子，把他狂吻了一会儿。克明听她这么地说，不免又惊又喜，将信将疑，和她热吻了一阵之后，遂问道："美丽，你这话没有骗我吧？"

"我骗你干吗？快拿大衣我穿上了。"

美丽逗给他一个娇嗔的媚眼，低低地吩咐。克明只好在大橱内拿了灰背的大衣，给她穿上，送她到房门口，嘱她早些回来，匆匆地分手别去。

美丽步出了大门，不由冷笑了一阵，遂坐车到梅林别墅。齐巧重明没有走出去，于是她便向叔父加油加醋地哭诉，要求叔父做主，到法院去告他虐待的罪，要求离婚。重明知道这个侄女儿不是寻常的女子，她是绝不会被人家虐待的，当然在这里一定另有缘故的，不免蹙了眉头，呆呆地沉吟了一会儿。

就在这当儿，良平也匆匆地走进来。他见大表妹泪痕满面地哭泣着，一时好生奇怪，经重明告诉，方知美丽要和克明离婚，说克明虐待她。良平暗想：这句话怕靠不住，美丽和莉莉这一对"朱珍宝"都是"天吃星"下凡的，在她们一定另有了爱人，所以要换个新鲜罢了。想到这里，反而同情克明，和自己一样遭了女子的玩弄。他摇了摇头不免暗暗地叹了一口气。

这时重明方徐徐地说道："美丽，你应该明白女子对于离婚终是一件不名誉的事情。况且离婚之后，你要再嫁一个年轻的男子，也是太不容易了。虽然时代是文明了，社会是改变了。不过无论哪一个国家的人民，对于女子的贞操观念还是非常地重视，并不轻易地忽略。你想有谁肯讨一个不是处女的姑娘做妻子？虽然事情故非一概而论，假使是一个有作为有抱负的青年，他终不会要的。换句话说，你离婚之后怕嫁不到一个更好的丈夫。所以我的意思，你应该忍耐一些，别太使性子。两小口子多几句嘴也是常有的事，那也算不得什么稀奇……"

重明一口气说到这里，他回头又望了望良平，说道："你说我这话是不是？两小口子也没有一多嘴就闹离婚，那你一辈子只管忙着结婚离婚两件事情好了。"重明说着，连自己也笑了。美丽低了头儿，似乎不好意思回答什么。

良平也笑起来说道："舅父这话也是金玉良言，所以大表妹也应该听从他老人家的话才是。"重明见美丽不答，以为她也打消离婚的意思，于是笑了一笑，因为另有别事，遂叫他们在家吃饭，他自管坐了汽车出去了。

良平待重明走后，方才向美丽低低地道："表妹，你和克明素来这样恩爱，现在怎么也会感情破裂了？他到底在哪儿得罪了你，所以使你竟这么愤怒吗？"

美丽听表哥这样地问，遂微抬粉脸，秋波向他斜乜了一眼，暗想：表哥现在这一副模样，和从前穿长衫布鞋子的自然换了一个人。他的脸庞儿原本比克明俊美，身材也比克明魁梧。莉莉也真好福气，居然和表哥结了婚。假使现在叫我再爱表哥，我也情愿的哩。

美丽一面想，一面又微微地叹了一口气，说道："表哥，真不要说起的了，他既没有学问，又没有财产，一切的用途不说，当然全是我供给的。而且他还非常凶恶，动没动就发怒，把我痛打。说来你当然不相信，我在叔父面前不好意思给他看，反正在表哥面前没有关系，我给你瞧吧。"说到这里，她把衣襟解开。良平见她雪白酥胸上果然有块青的，一时倒又同情起美丽来，暗想：莫非克明真的恃蛮而虐待她吗？这个克明真正是可杀的了。美丽见他锁了双眉，似有怜惜的意思，这就又低低地说道："我想表哥终不会这样凶狠地对待莉莉吧。唉，早知如此，我真悔不该嫁给克明的了。"说到这里，把秋波向良平又逗了一瞥又哀怨又多情的目光，低低地叹了一口气。

良平窥测她的意态，又听她后面这一句话，心中暗想：她懊悔嫁给克明，换句话说，也就是悔不该不嫁给了我的意思。因为莉莉近来对自己冷淡，使自己对美丽也动了爱怜的心，遂也温和地说道："表妹，你真不知道我心头的苦楚，我虽然待莉莉像娘一样孝敬疼爱，不料她对我

77

却十分无礼，时常发脾气，给我受委屈……唉，可见天下的事情，终没有十分美满的。比方说表妹这么多情，而克明却如此心硬。我也不敢说多情，但莉莉又这么不知情爱。你想，这不是叫人很灰心吗？"

美丽听了这话，芳心倒是一动，遂站起身子，坐到良平坐着的那张长沙发上去。她把手儿搭着他的肩胛，把嘴儿几乎要凑到他的颊上去，低低地道："表哥，你不用灰心的，我也并不灰心。他们这样没情没义，我们何必又要对他们多情？你说是不是？"

"可不是！表妹……"良平被她吹气如兰熏得神迷起来，他把嘴儿略微一偏，美丽早已把手儿由他肩胛而环到他的脖子，小嘴更凑上了一些，两人紧紧地吻住了。

"美丽，你真可爱……"良久，良久，良平把她搂在怀中含笑着说。美丽趁势坐到他的怀内，勾住他的颈项，秋波斜乜了他一眼，娇嗔似的道："但是当初你为什么不跟我结婚呢？我真恨你！"

"啊哟！表妹，你这话未免有些含血喷人了。我记得我曾经向你求过婚，你自己不肯爱上我，你还要冤我吗？"良平被她身子一阵忸怩，他有些情不自禁了，遂把两手覆抱在她的胸前，仿佛捏汽车喇叭似的，偎着她粉脸，笑嘻嘻地埋怨她，显然有些怨恨的神情。美丽觉得表哥很解风情，心里感到他的可爱，遂微仰了粉脸，又去吻他的嘴，笑道："可是过去的事我已忘记了，现在我再爱上了你，不知你心里喜欢吗？"

"只要你肯爱我，我如何会不喜欢？表妹，我爱你，我在三年前就爱上了你的。"良平见她热狂的意态有甚于莉莉的，所以他神魂飘荡了，他把火样的热情也要灌溉到美丽的身上去。两人正在亲热的时候，忽然听到一阵脚步声。美丽慌忙离开良平的身怀，回眸去望，见是婶娘，这就笑盈盈迎上去，拉了她的手，故作亲热地叫道："婶娘，你老人家好？我多天没有来拜望你了。"

"可不是，我正在记念你。咦，你们是一同来的吗？"婶娘一面回答，一面瞧见了良平，又含了笑容，低低地问。

良平也站起了身子，向她鞠了一个躬，含笑叫道："舅妈，是大表妹先到，我后来的，你老人家近来身子好吗？我妈也很记挂你的。"

婶娘点了点头，笑道："说起我的身子，大概因为太空闲的缘故，所以我终觉得身子有些不舒服，而且又好像时常地头晕。我想也许我太胖的缘故，遂叫阿英伴了去瞧西医，请他量了量血压，按了一会儿脉息。不料那西医回答我，说我太怕死。我听了奇怪，这话算什么意思？谁知他又笑着说，因为我没有死，所以我又在想死。一面问阿英，说你太太在家里管理家务吗，阿英说不管理家务的，他说这就无怪了，一天到晚没有事，自然只好想死了。原来他检验我的身子，不但没有一丝病情，而且比别人家还更健康一些。你们想，我给他触了这个霉头，心里真是又好气又好笑哩。"

美丽良平听了她这一篇话，大家忍不住都又笑出声音来。良平暗想：那医生说得真不错，这当然因为金钱太多了的缘故。假使没有钱的话，就是生了真病，也没有资格上医生那儿去呢。在良平一个无产阶级的人儿心中想，当然有些感慨系之。只有美丽在笑过了一阵后，她狠狠地骂了一声短命医生，人家花了钱来就医，不料还给他碰了这一鼻子灰呢，假使没人来请教你，你还挂什么牌子？

其实越是有名的医生越好做的，而且越用不出好本领来。这是为什么呢？因为有名的医生都是有钱的朋友去请教的，而且都是没有什么大病，不但说没有大病，简直连一些儿小病都没有。这并非言过其实，像美丽的婶娘不是个很好的例子吗？当时大家闲谈了一会儿，阿英来请他们用饭去了。

午饭后，美丽向良平丢了一个眼风，微微地一笑，说道："表哥，瞧电影去吗？听说大华那有张新月歌舞片很不错。"

良平点头说好，一面又问婶娘去不去，婶娘说不去，因为她不爱瞧电影的。于是两人也就作别出来，外面西北风吹得很紧，天空中是愁云密布，似乎还在飘飞着片片的雪花。

美丽道："天落雪了，我们不瞧电影，还是上舞厅里坐一会儿好吗？"

良平点了点头，遂坐车一同到舞厅，待有招待入座，脱去了大衣，泡上了香茗。舞厅里的情景瞧起来仿佛阳春三月，而且比春天似乎更要热情一些。瞧这许多的舞娘们，哪一个不是光着两条粉嫩的玉臂，穿着薄薄的衣裳？如何会想到外面的天气，正是朔风凛冽，大雪纷飞着哩？

"美丽，我和你一同玩舞厅还只有第二次吧？"两人听了一会儿音乐，良平对她望了一眼，低声搭讪。美丽点了点头，却并没有作答。良平又笑道："记得第一次和你来的时候，我穿了一件蓝布的长衫，平头，布底的鞋子，除了摆拆字摊外，只有望着你和舞女们欢然地跳舞，我真像是个乡曲的样子……"

美丽听到这里，方才回眸斜乜了他一眼，笑道："彼一时此一时，现在你当然是个很漂亮的时代人物了。"

"虽然不敢称为时代人物，跳舞游泳这些事情，到底都也会玩玩的了。"良平这几句话，是出一口心中对于美丽笑他不会跳舞游泳的怨气。美丽却不理会他这许多，笑了一笑，说道："这倒是莉莉熏陶的力量，我想你是她的得意门生，来，我们去试一试，看你到底有什么程度的了。"

美丽一面说着话，一面拉起了他的手儿，一同到舞池里去。在经过一圈跳舞之后，美丽连连地点头，笑道："你跳舞的程度，比克明更好得多，这一年来的进步，你可真了不得。"

"所以你不要小觑了我，美丽，我老实地对你说，现在我对于跳席梦思舞的技术更是巧妙无穷的，所以莉莉有时候连爷娘也会喊出来呢。"良平听美丽这么地赞美，心里自然十分地得意，遂附了美丽的耳朵，低低地说出了这两句话。

美丽听了表哥这几句话，虽然表面上向他啐了一口，可是她的芳心已经摇荡起来，觉得莉莉所以会嫁给表哥，也许正因为表哥有特长的功夫吗？于是她很想尝一尝新鲜的滋味，遂把粉脸紧贴着良平，显得格外和他亲热起来。两人舞罢归座，美丽是靠在他的怀内，秋波含了勾人魂灵的媚眼，斜乜了他一下，低低地笑道："表哥，你既然现在有这么好的功夫，可是莉莉为什么又时常地要跟你发脾气呢？所以你的话我有些不相信，只怕全是牛皮。"

良平笑道："莉莉发脾气就是为了我要吊她的胃口，她正在魂销的时候，突然被我一吊胃口，所以便发怒了。其实她对我真像珍宝一样的哩。"

美丽听了这话，益发动了心，遂把身子移坐到他的怀内去，笑嗔道："你别放屁吧，我偏不相信你有这么的好功夫！"

在美丽的意思，她要良平先开口，那么才不失自己是个女人家的身份。不料良平为了要争回从前被表妹轻视的一口气，所以他一定要美丽先来开口，遂伸手抱住她的胸部，捻了一下，笑道："信不信由你，因为你没有尝过我的滋味，那你自然不知道的了。"

美丽听他说得刁恶，一时心头欲火高燃，况且被他手儿一捻，更加忍耐不住。不料就在这时候，忽然灯光全灭，原来音乐演奏出一支黑灯舞来。因为四周黑暗得伸手不见了五指，所以使美丽忘记了一切的羞耻，她把手儿去摸良平的一部分肉体。良平被她软绵绵身子一揉搓，早已刺激得特殊的了。此刻美丽握在手里，她芳心中是感到说不出的惊喜，遂吻住他的嘴儿，低低地叫道："表哥，口说无凭，我要实地考察你一下，假使你是真金的话，那么当然不怕我火来烧你了。表哥，你有没有这个勇气让我来试验一下子？"良平听她这么说法，暗暗佩服表妹真是女界中一个杰出人才，令人拜服得很。因为自己被她这样一引逗，自然也有些按捺不住，遂笑道："假使表妹需要我给你效些劳，虽赴汤蹈火，万死不辞的。"

美丽咯咯地笑道："我也不要你赴汤，也不要你蹈火，只要你到桃花源里去一问津也就是的了。"良平听她说得有趣，也忍不住好笑。待这会儿黑灯舞奏毕，霓虹灯复明的时候，却早已不见了两人的影子了。

第七章

情和欲的分别谁伟大

每一个普通的人都是喜新厌旧的，美丽和良平就是一个例子。他们因为还没有经过爱欲的交换，所以彼此在一度春风之后，自然格外地感到有趣。所以两个人都不想再回家去，就在旅馆内整整地住了一星期之久。这天良平在厂内，接到莉莉的电话，她是十二分愤怒，用了责骂他的口吻，问他说道："好呀！你竟有一星期不回家来了，是不是你和人租了小房子？假使你有了新欢的话，我瞧你从此不必再来了。反正我也不稀罕你这个臭东西！难道没有了你，我就会饿死了不成？"

良平听了这话，也自知理缺，遂含了赔错的口吻，连连地笑道："莉莉，你快不要误会了，我并没有和人家租小房子呀。这一星期我是住在母亲那儿，因为母亲有些儿不舒服呀。你不要生气，我今天一下办公室，我立刻就回来吧。"

"那你就永远陪着你的母亲吧！反正你母亲也是个女人，晚上原也很需要你的，你不用回来了！"莉莉冷笑了一声，遂愤愤地说出了这几句话，把电话挂断了。

良平听她说出这几句荒乎其唐的话，真是又好气又好笑，意欲再向她解释几句话，不料她已挂断了电话，于是也只好放下听筒，那铃声又丁零零地响起来。良平接过一听，却是美丽的口吻，说道："请叶良平先生听电话。"

"我就是良平，你是美丽吗？有什么事情？"

"今天你早些到这儿来好吗？我有事情跟你说话。"

"有什么大不了的事情，无非叫我来骑你罢了。对不起，今天没有空，因为我母亲有病，我要回家中去望望她呢。"

"烂舌根的，你再油嘴！那么晚上赶回来吧。"

"晚上只怕也没有空，我瞧你也有一星期不回家了，何不回家去和克明应酬一次，可怜他也许饿得受不了了呢。"

"好！好！你推三阻四的，谁当你活宝看待，你就永远不要和我见面了！"

美丽在金都饭店里恨恨地放下了听筒，她骂了一声去死，遂坐到沙发上来，拿了一支烟卷，连连地抽烟。美丽在金都饭店已住了八天了，她就没有回家过一次。因为她觉得表哥确实比克明可爱，但美丽既把良平爱若珍宝，良平为了莉莉的愤怒，他却拒绝了美丽，不肯做第八夜的奉陪了。美丽当然是万分愤怒，她呆呆地坐着吸了一会子烟卷，暗想：难道我就回家去了吗？但是克明这个人我委实见了他有些讨厌，如何再肯给他来做我的人上人呢？美丽因为心头烦恼，她遂走到金都舞厅里玩去了。

金都舞厅就在金都饭店的下面，所以只要乘电梯到楼下，就踏进了爵士舞乐中的舞厅里。侍者在这八天里因为她是天天降临的，而且给小账的时候又爽气，知道她是一位阔小姐，所以见她下降，不啻是接了一位活财神，遂含了满面的笑容，殷勤得不得了。一个单身女子玩舞厅，终会惹人的注意。这时就有一个翩翩风流的美少年，目不转睛地向她呆望。美丽因为他生得俊美，况且自己来此目的，原为了物色人才而来，所以芳心暗暗欢喜，由不得向他嫣然地一笑，秋波逗给他一瞥勾人灵魂的媚眼。

那少年见她秋波送情，心中由不得猜疑了一阵，暗想：这个女子不知到底是哪一票货色？因为在舞厅里往往有许多神气活现的女子，装作贵族小姐的样子，而引诱年轻的子弟。其实她们都是生意浪人，无非想刮人家的血罢了。所以他踌躇了一会儿，有些不敢和她搭讪上去。美丽见他装一个呆若木鸡的样子，她有些生气，暗想：我来叫应你终没有这个道理，难道我连这一些架子都不摆吗？这似乎太失了姑娘身份了。于是叫侍者拿啤酒来喝，在她无非是找一些刺激的意思。

那少年见她在喝啤酒的时候，瞧到她握着玻杯上的纤手有一枚挺大的钻戒。他个中的门槛很精，因为见识得多，那当然是真的货色，所以心中不免又想，瞧她这一副模样，也许真像是个贵族小姐吧。忽然他心生一计，遂向侍者招了招手。那侍者见是七少爷喊他，遂含笑上前，低低地问道："七少爷，有什么吩咐吗？"

"你瞧那个女子是哪一票货色？"七少爷把他拉倒了身子，附着他的耳朵，悄悄地问。侍者摇了摇头，低低地笑道："七少爷，你不要小觑了她，她可是一位有钱的小姐呢。我告诉你，她在楼上开了长房间，天天下午到这儿来跳舞玩，有几天也带了一个少年，今天却是一个人。七少爷，说起她用钱的爽，你们大少爷还及不来她哩。"

七少爷听了他的告诉，心中不禁大喜，但表面上兀是装出不相信的样子，白了他一眼，笑道："你这些话算坍我们男子的台吗？"侍者笑道："不不，七少爷当然可以和她并驱齐驶的。"七少爷听了，方才微微地笑了。

诸位，你道七少爷是个怎么样的人物？原来他是个著名拆白党，专门诱惑人家的少奶奶和姨太太。女子在他的面前，没有一个不服服帖帖地把身子钱财都交到他手里去的。他又组织了一个蝴蝶党，得知谁是大富翁，他便实行接财神的勾当，七少爷就是党中的首领。

七少爷既探悉美丽是个有钱的小姐，于是他又要施展本领，来实行他人财两得的工作了。他站起身子，故意走到美丽的旁边，撞了一撞。既撞了一下后，忙又回头连说"对不起对不起"。美丽明知他是故意借此做认识的意思，因为自己也是有心的人，所以含笑摇了摇头，说道："没有关系，你为什么不跳舞？等女朋友吗？"

"不，并不是等女朋友，因为我很爱听音乐，茶室已跳了许多时候，茶舞的兴趣就减少了。你小姐贵姓？也是等朋友吗？"七少爷想不到她也会这么问自己，觉得今天事情的成功可谓顺利到极顶的了，遂忙含了满面的笑容，向她搭讪上去。

"敝姓董，我也不是等什么朋友，因为一个人无聊得很，所以听一会儿音乐的。你贵姓？有兴趣大家喝杯啤酒好吗？"美丽秋波斜乜了他一眼，微笑着回答。

这当然是求之不得的事情，遂立刻在美丽身旁坐了下来，笑道："敝姓许，草字少秋。"说着，忙叫侍者再拿啤酒。他握了酒瓶，给美丽杯子里倒满，笑问道："董小姐，请教芳名，能告诉我吗？"美丽道了谢，笑道："贱名美丽，许先生府上是哪儿？听你的口音好像不是这儿本地人。"

"是的，我是福建人，爸爸在前清是做府台的，他娶了五个妻子，我是第三个娘养的，算来是老七，所以人家都叫我七少爷。不过我在上海是只有一个人，他们都在福建住着。"少秋把玻杯举了一举，一面和她喝酒，一面认真地告诉她。

美丽在喝过了酒，点了点头，问他说道："你为什么要一个人住到上海来呢？是不是在大学里念书吗？"少秋叹了一口气，说道："说起来很痛心，因为爸爸强迫我和一个女子结婚，我因为不爱她，所以愤然地出走了。只有我娘知道我在上海，她每个月要寄一万元钱给我用，因为我爸爸原有几百万的家产呢。"

"几百万算不了什么稀奇，我也有一千多万哩。"美丽听他这么地告诉，觉得在他至少是显扬自己有钱的意思，遂摇了摇头，却毫不介意地回答他。

少秋听了这话，他心头倒是一阵子荡漾，显然不晓得她是否充阔的意思。不过凭她这一副气派瞧起来，终不是十万廿万的身份。遂含笑问她说道："请问令尊的大号，他在上海一定是很有地位的了。"

美丽道："我爸爸是南洋的富商，我就自小儿在南洋长大的。后来爸爸妈妈死了，叔父把我接回祖国来。叔父名叫重明，他是大生橡皮厂的总经理，在他本身也有数百万家产哩。"少秋方才知道，遂"哦"了一声，忙道："原来董小姐还是个南国的女儿，那你的思想一定很不平凡的了。现在和叔父住在一块儿吗？"

"不，和我妻子住在一起。"美丽很大方地告诉他。

"你？你有妻子的吗？"少秋凭她这一句话，心感到她不是一个寻常的女子。他望着美丽的粉脸，倒是愣住了一会子。

"为什么我不能有妻子？"美丽秋波逗给他一个媚眼，忍不住抿嘴嫣然地笑。

"董小姐，你别和我开玩笑了。"少秋还只当她是说笑话。

"谁和你开玩笑？真的，我告诉你，有一个男子他已嫁给我做妻子了。你若不相信，我可以给你瞧一张笔据。"美丽却正了脸色，把袋内那张克明的笔据取出，交给少秋瞧了一遍，笑道，"可不是？我没有骗你是不是？"

少秋到此，方知美丽是个玩弄男性的尤物。不过自己是个玩弄女性的魔王，你玩我，我玩你，反正我看中你的是血，那又有什么关系？这就笑道："董小姐，你真是个奇女子，我敬佩你，所以我真佩服得五体投地的。"

美丽听了这话，心中无限得意。因为是有了几分酒的缘故，她望着少秋白净的脸庞，笑道："假使你愿意嫁给我做小老婆的话，我可以讨你回家的。"

少秋所结交的女子倒也不少，对于美丽这样厚皮的女子，觉得还是破题儿第一个，遂故作羞涩的样子，笑了一笑，说道："可是我还是一个童男子哩。"

美丽听了这一句话，芳心更荡漾了一下，遂把手去搭他的肩胛，眉毛儿一扬，笑道："只要你称了我的心意，我可以把你升为妻子，把克明降为小妾的。"

"不过克明如何地肯答应你？难道不会和我吃醋的吗？"少秋听她这么地说，忍不住扑哧的一声笑了起来。

美丽撇了撇小嘴，冷笑了一声，说道："他敢和你吃醋？只要我爱你，他是不敢放一声屁的。老实地说，我不把他赶走，已经是待他十二分恩典的了。少秋，怎么样？你愿意嫁给我吗？"美丽说到这里，又含了妩媚的娇笑。她把身子已坐到少秋的怀内去，把她小嘴要吻到他的颊上去了。

少秋一向是只会迷别人的，想不到今天居然也会被美丽迷得情不自禁起来，这就笑道："嫁给你原可以，不过做小老婆可不情愿。你想，我在福建的时候，爸爸给我娶一个姑娘做妻子，我还不要哩。虽然你的容貌身段，我都感到满意，不过你要爱我，就得放弃克明，否则，我是要向你吃醋的。"

美丽见他说着话，又好像显出赧赧然的样子。她乐得心花也开了，把他颊儿啧啧地吻了两下，笑道："好孩子，我准定把这个克明赶走了，和你一夫一妻地白首到老，那终好了。你快些儿答应了我，我真正地爱煞你了。"

少秋见她淫荡的这个模样，心里真感到说不出的惊喜。遂又故意沉吟了一会儿，笑道："我的郎，你既然把我娶作了爱妻，那么你应该给我一枚订婚戒指呀！"

"那当然可以的，我的爱妻，这一枚钻戒就给你戴了可好？"美丽听他居然叫自己郎，可见这孩子比克明更识趣得多，因为克明到底是强迫他这样的，如今少秋自己承认我是他的郎，可见这孩子是多么快乐啊。美丽在这么感觉之下，遂把手指上那枚挺大的钻戒脱下来，亲自戴到他的手指上去。

少秋是欢喜极了，他觉得自己是遇到了一个活元宝，只要我服侍她周到，把她心儿乐开了，那么我就一生一世不愁吃用的了。遂笑道："我的郎！我的亲丈夫！我永远地服侍你，我永远地给你做奴隶吧！"少秋一面说，一面把她竭力地温存。美丽内心的爱火已经爆发了，她付去了茶账，拉了少秋的手，走到楼上房间里去了。

两人到了房间里，美丽逗他一瞥倾人的媚眼，笑道："你服侍我洗浴吧。洗好浴，你服侍我睡觉。对于这些工作，你可曾做过吗？"

其实少秋在女人的身上，对于这些工作，可说已经干得再纯熟也不能的了。因为那些姨太太少奶奶所以会倒贴小白脸，也就是因为平日自己服侍人，现在当然喜欢有人会服侍自己。少秋对于个中功夫，可说是好到上乘，所以没有一个女子不死心贴地地爱上了他。当时少秋听了这话，笑了一笑，还故意说道："虽然还只有第一次做，不过多做几次，终会熟手的。"

少秋一面说，一面给美丽脱旗袍，脱衬衫，脱小裤。美丽见他干得不但熟络，而且每一举动，终令人感到心里甜蜜无比，因此咯咯地一笑，遂搂住他到浴室内去了。

从浴室里出来的时候，连少秋身上的衣服也都没有的了。美丽的身子是抱在少秋的身怀里，她哧哧地笑着，挽住少秋的脖子，笑道："少秋，你真是我的好心肝好宝贝！想不到你还有这一个好本领，我真感到甜蜜快乐极了。你的舌头有些像狗舌头那么巧妙，这个滋味我实在还只有第一次尝到，快给我再来一回好吗?"

少秋笑道："只要你快乐得心花怒放，我终可以效劳的。不过你答应我的钞票，明天一定要给我的，因为我这个赌债是没有办法再欠人家下去了。"少秋说到这里，一面把她身子放到床上去，一面把室中的灯光已熄灭了。

在不多一会儿之后，只有听到美丽一阵哧哧的含有不可思议神秘的笑声，在黑暗的空气中微微地波动。第二天下午的时候，他们两人才披衣起床。美丽道："少秋，我今天带你回公馆去吧。在外面到底不及家里舒齐得多。"

少秋自然十分欢喜，不过他还忧愁满面地蹙了眉尖，低低地道："但是那个克明见了我，会不会因吃醋而加害我的吗?"

"你放心，料想他没有这么的勇气。你只管跟我回家去，我一定叫他不许放一声屁。你不信，你就瞧瞧我的颜色吧!"美丽一面安慰着他，一面遂叫他服侍自己披上大衣，两人坐车回公馆里去了。

美丽到了公馆，小凤拉着她手儿，蹬脚叫道："好小姐！你这八九天来到底在什么地方呀？可怜少爷是病得快要死了呢!"

诸位，你道这又是怎么的一回事？原来克明那天被美丽赤了身子当马骑，挨了许多时候没穿衣服，以致受了寒冷。那天美丽回家之后，他就全身发热地病了起来。小凤见他不舒服了，以为年轻人儿日夜地荒唐过度，一定是身子疲倦的缘故，只要精神睡畅了，自然没有事情。所以叫克明躺一会儿，且待小姐回来，再作道理。不料到了晚上，美丽固然没有回来，而克明的全身却发烧得像火炭般的一团。小凤问他可要吃饭，克明也不作答，仿佛很昏沉的样子，一时方才急了起来，遂慌忙打电话到梅林别墅去问小姐可在着，因为姑爷生病得很厉害，请小姐立刻地回来。不料那边阿英回答，说小姐吃了午饭后新走的，大概就可以回家的了。小凤听了，也没有办法，只好静待美丽的回家。

　　小凤在克明的床边候到子夜十二时敲过，美丽还没有回家，因为疲倦极了，她倒在床沿旁竟睡去了。也不知在什么时候，小凤被一个人推醒了，她揉了揉眼皮，回眸去望，原来是克明醒回来了。因为自己竟在床边睡熟了，这就羞得红了两颊，连忙离开了床沿边，问道："少爷，你要拿什么东西吗？肚子可饿了没有？"

　　"不，我没有要你拿什么。你别等候了，你小姐今夜是不会回家了，你这样躺着也要受寒的，你还是自管回房去休息吧。"克明摇了摇头，向她低低地说。

　　"少爷，你怎么知道小姐不会回家了？那么她到什么地方去了？因为阿英告诉我，小姐吃过午饭就走出梅林别墅的呀。"小凤听克明对自己这么地说，不免感叹他的事情，遂把秋波脉脉含情地望了他一眼，低低地说。

　　克明把枕边自己那只金表给小凤瞧，叹了一口气，说道："已经三点钟了，她如何还会回家来吗？至于她到什么地方去，她有的是钱，会没处地方去安身吗？"

　　小凤听少爷这两句话中，至少是包含了一些哀怨的成分，因此由不得也起了一阵爱怜之心，觉得小姐确实太浪漫，这一年来，把少爷哪里当作丈夫瞧待？简直像奴隶一样。她心头也感到小姐是太没有感情可言的了，遂用了温和的口吻，安慰他说道："小姐也许到同学家中玩去了，少爷不要难受，你此刻身子感到怎么样？要喝一口茶吗？"

"我不要喝茶，此刻我心头像火烧，头脑像刀劈，真是非常痛苦。我这病很厉害，一定是受了寒而起的。唉，美丽太恶作剧，太害苦我的了。"克明摇了摇头，皱了眉尖儿低低地回答。他用了拳头，又在额角上连连地捶敲了两下。

小凤知道他头痛得厉害，心头有些同情的悲哀，遂情不自禁地说道："少爷，那么我给你额角上捶敲一会儿好吗？"

"谢谢你，因为时候太晚了，你明天还得起来做事情，所以你还是去休息吧。"克明感到小凤虽然是个丫头的身份，却比美丽有情有义，他心头很感动，遂用了感谢的目光，脉脉地逗了她一瞥，低声地说。接着又道："小凤，你的小姐真及不来你有情有义哩。"

小凤听他这么地说，也不免轻声地叹了一口气，温和地说道："少爷，并非我埋怨你，你到底是太贪享乐了。要知道一个青年终要在事业上奋斗，岂可以老恋恋于温柔乡呢？你难道永远替小姐做一辈子的奴隶吗？虽然你可以不必愁吃愁穿，但你的前途完全是丢送了。所以你应该去找工作做，切不要再这么地糊涂下去了。"

克明听了小凤这一篇话，仿佛是梦初觉，不禁恍然大悟。因为心感小凤金玉良言之情，由不得泪如泉涌，哽咽着道："小凤，听你一席话，胜读十年书。我知道了，我明白了。一个大丈夫要靠女子过生活，终不会有好的下场。唉，美丽的行动举止完全有玩弄男性的意思，谁知我竟甘心屈辱在她的股掌之下。唉，我有何面目见天下之堂堂七尺男儿吗？小凤，你这些话我铭人心版，从今以后，我将立志好好儿做一个人。他日若有得意之时，必不忘你那一番忠告之情的。"克明说时，潸泪不已。

小凤被克明这么一说，一颗处女的芳心也激动了一些爱惜的情分，遂拿帕儿给他拭了拭眼泪，微红了两颊，低低地说道："悬崖勒马，回头是岸。少爷，只要你有自新的勇气，前途当然还不至于到完全黑暗的地步。你不要伤心了，你是有病的人，应该身子保重要紧。好好地睡一会儿，明天早晨那热度就会退去的……"小凤安慰到这里，她伸手把被儿拢了拢紧，遂回身自管退出房外去安息了。

克明自从和美丽认识以来，觉得像今晚小凤那样情深意蜜的话是从没有听过的。他心头是完全被小凤感动了，到此方才明白"情"与"欲"的分别，其"圣洁"与"卑鄙"自然是大有天壤之分别了。他望着小凤消失了的窈窕身影，想到她的金玉良言，心中感到她的伟大，胜过于美丽万倍之上的。也不知为什么要这样悲酸，他的眼泪会扑簌簌地落下了两颊，似乎要失声痛哭一场。

第二天早晨，小凤很早地就到房中来望克明，问他可曾退了热度没有。克明见了小凤，却摇了摇头，低低地说道："并没有退去，你倒给我摸一摸，不是仍旧烫手地发烧吗？"小凤挨近床边，伸手去按了他一下额角，觉得果然热辣辣地烫手。这就蹙起了两条柳眉，忧愁得连一句话也说不出口来了。良久，方才说得一句话："那可怎么办呢？"

克明这时被小凤手儿按住了额角，心头仿佛感到了一种深深的安慰，遂低低地道："小凤，你此刻倒一杯开水给我喝，我口渴得很。"

小凤点头答应，遂倒了一杯开水，走到床边，把手儿挽起克明的脖子，给他喝茶，一面向他问道："你昨夜睡得还安静吗？"

"恍恍惚惚的，一夜就没有好睡……"克明摇了摇头回答。

"这是因为热度太盛的缘故。少爷，你肚子饿吗？昨天已一整日不曾吃东西了。"小凤给他喝过了开水后，又拿手帕抹了一下留在嘴角旁的水渍，秋波望着他绯红的两颊，温和地又问着他。

"我一些儿也不想吃东西，我心头仿佛有块大石压住着那么不舒服，唉，想不到这一病下去，竟会这么厉害。"克明摇着头儿，话声是包含了无限悲哀的成分。

"这样吧，回头我给你去请医生来瞧瞧吧。"小凤听他这么地说，遂颦锁了眉尖，沉吟了一会儿，低声地安慰他。

克明叹道："美丽今天不知会回家吗？我身边没有钱，请医生不是要钱的吗？"小凤听了这话，不免感到他的可怜，遂说道："前天小姐给我五百元钱原作为日常家用的，现在还剩着三百多元，你放心，医药费是有着。小姐今天当然可以回家了，你不要伤心吧。"小凤见他说着话，眼泪竟夺眶淌了下来，于是拿手帕又给他拭泪。克明感动十分，握了她手儿，叫了一声小凤，益发淌泪如雨。

小凤明白他是感激自己的意思，遂也动了爱怜之心，因此又温和地安慰了他一会儿，方才退出房外去，给他去请大夫了。

下午的时候，大夫来了。他给克明按过了脉息，看过舌苔，不免向床边的小凤望了一眼，低低地问道："这位是姚先生的夫人吗？"

原来小凤今年也只有十九岁，原生得一副很好的模样儿。美丽穿下的旗袍都给小凤穿了，在那大夫瞧来，原辨不出她是个丫头的身份，所以向她这么地问了一句。不料听到小凤的耳中，自然十分难为情，这就通红了粉脸，连忙摇了摇头，说道："不，奶奶到外面去买东西了。"

那大夫想不到这个女子竟还是一个丫头身份，一时倒愕住了一会子，于是走到桌子旁去坐下，自管开了方子了。小凤悄悄地走到桌旁，秋波斜乜了他一眼，低声问道："大夫，少爷的病是什么症候？不知有危险性吗？"

那大夫因为小凤既然是个丫头，那么当然还是一个姑娘，觉得有许多的话不便和一个女孩儿家开口，遂很简单地说道："是伤寒症……瞧他抵抗力如何……"

小凤听他后面这几句话是并没有确实的回答，可见病情是很厉害的。虽然自己原不懂什么，不过听人家说伤寒也是一种危险的病症，因此微蹙了眉尖，倒暗暗地担忧了一会子。大夫走后，小凤叫厨下李妈去撮药，自己在房中拢旺了炭炉子，预备给他煎药。煎好了药汁，时已四点了。小凤走到床边，见克明只是昏沉的样子，遂低低地叫道："少爷，药已凉了好一会儿了，我服侍你喝下药汁了好吗？"

克明从模糊中醒了回来，睁眼望了她一眼，低声儿问道："是什么时候了？为什么室中暗沉沉的，莫非天已入夜了吗？"

小凤知道他神志昏迷的缘故，遂摇了摇头，告诉他道："不，只还有四点敲过，因为是冬天的天气，所以分外暗沉了。"

"是下午四点了吗？那么美丽今天又不会回来了。唉！"克明说着话，深深地叹了一口气，他忍不住又落下眼泪来。

小凤暗想：小姐真也心狠的，她不知在什么地方？干吗连到这时候还不见她回家里来呢？但表面上还含了浅浅的微笑，安慰他说道："回头一定就可以回家了。少爷，你能靠起身子来吗？我给你喝药了。"

克明点了点头，竭力欲支撑着从床上靠坐起来，但是有病之人，却没有了一些儿的气力。小凤瞧着不忍心，遂把他身子扶起，靠在身怀里，一面把药碗凑到他口边，给他喝药。克明偎着她软绵绵的胸怀，心头是说不出的感激，遂且不喝药，先低低地道："小凤，刚才那大夫却误认你是我的夫人。唉，我假使有像你那么一个多情的妻子，我今天还会生这个病吗？小凤，我太感激你了。"

小凤被他这么地一说，倒不免又羞答答地难为情起来，粉颊儿上飞过了一层玫瑰的色彩，嫣然地一笑，低低地道："少爷，你别那么地说，我做丫头的服侍你们主子，原也是分内的事。你怎么说这些话？可见你们男子都是见一个爱一个的。"

克明听她这样嗔怪自己，遂摇了摇头，叹道："小凤，我倒并非是见一个爱一个的人，不过美丽把我们男子太视作玩物了。我是不够给她做丈夫的资格。其实这也并不是我一个人没有给她做丈夫的资格，恐怕世界上的男子，没有一个够得上和她做永远的夫妻吧。小凤，昨天她原提出要和我离婚，我苦求了她，她才算作罢，不过她昨夜不回家，今天又不回来，可见她真有和我脱离的意思。她是多么心狠，她无非把我玩厌罢了。小凤，我现在觉悟了，我一定不希望和她作为夫妻，待我这次病愈之后，我一定去找工作做。待能够有了扬眉得意的日子，我想讨你作为夫人，不知你心里肯答应我吗？"

小凤听他这么地说，一颗芳心不免又惊又喜，红晕了粉脸，娇羞地笑道："少爷，我是一个做丫头的人，我怎么能配？况且小姐也未必会不爱你呀。"

克明见她那种娇羞万状的表情，觉得这才是一个女孩儿家的身份，心头更增了一分爱她的心，遂忙说道："丫头和小姐原没有什么分别的，像你那么丫头的身份，我觉得是足足可以胜过人家小姐的。小凤，你别那么地说，我觉得你才是我的爱妻，因为我是需要有像你那么一个姑娘给予我的安慰和鼓励。假使你不肯答应我的话，那么你一定是嫌我这么一个荒唐的青年够不到资格做你的丈夫了。"

"少爷，这些事且慢慢儿地再说，你快先喝了这碗药汁吧。因为冷了喝下是没有什么大效验了。"小凤听他这么地说，她的芳心是甜蜜蜜的。因为在他固然可以步入光明的大道，在我也可以得一个俊美有才学的夫婿，这是多么令人欢喜的一回事呀！不过她表面上还有些不好意思答应，拿了药碗，先劝他喝了药汁再说。

不料克明却不肯喝药，说道："小凤，你一定要先答应了我，我才喝药。否则，我就不喝了，情愿病死的……"

小凤听他这么一说，一颗处女脆弱的芳心是完全被感动了，遂把秋波逗了他一瞥哀怨而又娇嗔的目光，却微微地笑道："答应你原可以，不过要有一个条件的。"

"只要你肯答应，无论什么条件我都可以答应。小凤，你说吧。"克明虽在痛苦的病中，他脸上也会浮现了一丝喜悦的笑容，把火烫那么的脸儿偎到小凤的颊上去，低低地说着。

小凤心头是又喜又羞的，她并不拒绝克明的偎脸孔，她柔情蜜意靠住了他，微笑道："也不是什么困难的条件，就是希望你病愈之后，终要努力挣扎一下子才好。"

"这个我自己也预备奋斗了，假使我没有成就的一天，我也不好意思跟你结婚呀。你说是不是，小凤？"克明内心是多么兴奋，他含了笑容，毅然地回答。

"好的，那么你且快喝药吧。"小凤扬着眉毛儿，得意地笑。

"是不是你答应我了？"克明虽然明白她这一声"好的"两字，就是代表答应我的意思。不过他还不放心，遂又继续地问了她一句。

小凤并不说什么，她羞答答地点了点头。克明快乐极了，于是他把这碗药汁大口地喝了下去。小凤见他喝完了药汁，遂扶他躺下，拿开水给他过嘴，低声儿笑道："你喝下了药后，你该静静地躺一会儿了。"

克明点头答应，遂闭眼养了一会子神。

匆匆过了两天，克明的病没有减轻，只有加重，美丽也没有回来，小凤自然十分地忧煎。因为钱已用完，小凤没有办法，只好到梅林别墅来拿钱，并告诉小姐失踪的消息。重明知道美丽的浪漫，一定在外面开旅馆荒唐了，意欲登报找寻，又怕丢了面子，所以只好给小凤两千元钱，暂时给克明作为医药之用，且待小姐回家，再做区处。

小凤这姑娘也是很痴心的，因为克明对自己已有了过去这一番话，所以她不避嫌疑，日夜在克明床边服侍。见了克明病重，更加地起了爱怜之心，所以有时候也偷偷地流泪。直到第八天的下午，克明病势已危，医生都回绝他们走了。小凤正在伤心，谁知美丽这时候带了少秋也回到家里来了。

第八章

风流恩爱毕竟全是空

美丽带了少秋兴冲冲地回到家里，在她心中的意思，是要向克明扎扎"台型"。不料小凤告诉说克明病得快要死了，她得知了这个消息，心里又喜欢又惊异。喜欢的是克明死了后，就省却离婚的麻烦；惊异的又是仅仅隔别了八九天的日子，他得了什么病症，竟会这么厉害吗？于是也不回答什么话，就三脚两步地走到卧房里去了。

克明躺在床上是已病得奄奄一息的了。美丽见他脸白如纸，两颊削进，双目深凹，几乎已不成人形了。她在骤见之下，不免有些儿害怕，身子既到了床边，由不得又向后退了两步。克明见了美丽，他虽然是非常痛恨，不过到底还向她点了点头，叫道："美丽，你……回……来……来……了……吗？我是病得……不中用了……"

美丽听他病得连说话的气力都没有了，料想是快要死的了，因此也不和他说什么。回身意欲叫小凤说话，只见少秋已跟着走到了身后，于是拉了他的手，走到那长沙发上去坐下了，和少秋商量道："你瞧他是快要断气了，你的意思还是给他死在家里，还是给他死到医院里去？想不到他会病死了，可见他是多么地识趣，明明是让位给你的了，是不是？"

少秋听她这么地说，又见她颊上堆了欣慰的笑容，在她心中当然是毫无怜惜的意思。他觉得美丽心肠的狠，可说有甚于蛇蝎的。自己玩弄女性，倒还没有像她那样辣手呢。遂也不忍掺加恶意，低低地说道："既然他已快要死了，就不必再送他上医院里去了，给他死在家里得了。"

克明虽然已是垂死的人了，不过他心头是非常清楚。在他所以向美丽叫了一声，因为彼此到底是同衾共枕的夫妇关系，那么多少终有些感情作用的。他想在临死之前，再听到几句美丽对自己忏悔的话，作为最后诀别的纪念。可是万不料美丽竟不去理睬他，克明心中已经感到无限的骇异和沉痛。后来他见美丽拉了一个翩翩的风流的少年一同在沙发上坐下，而且互相说出了这几句话，他几乎不相信美丽还是一个有血有肉有感情构造的人类一分子，他气愤得全身更瑟瑟地发抖，脸色转青，他要立刻咽气昏过去了。但是他理智很清楚地告诉他，这是不值得气愤的。因为美丽本来没有情感的，她完全是欲中的妖精，像《西游记》中的妖精一样，专门迷人以死的。他感到万分的沉痛，因为在这个时候他想到了表妹爱娜，他觉得自己的死是罪有应得的了。

　　小凤见小姐和一个美貌的少年回家，她明白这是小姐的新欢，克明的猜测是不错的。她想不到小姐的性情会变得这么快，她也有些愤怒，然而她更为克明少爷而伤心，眼皮儿一红，忍不住扑簌簌地落下眼泪来。不过在她的芳心里是还想救克明以不死，所以走进房中来，是要求美丽再给克明再请名医救治的意思。

　　谁知小凤到了房中，却见小姐当着克明垂死的人儿面前，抱住了少秋的脖子，在亲热十分地接着吻。小凤心中这一愤怒与骇异，她几乎认为小姐比一个畜生都不如了，因此站在房门口的五斗橱旁，倒是怔怔地愣住了一会子。

　　床上的克明瞧此情景，他再忍熬不住了，遂竭声大叫道："美丽！你……你……这个毫没心肝的女子！你就……是要偷汉儿……你也待我咽了这一口气还不迟呀……"

　　美丽听他这么地说，不觉冷笑了一声，向克明逗了一瞥嗔恨的白眼，说道："放你的臭屁！我是你的什么人？怎么说我偷汉子？我是你的丈夫，你做妻子的自己生了病，我过不惯这样冷清的生活，我现在娶一个小妾，难道就不应该了吗？你以为这样就气你了吗？难堪了你吗？少秋，来！我们索性叫他气一气，早些气死了他，免得他活着多受痛苦……"美丽说到这里，就把两腿左右伸开，抱住了少秋，就叫他立刻行事的意思。

少秋虽然是脸皮厚，到此也有些吃不消起来，觉得美丽面皮之厚，诚可谓五百磅炸弹不能炸开她脸上一些裂痕的。这就红了两颊，把她身子拉起来，笑道："美丽，你真也太以发傻了，他已是一个垂死的人了，你和他还计较什么呢？正经的，我们也不要在这儿坐下去了，还是待他死了后，我们再来往吧。"

美丽听他这么的话，也颇为有道理，遂点了点头，回眸见小凤站在房门口，遂向她叮嘱道："小凤，我现在住到金都饭店三百十六号房间，他若死了，你来电话通知我好了。"她一面说，一面拉了少秋的手，便匆匆地走了。

小凤眼瞧着他们的身子在门框子里消失了，她摇了摇头，说不出一句什么话来，心头感到隐隐地作痛，她忍不住深深地叹了一口气。

小凤慢慢地步到了床边。克明见了小凤，也不知为什么缘故，只感到倍觉悲酸，叫了一声小凤，他忍不住失声哭起来了。小凤被他一哭，这就也呜咽着哭了。两人哭了一会儿，小凤拿手帕给他拭泪，低低地安慰他道："少爷，你别伤心，你别气她，她这样没有情义的女子，根本已不能算为人类了，你难道还为她而生气吗？"

"我并不是为了气她恨她而伤心的，我是因为伤心自己的死就在眼前了。不过我也并非单是为了死而伤心，死，谁能逃得了它？只是我的死太可耻，太不值得，所以我觉得冤枉，我觉得痛心。愿天下青年，切不要瞧我的样子，为了贪享卑鄙的富贵，为了贪享荒淫的女色而步入了灭亡的道路才好啊！"克明听她这么劝慰，遂摇了摇头，十二分痛心疾首地说出这几句话，他的泪又在眼角旁扑簌簌地滚下来。

小凤也觉心痛极了，她觉小姐简直是残害青年子弟的毒蛇猛虎一样凶恶。她说不出一句什么话来，陪在一旁，也只有暗暗地淌泪不已。过了一会儿，克明又低低地道："我死不足惜，但我此生中却对不住两个人。第一个当然是你，因为我病中多亏你尽心看护，此恩此义，情逾手足，然而我竟没有报答你，含恨永逝，在我觉得是很对不起你的，但也只好且待来生再补报的了。"

小凤听了这话，心碎肠断，哽咽不成声地呜咽不住，低低地道："少爷，你别说这些悲酸的话了，今日你的病体若一日好如一日，这在我还能算有些微功。事到今日，哪还有什么话可说的呢？唉，我的命太苦，福太薄，所以竟无能力挽救一个青年步入光明的大道，这还不是我的罪孽吗？"说到这里，不禁泪如泉涌。

克明听小凤这么地说，因为在过去我们曾经有嫁娶的存心，在他当然很明白小凤说这两句话的意思。他感到小凤的痴心，真不愧是个现代姑娘中第一多情人，他感动极了，这就情不自禁地伸过手去，猛可地把小凤手儿握住了，忙说道："不！不！小凤，这如何能怨你的罪孽呢？我的病得能够好，这是我的命；我的病不治而逝了，这也是我的命。不过病中全仗你服侍之情，又怎能因此而抹煞呢？人生最难得者唯知己而已，我今虽死，有你这么一个多情的姑娘会怜惜我爱护我，在我终算也很瞑目的了。"

小凤听了，忍不住又伤心地啜泣了一会儿。因为他说的有两个人，那么还有一个到底是谁，在这临终的最后一刹那，似乎也应该给他们见一见面的。于是含泪低低地问道："少爷，那么你生平中还有什么知心的朋友吗？要不我给你去喊了谈几句话……"小凤话虽说出了口，她又感到很后悔，因为在这两句话中是包含了多少的沉痛，她感到自己是太残忍一些了，因此抚摸着克明骨瘦如柴的手儿，泪水又涔涔而下了。

克明听小凤这么说，泪也雨下，摇了摇头，叹道："我太负心，我太无情，所以今日才有这遭人弃如敝屣的侮辱，这也许是眼前报应吧。小凤，我老实地告诉你，我的表妹李爱娜，她是和我自小一块儿长大的，我们当初是非常地相爱。后来遇到了你的小姐，我就被她迷住了，是太对不住爱娜了。所以今日的死，真是自作其孽。"

小凤听了他的告诉，方才明白他当初和表妹是非常相爱的，这就忙道："李爱娜小姐不就是我家二小姐的同学吗？李小姐我也瞧见过多次，她的容貌也未见丑恶啊，你为什么要负心她呢？唉……你……"在小凤下面还没有说出的话中至少是包含了一些怨恨的意思，但是她又不忍去痛苦他的心，只是深长地叹了一口气。

"小凤，你责问得是，我觉得太心痛了，太悔恨了。不过无论哪一个男女，在他们所谓谈爱两字，都降低而至于谈欲了，所以真正谈爱的人能有多少啊？谁不喜欢热情地拥抱接吻？美丽的手腕太厉害，我表妹当然及不来她，因为我是个社会上最普通的青年，我如何能逃得了色情的诱惑，所以我是只有屈服在美丽柔媚的手腕下了。"克明明白小凤心中的意思，他点了点头，说出了这几句坦白而沉痛的话。

　　小凤同情他这几句话，是的，社会上能懂得真正爱情的男女能有几个？不是你爱她的色，就是你爱他的钱。她深长地叹了一口气，说道："不过李小姐和我的二小姐远在南京读书，一时里也没法叫她回上海来的，虽然此刻也许已到放年假的时候了。"

　　克明摇了摇头，淌泪说道："我不愿再见她，并非我心中有讨厌她的意思。因为我没有脸儿再见她，何况她心头正痛恨着我，就是见了她，她也未必会同情我、可怜我的。小凤，一个人生长于世界上，除了伟大的事业、伟大的著作能名垂史册外，一切富贵荣华、恩爱风流，也不过流水浮萍、过眼云烟罢了。我是彻底地想明白了，然而我明白得已经迟了。不过话又说得回来，在我临死之前能够想明白，终还不算迟。因为在临死的时候而还不明白的青年，恐怕也不在少数吧。"

　　小凤没有回答什么，只是陪着落了一会儿眼泪，良久，方低低地说道："少爷，你话说得很多了，就休息一会儿吧。也许老天可怜着你已经悔过了，它会救你不死的……"小凤虽然这么地说，不过她芳心里还是空洞洞的，像失却了一件什么东西一样空虚。

　　克明苦笑了一下，把的纤手抚摸了一会儿，说道："也只不过梦想着罢了……"他一面说，一面把两眼望着小凤的粉脸，怔怔地出了一会子神。小凤见他欲语还停的样子，芳心猜疑了一阵，遂低低地问道："少爷，你有什么话要向我吩咐，我若能力做得到的话，我一定可以答应你去做的。"

　　克明瞧瞧自己手指上尚留有一枚宝石戒指，遂低声地道："我想……我想把我这枚戒指给你留个永远的纪念……但又怕给你多留下了一个痕迹，徒然使你心中难受罢了，所以我又觉得不敢送给你……不过

100

我死之后，希望你不用为我而伤心，因为像我这种荒唐的青年，没有什么令人可以可惜的。同时我也希望你保重身子，因为你是一个很多情的姑娘，只要你有埋头苦干的精神，你一定有光明的前途。小凤，这儿还有一个金表，也一并送给你了，请你爱惜寸阴，切不要把宝贵的青春无意义地浪费过去。因为我已经是个垂死不救的人了，我只有劝劝像我同样的青年及早回头罢了。"

克明一口气说到这里，他已经有些气喘了，把手指上的戒指脱下，套上小凤的指儿上去。他又把枕下那个金表拿来，也交到小凤的手里去。小凤听了他这几句话，她粉颊上又被晶莹的泪水所沾满了。她愣住了良久，因为情感激动得太厉害的缘故，她伏在克明的身上，忍不住失声呜呜咽咽地哭了起来。

"小凤，你别伤心呀，恨我没有福气能够得到你做爱妻罢了。"克明抚摸着她伏在自己胸口上的头发，他的泪水也像泉涌一般地滚滚而下。

"少爷，我想你还年轻，大概不至于会死吧。因为我们国家是正需要像你们这么年轻的人儿去创造光明的前途、伟大的事业。少爷，我相信你一定有救的，因为你此刻不是还和我好好儿地在说话吗？老天怎么忍心眼瞧你死去？我们是年轻的人儿，我需要活下去，我们需要活下去，因为我们的责任重大呀……"小凤说到这里，她简直有些疯狂的样子，她也许是刺激过度的缘故吧。

然而这些话听到克明耳中，只有更增加心头的惨痛和羞愧。他深深地叹了一口气，哭叫道："天哪！我要活，我要活，我要再活下去，要死得有价值一些！我怎对得住已死的父母？我怎对得住飘摇风雨中的……"他是大声地哭起来了。

小凤这时又平静了脸色，因为几天病中相伴之情，使她有些痴意。她偎着克明的脸儿，低声地安慰道："少爷，你别哭，我送你上医院里去吧，也许你还有救星哩。"她说着话，身子已站起来，急急地奔到电话间里去了。

克明在医院里经医生施用手术注射强心针等急救办法，又延长了两天的日子。在第三天早晨十时半的光景，小凤见他的手儿不住地伸缩着，问他要拿什么，他也不作答。小凤知道克明危在顷刻了，她心中是碎了。忽然克明哇的一声，嘴里吐出许多黄绿的痰水来。经此一吐，克明的两眼向上翻了过去。小凤知道事不好，遂一面哭一面叫，因为室中并没有一个看护，她便三脚两步急急地奔出病房，预备自己去喊医生到来急救了。

这是做梦也意料不到的事情，小凤一脚跨出病房，忽见迎面走来一个身穿豹皮大衣的姑娘，定睛一瞧，正是克明的表妹李爱娜。一时还道尚在梦中，由不得"哟"了一声，走上前去叫道："你不是李爱娜小姐吗？怎么也会到这儿医院里来呀？难道你知道我少爷病危在医院吗？"

"什么？你少爷病危在这儿吗？是不是就是我的表哥吗？"爱娜见了小凤，当然也认识她是美丽的丫头。因为听她这么地说，芳心由不得大吃了一惊，向她急急地追问。

这时齐巧有医生来给克明诊视，小凤也来不及告诉爱娜种种的缘由，她向医生急急地道："医生！你快进去瞧吧！他……他人儿已不中用了……"爱娜想不到表哥已危在顷刻了，一时也不记旧恨，情不自禁地和他们一同步进病房中去了。

诸位，你道爱娜如何也会到医院里来呢？原来她们在南京大学里考试完毕，已在昨天早车回家过年了。她和曼丽到了上海，出了车站，曼丽见时已五点多了，遂拉住了爱娜的手，说道："你且先和我到家里去，在我家里吃了晚饭，再回到自己家里去吧。"

爱娜因为和曼丽像亲姊妹一样要好，所以也就答应了下来。当下两人坐车回家，阿英迎接小姐进屋，把两人行李安顿一旁。这时重明夫妇见了小女回家，心头十分欢喜，遂一面问她们校中的情形，一面打电话叫了一席酒菜，来给爱娜曼丽两人洗尘。

吃晚饭的时候，曼丽忽然想到了表哥良平，她便笑盈盈地对重明望了一眼，低低地说道："爸爸，我们打个电话到厂里，去叫表哥一同来吃饭好吗？"

"只怕你表哥此刻已不在厂内了，你要喊他吃饭，还是打电话到他的家里去吧。他家电话是一九三五六。"重明毫不在意地回答她，因为他已忘记把良平已结婚的话告诉她了。

"原来表哥家里也装有了电话，爱娜，你和我一同去打吧。"曼丽一面很喜悦地回答，一面拉了爱娜的手已走到电话间里去。在电话间里，曼丽拿了听筒，拨了号码，不多一会儿，就有个女子的声音问道："你找谁呀？"

"请问这儿是叶良平府上吗？喊叶先生听电话好吗？谢谢你。"

"这儿不是叶家，你是什么人？我们是唐公馆……"

曼丽听她说话的语气是分外愤怒，立刻把电话就挂断了，这就心中暗想：那女子真像吃了生米饭，就是打错了电话，也是常有的事情，何必这么没有礼貌？爱娜见了，遂在旁边问道："怎么啦？不是叶家吗？"

"是的，接错了线了。"

曼丽一面说着话，一面又拨了号码。不多一会儿，又是一个女子的声音来接听电话。曼丽虽然不知道是否就是刚才那个女子，不过声音有些耳熟，她问道："你找哪一家？"

"谢谢你，请叶良平先生听电话。"

"什么叶良平？你这个不要脸的狐狸精！老是找良平有什么事情？"

凭了她这几句话，曼丽就明白第一个电话也并没有打错，无非是她故意回绝的罢了。不过很奇怪的，表哥家里除了一个母亲之外，还有什么其他的女人呢？她竟开口就骂我是狐狸精，那不是叫人太奇怪了吗？曼丽为了要明白一个详细起见，她不得不忍住了一肚皮的委屈，还是舍了笑容，向她低低地问道："你是良平的什么人？你不要弄错了，我是他的表妹董曼丽呀。"

"哦，原来你就是美丽吗？哈哈，那你也太糊涂了，我是什么人你难道还听不明白了？即使听不明白，想想也可以猜得出来了。美丽，我老实对你说，你有了一个克明也就够了，你好要夺我的良平吗？不过我也并不十分稀罕良平这个人，你若一定要夺，我就送给你也不要紧的。"

曼丽听了对方这几句话，真是弄得丈二和尚摸不着头脑了，暗想：这女子是什么人？她竟误会我是美丽了，可见她和姊姊是相识的了。遂忙又说道："我是美丽的妹子曼丽呀，你别缠错了呀！"

"哦哦，你是曼丽吗？原来你在南京读书，这就无怪你不知道了。我是你的表嫂唐莉莉，和你姊姊彼此原是同学，不知你找良平有什么事情吗？"

"什么？你是表嫂？你和表哥什么时候结婚的呀？"

曼丽突然听到了这个消息，仿佛是挖去了她心头肉一般疼痛。她问了这两句话，她的粉颊已呈现了灰白的颜色，全身一阵子发抖，放下手中的电话听筒，她竟跌倒地下昏厥过去了。爱娜在旁边瞧见了这个情景，一颗芳心当然是大吃了一惊，立刻扶起她的身子，连声地叫喊。这时阿英走来问表少爷可在家中否，突然见小姐昏倒在地，爱娜抱在地上叫喊。她这一惊异，忙问什么缘故。爱娜也不及告诉其中的缘故，她连催阿英快把老爷太太去叫了来。待阿英把重明夫妇喊到，曼丽还没有醒转。重明急急地问道："李小姐，她……她……是怎么的一回事呀？"

"因为她听到表哥已结婚的消息，所以昏厥了，因为凭我所知道，曼丽和良平彼此原很相爱的呀。"爱娜抱住了她的身子，急急地告诉。

重明夫妇方才有所明白，一时暗恨良平无情，既然曼丽和他相爱，他为什么再去爱上那个莉莉呢？于是把曼丽扶抱起来，不料曼丽口眼紧闭，这回昏厥得很是厉害。董太太心中一急，早已呜呜咽咽地哭泣起来。

重明到底比董太太有主意，遂向她忙道："你别哭呀，这是因为气闭的缘故，没有生命危险的。我们把她快送到医院里去注射一枚针就好的。"

爱娜点头称是，遂和阿英把曼丽身子抱上汽车。重明夫妇跟着跳上，直开到医院里去了。家里只剩了阿英一个人，她见这一张银台面，上面放着精美的品盆，由不得轻轻地叹了一口气。

汽车到了医院，把曼丽送到头等病房。经医生诊视之下，知不是什么大病，遂给她注射了一枚安神的针，嘱重明等别急，给她静静地躺一会儿，就会好起来的。众人听了，自然略为放下心来。不多一会儿，曼丽果然悠悠地醒转。她回眸四望，见爸妈爱娜站在床边，自己却已在一间病房里面了。她心里当然很明白，这时候她也顾不得什么羞涩两个字了，早已忍不住呜呜咽咽地哭泣起来。

重明夫妇、爱娜三人见她哭了，心中都宽了不少。董太太安慰她道："孩子，你别伤心呀，你既然和良平是很相爱的，那么你为什么不早些儿告诉我们？否则，我们也可以给你们先订一个婚。如今事已如此，你伤心也没有用，还是自己身子保重一些儿吧。"

重明也恨恨地道："良平这孩子真是没有心肝的东西！我一手地提携了他，他既然也有爱上我曼丽的意思，照理他就不该再去爱上唐莉莉呀！我明天非骂他一下不可，他……他不是太侮辱了我的孩子吗？"说到这里，满脸显出愤怒的样子。不过他立刻又向曼丽安慰着说道："孩子，你别想不开，良平他若真心有爱你的话，他也绝不会再和莉莉结婚了。所以这种爱不专一的青年，是不值得什么重视的。你若因他负心而自伤身子，那你固然是太没有意思。而且你也要想想你已年老的父母呀。孩子，你是个年轻的姑娘，还是容貌不美，还是才学不好？难道怕将来你还嫁不到一个如意郎君吗？"

"曼丽，伯父的话是很不错的，你快不要伤心了吧。"爱娜站在旁边，拿手帕给她拭了拭眼泪，也低低地劝慰她。

曼丽于是停止了哭泣，以手擦了一下子眼皮，叹了一口气，方才点了点头，说道："爸、妈，你们放心，我想明白了，我绝不会再伤心了。"

重明这才微笑道："对了，孩子，一个人不要太痴心，况且为了一个不肯爱自己的男子而痴心，这是多么愚笨呀。时候也不早，大家肚子都觉空洞洞的，你既然想明白过来，那么我们就回到家里去吧，家里还有一席精美的酒筵哩。"

"不，我想在这儿医院里休养几天，因为我并没有饿，爸妈和爱娜只管回家去吃饭好了。"曼丽摇了摇头，她这么地回答。

董太太忙道："你不肯吃晚饭，那你就是仍旧想不明白。孩子，你要在医院里休养，我原可以答应你。只不过你千万不要自作践身子，饭是一定要吃些儿的。"

"我知道，我过一会儿当然会吃的，此刻实在吃不下。我说不为他这种负恩忘义的人伤心了，那我自然不会再伤心了。"曼丽转了转乌圆的眸珠，很认真地说。

爱娜道："这样吧，我在这儿和曼丽做伴吧。伯父伯母只管放心回家去，回头我会劝她吃饭的。"

重明夫妇听了，倒很赞成，遂道："也好，回头我吩咐阿英把饭菜端了来吧。"爱娜说好，于是重明夫妇又安慰了一番，方才坐车回家里去。

这里曼丽待爸妈走后，她想到朴实的表哥居然也会负情变心，她是多么伤感，因此眼皮儿一红，泪水又盈盈而下了。爱娜在旁边用了温和的口吻，安慰她说道："情场失意，虽然是一件很痛苦的事情，不过我们年轻的人儿，我们自有比恋爱更重大的使命和责任，所以我们应该要努力求学，以达到光明的大道才好啊！"

曼丽记得这几句话是自己曾经也劝过她的，她握了爱娜的手儿，很感慨地叹了一口气叫道："爱娜，想不到我们的遭遇竟是一样不幸，唉，我们难道同是苦命人吗？"

"不！不！曼丽，你这话错了，我们并非苦命人，也许我们是幸福人吧。因为我们这两个爱不专一的表哥，未必是个杰出的人才呀，对于恋爱尚且如此，对于事业更可想而知了。所以在当初我却是为表哥丧心而感到悲伤，后来我想明白了，我反而感到快乐。曼丽，请你要瞧我的样子，也感到快乐，不要感到悲伤，因为我们的遭遇可说是完全的一样啊！"爱娜听她这么地说，她摇了摇头，连说了两个不字，在她说到后面这几句话的时候，脸上还含了笑容，表示很欣慰的样子。

曼丽认为爱娜这几句话太有意思了，她点了点头，这就也不禁为之破涕嫣然地笑了。两人同是失意女，互相安慰了一会儿。阿英把饭菜送了进来，爱娜于是叫曼丽一同吃饭。曼丽既在想明白了之后，她也就吃饭了，因为饿久的缘故，所以倒颇为吃得津津有味。两人饭毕，阿英把残肴拿回家去，把小姐已吃饭不再伤心的话告诉了老爷太太。重明夫妇听了这话，心头方才落下了一块大石，各自安寝了。

这里曼丽见时已十点多了，遂向爱娜说道："今天第一日到上海，你理应回家先去看望你的爸妈，所以你不用伴我，只管自己回家去吧。至于你的衣箱等物，明天叫车夫送过来是了。"爱娜听了，遂也点头答应，说明天早晨我再来望你。两人于是握了一阵手，方才分别走回到自己的家里去。

爱娜第二天来医院的时候，猛可听小凤告诉克明已病危的消息，原来他们两人的病房就在隔壁。爱娜心头虽然非常痛恨克明，不过克明已到垂死的地步，一时把怨恨消失了一半，情不自禁地先跟他们一同步进克明的病房里去了。

克明虽然已是奄奄待毙的人了，不过他心里是非常清洁，眼睛也很明亮。他见到有一个姑娘跟在小凤的身后，很显明的这是爱娜呀！他这一惊喜，既疑自己死了，和爱娜在梦中相会的情景，于是他把一颗已经死去了的心又复活了过来，嘴儿一掀，挣扎出两个字来，叫道："爱娜……"

爱娜听这一声叫是直音的，可见他是费尽气力才叫出来的。因为窥测克明的表情，似乎有惊喜着和自己会面的意思，一时只觉有股子悲酸陡上心头，她满眶子里的热泪，这就像雨点一般地落了下来。

医生在经过一会儿诊察之后，遂摇头叹息着，低低地道："不中用了，你们送院太迟了。"说着话，身子便向后退了出去。

这时克明倒并不悲伤自己的死，他所伤心的，因为虽然和爱娜见了面，自己却已没有向她忏悔的能力了。他眼角旁展现了亮晶晶的泪水，已失了神的光芒，向爱娜凝视了良久，嘴唇一掀一掀的，似乎还要说什么话的样子。

"李小姐，你走上一些去呀，少爷要跟你说话哩。"小凤窥测克明的神情，心理会他的意思，遂含泪把爱娜身子推了一推，低低地说出了这两句话。

爱娜听了只好把身子挨近到了床边，向克明低低地说道："表哥，你有什么话要对我说吗？你只管说吧。"

克明这会儿把手伸了上来，和爱娜的手儿拉住了。他两眼呆望着爱娜沾满了泪水的粉颊，将另一只手指了指自己的胸部，又指了指爱娜，他的眼泪也大颗儿地抛了下来。

爱娜明白克明已不会说话的意思，不过她知道克明这个举动，是向自己忏悔的表示。这时爱娜拉着克明的手指，觉得已经凉了。她心里一阵悲酸，泪如泉涌，遂低低地道："表哥，我明白你的意思，我并不怨恨你的负心，我觉得我们是无缘呀……"说到这里，她几乎已失声哭泣起来。

克明想不到爱娜竟会说出没有怨恨自己的负心，他由不得苦笑了一下。在这一丝苦笑之中，他已叹完了这最后一口气，一缕孤魂永远脱离了人间。爱娜并没有哭，她把克明的手安放整齐了，因为克明眼睛开得很大的，知道他心中尚有不安的意思，遂淌泪祈祷着道："表哥，你静静地安息吧。我很同情你，因为你是社会上一个没有意志的可怜虫，愿你来生做一个有勇敢有志向的青年吧！"

克明在经过她这几句话之后，他的眼皮居然会合上了。不过他眼角旁已涌上一颗泪水，像蛇行似的直淌到了他下颚。爱娜瞧此情景，因为他是已死的人儿，竟是听从自己话的意思，不觉悲从中来，放声大哭。小凤经爱娜一哭，她自然也号哭起来。

这里看护们闻声进房，知病人已死，遂命院役移展到太平间里去。爱娜哭了一会儿，方才收束了泪，因问小凤道："你家小姐在什么地方？为什么不见她呀？"

小凤叹了一口气，一面淌泪，一面恨恨地说道："李小姐，说起少爷的死，真好像是我小姐害死一样。她哪里把少爷当作丈夫看待？根本和玩物的一样的。"说到这里，遂把这一年来他们夫妇之间的情形向爱娜告诉了一遍。爱娜听了，方才明白，不禁叹道："美丽固属世之尤物，而表哥甘心做彼之玩物，今日之死，亦意料中事耳。小凤，本当我得尽个料理表哥后事的义务，不过既有美丽这么地嘱咐你，你还是通知她去吧。"爱娜说着，又告诉她道，"你的二小姐和我都是昨天从南京回家的，因为你二小姐听了你表少爷和唐莉莉已结婚的消息，所以她气得昏倒了，现在隔壁十五号病房里休养。我此刻要去瞧望她，你也做你的正事吧。"

小凤听了，也方知李小姐所以来院中的原因，于是点头说代为望望二小姐，她先打电话去通知美丽去了。这里爱娜十二分感伤地走进曼丽的病房，曼丽正靠在床栏上出神，她见爱娜脸有泪痕，心头倒是吃了一惊，遂忙问道："爱娜，为什么？你哭过了吗？"

"曼丽，这真是意料不到的事情，我表哥死在这儿医院里了。"

"什么？你表哥？是我的姊夫吗？"

曼丽见她走到床边，很颓伤的样子回答。曼丽心中这一惊骇，她不禁直跳了起来，拉住了爱娜的手，急急地问她。爱娜点了点头，她眼皮又有些红润，说道："是的，克明是躺在十三号病房中，也许我们还有些缘分吧，终算见到了最后的一面。"

曼丽"啊哟"了一声，叫道："原来刚才我听见的哭声就是你们吗？那你为什么不来叫我一声呢？姊姊现在到哪儿去？姊夫难道真死了吗？为什么昨天爸妈一些儿也没有向我提起姊夫也害病在这儿医院的话呢？"

"唉，曼丽，你还提起你姊姊这个人哩，她已爱上了新人，而抛弃了克明哩。记得从前你曾经向我这么地猜测过，想不到你姊姊果然是个这么浪漫的女子哩。"爱娜深深地叹了一口气，遂说出了这几句话，一面又把小凤告诉自己的又向曼丽告诉了一遍。曼丽到底是个富于感情的姑娘，她听了这个话，一时为克明伤心，忍不住也暗暗地落了一会儿眼泪。

不料就在这个当儿，家中的阿英从病房外匆匆地奔了进来。她脸色慌张地告诉道："小姐！啊呀！事情不好了，表少爷把表少奶一枪打死了，现在表少爷被捉到院里去审问。法院里要老爷到庭问话，太太急得了不得，所以请小姐快快地回家去吧！"

这消息仿佛是晴天中起了个霹雳，听到爱娜和曼丽的耳中，都惊奇得"啊哟"了一声，却是怔怔地愣住了。

第九章

身入图圄痛悔亦已迟

　　唐莉莉那天打电话给良平，怨他有八九天不回家，其实她自己也只有今天才回来的呢。她到了家里，问佣女阿芬，说少爷这几天什么时候回来的，不料阿芬告诉她道："少爷也有八天不回家了，少奶今天若再不回家，我的日用钱也要用完了哩。"

　　唐莉莉想不到良平和自己一样地也有八天不回家了，暗想：莫非他在外面也有新欢了吗？我且先打电话去责问他，表示自己并没有在外面荒唐的意思。想定主意，遂走到电话间内去打电话给良平了。

　　待打电话回到房中，由不得坐在沙发上手托香腮沉吟了一会子，暗想：良平说他母亲有病，他是住在母亲那儿服侍老人家的病，这句话不知是真是假？并说今天下了办公室立刻就赶回家中来。其实我也讨厌看见他，何不如此？如借此和他渐渐地疏远，岂非是好？莉莉想到这里，不住地点头，遂在皮包内取了三百元钞票，交给阿芬，说道："阿芬，这三百元给你零用，回头少爷就要回来了，你要这样地对他说，少奶在这八天中天天等在家中没有出去过，今天她出去买东西，晚上就回家的，叫少爷不许再出去，守在家中，知道了没有？"

　　阿芬接过了钞票，因为少爷少奶都不在家中吃饭，自己一个人不但吃得舒服，而且也捞足了腰包，所以当下连声地答应，说"知道了"。莉莉于是披上大衣，她又匆匆地走到外面去寻欢作乐了。

　　下午五点钟光景，良平从厂内赶回家来，见莉莉不在家中，遂问阿芬道："少奶到什么地方去了？"

　　"少爷，你这八天中在哪呀？少奶是天天等在家中，她真恼恨哩。

此刻她到外面买东西去了。临走的时候，曾经嘱咐我，叫少爷等着别再到外面去，少奶立刻就回来的。"阿芬见了良平，故意用了埋怨的口吻，向他说得好认真的神气。

良平听了阿芬这么地告诉，一时心里倒有些悔恨自己不该有八天不回家。因为美丽到底是个有夫之妇，我又不能和她作为永远的伴侣。我和莉莉究竟是夫妇，她这八天中很安分地等我回来，在她心中不是仍有爱上我的意思吗？现在待莉莉回家，我只好向她赔个罪了，否则她一定会很生气的呢。

这天良平连一个人吃晚饭都不敢，饿着肚子等莉莉回家来一同吃饭。谁知左等也不回家，右等也不见她回来。直等到十时敲过，他饿得受不了，方才独个儿地先吃了，一面问阿芬说道："阿芬，少奶不是关照你立刻就回家的吗？为什么直到此刻尚不见她回来呢？"

阿芬听了，由不得暗暗地好笑，但表面上还竭力镇静了态度，摇了摇头，低低说道："少奶原这么地关照我，不过她此刻为什么不回家，我却不知道她是什么的意思。大概因为恨少爷有这么许多日子不回家的缘故吧。"

良平听了这话，自然无话可答，也只好闷闷地用完了饭，坐在沙发上，独个儿开了一会儿无线电，吸着烟卷出神。时间是过得很快的，一会儿已经子夜十二时了。良平暗想：莉莉因为恨我不回家，今天她一定也叫我上个当的意思。于是不再等她，遂脱衣自管地就寝了。谁知道莉莉这时候却和人家在倒凤颠鸾逍遥快乐哩。

唐莉莉在这一个月里她原在外面结识了一个做探捕的男子，这个探员名叫赵阿根，是山东人，生得又长又壮，真是非常结实魁梧。莉莉把他爱若珍宝，所以时常和赵阿根在外面欢叙的。莉莉原在大光饭店四百零四号里开了长房间，所以这天又到大光饭店里来。她到了房间里，就脱去了大衣，先打电话叫阿根听电话，阿根知是莉莉，心中大喜，遂忙说道："是莉莉吗？叫我有什么事情？"

"还有第二件事情吗？小鬼，老地方，等着你，立刻就来。"

"哦，晓得，马上就来骑你这一匹活马。"

莉莉骂了一声烂舌根的，遂放下了听筒。她脱了皮鞋和旗袍，披上了浴衣，到浴室中去洗浴去了。莉莉还没洗好浴的时候，只听浴室门外就有人笃笃地敲了两下。莉莉知道是阿根来了，遂笑道："阿根吗？推门进来好了。"

随了这句话，门外推进一个身材高大的汉子来。他见了莉莉精赤地坐在浴缸内，遂走上了去，把他蒲手那么大的手儿，按到她高耸的乳部上去，笑道："莉莉，才隔别了一天，你又来找我了吗？可见你这的胃口真好，简直一夜都少不了男子陪伴的吗？"

莉莉被他按得肉痒，一面咯咯地笑，一面娇嗔满脸地啐了他一口笑骂道："你这短命鬼！我叫你来享享温柔的滋味，难道你心里不喜欢吗？快给我放手吧，痒丝丝的多难受。"

阿根却不听从她的话，把手儿由胸部直浸下到水里去了，笑道："你别忙，让我摸只石蟹。喔哟，蟹没有摸着，却摸着一只龙须虾了。"

莉莉蹙了眉尖儿，似乎有些隐痛的神气，笑骂道："去死，你还不放手，我可恼了。"阿根笑嘻嘻地道："不放手怎么样？你有本领咬我一口好了。"

莉莉急了，这就把两手拨动了缸里的洗浴水，泼了阿根一头一脸孔。阿根开着嘴儿正在得意地笑，因此浴水就泼了他一嘴巴。阿根这才放了手，倒退了两步，向地上连吐了两口唾沫，"啊哟"着叫道："莉莉，你太恶作剧了，竟给我喝这个龌龊的水吗？那真是太触霉头了。"

"我还撒过一泡尿的，问你滋味好不好的？"莉莉故意这么地说。她忍不住弯了腰肢，笑得花枝乱抖的样子。

阿根听了这话，益发把唾沫乱吐了一阵，笑道："怪不得有些臊腥气的。莉莉，你好呀！给我吃尿，回头我可不饶你了。"

莉莉在笑过一阵之后，噘了噘小嘴，冷笑道："别这么高贵起来了，前天晚上，不知是谁把头也钻进来了，在这个时候倒不嫌龌龊了吗？"

阿根把手去扤她的嘴，笑道："你给我留些脸颜吧，还不是为了要博得你的欢心吗？此刻你倒又说风凉话，以后你叫我这么地做，我再也不会依从你的了。"

莉莉听了，忍不住又咯咯地笑，遂站起身子，逗给他一个娇嗔，说道："你敢不依我，除非你不要性命的了，快给我擦干了身子吧。"

说起来真也奇怪，阿根平日在无论什么人的面前终是竖了浓眉睁了三角眼，仿佛要把人家吞吃的样子。尤其在摆华容道的时光，动没动就是"巴掌"，或是"火腿"，打得人家叫苦连天，非孝敬了他的钱财，方才肯罢休的。不过在莉莉的面前，他是像一个小丑，脸上终是赔了那副笑脸，口里不但连一句都不敢骂，而且终是叫着莉莉为小娘的。你想，女色的魔力可大不大？当时阿根见了莉莉精赤地站起身子，那一处最引人的胜景也暴露在眼前了，他的神魂早又飘荡起来了。于是他像个孝顺的儿子一样听话，拿了一条西湖毛巾，把她身子小心地擦干净了。莉莉跳出浴缸，坐在一只圆凳子的上面，翘起两脚，也叫阿根擦干。阿根身长，所以只好跪在地上服侍她擦干。阿根给她擦干完毕，因为他顺手揩了她一下子油，莉莉虽然要他服侍擦身，但她却有些凛不可侵犯的神气，伸手打了他一下耳光。阿根心里生气，遂两手握着她的脚儿，身子便站起来，绷着了脸儿，恨恨地骂道："你这个东西真是太可恶了，我服侍了你，你还打人吗？"

莉莉对于他这个举动是冷不防的，想忍住都不行，这就一个元宝翻身，从凳子上向后直跌倒地上去了。

这一下子可跌得不轻，莉莉摸着屁股，喔哟喔哟地叫痛起来。阿根一面拿手巾连连地抿嘴，一面笑骂道："莉莉，你真是现代社会上的第一个尤物，我觉得再像你那么浪漫淫荡的女子恐怕再也找不出第二个了吧。"

莉莉听了这话，冷笑了一声，叱道："你真是个没见识的奴才！这算得了什么稀奇，我觉得像我这么的女子是社会上最普通的一个。单拿我的同学董美丽说，她就胜过我多多的了。"

阿根笑道："假使社会上的女子都像你一样的话，那还成个什么社会？成个什么国家？简直是个猫儿狗儿活跃的世界了。"

莉莉啐了他一口，她一骨碌翻身跳起，直扑阿根，便要捶打他的意思。阿根把她连忙搂在怀中，一面在她小嘴儿上发狂似的吮吻，一面抱着她到房中的床上去。莉莉对于阿根的举动是投其所好，只听她一阵浪笑的声音，在暮霭黄昏的空气中微微地播送。

莉莉和阿根在大光饭店里又欢乐了两天，她把良平这个人早又抛诸脑后去了。这天她回到家里去探听良平的行动，阿芬告诉她说道："少爷在家里等候你两天，以为少奶没有回家，所以少爷昨天晚上又没回家。"

莉莉听了，暗想：他昨夜没有回家，可见良平在外面一定也有相好的无疑了。她心中正在气愤的时候，不料曼丽齐巧来了电话，这也算是曼丽的倒霉，所以给莉莉碰了一个钉子。

阿芬开上了晚饭，给莉莉一个人吃过。莉莉见时已九点，还不见良平回家，这就暗想：昨夜良平既然没有回来，今夜当然也不会回家里的了。他在外面寻欢作乐，我在家里难道就一个人守空房吗？那我也太傻的了。于是打电话到阿根那里，叫阿根直接就到家里来陪伴她睡觉。阿根得了电话，立刻就赶着到来。他今天还穿了老虎衣服，腰间皮带上还系着一支勃郎林，笑嘻嘻地道："莉莉，你来几个电话？我还只有刚才和同事们破了盗窟回来哩。"

莉莉笑道："那就真巧了，我也只不过才打了一个电话给你呀。阿根，你瞧我这个家可舒服吗？你假使喜欢的话，你就给我做个小老公吧。"

阿根听她这么地说，遂向四周打量了一下，一面把腰间的勃郎林解下，放在茶几上，一面笑着坐到床边去，偎着莉莉的身子，笑道："我给你做小老公，当然是很欢喜的。只不过你大老公回家和我吃了醋，那可怎么办呢？"

莉莉把手儿挽着他的脖子，把娇躯移坐到他的怀内去，笑道："你算来也是个捉强盗的人儿，谁知倒害怕他会和你吃醋吗？那也太笑话的了。老实地说，我这个人虽然没有什么特别的本领，但什么人都见得多，从来不怕一个人的。假使我怕这个活乌龟的话，我还会把你叫到家中来吗？"

阿根听她这么地说，因为她身上只披了一件薄薄的睡衣，而睡衣的

114

带子又散开着，于是把手插了进去，在她胸部上任意摸了一阵子，笑道："你怎么会没有特别的本领呢？你只要把两腿一夹好了，无论哪一个男子就是死在你的身上也甘心情愿的哩。"

阿根说着话，把手又摸索了下去。莉莉笑着把睡衣脱去了，伸手拧了他一把，说道："大方一些好不好？何必鬼鬼祟祟的？正经的，我们早些儿睡，到半夜里还可以再接连几次哩。"

"喔哟，莉莉，你真是狮子大开口，我虽然是个山东人，但到底也不是铜筋铁骨，你一夜里要多少次才可以过瘾？若太多了，我可也要吃不消的呢。"阿根一面说，一面抱着莉莉身子放倒平了。他已跃身上马，预备威风凛凛地和她交战起来。

莉莉也是久战沙场的健将，她却抱着阿根把身子一滚，覆到阿根的身上来。两人正在棋逢敌手、将遇良才的当儿，万不料良平会走回家里来了。

原来良平因为莉莉不肯回家，明知她是故意刁难自己的意思，所以心头颇为懊悔，不该和美丽在外面欢叙了这许多日子。昨天他在舞场里游玩，因为时候太迟了，所以在广州旅社里开了一个房间住下。今夜原连住一天，又恐莉莉回家又要找不到自己的人而生气了，所以他在九点半的时候，就匆匆地回家。

这也是合该生事，良平回到家中，阿芬却会在厨下没有知道。所以莉莉是一些儿也没有知道良平回家来了，他们只管你贪我爱地欢乐着。良平走到房门口的时候，先听到莉莉一阵淫浪的笑声不绝于耳。良平心知有异，遂放轻了脚步，走入房内。良平在瞧到床上这一幕人与人肉搏的情景，他这一酸楚，在他心头会激动了三丈莫名的怒火，暗想：莉莉的胆子真不小，她到底是我的妻子，怎竟在家中就公开地偷起汉子来。这就猛可地奔了上去，伸手就在莉莉的屁股上狠命地两拳。莉莉正在魂销的时候，经此两拳，不免负痛落下身来，回眸一见了良平已在房中，她也吃了一惊。但是事已败露，她只好恼羞成怒地跳下床来，伸手反向良平打了一记耳光，娇声道："你这狗奴才！这许多日不回家，我如今讨一个小老公，也是理所应该的事情。你敢管老娘的闲事吗？这是我的家，你心中不乐意，你只管给我滚出去！"

良平想不到她偷了汉子，还动手来量我的耳光，一时把身子也不免倒退了两步。就在倒退两步的时候，给他瞥见到茶几上这一柄勃郎林。因此他把心一横，就握枪一扬，对准了莉莉的胸口，冷笑道："你背夫偷人，尚敢行凶打我吗？如今你要死要活？"

莉莉的心里以为良平绝没有这个杀人的勇气，所以也冷笑了一声，她把身子索性挺迎了上去，娇叱道："你有胆量，你就杀了我吧！"

良平原没有要杀她的意思，因为莉莉把身子向前逼上了两步，一时误会她有夺枪的举动。为了自卫起见，他就忘其所以然地把手指一扳。经他这么一扳，只听砰的一声，那枪弹原不留情的，它的子弹就从枪口蹿出而直钻进莉莉雪白的酥胸里去。莉莉竭声地叫了一声"啊哟"，她雪白的胸部已染了美丽的血花，身子就跌倒在地上了。

良平是从来没有杀过人，他见莉莉真的被自己中弹而倒，全身这就一阵子发抖，那支手枪早已惊落掉在地上了。阿根在床上瞧此情景，为了生死存亡在最后的关头，他也顾不得一切地猛可跳起身子，把良平人儿抱住了。

阿芬在厨下听到了枪声，急忙奔了上楼来瞧看仔细，一见这个情形，遂大喊救命。经此一叫，惊动了公寓中的门捕，遂鸣捕到来，把他们一同押入捕房里去了。

上面这一件桃色惨案发生了以后，第二天早晨的报上早有登载，闹得满城风雨，人人都作为见面时谈话的资料。董重明因为是良平的舅父，且是大生厂的总经理，所以法院当局把他传去问话。董太太听了这个消息，心里十分害怕，遂忙叫阿英来请小姐回家商量。

当时曼丽和爱娜立刻出院，同阿英匆匆地赶回家中。董太太见了曼丽，拉了她的手，早已呜呜咽咽地哭了起来。曼丽安慰她道："妈，你伤心做什么啦？表哥犯了杀人罪，爸爸又没有什么罪的，法院无非传爸爸去问几句话罢了。你不要心急，一会儿爸爸就会回家的。你快别哭呀。"

"哦，原来你爸是没有什么罪的，但愿他早些回来吧。"董太太听

116

了女儿的话，心头这才放了一块大石，遂收束了泪痕，又低低地祈祷着。

这时曼丽又很不解地问母亲道："妈，表哥为什么要一枪打死表嫂呢？他们不是很相爱彼此才结婚的吗？"

"可不是，我和你爸爸得知了这个消息，心中也正在感到奇怪呢。"董太太摇了摇头，她也很不明白的样子回答。

爱娜道："听说唐莉莉这个女子也非常浪漫，所以其中一定也涉有些桃色的事情。回头待伯父回家，自然可以明白的了。"

三个人议论了一会儿，重明也就坐汽车回家。他唉声叹气地连连说道："这真是前生的冤孽！冤孽！"曼丽听了，忙问是怎么的一回事。重明见女儿已回家了，心头才又欢喜起来，遂把莉莉在家公然偷汉被良平撞见引起争执的话告诉了一遍。爱娜听了，暗想：果然不出我之所料。这就和曼丽皆曰可杀，说这么不知廉耻的女子，真是丢完了我们女界同胞的颜面，诚可谓死有余辜的。重明道："现在法院已判决良平处徒刑十年。阿根身为公务人员，而与人妻通奸，知法犯法，也判处徒刑五年。"

大家正在说话，阿英匆匆走来，小凤从殡仪馆有电话打来，克明姑爷也已在今天早晨死在医院，因为小姐找不到，所以请老爷太太快赶去料理后事。

重明夫妇听了这话，大吃了一惊，不禁"啊哟"一声，说道："什么？克明竟已死了吗？唉，美丽这孩子也太糊涂了，为什么也不到这里来告诉一声呢？现在这可怎么办？"

曼丽冷笑一声，恨恨地说道："爸爸，我并非说姊姊的丑话，她的行动正和莉莉一样可耻呢。原来她早已把克明视作眼中钉，恨不得立刻就死呢，因为她已爱上另一个男子了呀。唉，我国尽多这种腐败的女子，令人心痛殊甚！"

重明听了这话，惊骇十分，忙问道："咦，你这话可奇怪了，你向在南京求学，才不过昨天回上海，怎么就知道美丽有如此荒唐的行为呢？"

曼丽遂把早晨爱娜亲视克明身死的话，并将小凤告诉的话，都向爸爸说知。重明听了，方才恍然，说道："这就无怪那天美丽回家要求我做主，向克明提出离婚的事情呢。唉，美丽如此败行，实非我之罪恶，盖彼生性如是，叫我又如何能教导她步入正轨之道路呢？现在克明这孩子既死得那么可怜，美丽又不知在什么地方，后事也只好我去料理的了。"

曼丽和爱娜都要同去一睹遗容，重明点头答应，于是三个人坐车前往。到了殡仪馆，小凤含泪接见。重明等三人到厅堂里面，先瞧了瞧克明的遗容。只见瘦骨如柴，形成骷髅，大家都甚伤感。尤其爱娜心头，更加悲痛，思前尘种种恩爱，都成泡影，悲身世孤零，愈觉柔肠寸断，因此免不得痛哭了一场。曼丽小凤亦富于情感，而小凤原想哭泣，如今也就同声痛哭。重明见小凤也哭得颇为伤心，暗自叹道，美丽尚不及一小凤呢。可是他哪里知道小凤心中又有说不出的隐痛哩？

重明见她们哭了一会儿，遂把她们劝住，问小凤道："大小姐究在何处？你可知道？"小凤含泪道："她原叮嘱我，说待少爷死后，叫我打电话到金都饭店去喊她好了。"重明听了这话，殊觉惊异，遂道："那么你再去打个电话，叫她马上就来吧。"小凤听了，遂自管去了。这里重明向殡仪馆中购了衣裳棺椁，一会儿小凤来道："小姐说立刻就来了。"

原来小凤第一个电话打去，美丽和少秋尚高枕未醒，这次打电话去叫她，美丽亦已醒了。当下听了小凤的告诉，芳心大喜，遂叫少秋服侍自己匆匆起身，她坐车赶到殡仪馆来。因为见叔父也在馆中，所以免不得意思地只好向克明假意儿痛哭了一场。重明因美丽究竟不是自己女儿，所以见到了她，也是默默无语。美丽哭了一会儿之后，和曼丽爱娜招呼，依然谈笑如常，窥她意态，尚有无限欣喜之意。重明等见了，自然不胜感叹。

是一个暗沉沉天气的下午里，曼丽到底不忘旧情，她独个儿到监狱中去探望良平。狱中是住着非人生活的一群，曼丽初入地狱，不免触目惊心，十分难受。这是一间铁栅子围着的屋子里，暗沉沉的，湿闷闷的，这一种污浊的气味，闻在曼丽的鼻中，几乎要作呕起来。她慢慢地走到铁栅子的旁边，见表哥是垂头丧气地坐在一堆草堆上，于是低低声儿地叫道："表哥！表哥！"

"啊！你……是曼丽……曼丽……"

良平抬头向外望去，猛可地见了曼丽，他惊喜得失声叫了一声"啊哟"。当他跳起身子向前走两步的时候，忽然一阵阵的痛苦和羞惭又渗入了他创伤的心房。他绯红了两颊，立刻又回过身子，背着曼丽的粉颊，呜呜咽咽地哭起来了。

曼丽被他一哭，她倒又心软下来，只觉悲酸万分，泪水也夺眶而出。愕住了良久之后，方才低低地又叫道："表哥，如今你也不用伤心了，我要问你几句话，你回过身子来呀。"

良平听了，方才回过身子，挨近到铁栅子旁，见曼丽带雨海棠那么的粉颊，心头倍觉沉痛，遂哽咽着道："曼丽，我做梦也想不到你还会来瞧望这个不情不义的人。唉，我实在有些羞见你，表妹，我确实是太对不住你了。"良平说到这里，他连望一眼曼丽的勇气都消失了，垂了脸儿，淌泪不已。

曼丽叹了一口气，低低地道："我觉得十分奇怪，你在过去对我说的话，似乎我还在耳边隐隐地流动。如何我一动身到南京之后，你就变心得这么快速啊？我和你虽没有订过什么嫁娶的婚约，然而我的心中感觉，就认为你是我的未婚夫一样了。在南京有许多同学都追求我，我为了不敢忘情你的缘故，所以我终无动于衷，谁料到你竟和人家已经结婚了呢！可见世事浮云，人心变幻莫测，岂不叫我心痛吗？"

良平听了这话，心痛若割，遂泪下如雨，说道："曼丽，你这些话简直叫我一句也回答不出，我自知罪孽深重，所以今日才有这么悲惨的下场。曼丽，我负了你，我悔恨已经来不及了。你的情义，我只有待来生变犬马再补报你吧。不过你也不必为我这样一个腐败的青年负心了你而感到难受，因为你是一个才貌双全而又年轻的姑娘，将来自有光明的前途、幸福的乐园。我祝福你，我祈祷你，因为我已经是个苦海中的人了。"

曼丽听他这么地说，遂又深长地叹了一口气，说道："我倒并非因为自己的失恋而感到伤心，所感到沉痛的，因为你是一个有才学的青年，素来是多么朴实啊，想不到今日会弄到这么的下场，岂不叫我痛惜吗？唉，我明白你是被莉莉色情所诱惑的，而莉莉所以要引诱你，也是因为表哥本是个品貌英俊的青年。然而仔细地想，也许还是我害苦了你的吧。早知如此，我也不该叫你留西发穿西服，因为你外表的朴实，也许可以保全你前途的光明，但现在你到底堕落在这个苦海中了……"

良平听表妹这么地说，觉得表妹的多情真可说天无其高、海无其深的了。因为是感动到了极点的缘故，他忍不住又失声痛哭起来，遂摇头忙说道："曼丽，你千万别这么地说，我听了你这么痴情的话，更增加了我心头无限的疼痛。我到底不是一个三岁的小孩子，我应该有坚毅的意志，如今我被色情的莉莉所祸害，我只有自悔作孽，岂能怨你害了我的吗？唉，曼丽，你真不愧是个千古第一个多情女子啊！我太惭愧，我最好立刻就死去了感到爽快。曼丽，你还是忘了我这个人吧！你还是快快地离开这儿吧！"良平说到这里，他离开了铁栅子旁边，倒在那堆稻草上，忍不住痛泣不止。

曼丽听了这话而又瞧此情景，她的眼泪也像雨点一般地滚落下来。彼此沉吟着啜泣了一会儿，狱卒来催曼丽出去。曼丽在依依不舍之下，遂向良平又低低地安慰道："表哥，常言道，圣人也有错处的，何况是我辈青年人呢？只要有悔过自新的意志，到底还是一个社会上勇敢的人。所以你不用灰心，你还年轻，再过十年，也不过还是个中年的人，世界上的伟人也都在中年而得志的，你静静地等待着光明吧。至于你的母亲，我自会请爸爸照顾，你可以不必记挂……我走了……我们……再见……"曼丽说到这里，咽不成声，泪如雨下，遂回身拖着沉重的步伐，缓缓地踱出了监狱的大门。

天空是暗沉沉的，密布着朵朵的彤云，像曼丽这时的芳容一样，笼罩了一层惨淡的忧愁。西北风是发狂般地怒吼，在曼丽泪眼模糊之下，似乎瞧到天空已在飘飞鹅毛样的大雪了。她深深地叹了一口气，在茫茫的雪花缝中，消失了一个窈窕姑娘的倩影。

第十章

一代尤物香消玉殒了

　　草长莺飞，鸟语花香，又是第二年的春天了。曼丽、爱娜同病相怜，俱是情场失意之女，所以惺惺相惜，益发知己。两人看破恋爱两字，于是立约不再谈爱。两人努力求学，以为将来服务社会，替国家尽一份的责任。她们俩离开了上海，仍旧又到南京去考读了。可是待她们这次暑假回上海的时候，哪里知道景物依然，人事又经过一番沧桑了呢！

　　原来美丽自从克明死后，她便把少秋带到家里来实行同居，双宿双飞，俨若夫妇。不过少秋爱的原是钞票，并非爱美丽的人；而美丽也是爱少秋会侍候小心周到，并非真爱他的人。两人既然都以"欲"为联络感情，那自然不会长久的。所以在第二年春天时候，他们的感情便渐渐冷淡下去。不过少秋比不了克明那么老实，他时常地还向美丽取钱。美丽没有办法，遂想请律师和他交涉，彼此脱离同居关系，有了凭证之后，少秋自然不敢再来缠绕自己了。美丽想定主意，遂披了大衣匆匆出门，心中又想，请哪个律师好呢？忽然想到良平从前那个朋友高思德律师，我不妨去请求他一下。美丽想着，遂坐车到高律师的事务所里去了。

　　美丽到了高律师的事务所，就有人迎接她坐下，问她说道："请问女士贵姓？到这儿有什么见教吗？"

　　"我找高律师有件事情商量，不知道高律师可曾在这儿吗？"美丽因为不见思德的人，遂在皮包内取了一张名片，交到他的手里，向他低低地问。

121

"哦，原来是董小姐。请坐一会儿，高律师此刻正有人找他在里面谈话。"那个事务员瞧了一下卡片后，遂把手儿向她摆了一摆，含笑招呼她坐下。他拿了美丽的名片，走到里面一间室中去了。

这儿有茶役倒上一杯茶，美丽方知高律师的办公室在里面一间，外面当然是事务员的办公室了。约莫一刻钟后，里面一间有一个中服男子匆匆地出来。那个事务员方才向美丽含笑道："请董小姐进里面坐吧。"

美丽含笑点头，遂盈盈站起身子，推门进内。高思德见了美丽，遂在写字台旁站起身子，把手一摆，请她在旁边沙发上坐下的意思，一面微笑道："董小姐，好久不见了，今天你请过这儿来，不知有什么见教吗？"

美丽见他说着，又递过一支茄力克的烟卷，遂伸手接过，取出打火机，先递到思德面前，给他燃火。思德忙道了谢，美丽在吸着了自己那支烟卷之后，方才含笑说道："今日到贵事务所来，一则特地问候高先生，二则也要麻烦高先生一件事情。"

"太客气，太客气，不知是件什么事情？"思德见美丽这么地说，遂含了笑容，喷去了一口烟后，低低地问她。

"外子姚克明已于去年冬天里死了，高先生大概没有知道吧？"美丽在支吾了一会子后方才微皱了翠眉，向他告诉了这两句话。

"哦，姚先生不幸已逝世了吗？那真是令人可惜得很。我委实并没有知道……"思德听了这话，心中倒是吃了一惊。因那天公园里曾经和克明有一面之缘，想不到这么一个健强的青年会不幸早夭，他表示无限惋惜的意思。

美丽听他这么地说，遂也微微地叹了一口气，接着方才又说道："克明死后，朋友给我介绍了一个男子，这人姓许名少秋。我因为意志薄弱，经他甜言蜜语的诱惑，所以和他实行了同居的生活……"

思德听到这里，把那烟卷在烟缸里弹去了一下子烟灰，"哦"了一声，微蹙了眉尖，望着美丽粉脸呆呆地出神，似乎还静待她说下去的样子。

美丽被他这么一声"哦"了后，她的粉颊上也由不得添了一朵玫瑰的色彩，大有赧赧然的样子，遂继续说下去道："不过现在我方知是上了他的当，因为少秋这个人不是正常的青年，他时常问我拿钱花，不给他，他就蛮不讲理地和我吵闹，所以我想和他断绝关系，不知道高先生有应付他的办法吗？"

思德点了点头，遂吸了一口烟，皱了眉毛沉吟了一会儿，方又低低地问道："那么你和许少秋同居有多少日子了呢？"美丽娇羞地逗了他一瞥媚眼，说道："已经有三个月光景了。"

思德道："你们既然是个同居关系，结合的时候原没有经过法律的手续，脱离的时候当然也无需要法律来解决。现在最好应付的办法，就是你不要和他会面，先和他躲避几个月，他自然也没法来缠绕你了。"

美丽听他这么地说，遂摇了摇头，皱眉说道："高先生的办法虽好，不过他现在就赖住在我的住宅里，我若让给他的话，明天他倒给我住宅卖去了，那可怎么办？所以我的意思，要和他明明白白地办个法律解决的手续，情愿给他二三万元的钱，以后和他断绝关系，不知这么办也可能的吗？"

思德点头道："这样也好，那么你明天约他一同到我事务所里来，我自有办法给你解决。不过他若不肯来的话，那么你只有到法院去告他的了。"

美丽点头说好，秋波含情脉脉地凝望了他一眼，温和地道："高先生，事情若解决了之后，我心里非常地感激你，一定要拿什么来报答你的了。"

"董小姐，你别那么地说，这原是我的职务。保护良民，是我的责任，所以请你不用客气。"思德把吸剩的烟尾丢入烟缸内，一面说一面大有催客的意思。

美丽却有些依恋不舍的样子，坐着不肯就走，又低声地说道："高先生办公到什么时候不办了？一天到晚地工作，不是也太辛苦了吗？"

思德听她这么地问，当然不得不敷衍人家的，遂说道："四点以后，我不再接见客人，因为里面的公务也太多了，有时候还得到法院去出庭，所以空闲的时间倒确实很少的。"思德后面这两句话，就是催她快

123

走的意思。

不料美丽瞧了一下手表，却微笑着道："此刻已四点三刻了，高先生原也应该休息了，我想请高先生到外面晚餐，不知你能赏个脸儿吗？"

这请求倒出乎思德意料之外的，遂向她愣住了一会子，微笑道："董小姐，很对不起你，今天我的事情实在太忙，改天一定奉陪怎么样？"

正说着话，外面有一个西服客人进来了，思德似乎和他颇熟悉，于是请他坐下。美丽见找他的人这么多，料想这个要求是不能实行的了，于是只好和他作别，回身退出了高律师的事务所，坐了人力车，回到家里来。

美丽到了家里，见少秋坐在沙发上，一面吸着烟卷，一面呆呆地出神，似乎在想什么心事般的样子。他一见了美丽，遂含笑站起身子，伸过手来，给她脱大衣的意思。但美丽却自脱了大衣，恨恨地丢到沙发上去，自管走到梳妆台旁，白了他一眼，却并不理睬他。

少秋嬉皮笑脸地挨到她的身旁，低低地笑道："我的好亲郎！干吗一回家又给我白眼看？难道我又有什么地方得罪你了不成？"

"别给我厚皮，站开一些去，我可没有资格做你的好亲郎。"美丽见他伸过手儿来，要拉自己的手，这就恨恨地把他摔开了，一面娇嗔满脸地说，一面在梳妆台的烟罐子里取了一支烟卷吸。

少秋见了，立刻取出打火机来，凑到她的烟卷上去。他仿佛是个没气的死人，美丽尽管愤怒，他也尽管地嬉皮笑脸地赔小心。美丽回家来原想和他寻事吵闹的，万不料他会这么地曲意逢迎，一时叫自己脾气再也发不出来。

"美丽，前天的事情原是我的错，昨天晚上已赔了你的罪，跪了你一个多钟头，你的气难道还没有消吗？我的娘，你就饶我这一遭儿吧，你若再不给我一个理睬，我今天就跪死在你的面前了。"少秋在给她燃着了烟卷之后，他一面说着话，一面把身子真的在美丽脚旁又跪了下来。

美丽把一手托着梳妆台的桌沿，一手拿了烟卷，昂着粉颊，望着窗外被风吹动的树叶儿，却装出没有瞧见的样子。少秋见她好安闲的神情，心中真是说不出的怨恨，遂把她手儿拉了拉，说道："美丽，你真好忍心……"

谁知他话还没有说完，美丽一扬手儿，只听啪的一声，少秋颊上早着了她一记巴掌了。美丽一扭腰肢儿，立刻坐到对面的长沙发上去，冷笑道："讨厌鬼！真缠死人了的，你给我滚了吧！"

少秋想不到她有这么狠毒的心肠，想到克明临死的时候美丽对待自己那一幕情景，他原知道美丽是个蛇蝎美人。他心中恨不得把美丽一下子结果了，方消了心头这一口怨气。不过他到底还想看中美丽身上的"血"，所以他忍了这个侮辱，站起身子，又跪到美丽坐在沙发上的面前去，说道："你打吧，我索性跪着给你打一个痛快。美丽，你也要把手摸摸自己的良心，我在你身上服侍的时候，哪一件事儿不服侍到？你要我怎么样做，你要我什么举动，我哪一件可不依从你？你想，你现在这样地讨厌我，你自己说得过去吗？"

美丽见他一味地服软，因此辣手也就拿不出来了，愕住了一会儿后，遂把他身子拉起，低低地说道："少秋，我老实地对你说，我也不爱你的人，你也未必会爱我的人。你爱我的，无非是金钱罢了。现在我觉得和你没有同居的可能了，因为我见到了你，我的头便会疼痛起来。所以我们坦白地说一句，彼此还是分手了干净。刚才我已到高思德律师那里去过，他叫我们明天到他的事务所里去，我情愿给你三万元钱，大家在高律师面前立一纸脱离的书，不知你心中的意思以为怎么样？"

少秋听她这么地说，仿佛是兜头泼了一盆冷水，暗想：原来她已上律师那儿去过要和我决裂了吗？可见美丽真是玩弄男子的尤物，她现在见了我竟会头痛的，这女子真可谓心肝全无，比我自己更没有情义可言了。这就暗暗恨入骨髓。不过她既已讨厌了我，自己当然再不必求她哀怜了，因为她的心肠原比铁硬的。遂沉吟了一会儿，说道："美丽，在当初你的意思，原叫我一辈子服侍你的，所以我把宝贵的童贞交给了你。谁知你竟半途要放弃我的，区区三万元之数，如何能够偿我的损失？所以彼此要断绝关系原也可以的，你非给我三十万元钱不可。否则，我可不依你的。"

美丽听他这么说，遂向他啐了一口，冷笑道："童贞？你别给我假充什么老实人吧！我可不是死人，这一些经验终有的，你不但不是个童子，而且还要是个中的老举哩！我不是财百万，你要三十万元钱，那除非在做梦，明天你向高律师去拿好了。"

少秋听她把律师来威吓自己，遂笑了一笑，说道："那么这样吧，明天请高律师到这儿来谈谈好吗？三十万不答应，十万终要答应我的。"

"也好，待明天见了高律师，我们再行谈判好了。"美丽一面说话，一面站起身子，她披上了大衣，又要到外面去了。少秋也不留她，而且也不问她上哪儿去。他待美丽走后，自己披上大衣，也匆匆地走出去了。

这晚美丽在外面玩到子夜十二时才回家，见少秋已躺在床上，因为心里讨厌了他，所以再不愿和他同床睡觉，抱了一床被儿，要睡到席梦思上去。少秋原没有睡熟，他坐起身子，拉住了美丽的手，笑道："美丽，我们留个临别纪念好吗？"

美丽想起他的美妙，心儿又荡漾了，于是嫣然地一笑，她情不自禁地倒入少秋的怀中去。少秋还想有个挽回的地步，所以格外地奉承。在这一个时期中，美丽少不得又要放浪于形骸之外的了。第二天起来，少秋向她哀哀求恕，美丽坚不允许，一定要和他断绝交情。少秋道："那么你打电话给高律师，叫他到这儿来吃午饭好吗？我们就可以开始谈判了。"美丽因为一心已爱上了思德，听少秋这这么地说，倒颇为赞成。于是她到电话间里去拨了号码，叫思德听电话。思德问道："你是董小姐吗？有什么事情？"

"少秋的意思，请你上午来我家彼此谈判，顺便在我家午饭。"

"哦，这是他的意思吗？不知他有什么意外的作用？"

"大概没有什么作用吧，在家里谈判比较安静一些。高律师，你立刻就来吧。"

"好的，我马上就来……"

美丽听了，十分欢喜，遂笑盈盈地走回房中来，一面向少秋告诉，一面吩咐小凤备精美的酒菜。少秋听思德答应前来，心中也很得意。

时间一分一刻地过去，不知不觉已到十一时半了，但思德却没有到来。美丽十分地焦急，就是少秋心头也急得什么似的，遂催美丽再打电话去叫思德。不料正在这时，忽听一阵皮鞋脚步声，只是房外走进五个面目狰狞的大汉来，手里各执勃郎林，上前来把美丽和少秋一把抓住，喝声"下去"。美丽见他们手中都有枪械，不敢相强，遂只好跟他们走了下去。

诸位，你道这是怎么的一回事？原来这就是蝴蝶党中的党徒。昨天少秋既知道美丽和自己有决裂的存心，所以他也下了一个辣手，吩咐弟兄们在今天十一时半来这儿把美丽和高思德一并架走。他要美丽请思德到这儿吃午饭，就是预备一网打尽的意思。谁知思德没有到来，因此也只好把美丽一个人绑着走了。

高思德真的没有到来吗？不不，其实高思德在十一点钟的时候，就在美丽住宅的附近等候着了。原来思德听美丽告诉了少秋的行动，就猜到他是一个拆白党之流。今天突然叫自己到她家中去谈判吃午饭，觉得其中大有研究之必要，所以便带了自备手枪，并助手徐光华一同坐了自备汽车，先到美丽住宅的附近停下，瞧这儿的动静。过了半个时钟之后，果然见有一辆汽车从远处开到门口停下，从里面跳下五个男子，向西班牙洋房的大门口走了进去。思德以目视光华，光华点头会意。不多一会儿，只见美丽被众人押着走出，跳上汽车，呼的一声，向西而驶行了。

思德瞧到这里，遂也拨动机件，紧紧地追随其后。汽车出了繁华的都市区域，已驶行到冷僻的荒村区域了。思德因为再下去，连一家店面都没处寻了，遂先停车，叫光华下车打电话到公安局里去报告。他自己跳上汽车，继续随后追驶。约莫十分钟后，思德发现前面那辆汽车已停在几间平屋的面前了。于是他把汽车停在几株大树的后面，匆匆跳下，拔出手枪，向那几间平屋前走了过去。

思德闪身挨近大门，里面是一个冷清的院落，静悄悄地一无人声。靠着院落的有三间平房，都有窗户的。思德听左手那边窗内有声音传出，于是蹑着两脚，走到走廊下的窗口旁。因为房屋破旧的缘故，所以板窗都是空缝。思德的身子靠着壁脚，凑过眼睛去张望，只见室中有一张床一张桌子，桌子正中坐着的是美丽，四周围着五六个男子。其中一个白净脸蛋儿的少年，手握枪械，对准了美丽，不住地冷笑，说道："你到底签字不签字？难道你爱惜这一百万元的钱，而不爱惜性命了吗？"

美丽恨恨地道："好！我就签了字，少秋，今日我才算认识你的了！"说着，把笔握来，就签了字。思德知道那个白净脸儿的就是少秋，大概强迫她写借据的了。正在想着，不料见少秋狠笑道："你认识了我吗？是的，我也认识你这个尤物了。来！把她衣服脱尽了绑起来吧！"随了这两句话，其余五个男子早已一阵子拉扯。美丽虽然竭力地挣扎，但哪里还有她用武的地步？在不上十分钟之后，美丽的身子已是一丝不挂成个模特儿了。那个少秋走上去，把她任意侮辱了一会儿，吩咐绑到床上去，望着美丽冷笑了一声，说把"路倍"放出。只见大汉们推出一只铁笼，里面有狼犬一头。少秋对狼犬说道："路倍，今天给你吃个美人儿吧，先把她的心咬出来，给我们瞧瞧她到底是淫得怎一份儿的程度！"

美丽知道她把狼犬来残害自己的性命，一时又害怕又心痛，遂大喊救命。思德觉得在这危急关头，真所谓间不容发，这就把那已破旧的板窗一拳打开。其时少秋正放出狼犬，思德把枪一扬，只听砰的一声，那头狼犬刚出铁笼便即饮弹而倒。少秋等见有人窥破了我们的秘密，心中都大吃了一惊，遂各拔枪，拥到窗口旁边去。思德料想众寡不敌，遂把身子退到一棵挺大的银杏树旁去，和他们互相射击不停。少秋见对方所发枪声不多，知道没有多数的人，这就吩咐众党徒杀了出去，大家喊了一声，都从窗口一个个跳出。思德正感到危急之时，忽然一阵机器脚踏车嗒嗒的声响开到了大门口。不上一分钟，就见光华率领众警士大队到来。经过一场血战，少秋们众党徒都受伤倒地就擒。思德于是走到屋子里面去，先拿美丽的衣服去遮盖了她的肉体，然后给她解去了手脚上的绳索，说道："美丽小姐，那真是太危险的了。"

不料美丽既松了绑后，她也不穿衣服，却倒入思德的怀里，抱着思德的脖子大哭起来。思德被她这么一抱，因为她全身精赤，一时倒大吃了一惊，忙说道："你已脱离了危险，怎么反而大哭起来？你快先穿了衣服吧，这个样子被他们瞧见了像什么意思呢？"

"思德！你是我救命的恩人！我太感激你了……"美丽却抬着满沾泪痕的粉脸，望着思德亲热地叫。思德道："你别这么地说，快披上了衣服，我在外面等着你……"他一面说，一面推开美丽的身子，便步出房外去了。

高思德破了这件案子，把蝴蝶党的党徒一网打尽，他的名望益发响亮了。报上谓高大律师又兼任了大侦探，所以遐迩闻名。美丽因感思德相救之情，所以更加地要爱上他了。但思德原有美满的家庭，所以对于美丽的热爱，正是落花有意，流水无情。美丽因为思德对自己并没有爱意，心里自然十分难受。

这天美丽约思德在外面春江第一家吃晚饭，在吃饭的时候，美丽向他逗了一瞥哀怨的目光，又说道："思德，我的肉身已被你瞧见过，而且我的性命又是你救的，我以身相委，这也是情理之中。你为什么无情若此，竟一些儿都不动心吗？"

"美丽，以你的貌，以你的身，确实使我也有爱上你的意思。无奈我家中已有妻子，已有爱儿，叫我如何还能爱上你呢？所以你应该要原谅我的苦衷。"思德皱了眉毛儿，愁苦着脸儿低低地回答。

"思德，那么你就收我做一个小妾吧。我觉得今生若不爱你，我再也没有趣味做人下去了。思德，你答应我吧！"美丽凑过脸儿去，她又柔声儿地要求他。

思德摇了摇头，微微地叹了一口气，说道："美丽，你该明白我是个身为法律界的人儿，知法犯法岂是我辈青年所应干的事情？那么叫我以后如何再能办一件法律的事务呢？"

美丽当然明白他说这两句话的意思，在法律上说是没有娶妾的理由。因为思德一定不肯接受自己的爱，所以一颗芳心也就更加爱上了他，觉得思德实在有给自己可爱的地方。于是她又说道："思德，最后我有一个要求，我情愿把我所有的财产都给了你的妻子，请求你和她离婚吧。"

"不过我妻子她没有罪呀。况且她已给我养了儿子，我不能为了自己的私爱，而害了她的终身。因为我妻子是个贤德的姑娘，我若抛弃了她，她一定不再去嫁第二个人，那么她一定要郁闷而死，这在我又如何能忍心？"思德还是摇了摇头，他并没有考虑一切地说出了这两句话，表示实在难以从命的意思。

思德说得原属无心，而美丽听得不免有意。她到此方才明白，社会上的人士到底还是重视着女子的贞操问题。她觉得自己过去的思想是错误的，过去的行为是可耻的。在这刹那间，她仿佛如梦初觉，粉脸上浮现了一层羞惭的红晕。在美丽可说是从来也不知道有哭一个字的，但是她此刻眼角旁已涌现了晶莹莹的一颗了，遂低低地说道："思德，你这话不错，我明白了，我觉悟了。男子首重节气，而女子首重贞操。滥用爱情的人是没有谈爱的资格，真正的爱情绝不是金钱所买得到的。我虽拥有了数百万的家产，但所享受到的是只不过爱情一些表皮罢了。"

思德见她说着话，眼泪像雨一般地滚了下来，一时心头也觉凄然，遂叹了一口气，低低地安慰她道："美丽，不过真正的爱情，也并非要实行了夫妇生活才可以说是相爱的呀。比方说，我冒了绝大的危险，追踪前来救你，那也还不是为了爱你的缘故吗？所以我并非不爱你，我确实很爱你的。只不过爱的范围很大，我们的爱是高尚纯洁的罢了。美丽，你是个聪明的姑娘，你不要伤心，你应该保重你的前途。"

美丽把秋波逗了他一瞥感谢的目光，频频地点了一下头。她把纤手拭了泪痕，这就不再伤心。她谈笑如常地握了酒杯，和思德欢然畅饮。

晚饭毕，两人在春江第一家的门口握了握手。美丽低低地说声再见，她坐上人力车匆匆地走了。思德见她的表情多少带有些哀怨的意思，也不知为什么缘故，他忍不住微微地叹了一口气。他在回家的途中，春天的风虽然是分外温和，但吹在思德的脸上，也会感到一阵莫名的凄凉。

这天晚上，思德躺在床上却不能合眼，眼瞧着床外爱妻和儿子熟睡的情形，他觉得自己是失眠了。时钟已子夜十二点了，忽然桌子上的电话铃响起来。思德感到奇怪，深更半夜中竟有人来电话吗？于是他悄悄地披衣起床，握了听筒，问是什么人。那边是个女子的声音，她急促地而又颤抖着道："我是董家的丫头小凤，请你家高少爷听电话。"

"我就是高思德，你有什么事情吗？"

"我家小姐服毒自杀了，她要你来见最后一面……"

"啊！她……她自杀了？"

思德自语了这一句，他被情感激动得太厉害的缘故，这就放下听筒。也不及告诉熟睡的玉琴，更不及穿上西服外褂，他就这么一件衬衫地开了自备汽车到美丽家中去。

思德三脚两步地奔进了美丽的卧房，只见美丽奄奄一息地躺在床上，旁边小凤站着淌泪，于是走到床边坐下，叫了一声"美丽"。美丽把身子勉强倒入他的怀抱，见思德连西服上褂都没有穿，她苦笑了一下，低低地道："思德，惊吵你的好梦了……"

"美丽，你太想不明白了，你为什么要自杀？"

"因为我爱你！思德，最后请你答应我，我爱你！"

美丽断断续续地说出了这几句话，思德喉间已哽咽住了，他没有回答，眼泪也淌下到颊上来。美丽见他兀是不答应，因此一口气也不肯断下，两眼望着他呆呆地出神。小凤似乎明白她的意思，凄凉地道："高少爷，你答应了吧！"

"美丽，我爱你！"思德话声和眼泪一起抛了下来。

美丽这才苦笑了一下，眼皮微微地合上了。她一缕风流冤魂，也就永远地脱离了这个世界。四周是静悄悄的，夜是分外暗沉。壁上的钟，当的一声，已经是黎明的钟点了……

蟾宫艳史

第一章

奋勇获凶惊生意外缘

是一个寒冬季节的黄昏里，天空密布着阴沉沉的浓云。西北风吹刮得很紧，整个的北京城里是狂飘着鹅毛样的白雪。街上是静悄悄的，满地仿佛铺着一层米粉。偶然有几个行人匆匆地走过，那雪地上就轮痕了几个疏朗的脚印。但在不到一会儿之后，那脚印早又被天空落下来的白雪所遮盖了。这时，矗立在天际高大的那个皇家俱乐部的大厦内走出一个西服的少年来，他后面又跟着一个年轻的姑娘。两人都披了厚厚的大衣，除了男的尚戴了一顶呢帽，女的却是披了长长卷曲的美发。头上还扎了一条白色的丝带，因为她穿的是件银鼠的大衣，所以披了那乌长的头发，愈觉得黑白分明，衬着那个玫瑰花样的芳容，自觉格外艳丽动人了。

"露英，想不到天空落起这样的大雪来，那可怎么好？"那少年微抬起了脸儿，望了望天空中飞舞的雪花，回眸瞟了她一眼，低低地问。

"没有关系，我们沿着人行道的屋檐旁慢慢地走过去好了。"那名叫露英的姑娘微笑了一笑，轻声地回答，拉了少年的手儿，一同向屋檐旁蹑脚地走。

这时西北风吹得紧，雪花的飞舞有些纷乱，那少年只觉得满脸孔地扑打过来，有些皮肤生疼的。想到自己还戴着呢帽，尚感到冷意，那何况旁边的露英，遂又道："露英，冷吗？要不把帕儿遮盖了头儿？"他说这话，已把袋中一方很大雪白的手帕取出，盖到她的头上去。

露英虽然感到这一方薄薄的手帕原不能抵御西北风的寒冷，不过她心中是很感激他的多情，因为经这么遮盖，头上的雪花当然再不会沾着的了。遂笑道："你瞧街上连一辆人力车都没有，秋明，我们找家馆子去吃些儿点心好吗？躲一躲雪，回头我们在馆子里喊汽车回家吧。"

"也好，前面那家京华咖啡馆怎么样？近一些儿得了。"秋明点了点头，很表同情地说着。两人于是加快了几步，闪身挨入咖啡馆的大门。因为是落雪的天，所以生意很清淡，不过里面灯光依然开得很明亮，招待的见了两人，含笑地迎接入座。因为里面生着火炉子，所以室中气候的温度和室外比较，自然相差了许多。两人这就脱了大衣，由侍者拿到衣帽间去。露英拿下头上这方手帕，沾满了雪白的雪花，遂向地上透了透，回眸瞟他一眼，笑道："走不了多少路，就沾了这么多的雪花了。"一面已把手帕交还到他的手里去。秋明笑着放入袋中，一面低低问道："露英，你吃些儿什么呢？"

露英身上是穿着一件墨绿绸的旗袍，袖子长到腕边。她微微地一撩衣袖，瞧了瞧那只长方的金表，说道："还只有四点半，吃饭太早，就吃些儿点心吧。"秋明遂向侍者吩咐，拿一盆西点、两杯咖啡。侍者答应，一会儿拿了上来。

"露英，我觉得你那出《贺后骂殿》是唱得最够味儿了。假使有一天上了彩排，那准会博得游艺界的好评。而且你的扮相又好，一上了舞台，真不知有多少的人儿为你倾倒哩！"秋明拿了亮闪闪的铜钳子，夹了罐子里的方糖，一面向她咖啡杯里放，一面含笑低低地说。

"那也不见得，况且我入票房的目的，原是为了消遣性质，只学着唱唱解个闷儿罢了，我却不想有登台上彩排的日子。"露英秋波盈盈地逗给他一瞥娇媚的目光，抿着小嘴儿微微地笑。

"这又何苦来？学会了唱戏，不上彩排，难道把你怪甜的嗓子只给自己听吗？假使你登台的时候，我一定给你做跑龙套。"秋明望着她妩媚的意态，心里有阵可爱的感觉，忍不住也笑着说。但露英噘着小嘴儿，呸了他声，却向他逗了一个白眼。

这白眼也就是娇嗔，在美貌姑娘的脸上，这当然是更增了倾人的风韵。秋明喝了一口咖啡笑了，露英也咪咪地笑了。过了一会儿，露英又悄悄地问道："秋明，你爸这几天军事忙不忙？我想和刘将军大概有机会常常在一块儿商量吧?"

"谁管爸这些事,他忙他的,我忙我的,还不是各管各的吗?"秋明放下杯子,听她这么问,遂含笑着回答。露英道:"那么你忙些什么呢?"秋明道:"上学校读书,到俱乐部学唱戏,这也够忙的了。"露英点头笑道:"有时候还得和女朋友玩玩舞厅,上上戏院,这就真一些儿不得闲的了,是不是?"

秋明笑道:"我的女朋友就是你了,除了你没有一个人,和你也只不过上了一回戏院,今天吃点心还是第二次,至于舞厅还不曾到过哩!"

"你这些话谁信得过你?像你这么一个人会没有女朋友,这是骗骗三岁小孩子罢了。"露英逗了他一瞥媚眼,撇了撇嘴,似有不信之意。

"现在当然是有一个人了,在从前确实不曾有。"秋明兀是涎皮赖脸的,带了俏皮的口吻。

"我们算不得是朋友,因为认识的日子太少。"露英脸儿微微地一红,低低地回答。

"不算朋友算什么?哦,除非算情……"秋明见她不承认朋友,遂故意这么地说。

"情什么?你说,你说!"露英听到这里,有些急起来,娇容在艳丽之中带有些嗔意的成分,向他急急地问。

"还没有说出哩,何苦来急得这一份样儿?"秋明明白她这两句"你说"的话中,相反的是含了你不许说的意思,于是笑了一笑,不敢再说下去了。露英却似嗔似恨地说道:"你真不是个好人……"说到这里,却又恐秋明不快乐,所以忍不住向他嫣然一笑,别转了粉脸儿去。

秋明觉得在她嗔恨的态度中是并没有带一些恼怒的意思,相反的是包含了一些喜悦和羞涩的成分,心里这就乐得耸了两耸肩膀,望着她微侧的粉脸,笑道:"说我不是个好人,那真是天晓得的事情。露英,我的意思,想向你府上去拜望拜望你爸老人家,不知你肯允许我吗?"

"不,让我先到你府上去拜望过后,你再到我舍间来玩。"露英这才回眸过来向他低低地说,在她的心中仿佛含了一些作用般的。

秋明点头道:"那也好,不过你到底什么时候到我家来玩?我说明

137

天星期日，大家不读书，你肯不肯明天就来，我爸妈是挺欢迎你的哩。"

"明天吗？"露英含笑问了三个字，沉吟了一会儿，说道，"假使雪停止了我就来，否则，我再拣个好日子。"秋明好笑道："那可不是念佛烧香，也用得到拣日子的。"露英瞅了他一眼，也不禁抿嘴哧哧地笑起来了。

两人吃毕点心，秋明抢着付了账，走出咖啡馆的门口，看雪已下得细小一些了。因为两人腹中已有了一杯热气腾腾的咖啡茶，所以体温也增加了许多，寒风扑面，亦不觉得十分冷入骨髓了。这时齐巧有辆街车拉来，秋明遂叫了过来，向露英道："那么你就坐车回家，我们明天再见。"

露英和他握握手，含笑点了点头，便匆匆地跳上街车去了。秋明站在人行道上，眼瞧着街车的影子在雪缝中消失了后，他方才开步向自己家中走。心里因为是兴奋的缘故，所以两脚是感到特别轻松。

在走到六国饭店的门口，这是一条最热闹最华贵的街上，两旁已是亮了通明的灯炬了。这时六国饭店内走出一个五十多岁的老者，身穿着蓝袍黑褂，外披元色直贡呢皮里子的披风，头戴着獭皮帽，看上去好像是个官场中人物。他后面还有一个花信年华的少妇，身披灰背大衣，雍容华贵，十分艳丽。再后面是两个武装的卫队，他们都向着人行道旁停着一辆簇新的汽车边走去。在汽车的旁边，也早有两个武装的卫队，小心地拉开了车厢，是恭迎那老者和少妇上车的意思。不料就在这个当儿，突然空气中流动"砰砰"两响枪声。那老者是个极机警的人，他知道事有变化，遂早已扑向汽车底下去。秋明瞧得很清楚，放枪的人是六国饭店旁一家食品公司中出来的西装客射击的。为了生恐连累许多走路的人，所以在秋明的心中便激动了见义勇为的情绪。他自己也不知道打哪儿来的一股子勇气，猛可地奔了上去，将那开枪的西装客奋力地抱住了。

那时候四个卫兵早已握枪奔至，同时街上警察立刻断绝交通，实行临时戒严。那老者也从地上慢慢地爬起，见站在身旁的少妇吓得花容失色，呆若木鸡地僵住了。见老者并没受伤，方才落下一块大石般地告诉道："老爷，那个刺客幸亏被一个西服少年抱住了，我是亲眼瞧见的。"

这时卫兵早把刺客押起，走来向他报告情形。那老者点头道："把刺客和那少年一并拿到军部审问。"说着，拉了那少妇跳上汽车，便呜呜的一声开去了。

原来这老者就是赫赫有名不可一世的刘邦杰将军，整个的北京城里全是他的势力。那少妇是他最宠爱的姬妾，名叫吕雪鸿。他们俩今天出来到六国饭店游玩，不料回去的时候竟遇到了刺客，这真也是意想不到的事情。当时刘邦杰回到军部，心里真有说不出的愤怒，立刻吩咐拿上刺客，亲自审问。

不多一会儿，见卫兵押上两个西服的男子，一个年约二十左右，一个年约四十左右。刘邦杰暗想，那年轻的大概就是捉到刺客的人了。遂立刻把环眼一睁，大喝道："好大胆的奴才！竟敢前来行刺本将军！汝姓甚名谁？究系受了何人指使？快快从实告诉，免得皮肉痛苦。否则，定打你一个不死不活哩！"

那个四十左右的男子脸色清癯，听他这么大喝，倒也并不十分害怕，冷笑了一声，说道："你这暴虐不仁的奴才！北京城里的人民，哪一个不想把你碎尸万段，以消心头之恨。今日不幸，被此少年所害，唯死而已，何必多问？"

秋明听他朗朗地说着，颇具激昂之情，一时良心有些隐隐地作痛，觉得自己实在不该多此一举，无辜害了人家的性命。因此望着那男子，倒反而激起了一阵同情之心，忍不住微微地叹了一口气。

刘邦杰见他如此倔强，心中勃然大怒，暴跳如雷，骂道："匹夫死在临头，尚敢倔强耶？卫兵何在？将他重鞭五十，才知将军的厉害。"

卫兵答应一声，拿过皮鞭正欲动手，但那男子却脸不改色，冷笑道："鞭五十以为奇耶？虽鞭五百亦不足以使吾惧耳！鞭则鞭耳，匹夫何盛怒若此耶？"

刘邦杰想不到他有此胆量，一时倒不免向他愕住了一会儿。因为邦杰的脾气就是吃硬不吃软，假使有人硬他过头的话，他也会软下来的。所以向卫兵又大喝且慢动手，一面转和了脸色，对他说道："本将军盛德布于天下，万民称颂，奈何独汝与吾作对？将军与汝无冤无仇，不知如何竟下此毒手？我以为汝必受人愚弄，而干此杀身之事。今日一旦死于非命，吾实为汝痛惜。汝若能以实情相告，我必可以饶你不死，尔意云何？"

那男子听了，却又冷笑了一声，说道："欲杀汝匹夫者乃万人之心也，吾遵万人之命，前来杀汝。今事机不密，惨遭杀身，此天意也。或杀或剐，任汝所欲，不必再多问矣。"

刘邦杰见他坚决不吐实，知其中必有曲折事故，若把他枪毙，倒反而便宜指使之人，所以心中甚为纳闷，真觉束手无策。这时吕雪鸿在旁低低地道："请将军暂时把他押起，明天给军法处详细审问是了。倒是这位少年，你且问明了他的姓名，我们得谢谢他才是哩！"

刘邦杰对于雪鸿的话原是百依百顺的，听她这么说，颇觉有理，遂说道："把他暂时押起，明天军法处再审。本将军给你一夜的考虑，若能从实招认，可饶你一死，死有重于泰山有轻于鸿毛者，勿受人之愚弄而作无谓之牺牲，希请三思是幸。"

那男子冷笑不止，跟随卫兵扬长而去。刘邦杰遂又向秋明问道："你叫什么名字？家住何处？现任何事？父亲叫什么？一切都告诉本将军，可以重重地赏你。"

秋明道："我姓徐，名秋明，现在北京大学读书，爸爸徐觉民就是。"刘邦杰听徐觉民三字，不禁"哟"了一声，立刻离座站起，笑道："原来是觉民的少爷！你这孩子真勇敢，真有胆量，所谓虎父焉有犬子，果不虚矣！"说罢，遂命秋明至内厅入座。

原来觉民是军部第一师师长之职，跟随刘将军血战有年，每战必先。刘邦杰曾抚其背而言，谓觉民乃吾之手臂也，其得力自可见。当下邦杰听秋明即觉民之子，心中大喜，立即命他进内招待，并给介绍道："此吾爱姬吕雪鸿，汝当叩见。"秋明听他这么敬重她，遂免不得意思地只好进上一步，向雪鸿深鞠一躬，叫了一声"将军太太"。刘邦杰呵呵笑道："贤侄可不必如此称呼，吾与汝父生死同心，情若手足，彼之子即吾之子也。"

秋明见他亲热已极，遂向他叫声伯父，又向雪鸿叫声伯母，方才小心地告罪坐下。雪鸿秋波斜乜了他一眼，娇媚地笑了笑，遂姗姗地走到他的身旁，在茶几上取过一支烟卷，递给秋明，笑道："你这孩子的胆量可以胜过你的父亲，叫人真欢喜真感激。你吸一支烟吧。"

"多谢伯母，小侄不会吸烟。"徐秋明在将军面前不敢放肆，站起身子含笑摇了摇头。

"贤侄不要客气，你不抽了这支烟，倒叫你伯母不欢喜了。"刘邦杰知道雪鸿的脾气，嘴里衔了雪茄烟，微笑着怂恿他。在他的意思，倒不是待秋明客气，无非是博爱姬的欢心。

徐秋明听见将军这么说，方才大胆地接了她的烟卷，说声谢谢。不料雪鸿却又很生气似的逗给他一个妩媚的娇嗔，横眸一笑，说道："你这孩子真岂有此理，将军平日都要听从我的话哩，不料你偏听将军的话，却不听我的话，岂不是叫我生气吗？"

徐秋明听她放着邦杰面前说出了这几句话，就可知那邦杰放纵她已非一朝一日的了，于是只好含笑说道："伯母，你别生气，我委实不会抽烟的，其实我倒并非听从将军的话，因为生恐伯母心中不喜欢，所以我才吸一支的。"说着，忙在茶几上划了火柴，先给雪鸿燃火。

吕雪鸿见他挺会说话，又挺会奉承人的，一时芳心里真有说不出的喜欢和甜蜜，一面低下头去燃烟卷上的火，一面把俏眼儿斜乜了他一下。因为彼此距离得近的缘故，秋明感到在她这一笑之中，至少是包含了一些诱惑的成分。他心头别别地一跳，两颊不由得热辣辣地发起烧来。不过他怕刘将军会引起了疑窦，所以立刻又平静了脸色，很快地退回到沙发上去坐下了。

吕雪鸿吸了一口烟，喷去了烟后，方才回身到刘邦杰身旁去坐下，笑道："你瞧这孩子真是怪老实得可爱的，我倒有一个意思，不知将军心中也欢喜吗？"

"是什么意思？你倒说出来给我听听。"刘邦杰望着她的粉脸儿，很猜疑地问她。吕雪鸿向秋明很神秘地笑了一笑，然后附着他的耳朵，低低地说了一阵，并又笑道："你想，这不是一头很好的姻缘吗？一方面使觉民更可以为你尽忠出力，一方面也算报答了他这次相救之恩。你觉得好不好？"说到这里，又逗给他一个倾人的媚眼。

徐秋明见雪鸿望着自己神秘地笑，心中已经有了十分的猜疑，此刻听她又说出"好姻缘"三个字的话，他的心儿跳跃得就像小鹿般地乱撞起来，暗想：难道他们要把什么姑娘配给我做妻子吗？一面想，一面见到刘将军的神情。他在经过沉吟了一会儿之后，忽然点头笑了起来，说道："你这个意思很不错，我明天就跟老徐谈一谈，瞧他的意思怎么样。"

吕爱姬笑道："你还问老徐的意思怎么样？他听到这个消息，只怕笑得嘴也合不拢来了。我瞧你此刻快打一个电话给他，叫他到军部里吃饭来吧。"

刘邦杰点了点头，把雪茄喷去了一口烟，向秋明先含笑问道："贤侄，你今年几岁了？哪一月生日？不知可曾定过了亲没有？"

"我今年二十二岁了，七月十三日生的，还没有定过亲。"徐秋明听邦杰这样地问，虽然很想回答我已定过了亲，不过他怕刘将军会问他爸爸的，所以他不敢说谎，只好委委屈屈从实地告诉出来了。

刘邦杰暗自念了一声二十二岁，觉得比自己这个大了三年，真是一对，遂很欢喜地道："贤侄，我有一个女儿，名叫蟾珠，今年十九岁，尚在高级师范里读书。老夫平生爱她若掌上明珠，虽非国色天香，却也颇具姿色。因为贤侄年少英俊，且又救了我们的性命，所以意欲将小女匹配与你为室，不知你心中也欢喜吗？"

徐秋明想不到说的姑娘竟是将军的女儿，虽然他感到意外的惊喜，不过将军女儿是一件事，姑娘模样儿好不好又是一件事。将军的女儿未必个个都是天仙化人般的。因为自己心中已经爱上了白露英，对于其他姑娘当然难以打动他的心弦了。但将军看中自己做女婿，这可不是儿戏的一回事。我若不答应拒绝了他，这在事实固然是抬举不起，而且也太失了将军的面子，万一将军恼怒起来，这累自己不是反有杀身之祸了吗？想到这里，直觉好生左右为难的。秋明到底是个聪敏的少年，在他眸珠一转的时候，这就有了一个主意，微笑着道："承蒙老伯这么地爱护我，我心里除了感激之外，哪里还有个不喜欢的吗？不过儿女的婚姻大事，总要问过父母才是，所以我今晚回家去问了父母，明天再给老伯一个答复好吗？"

在秋明心中的意思，是暂时渡过了眼前这个难关，只要一走出了将军府，事情当然容易解决了。谁知道刘邦杰却呵呵地笑道："你这孩子真孝顺父母，但你请放心，我和你爸情同手足，他若听我的女儿给他做媳妇，他岂有不答应之理？你等着，我马上打电话去把你爸爸喊来吧。"一面说着话，一面已站起身子，走到外面去了。

秋明见了这个情景，真是弄得啼笑皆非，一时深悔不该多管闲事，现在反而害了自己，这岂不是自寻烦恼吗？因此他坐在沙发上，臀儿好像有了千万枚的针在刺一样地疼痛。他想立刻起身逃出了这个强权势力之地，但仔细地想，自己并没有发了神经病，岂可以有此疯狂的举动呢？所以他低垂了头儿，两眼望着自己皮鞋的脚尖，内心真有说不出的恼恨。

就在这个时候，秋明肩胛上的感觉，好像有一只软绵绵的手儿搭了上来，同时轻柔的话声在他耳边流动道："秋明，你怕难为情吗？干吗低了头儿不说话？我说你这个孩子真是艳福不浅，我家这个蟾丫头真是个美人儿呢！全仗我向将军怂恿的，你该怎么地谢谢我？"

秋明抬头回眸望了她一眼，只见雪鸿已把身子坐到自己那张沙发上来。她俏眼儿含了勾人魂魄的目光，向自己脉脉地瞟，且嘴角旁含了浅浅的甜笑。这举动有些像窑子里姑娘对待客人的模样，使秋明心头感到了极度的不安。暗自想道：你还要讨我的谢，可是我却真恨你的多事呢！不过他心中这些怨恨，在外表上是绝对不敢吐露出来，嘴里还是温和地道："当然。这是全仗伯母老人家的大力，我心里除了感激外，正预备想向伯母报答报答哩！"

吕雪鸿所以向刘将军这么地怂恿，一大半还是为了自己和秋明从此有了亲热的机会。因为她见了秋明之后，一颗芳心实在很爱秋明。她想把秋明做自己情场中的俘虏，所以她是一步一步地实行她预定的计划。如今听秋明向自己说报答的话，一时还以为秋明已经了解自己的心事，她乐得心花儿都朵朵地开起来了，不禁眉飞色舞，忘其所以然地把臂儿去环住了秋明的脖子，笑叫道："我的乖儿子！你预备怎么地报答我呢？你说吧！"

秋明被她冷不防这么一来，他觉得全身都感到肉麻了，微蹙了眉尖，不禁向她愕住了一会子，说道："伯母，我想……我想……买些人参燕窝给你，补补你老人家的身子好不好？"

吕雪鸿听他欲语还停的神气，结果却说出这一句话来。她不禁咯咯地笑了，伸手在他颊上轻轻地拧了一把。说道："傻孩子！谁要你这样的补品？将军府里难道还少这几样东西吗？再说我的年纪还只有二十五岁，怎么你就只管叫我老人家呢？孩子，你以后再叫我老人家，我心里可要不高兴哩！"

秋明忙把脸儿仰了开去，伸手去抵她的纤手。雪鸿这就乘势把他手儿握紧了，亲热地捏了一捏，笑道："你听见了没有？如何蹙了眉尖儿像女孩子似的，难道你心中恨我吗？"

"不，我哪儿敢恨伯母？伯母既然不愿意我叫你老人家，那么我以后就不敢再叫了。不过我却想不出拿什么来报答你才好，我想还是伯母自己说吧。"秋明见她说到后面这句话，把脸儿沉了下来。因为妇人之心，在柔媚之中也会变化得狠毒的，所以秋明有些怕她会伤害自己的生命。被她握住的手儿却不敢挣扎，含了微笑的笑容，向她摇了摇头，话声是显得特别温和。

吕雪鸿这才把沉着的粉脸又展现一丝笑容来，秋波逗给他一个诱人的媚眼，笑道："第一，我不愿你叫我伯母，你瞧，我这个模样儿难道能做你的伯母吗？"

"那么你愿意我叫你什么？"秋明听她这么地说，他已明白雪鸿对自己有野心的企图了，心中感到她的无耻，同时也感到她的可笑，遂竭力镇静了平静的脸色，故意向她低低地问。

"叫我吗？姊姊倒还有些相像，你说是不是？"雪鸿厚了脸皮，既说出了之后，到底也感到难为情起来，粉嫩的两颊也不免浮上一朵玫瑰的色彩。

"照年龄上说，你确实是可以做我的姊姊，不过我单叫你一声姊姊，也算不得是报答了你。姊姊，那么你还要我谢你些什么呢？"秋明也存心吃她的豆腐，遂又很多情的样子，向她低低地问。

吕雪鸿听他果然称呼自己姊姊了，心里这一快乐，只觉甜蜜无比，遂把他手儿握得紧紧的，凑过小嘴儿去，掀动几下，似乎要说又说不出口的样子。不料就在这时，一阵皮靴声又响了进来。秋明心中这一急，真非同小可，立刻挣脱了她的手，把身子要站起来。但却被雪鸿按住了，她自己站起身子，不慌不忙地依然坐到对面沙发上去，见刘邦杰一脚跨进，就先含笑问道："将军，怎么的？徐觉民可曾来了？"

刘邦杰没有开口，先打了一个哈哈，笑道："我在电话里对老徐说，有要紧军事会议，叫他立刻来军部商讨一切。他一听这话，便连声答应地来了。"说到这里，又大笑不止。雪鸿也笑起来，只有秋明心中仿佛小鹿般地乱撞，只觉坐立不安呢。雪鸿这时心中又生了一计，遂向邦杰道："我的意思，就此给秋明一个卫队长的职位，留在军部办事，岂不是好？"

"我也这样想，读书读了一辈子也没有什么多大的意思，不知贤侄心中怎么样？"刘邦杰很赞同地点了点头，望着秋明笑着问。

秋明暗想：雪鸿这妇人无非想要缠住我罢了。遂低低地道："老伯的恩典，原是刻骨难忘。不过这学期我就可以毕业了，若中途辍学，甚为可惜。所以我的意思，待小侄这学期毕业后，再来军部给老伯效劳，不知老伯也能原谅我的苦衷吗？"

刘邦杰点头道："你这孩子很用功于学业，令人可爱，我当然不能相强。但我的意思，可以先给你一个名义的卫队长之职，那么你出入军部，有什么事情也可以给我随时照顾了。"

"老伯如此加惠于小侄，诚使小侄感恩不尽矣！"秋明暗想：这倒是一件好事情，何乐而不为？遂站起身子，向邦杰深深地鞠了一个躬，表示感谢的意思。

就在这时，卫兵匆匆奔入，报告道："徐师长到。"刘邦杰道："请进来。"卫兵行礼退出。不多一会儿，只见徐觉民步进室来。他瞥见儿子也在室中，还以为他在外面闯了什么乱子，一时倒大吃了一惊，不禁怔怔地愕住了。

秋明却走上前去，含笑叫了一声"爸爸"。觉民瞧这情形十分缓和，而且还包含了一些喜气的成分，这就情不自禁急急地问道："孩子，你怎么也在将军府里呀？"

吕雪鸿不待秋明说话，先笑盈盈地告诉了一遍相救经过的事情，并又说道："将军因为你的少爷英勇过人，十分欢喜，所以欲把你的少爷做了我们的东床快婿，不知你老心中也赞同吗？"

徐觉民想不到他儿子干了这一件有功于刘将军的事情，这就大喜，立刻堆满了笑容，向刘邦杰行了一个军礼，说道："将军这么地抬爱，我心中感激还来不及，哪里还有不乐意的道理？只是犬子没有什么超人的才能，有屈将军的女少爷罢了。"

刘邦杰听了，一面呵呵地笑，一面执了觉民的手，说道："老弟，我和你出入枪林弹雨中，共了二十年的患难，彼此情同手足，如何还用得到这些虚伪的客套吗？"说着，又吩咐卫兵把二小姐去请来。这里觉民忙向秋明说道："真是你这孩子的造化，还不快来叩见岳父母吗？"

秋明这时心中却和他父亲相反，他是感到非常痛苦，他觉得自己好像已变成一只被人关进在笼子里的小鸟一样不自由了。听了父亲的吩咐，这仿佛罪犯在法庭里已判决了他的命运。虽然他心中是极其不情愿向邦杰叩头称岳父，可是他的两脚却会不由自主地走上去，向他跪了下去，叫了一声"岳父"。刘将军好不欢喜，连忙扶起，还说："贤婿不必多礼，你去见你的岳母要紧。"秋明想不到一个猛虎似的将军，对于雪鸿这一个女子竟怕到这一份样儿，他感到可叹。因为刘将军既然这么地说，自己少不得也要向雪鸿拜了下去，叫声岳母。雪鸿想起刚才自己嘱他称呼姊姊的情形，一颗芳心未免有些儿怨恨，遂把他双手拉起，捏得紧紧地不放，秋波哀怨地掠到他的脸颊上去，低低地道："孩子，快起来，别多礼了吧。"

秋明却感到好笑，故作不理会地把身子别了过去，自管退在一旁，心中却在暗想：这个蟾珠不知道是个怎么样的姑娘？回头她来了，我倒要详细地瞧一瞧她，和露英比较起来，不晓得也分得出轩轾来吗？谁料这时卫兵来报告道："二小姐下午出去后，却还不曾回来哩。"

秋明听了这个消息，心中当然感到大失所望，一时又想：这样看来，蟾珠在外面一定也有意中人的，对于我俩这个婚姻自然是十分盲目的了，恐怕蟾珠心中也会不赞成的吧。想到这里，反而又暗暗地欢喜起来。他希望蟾珠会反对这一头婚姻，那么这真是自己的大幸了。不料刘邦杰却说道："也许她吃晚饭的时候会回来的，我今晚给他们准定先订一个婚，徐老弟，你瞧怎么样？"

"任凭将军做主，卑职没有不赞同的道理。"徐觉民心中也有一个盘算，他素知刘将军爱女若掌上明珠，如今若给自己做了媳妇，那么我的地位也永远不会发生动摇了，所以他也希望能够立刻成立这个婚约，自然含笑连连地答应。

刘将军于是吩咐卫兵在军部里立刻张灯挂彩，传扬开去，说将军女儿和徐师长的公子订婚了。这一说出去后，军部里的人当然是无人不晓的了。

这晚军部里大摆酒筵，十分热闹，只可惜蟾珠没有到来，因为不知她到何处去玩，所以一时也无从去找她回来。这在秋明的心中，当然是感到最大的缺憾了。

时钟当当地敲了十下，众宾都欢然而散。这是一间精美的小船厅里，刘邦杰、吕雪鸿、徐觉民父子俩大家都坐着闲谈，原意是等候蟾珠的到来。觉民因为时已不早，不便久等，遂站起告别。刘邦杰皱了浓眉，说道："这孩子平常倒也不大出外的，今夜偏是这么晚还不回来。"

徐觉民道："那也没有关系，反正将军已给秋明担任了卫队长的职务，虽然说是个名义的，不过到底也要尽一些责任，所以我以为每天在军部里总得到一次的。"

秋明对于父命不敢有违，连声地答应。刘邦杰笑道："那么贤婿明天再来，咱给你们重新介绍是了。"秋明知道是指点蟾珠而言的，遂含羞地点头，父子两人正欲辞出。雪鸿说道："既然明天还要来的，何不宿一夜？难道自己岳父母家中还闹客气不成？再说蟾珠这丫头也许就可

147

以回来了呢。我想老大今晚也没有在家，兄妹俩准是玩儿去了。"

秋明窥测雪鸿的意思，觉得其中至少包含了一些私情的成分。他有些害怕，连忙摇了摇头，说道："不，多谢岳母的美意，因为我尚有许多的功课未完，所以今夜我是不得不回去赶成的。"

刘邦杰点点头，笑道："这孩子好学不倦，早晚必成大器，吾又得一臂膀矣！"说着，甚为得意，于是不再留他，让他们自管回家。只是雪鸿心中有些怨恨秋明的无情，这晚躺在床上暗暗地难受了一整夜，却是不能合眼。

徐觉民父子回到家里，徐老太很慌张地问道："刘将军找你到底商量些什么军机大事呀？叫我在家倒担了半天的心事哩！"觉民呵呵地笑了一阵，遂把刘将军把女儿给自己做媳妇的话向她告诉了一遍，并又说道："而且今晚已经算为订过婚了，你想，这不是一件天大喜欢的事情吗？"徐老太也笑得那张瘪嘴合不拢来，说道："阿明这孩子真有造化，只不过伸手去捉那凶手的时候，也真好危险哪！"

秋明却绷住了脸儿，一些笑容也没有，反而叹了一口气，说道："我所以把凶手捉住，原是恐怕连累路人的意思。万不料刘将军会看中我做女婿，你们心中欢喜，可是我却感到忧愁哩！"

"你这是什么话？难道将军的女儿你还不喜欢吗？"徐觉民夫妇听见儿子这么地说，遂不约而同地急急地问。在他们两人脸部的表情，是显得分外惊异。

秋明撇了撇嘴，说道："你瞧她今晚直到这个时候还不见回来，其浪漫可知矣。我得此浪漫的女子为妻，虽皇帝的郡主，吾亦不稀罕的了。"

觉民忙道："你别胡说吧！刚才刘将军不是说她平日不常出外吗？今天原也碰得凑巧，你如何就可以诬她为浪漫的女子呢？"说着，又叮嘱道，"孩子，此话切勿再说，若传送到将军耳中，这还当了得吗？"

秋明不作答，遂自管回房去睡了。次日早晨十时光景，秋明正在阅报，忽见仆人报告，说有一位白露英小姐拜见少爷。秋明一听，知道今天雪一定已停止了，一时又喜欢又伤心，三脚两步地走了出去，迎接露

148

英。两人见面，先握了一阵手。秋明见她眼皮红肿，神色大异，心中好生惊讶，急问她有什么不如意的事情。白露英听问，泪水夺眶而出，说道："秋明，我今天到来，是求你助我一臂之力，把我爸爸设法营救出来，因为我爸爸是个革命党员，他昨天行刺刘将军被捕入狱，生命恐怕是非常危险的了。"这消息仿佛是晴天中起了一声霹雳，把个秋明惊奇悔恨得"呀"的一声叫起来了。

第二章

冒险释囚愿做情奔侣

秋明再也想不到自己昨天捉获的凶手，竟是自己心中最心爱的人的爸爸。一时他又惊奇又悔恨，惊奇的是露英爸爸原来是革命党的党员；悔恨的是昨天实在不该多事，现在亲手杀了爱人的父亲，这叫我心中如何地说得过去？因此他"哟"了一声之后，红晕了两颊，一句话也说不出来了。

露英见他这个神情，眼泪也扑簌簌地滚了下来，低低地道："秋明，我知道这件事也确实太严重了，你大概想不出什么办法可以去救他不死吧？是的，爸爸是只有死的了……"她说到这里，心里感到无限的失望和悲哀，海棠着雨般的娇靥慢慢地垂到胸前来，表示一切都完了的样子。

"露英，你别伤心，你也别淌泪，我一定可以救你爸爸不死，你请放心是了。"秋明心中原是爱她的，今见她如此可怜的意态，一时心头怎么忍？遂下了一个决心似的向她说出了这几句安慰的话。

"秋明，你这话可是真的吗？你果然能救我的爸爸不死吗？"露英在万分绝望之余，突然听到了这几句话，真仿佛是黑海大洋中一叶扁舟遇到了灯塔一样喜欢。她猛可抬起粉脸来，挂着晶莹的泪水，不免含了妩媚的甜笑，秋波凝望着他清秀的脸，话声是显得分外急促。

"那是当然的，这样紧要的事情，我能哄骗你吗？露英，你且跟我到里面房中坐，我和你好好儿地谈一谈吧！"秋明正了脸色，很认真地安慰着她，一面拉了她的纤手，一面走进到他的书房间里去了。

秋明的书房布置得清洁幽雅，窗明几净，微尘不染。室中生了一只火炉，融融的火光正燃烧得通红，所以里面气候温暖，仿佛阳春三月。秋明伸手给她脱了银鼠大衣，请她坐下。一面给她斟了一杯热气腾腾的玫瑰茶，一面在她身旁也坐了下来。

露英接过了茶杯，秋波逗给了他一瞥感激的目光，低低地问道："秋明，你用什么方法去救他出来呢？是不是请你爸爸向刘将军去恳情吗？万一刘将军不答应，那又怎么办的好？"

"你真也急糊涂的了，这么天大的事情，能够去恳情吗？只怕谁去恳求，谁的脑袋就要搬家了哩！"秋明听她这样忧愁着，不禁好笑起来，遂望着她说出了这几句话。

露英这才醒觉过来似的，说了一声"可不是"。她把手中的茶杯立刻放向茶几上去，回头向秋明又急急地道："那么你预备用什么方法去救我爸爸呢？只怕事实上是不能够吧！"说到这里，她的粉脸儿再度地紧张起来，泪水又在眼角旁晶莹莹地展现了。

"你急什么？我说能够救你爸爸，我当然有一份儿的把握。露英，你爸爸叫什么名字？他加入革命党恐怕已很久日子了吧？"秋明见她蛾眉紧锁又盈盈泪下的意态，不免感到她的楚楚可怜，遂把她纤手儿抚摸了一会儿，低低地安慰她。

露英听他说得很认真的神气，心头这才放宽了不少，遂也悄声儿告诉道："我爸爸叫白云箫，他和黄强等都是日本留学的同志，加入革命事业确实已有不少的日子了……"说着，又顿了一顿，接着道，"秋明，你我之间实在是划开了一条辽阔的鸿沟，因为你爸和我爸不是站在敌对的地位吗？我今日会来向你求救，原也是为了情急的缘故，仔细想来，实属非常无意思。不过什么事情往往出乎人的意料之外的，你居然会答应设法救我的爸爸，这叫我心中的感激当然不是什么话儿可以形容的了。不过我心中又很怀疑，你用什么方法去营救我的爸爸？你爸假使知道了后，会不会阻碍你的进行？同时你的本身有没有危险？假使你本身有危险的话，那我也不忍心你去救我的爸爸了。因为累你发生了什么不幸的话，叫我良心上如何说得过去？"

秋明听她絮絮地说出了这一篇话，可见她对我确实有了爱的作用，一时对于刘将军那一头盲目的婚姻，益发不放在心上了。遂向她笑了一笑，说道："露英，我也很感激你关怀着我，可见你的心中对我是很爱护的了。这事情说起来，你也许会不相信的，因为你爸爸行刺刘将军的时候，却就是我把他捉获的呀！"

"什么？是你把我爸爸捉获的？"露英听了这句话，她心中大吃了一惊，不免望着他怔怔地愕住了。

"不过在当初我自然没有知道这男子竟就是你的爸，说起来是我们认识时间太短促的遗憾。假使我们已有两年三年的友谊，你的府上我一定也常常走动了。既常常走动，你的爸我还有个不认识的道理吗？假使认识了你的爸，我自然绝不会去捉获他了。露英，你说是不是？不过你也不要误会我去捉获凶手的目的是为了讨刘将军的好，实在因为生恐过路的人无辜受累，所以才奋不顾身地去捉住他，万不料这男子竟是你的爸，这叫我真是做梦也想不到的事情。对于这一点，我还得请你饶恕我才好。"秋明见她粉脸儿带有些愤然的神气，知道她心中多少包含了一些怨恨的意思，于是慌忙放低了喉咙，向她柔和地解释。

露英听了他这一篇话，心中方才有个恍然大悟了，暗想：这原也怨不了他，见义勇为，说来还是他的超人之处。遂忙和平了脸色，轻轻地道："秋明，你别这么说，我如何能记你的恨？那我还能算是一个人了吗？不过你既捉住了我的爸，怎么又可以去救援他？难道刘将军能听从你的话吗？"

"露英，你且别问，我还要细细地告诉你。在军部里，刘将军曾经审问过你的爸，但你的爸视死如归，一些也不肯告诉姓名及其他一切的话，于是暂押狱中，预备今天军法处再行审问。刘将军一面又问我姓名，知道我是徐师长的儿子，他喜欢得了不得，一定要把将军女儿配给我做妻子，并且在昨天晚上已订了婚。说也好笑，他女儿齐巧昨夜没有回来，所以我虽和她订了婚，连她是个怎么样的人儿还没有瞧见过呢！"

露英听到这里，心里一阵酸溜溜的难受，她的粉脸儿顿时浮现了惨白的颜色，苦笑说道："原来还有这么的一回事，那不是你的大喜吗？我想你也不必安慰我的心了，你如何还有能力救我的爸？唉……"露英在长叹了一声之后，她的身子已是站了起来，仿佛预备告别的神气。

秋明见她灰心到这一份儿模样的神气，遂伸手把她又拖了下来。露英站脚不住，身子竟跌向他的怀中去了。秋明趁势把她抱住了，望着她粉脸儿，笑道："干吗？你要走了？英，你说这一句话，叫我听了心痛。虽然我们认识的日子不多，但我敢大胆地说一句，我是爱你的。你以为我和将军女儿订了婚，心中便喜欢了吗？谁知我心里的痛苦真是难以形容的哩！"秋明说到这里，把笑容平静下来，忍不住也深长地叹了一口气。

露英躺在他的怀里，心中有些难为情。同时听了他这几句话，心中又感到非常懊悔，因为他不是仍旧爱我的吗？因为是感激他的缘故，所以她躺在他的怀里并没有挣扎，却柔顺得像一头驯服羔羊似的，向他低低地问道："你不是已和将军女儿订了婚吗？那还用再说些什么呢？我觉得一切都已完的了。"

"英，你别难受呀，我根本没有和将军女儿见过面，那么在我俩间的感情当然也是无从谈起的了。英，我为了你，我将预备牺牲一切，不知你也情愿牺牲你的一切吗？"秋明见她又欲盈盈泪下的样子，遂拍着她的肩胛，又轻声地说。

露英坐正了身子，粉脸儿一层一层地浮现了娇红的颜色，秋波脉脉含情地瞟了他一瞟，说道："你肯为我牺牲一切，我岂有不肯为你牺牲一切的道理？只要你有办法救我爸爸不死，我就是牺牲了性命，我也愿意的。"

秋明点了点头，握住她的手儿，说道："英，救你爸爸不死，这是一件极便当的事，不过我救出了你爸之后，我在北京城里也不能立足了。所以我的意思，你此刻回家去整理一切，下午一时在火车站等我，我在救出你爸后，我们就一块儿离开北京，到上海去共同走一条新生的大道，不知你心里也放得下你的家里吗？"

露英听他这么说，心中感到了意外的惊喜，情不自禁地抱住了他的脖子，亲热地叫道："明，你这话可是真的吗？"

秋明知道她是情愿的意思，遂偎住她的粉脸亲热了一会儿，笑道：

"英，这岂有跟你玩笑的吗？我们要在爱的河流中度着优游的生活，我们非脱离这个强权势力的地方不可。"

露英并没有拒绝他的倚偎，她只管默默地给予他柔软的温存，说道："我家中原只有一个爸爸，而爸爸又是在外终年奔波无踪的，所以我离开北京，心中是用不到一些儿记挂的。只是你的家中有爸有妈，而且你不是已和将军女儿订婚了吗？那么你如何能忍心抛了她？"

"英，你为什么还要向我说这些话？因为我心中实在并不爱她呀，叫我如何能够和她有结合的可能？虽然我俩是隔开了一条辽阔的鸿沟，不过我们可以撇开政治的地位来谈爱，因为我不希望做官，我只希望和你永远地厮守在一处。英，你也以为我这话是对的吗？"秋明听她这么说，遂推开了她的身子。望着她红晕的娇容，又低低地说。

"明，我真的太感激你了……"露英芳心感动得不免淌下泪水来了，她的话声是带有些微颤的成分。

秋明见她雨带海棠般的粉脸，倍觉风韵楚楚，更增加了妩媚的意态。因为两人脸庞儿距离得很近的缘故，他有些神往心醉，这就情不自制地捧着她的粉脸，对准她嫣红的小嘴儿，甜甜地接了一个亲密的长吻。

经过良久之后，秋明方站起身子，说道："英，你该回去整理一切了，我也该到军部去了。下午一点钟，你千万地不要忘记。"

露英点头答应，秋明给她披上银鼠大衣，两人在公馆门口握了一阵手，遂各自走开了。

秋明到了军部，大家都已知道他是军部名义卫队长之职，而且又是将军的快婿，所以没有一个不想奉承他巴结他。秋明遂向他们探问道："昨天的凶犯，今天军法处不知可曾审问过了吗？"一个答道："审问过了，他已告诉姓白名云箫，原是革命军部下的党徒。下午后军法处呈报将军，明天大概是要枪毙的了。"

秋明点头答应，心中暗自盘算了一会儿，正在这时，卫兵前来传秋明进内厅去议事。秋明不敢有违，遂跟着卫兵到内厅。只见里面没有刘将军，只站了一个十五六岁的俊婢。卫兵既伴入内厅，遂自走开。秋明奇怪道："将军何在？"那俊婢俏眼儿逗了他一瞥媚眼，嫣然地一笑，说道："姑爷，将军尚未起身，嘱姑爷进卧房有事面谈。"

秋明于是跟俊婢转过了几间富丽的房间，到了一个房门口前。只见门口下了绣花的野鸭绒暖幔，俊婢掀了暖幔，把手一摆，低低地道："姑爷，请进里面坐吧。"

秋明点点头，遂一脚步了进去，只觉暖谷生香，且又有一阵细香扑鼻，令人心神欲醉，几疑置身入神仙境界了。秋明在步进卧房之后，忽然瞥见那张黄澄澄的铜床上倚靠的却并不是刘将军，竟是将军的爱姬吕雪鸿。秋明心中这一吃惊，若有所悟，立刻翻身夺门而走，不料那房门已经合上，再也拉不开来了。一时好不焦急，涨红了两颊，不免愕住了一会子。他在万不得已之下，只好移步又走到房中，见雪鸿虽倚靠在床栏旁，这回却把粉脸别向床里面去了。秋明知道她是表示生气的意思，一时心中的不安正仿佛热锅上的蚂蚁一样，于是又呆住了一会儿。经过这一阵子的愕住后，他就见到房中的布置是考究得无以复加的了。床前的地下也用了一张方白熊皮铺着，此外原有厚厚整块的地毯。至于雪鸿的服饰，也够令人感到想入非非的。她披了一件兔子毛织成的衣衫，鸡心领圈内露着雪白的酥胸。这酥胸的中间有着一条凹进去的轮痕，显然她两旁的乳峰是多么高耸了。

"岳母，岳父上哪儿去了？他叫我进来不知有什么吩咐吗？"秋明觉得尽管不住着发怔也不是一个道理，所以放低了喉咙，只好向她轻声地问。

但是雪鸿并没有回答他，好像没有听见一般的，连脸儿都没有别过来。秋明暗想：这可糟了，万一刘将军闯进房中来，那还当了了得吗？经他这么一想，全身一阵子热燥，他的脸儿便绯红了起来。

"太太，将军到什么地方去了？他不是叫我进来有事商量吗？"秋明没有办法，只好把身子走近了两步，弯了身子，又低低地改叫了一声太太，表示非常恭敬的样子。

雪鸿还是没有作答，依然动也没动地一声儿都没有声响地呆坐着。秋明蹙了眉尖，搓了搓手儿，他觉得这事情透着有些儿尴尬。不过他明白雪鸿的恼恨至少还是包含了假惺惺作态的成分，那么我何不随机应变地向她权作亲热之态？只要我把白云箫放出，以后我不是可以远走高飞了吗？想到这里，他堆了笑容，把身子又向床前步了近去，柔和地叫道：

"姊姊，你到底为什么生气啦？难道说是恨我没有报答你吗？"

这一声姊姊，才算把雪鸿叫得回过粉脸儿来了。她把秋波含了无限怨恨的目光，向他逗了一瞥妩媚的娇嗔，但不知怎么的一来，她抿着嘴儿只嫣然地笑起来了。

秋明真能了解她的心理，居然把她引逗得笑了，这真也不是一件容易的事。但雪鸿还没有说话，她在一笑之后，立刻又绷住了粉脸，撩出雪嫩的纤手，在梳妆台上克罗米的烟罐子里取了一支烟卷，自管地衔到小嘴里去。

"姊姊，我还不曾给你请安。"秋明把身子直走近到床沿边去，划了一根火柴，亲自凑到她嘴里衔着的烟卷头上去。

雪鸿听到这第二声姊姊之后，她的身子已软绵了半截，芳心暗想：这孩子真是可人，令我更感到欢喜他了。这才喷去了一口烟，俏眼儿向他斜乜了一眼，冷笑道："见了我翻身就逃，你把我当作什么看待，难道说我会吞吃了你不成？竟害怕得这个模样儿，叫人生气。"

"并不是害怕，因为姊姊还没有起身，我感到孟浪，所以退出去了。"秋明把身子退后了两步，低了头儿赔着笑，还是显出十二分小心的样子。

"既然你叫我姊姊，那么你就是我的弟弟了。自己姊弟，还用避什么嫌疑？我瞧你这一副小鬼见大王的样子，我就觉得惹气的。"雪鸿两指夹了烟卷，雪白的牙齿微咬着嘴唇皮子，秋波斜睨着他，显出又恨又爱的样子。

"因为……因为……我怕将军加罪于我，所以我不敢太以放肆。姊姊，你应该原谅我的苦衷才好。"秋明被她这么地一说，心中有些儿难为情，红晕了脸儿，低低地回答，话声是带了支吾的成分。

"唉，你这傻孩子，真也胆小得太以可怜了。姊姊叫你进来，难道会害你的吗？我告诉你，将军早起骑马玩去了，他是不会回来的，你放心是了。"雪鸿见他竟像女孩子那么羞涩起来，一时愈感到他的可爱，遂把手中烟卷放向桌上烟缸上去，瞟了他一眼，柔和地告诉。

秋明听她这么说，"咦"了一声，说道："那么喊我的不是将军，竟是将军太太了？"雪鸿听了这话，立刻又娇嗔满面，鼓着小嘴儿，哼了一声，说道："你说的什么？"

"我说的是姊姊呀！"秋明没有办法，连忙转变了口风笑着回答。

"你这……冤家！"雪鸿恨恨地说了这四个字，却又抿嘴笑了。

"既然是姊姊叫我进房的，那么不知是有什么吩咐吗？"秋明在她这四个字中似乎感到她的一片痴心。不过在痴的成分中，多少包含了一些淫的意思。他心头火样的热情是被冰样的理智镇压着。他在寻思脱离这房中的计划。

"你不是说要报答我吗？现在就是你报答的机会到了。"雪鸿望着秋明白净而俊美的脸庞，她内心的春情暴动了，眉尖儿染了春色，眼波儿含了春意。她粉脸热辣辣的，像玫瑰花样的红，牡丹花样的艳。虽然她尚有些怕难为情，所以支吾了一会儿，然而她被欲的逼迫，竟使她有勇气向秋明说出了这两句话。

秋明在听到这两句话之后，他全身一阵子热燥，两颊也由不得绯红起来。由于心脏跳跃得快速，使秋明竟感到有些儿气喘，他把身子向后退了两步，却是呆呆地说不出一句话来。

"弟弟，你过来！你过来！你忘记你说报答的话了吗？你竟狠心抛弃了我吗？"雪鸿见他把身子退了下去，她有些焦急，向他连连地招手，话声在急促的成分中又包含了一些微微的颤抖。

秋明感到她末了这一句话真有些儿好笑的，遂紧锁眉尖，低低地道："姊姊，虽然我说过要报答你的话，不过我并没有说过是怎样地报答你呀！现在你叫我这个……我……如何地敢……敢……"秋明说到这里，两颊涨得绯红，他已实在不好意思再说下去了。

雪鸿听他这么地说，又见他站在老远不过来，一颗芳心的怨恨真是难以形容的。她想掀开被儿，跳到床下去拉秋明，可是她到底又觉得太以失了一个女人家的身份，所以她在十分痛苦之余，只好闭了眼睛，静静地定了一会子神。

秋明见她突然这个模样了，起初还有些不解，后来仔细一想，也知她是在竭力压制情欲的发展。到此也不免感觉她的可怜，这就跟着她站在房中出了一会子神。

经过了好一会儿之后，雪鸿微微地睁开眸珠来，但是眼泪水也随着从眼角旁滚了下来。她叹了一口气，秋波逗了他一瞥凄凉的目光，说道："弟弟，你感到我的无耻吗？但是你应该了解我心头的痛苦，我到底还只有一个二十五岁的女子呀！"说完了这两句话，不禁泪如泉涌，几乎呜咽啜泣起来。

秋明对于她这几句话倒是激起了无限的同情，搓着手儿，摇了摇头，也不免微微地叹了一口气，却是没有拿什么话去安慰他。雪鸿见他不作声，一时抽噎地愈加哭得伤心起来了。秋明见他越哭越厉害，他心中不免有些焦急，暗想：万一有什么人听见走进来瞧究竟，那叫我怎么好？这样一想，他就不得不把站着的脚儿移动到床边去，向她低低地安慰道："姊姊，你别哭呀！好好儿的何苦来呢？你到底是一个将军太太呀！虽然将军年龄大一些，不过你的权威胜过一切的，因为将军都要听从你的话，你做人在世界上不是再得意也没有了吗？"

雪鸿并不因为他的劝慰而终止她的伤心，掩了粉脸，依然呜呜咽咽地哭泣着。秋明见劝他不停，心中益发焦急起来。又因为雪鸿眼泪大颗儿地滚下来，所以秋明也被她哭得十分心酸。人家说眼泪是女人的法宝，它能使每个男子都会心软的。这话倒也并非凭空虚构，至少是有些儿事实性的。在当初秋明对于雪鸿，心中只是感到可耻而已，如今被她一哭之后，倒也由同情而感到她可怜起来。于是挨到她的身旁，拿出一方手帕，轻轻地按到她粉脸上去拭泪，柔声儿地叫道："姊姊，你快不要哭了，你再哭，我的心也被你哭碎了。在我为你着想，你实在应该很快乐呀！"

雪鸿芳心暗想，秋明到底是一个多情的孩子。她的悲哀已被喜悦慢慢地赶走了，她猛可地抱住了秋明的脖子，把粉脸直偎到他的颊上去，叫道："弟弟，你所说的无非是我外表快乐罢了。在我一颗寂寞的心，也许是永远不会有快乐的日子吧，除非弟弟肯可怜我，给我一些现实的安慰。弟弟，你能不能可怜我吗？"雪鸿说到这里，把脸儿慢慢地回了过来，两手捧着他的两颊，把小嘴儿凑在他的面前，距离只有一寸光景的近了。

秋明在她这么柔媚的手腕之下，他已失却了抵抗的勇气。因为在他还是一个不曾亲近过女色的少年，他觉得妇人的魔力太大了。望着雪鸿吹气如兰的小嘴，他的神魂有些迷糊起来，终于情不自禁地把她两片红红的嘴唇，紧紧地吻住了。

"弟弟，我亲爱的，我永远不会忘记你给予我安慰的恩典。"在经过好一会儿的热吻之后，雪鸿似乎感到无上的安慰，她挂着眼泪终于微微地笑了。

"姊姊，那么现在给我走出房子去了吧，因为我有些儿害怕……"秋明在既吻过了她之后，他又感到非常悔恨，因为他觉得自己是已做了一件非常罪恶的事情了。他感到羞惭，红了脸儿，向她低低地央求着，话声至少也包含了一些儿可怜的成分。

"你害怕？你为什么害怕？难道我这么一个人儿在你眼中看来，真的把我当作一个猛兽了吗？"雪鸿秋波含了无限哀怨的目光，逗了他那么一瞥，却是微微地叹了一口气。

"不，姊姊，你不要误会，我并非是怕你，我怕的是将军。因为我站在这个地方，实在是太危险的了。"秋明听她这么地说，遂又向她低低地解释。

雪鸿点了点头，拉着秋明的手儿，却有无限亲热之意，说道："你放心，我因为爱你，所以绝不会因此而害你的。即使将军此刻到了，我也有方法使你脱离这儿的。弟弟，假使你可怜我的话，那么你再给我进一步的安慰吧。"雪鸿一面说，一面把身子已倒入他的怀内去了。

秋明这时一颗心儿的跳跃，几乎已欲从口腔里跳出来了。他手儿按着雪鸿软绵绵的肉体，他脑海里是充满了神秘的一幕。几次他想屈服在雪鸿的热情下，可是几次他从冷静的理智中猛省过来。他瞧了瞧表，已经快近十二时了，使他想起和露英的约会，他觉得若再延长下去，一切的事情将被女色两字所误了。于是他便把雪鸿身子扶起，低低地说道："姊姊，承蒙你这么地爱我，我岂敢不给姊姊效劳？但在这个地方，我总觉不敢，因为那是太危险了。反正日子长哩，难道明天就没有机会了吗？姊姊，这样吧，明天下午，你在京城饭店等我好不好？此刻时已不早，你就放我走出去吧。因为将军回来，你我都有不便，所以你应该原谅我的苦衷才好。"

雪鸿听他这样说，也觉很为有理。只要他肯答应我，何必急于贪一时之欢娱？遂点头瞟了他一眼，有些娇嗔的神情，说道："你失约了我，我可不依你。"

"绝不会的，姊姊，你请放心是了。"秋明心中暗暗欢喜，话声是显得特别温柔和真挚，表示很有信义的样子。

"那么你服侍我起来，让我亲自给你去开门。"雪鸿秋波斜乜了他一眼，偎着他似乎有些撒娇的神气。

秋明在这个情势之下，真急得哭也不是，笑也不是。因为时间是一分一分地近来了，他就不得不依顺雪鸿的话，笑道："你要我怎么地服侍你？给你擦皮鞋好吗？"

"不，大冷的天，我是不穿皮鞋的。你给我五斗橱抽屉内的丝袜去拿一双来。"雪鸿抿嘴一笑，手指儿向那边儿点了点，很得意地说。

秋明没有办法，只好走到五斗橱旁去，拉开抽屉，见里面全是簇新的丝袜，遂随便地拣了一双，拿到床边来的时候，不料见雪鸿已掀开了绣被，撩出两条粉嫩的大腿来，向秋明娇媚地说："你给我穿上去吧！"

这一来真把秋明愣住了，望着她那两条富有肉感性的大腿，笑道："姊姊，你别跟我开玩笑，回头抓痛了你粉嫩的肉，这可不是玩的。"

"不，我喜欢你给我穿，你只管穿。"雪鸿娇媚地白了他一眼，有些生气的样子。秋明忍了一肚子的气，也只好捧了她的大腿，给她穿袜子，当他手指触到她的腿部上的时候，秋明的心儿跳动得太厉害了。他觉得雪鸿具有这么肉感的肌肤，真不愧是一代尤物。虽然我是艳福不浅，然而我为了道德、人格、良心，种种的问题，我是没福消受罢了。

秋明既动手给她穿了，雪鸿却又推开了他的身子，笑道："我和你闹着玩，岂敢劳弟弟的驾。"

秋明这才站起身子来，退到梳妆台的旁边去了。雪鸿穿好了袜子，又披上了一件白缎绣金龙的睡衣，拖上了白缎绣龙头的睡鞋，纤手抬到脑后去拢了拢卷曲的长发，两臂一伸，还打了一个呵欠。秋明觉得她的风韵确有迷人的地方，因此望着她倒又呆着了一会子。雪鸿笑道："你望着我出神干吗？难道你不认识我了吗？"

秋明红了脸儿，笑了一笑，说道："怎么不认识？姊姊，你既起了身子，不是可以开门给我走了吗？"雪鸿听他老是说要走，她粉脸儿有些不悦的神色，一步一步地挨到秋明的身旁，秋波脉脉含情地向他凝望了一会儿。忽然她伸张了两手，又把秋明的脖子紧紧抱住了，低低地叫道："弟弟，我唯一的安慰者，你明天下午千万不可以失约的呀！"

"姊姊，我知道的，你只管放心好了。"秋明知道她芳心中的需要，一面回答，一面在她嫣红的小嘴儿上又柔情蜜意地温存了一会儿。

两人如胶似漆，真是无限的恩爱缠绵。良久良久，方才分开了嘴儿。雪鸿笑了，秋明也笑了。这样地默视了一会儿，雪鸿才向门外叫了两声小红。随了这叫声，房门开处，那个年轻的俊婢又笑盈盈地走了进来。她俏眼儿向秋明逗了一瞥媚意的目光，却是微微地笑了。

秋明觉得在她这笑的意思中至少是包含了一些神秘的成分，他想到和雪鸿两次热吻的情形，他心头感到局促，两颊也会热辣辣地发起烧来。于是他向雪鸿一点头，也来不及说什么，就一溜烟般地直奔出房外去了。在跨出房门口的时候，他方才深深地透了一口气，全身感到轻松了许多。

秋明走出了将军的住宅，站在院子里，抬头望着天空来去的云儿，想了一会儿心事。忽然他以手加额，轻轻地拍了一拍，说了一声"有了"，便匆匆走到监狱里去了。狱兵见了秋明，立刻行了一个军礼。秋明道："将军太太有命，叫我带昨天行刺的那个凶犯前去亲自审问。"

狱兵一听是将军太太的命令，这比将军的命令更要严重十分，连声说是。立刻引秋明到狱中，开了铁栅子的门儿，把白云箫拉了出来。秋明见他手中尚戴有铁铐，遂问狱兵要了铁铐的钥匙，押着白云箫一同走出了监狱，向将军住宅内走了。

两人到了小院子里的一棵银杏树下，秋明把他拉到了假山的背后，拿钥匙开了铁铐，向前望望，见并没有什么人儿，遂向云箫低低地说道："白老伯，昨天的事情，我真对不起你，现在我偷偷地放了你，请老伯从这矮园墙上逃走了吧。"

云箫做梦也想不到他会说出这些话来，一时望着他倒愣住了，忙问道："你这位先生贵姓？怎么称呼我老伯？那可不是叫我感到奇怪吗？"

"我叫徐秋明，你的令爱小姐露英和我是同学，今天早晨她来告诉我爸爸被捕的话，我方才知道昨天捉获的竟是露英的爸爸，所以我特地来救你的。"秋明遂很快速地告诉他。

云箫听了，这才恍然了，遂又问道："那么你救了我后，你在将军面前怎么交代？假使要害你受累的话，那叫我心头不是抱歉吗？"

"白老伯，你放心，我也会脱离这儿的。恐怕有人发觉，你还是快些儿逃走要紧。"秋明听他顾虑着自己，可见他是个忠厚的长者，遂低低地安慰着他。

"徐先生，你救了我的性命，我心中感激着你是了。"白云箫把他手儿紧紧地握了握，说完了这两句话后，他身子跳上假山，爬向园墙上去跳到外面逃走了。

秋明见云箫已跳出园墙去了，心头才落了一块大石。于是他瞧了瞧手表，见已经是十二点三十五分，他匆匆地跨大了步伐，又向院子外走出去了。不料刚巧一步跨出月洞门的时候，迎面却和一个来人撞了一个满怀。大概是踏痛了那人的脚尖，所以那个人蹲下身子去，同时还尖锐地叫了一声"啊哟"。秋明定睛细瞧，原来是一个年轻的姑娘，这就慌忙伸手去扶她的身子，连连地叫道："对不起！对不起！踏痛了姑娘的脚了吧？"

那姑娘心头似乎有些恼恨，含了娇嗔的目光，当她站起身子把秋波掠到秋明脸上去的时候，这才又平静了脸色，微微地一笑，说道："没有关系，你这位先生贵姓？"

秋明在她笑的时候，发现她颊上有个小小的酒窝，心中暗想，和露英相较，真不愧是一对姊妹花。因为她向自己这么地问，遂也微微地一笑，说道："我姓徐名叫秋明，你小姐贵姓？"

　　那姑娘一听"徐秋明"这三个字，她芳心别别地像小鹿般地乱撞，粉嫩的两颊顿时一圆圈一圆圈地娇红起来。秋波逗了他一瞥羞涩的目光，露齿嫣然地一笑，说道："原来你就是徐秋明，我是刘邦杰的女儿蟾珠，昨天晚上我和哥哥在朋友家里闹新房，所以晚了一些回家。这一件事，我真感到有些儿抱歉。"

　　秋明想不到那姑娘就是刘将军的女儿，换句话说，也就是我的未婚妻了，因为这头婚姻虽然是盲目的，不过听了蟾珠对自己这几句话，好像在她倒很诚意的样子。因为她向我抱歉，就可知她的芳心中对于这头盲目的婚姻却是赞成的了。这就想到自己已经存心把她遗弃了的意思，他心中感到有阵说不出难受的滋味，绯红了两颊，望着蟾珠芙蓉花朵儿那么可爱的娇容，他竟木然得一句话也说不出来了。

第三章

小少鸳鸯情意绵绵醉别离

秋明在没有瞧到刘蟾珠之前，因为在他脑海里对她根本没有一个影像，所以他觉得很坦然地能够遗忘了她，但如今既瞧到了刘蟾珠之后，觉得蟾珠之美实不亚于露英。而且她向自己声明昨晚所以回家得迟的原因，是和哥哥在朋友家里喝喜酒闹新房，那么自己猜她是个浪漫的女子，倒真是冤枉她的了。想不到一个高级师范读书的女子，对于这种开玩笑样的婚姻，竟会不表示一些儿反对，并且好像很情愿的样子，那可不是奇怪？难道蟾珠在外面就一个男朋友都没有的吗？秋明在这样沉吟之下，他没有回答，望着蟾珠的粉脸，只管怔住。

蟾珠是还只有一个十九岁的姑娘，她虽然生长在将军府里，可是天赋她柔和的性情，所以却并没有一些骄傲放纵贵族小姐的习气。她被秋明经过这一阵子呆瞧之后，一颗处女的芳心由不得也害起难为情来。同时她又觉得很猜疑，也许人家因为我昨晚不在家中，所以他心中很生气吧？这就秋波逗了他一瞥无限情意的媚眼，掀着酒窝儿微微地一笑，说道："昨天多亏你奋勇把凶手捉获了，我爸爸才免了危险，叫我心中真是感激。不过事情真不巧，昨天齐巧是我哥哥一个朋友结婚，而新娘又是我的朋友，所以两人都一同去了。爸爸却没有知道这回事，否则也可以叫人来接我回来的。姨娘告诉我，说昨晚你们等到十时后才走的，我心中真觉得不安的。"她一口气说到这里，又显出赧赧然的神气。

秋明听她又这么地向自己再三地抱歉，一时也不得不含了笑容，低低地道："你别这么说，因为这一头婚姻可说是突如其来的，谁又料得到这么快呢？在你去吃人家喜酒的人心中，固然想不到今晚就是自己订婚的日子，在我也是感到出乎意外的，除了刘将军之外，谁有这么说干就干的急性子？所以这也怪不了你的。刘小姐，你刚回来吗？"秋明说完了后，又毫无意识地这么问了一句。不过他心中却在暗暗地战栗着，因为自己已经放去了罪犯，若再延迟下去，军法处再度传审的时候，那我可不是糟糕了吗？所以他是决计忍痛预备抛了蟾珠出走了。

蟾珠听他这么问，遂指指自己的身上，笑道："你瞧我身上没有穿着大衣，哪里是在外面刚回来呢？你在爸爸那儿闲谈吗？"

秋明见她身上果然还只穿一件长袖子的豹皮旗袍，知道她没有出去过，于是点了点头，说道："你爸爸骑马玩去了，我们回头见。"

蟾珠见他说着话，身子已向后面转，芳心中这就感到他神色好像有些慌张，遂抢上一步，情不自禁伸手把他拉住了，问道："差不多近午了，吃了饭走也不妨。你还有什么紧要的事情去干吗？"

秋明既被她拉住了，当然不好意思强着向前走，这就不得不回过头来，瞧了一下手表，已经是十二点四十五分了。秋明心中这一急，他几乎把那颗心都要从口腔里跳出来了，慌忙道："已经十二点三刻了，我真还有些事情，不能耽搁了。"

"我原没戴着表，原来快近一点钟了，我们的午饭总是这么迟的。你还有些事情，不是总在下午了吗？何必这份儿急呢？你告诉我，到底有些什么事？"蟾珠是个细心的姑娘，她见秋明脸儿一阵红一阵白的，而且在寒冬的季节，他额角上竟冒出了汗点。她心中感到奇怪，认为其中必有什么缘故。不过蟾珠万万料不到秋明会把凶手捉而复放，并且预备离开北京的。她想秋明是个风流俊美的少年，他在外面少不得另有爱人的。也许下午在什么地方和爱人有约会的吗？否则，何以如此地慌张呢？所以她有些不乐意似的鼓着小嘴儿，向他追根究底地问一个仔细。

秋明被她这么地一问，因为是心慌意乱的缘故，所以一时里竟支吾着不知所对。这神情瞧在蟾珠的眼里，芳心中自然格外地猜疑，暗想：我和你昨夜订婚，虽然是个莫名其妙的事情，不过军部里上上下下是没有一个不知道我已配给徐师长的少爷做妻子了。事情既到如此，对于你的行动，我少不得也要干涉一下。因为你在外面另有了爱人，这对我的终身可有莫大的关系呢！这就淡淡地向秋明笑了一笑，低低地道："大丈夫干事情岂有不能告诉人的吗？假使你没有什么大事的话，那么你就别去了。今天是星期日，我料你也没有什么正经事的。不然，让我跟你一块儿去好吗？"

秋明觉得在她这几句的话中却是分了三层意思，就是她的脸部也分了三部表情。第一句当然是包含了讽刺的成分，显然她有些儿生气。第二句似乎和平了许多，至少带有些央求的口吻。第三句我料你也没有什么正经事的，她撇了撇小嘴，又是显现了娇嗔的神气。不过说到末了这一句的时候，她乌圆眸珠一转，掀着酒窝儿嫣然地一笑，却是带了一些淘气的样子。就凭了她脸部这三个表情，一会儿恼，一会儿嗔，一会儿笑，实在已够令人感到陶醉了。所以秋明虽在万分焦急和愁苦之下，他亦不免依恋起来。不过理智告诉他，若留恋着不走，那简直是自寻死路。于是他在不得已之下，只好连忙说道：

"也好，你还是跟我一块儿出去玩玩吧。"

蟾珠对于他会立刻答应下来，那倒是感到意外的惊喜，不禁扬着眉毛儿，跳了跳脚，笑道："秋明，你真情愿和我一块儿出去玩吗？"

秋明在她这一话中感到她的情痴，一时心中不免也可怜她起来，望着她喜悦的脸色，点了点头，笑道："为什么不情愿？我伴你去玩玩，原也是分内之事。"

"那么我去拿一件大衣来，你等着我别走。"蟾珠听他这样说，倒活像是个做未婚夫的话，芳心不免荡漾了一下，遂含笑向她叮嘱了两句，身子已向前面走。

秋明点头说声"我知道"，不料见她走不了两步路，立刻又回过身子来，秋波娇羞地逗了他一瞥，低低地笑道："你伴我一同到房中去拿吧。"

"为什么？那又何必多麻烦？我在这儿等着你不是一样的吗？"秋明有些奇怪，望着她四月里蔷薇那么艳丽的娇容，很不解似的问。

蟾珠笑了一笑，却很直爽地说道："我觉得你这人靠不住，也许等我一回身你就跑走了，叫我到哪儿去找你？"

秋明因为心中原没有这一层意思，如今被她一说，倒觉得很有个道理，暗想：这姑娘倒比我更有心计，可见女孩儿家心细如发的一句话，倒并非虚的了。遂笑道："你放心，我说等着你，就等着你，一个人要如这么地没有信用，那还能在社会上做事情吗？"

"你这话说得好，回头要找不到你，看你明儿有什么脸颜见我？"蟾珠虽然是放心了，不过她还向秋明刺激了两句，横眸一笑，很快地奔去了。

"走慢些儿吧，回头跌了一跤，可不是玩的。"秋明望着她远去了的倩影，忍不住很开心地叮嘱，可是心中却在想，这姑娘痴心得可怜也可爱。他不禁深深地叹了一口气，偶然撩起手腕来看，啊呀，已一点过三分了！秋明忘其所以然地身子向前奔了两步，不过他想到这一句一个人要如这么没有信用的话，他立刻又停步下来，一颗心儿感到有些疼痛，觉得自己和露英约的时间太局促了，为什么要说一点钟呢？此刻赶到火车站，恐怕也是来不及的了。那么只好让露英去空等了一下午，反正我们无论哪一天都可以出走的。给我在蟾珠那儿，也稍尽一些挂名未婚夫的义务，就伴她去玩一会儿，留一个纪念。他这么地想着，把刚才那一份儿焦急的心理已打消了，所以站在月洞门旁的冬青树旁，只觉定心了许多。

在不到三分钟之后，蟾珠披了一件灰背的大衣，急匆匆地奔来了。她见秋明果然还站在那儿候她，芳心这才落下一块大石，觉得是宽放了许多。不过当她奔到秋明面前的时候，却已娇喘吁吁，几乎香汗盈盈了。秋明笑道："何苦奔得这个模样儿？不累吗？"

蟾珠有些难为情，瞅了他一眼，笑道："我怕你等急了，就跑了。"秋明情不自禁地去握住她的纤手，觉得比露英更柔软一些，遂道："答应你不走，我总不会独个儿走的。"两人说着话，已跨出月洞门外去了。

秋明要向左边走，蟾珠却把他拉向右边走，说道："我们走那边住宅的门口好了，何必去绕远路走？"秋明方知右边还有通街道的门，因为自己此刻真像惊弓之鸟，能够不瞧见这些卫兵当然是更好的了。于是点了点头，和蟾珠一同步出了将军府的大门。

昨天落了好大的雪，今天倒出起淡淡的阳光来。常言道，落雪不冷融雪冷，真是不错，西北风刮面，有些像针刺般的。

"那么我们上哪儿去呢？"走在人行道上的时候，秋明回眸望了她一眼，低低地问。

"问你呀，你刚才说要到哪儿干事情去？"蟾珠听他这么问，显然刚才的话是说了谎，心中有些不自在，秋波逗给他一个娇嗔，却向他俏皮地反问。

"没有关系，这事情明天去干吧，我们此刻先上馆子去吃饭好不好？"秋明见她含嗔的表情，分外感到妩媚可爱，遂赔了笑脸，向她柔声儿地回答。

蟾珠这回又笑道："早知道出来还是上馆子去吃饭，那么还不如在家里坐一会儿好。你这人也挺爱花费的，不肯节俭一些吗？"

秋明暗想：你哪儿知道我心中的苦楚？遂也强笑道："你是一个将军的女儿，想不到也会知道节俭两字的……"

"你这是什么话？难道将军的女儿就不是人了吗？"蟾珠不等他说完，鼓着红红的脸腮，秋波白了他一眼，说话的表情有些愤激的意思。

秋明把她手儿握紧了一些，笑着解释道："你又错理会我的意思了，我说一个贵族小姐，吃惯，穿惯，用惯，花些钱原是小事，算不了一回什么的。可是你这么一个有财有势的小姐，却会知道节俭两字，我认为这是你的美德，所以我感到难得难得。"

因了秋明连说了两声难得，倒把蟾珠又引逗得嫣然笑了。可是她还娇嗔着道："谁要你拍我这些马屁，那我可受不了的。"

"这就应着了马屁拍错了，拍在马脚跟，一脚踢起来，几乎落到三十三天去了。"秋明见她妩媚得可爱，索性拿她开个玩笑。

蟾珠听他占便宜，这就恨恨地打了他一下，"嗯"了一声，却又抿着嘴儿笑起来。秋明见她"嗯"得有趣，宛然还是一个小孩子，一时有些神往，也不免望着她微微地笑了。

两人走进一家华楼菜馆，侍者招待入座。秋明叫蟾珠点菜，蟾珠随便点了几样，问秋明爱吃吗，秋明道："我吃菜不论酸甜苦辣都吃得。

那么你喝什么酒？"

"酒我不喝的，你自己拣好了。"蟾珠摇了摇头，把茶杯凑在薄薄的嘴唇皮上呷着。

"一个人喝没有兴趣，那么大家吃饭吧。"秋明见她不会喝酒，遂附和她的意思说。

"为了我扫你的兴趣，这叫我似乎说不过去，我就伴你喝杯儿。"蟾珠听他这么地说，遂改了初衷，望着他清秀的脸庞儿微笑。

"那就叫我欢喜起来。"说到这里，遂吩咐侍者拿四两五茄皮酒，盛在两小玻璃杯子里。蟾珠道："你酒量好，干吗只要四两酒？给谁喝？"秋明听她口气，倒像是个会喝酒的人，这就望着她笑道："要不得，这可上了你的当。原来你是个宏量，怪道是我有些稀罕，看你人儿也是个会喝酒的样子哩。"

蟾珠对于他末了这句话倒有些不懂得了，秋波凝望着他，怔住了笑问道："你这话有骨子，打哪儿看出我这人是会喝酒的样子呢？"

"喏，这边儿是什么？那不是你会喝酒的证明吗？"秋明听她不解，遂把食指儿向自己左颊上钻了钻，接着又笑道，"我可钻不出一个浅浅的酒窝来。"

蟾珠听了这些话，方才有个恍然大悟，这就又喜悦又羞涩地逗给他一个娇嗔，撮起了小嘴儿，吓了他一声，赧赧然地笑了。

秋明见到蟾珠可爱的举动，使他心中由不得想起露英的人儿来。自己在这儿有说有笑地很快乐，只怕露英此刻等在火车站上心中焦急得要哭出来了吧？因为这时表上的长短针已指在一时半了。但愿露英等急了，又回到家中去了，这当然是我的大幸。假使她独个儿先动身走上海去，这叫我回头又上哪儿去找她好？秋明心中既有了这么一个感觉，他的双眉不免又紧紧地锁起来了，只觉坐立不安，十分难受。

蟾珠见他本来好好儿地说着笑话，不料此刻皱了眉头，垂了双目，望着那杯绿荫荫的茶汁，好像在想什么心事般的。一时她的芳心中，不免狐疑起来，暗想：他刚才急急要走的神色，是多么慌张，好像真的有什么要紧事情去干一般，后来被我说要一块儿去，他在经过一会儿支吾是定了亲的少年的感觉吧？因为我知道你是个大学生，而且又这么风流翩翩，在外面少不得已有了知心着意的女朋友，那么对于这头婚姻，你当然是感到有些遗憾吧？"蟾珠一口气地说了这许多话，在说到末了的时候，她有些凄凉的感觉，话声是包含了一些颤抖的成分。

秋明从她这一篇话中总而言之包括一句说，就是蟾珠对于这头盲目的婚姻虽有不满意之处，然而见到我的人儿之后，她确实已真心地爱上了我，不过她怕我尚另有爱人，会把她遗弃罢了。因为蟾珠心中所忧虑的，不久就要成了事实，所以他的良心感到一阵羞惭，同时对她的情意也觉深深地感动了。他心头有些悲哀和痛苦混合成分的滋味，他喉间有些哽咽着，要想劝慰她几句，然而那种欺骗式的劝慰他又觉不忍说出口，因此望着她含了悲哀神情的粉脸，倒又愣住了一会子。

"秋明，你为什么不说话？是不是我的猜想是对的？你果然已另有爱人了吗？"蟾珠见他不作声，心头这就愈加悲酸起来。她说完了这几句话，晶莹莹的泪水已在眼角旁扑簌簌地直滚落下来了。

秋明被她这么一来，心中是不忍到了极点，眼皮儿一红，情不自禁猛可伸过手去，把她紧紧地握住了，说道："蟾珠，你这是什么话？即使我在外面已有女朋友的话，那么你到底是我的未婚妻了呀！蟾珠，你别伤心，我绝不会遗忘你的。"

蟾珠的芳心中虽然已得到无上的安慰了，不过她想到秋明这话中，显然他确实已有了女朋友，自己若不是拿赤裸裸的真心真情去感动他，也许他真有遗忘我的可能。蟾珠这样地想，她觉得自己的环境终不大优良，除非天天伴住了他，那么他的心也会赤裸裸地投到我的怀里心坎儿上来了。于是垂泪道："秋明，我知道你是一个有作为有抱负的少年，第一个当然是有信义，所以我希望你切不要忘记了今天对我说的几句话才好。"

"是的，我绝不会忘记今天对你说的这几句话，虽然隔别了十年廿年之后，也永远铭刻在我的脑海中。蟾珠，我和你在今天虽然还只有初次的见面，不过我已知道你是个爱情专一至死不变的姑娘，我是完全被你深深地感动了。我将拿出我的热血和良心，永远地爱你到底！"秋明着她怔怔地反问。

"我和你说着玩的，哪里真喝得了这许多的酒？"蟾珠抿着小嘴儿，嫣然地笑了。

"那么两个人喝四两酒原也太少，再拿四两吧。"秋明这回向侍者低低地说。

侍者点头答应，遂匆匆地自管下去。

秋明举起那个小小的玻璃杯，向她提了提，笑道："蟾珠，你瞧这五茄皮的颜色，比葡萄酒更鲜丽得多，这好像是我们的热血。"

"可不是，我们的热血也像这酒颜色一样鲜丽可爱。秋明，在这一个世界、这一个时代，我们年轻的人，似乎更应该干一些像酒颜色一样灿烂的事情吧。"蟾珠把酒杯也举起来，和他轻轻地碰了一碰，扬着眉毛儿，明眸向他逗了一瞥柔情的目光，笑盈盈地回答。

秋明点头道："是的，我们得认清目标，为大众、为民族，干些儿有血肉的工作。我们不要为私欲的满足而争斗，我们要为人群的幸福而努力奋发！蟾珠，你认为这话对吗？"

蟾珠含笑点了点头，两人把玻璃杯凑到嘴边，微微地喝了一口。秋明因为是太兴奋的缘故，所以他这一口酒竟喝下去了半杯。蟾珠瞧见了急道："这可不是黄酒，你不能一杯作两口喝。因为这酒太厉害，喝多了会伤肺部的。"

秋明见她这一份儿焦急的样子，就可知她是多么爱护我，遂笑着摇头道："不会的，常言道，酒落欢肠千杯少。今天我很兴奋、很快乐，所以多喝一些没有关系的。蟾珠，难得的，你也多喝上一杯吧。"

在秋明所以这么地说，当然他心中是别有用意。不过蟾珠虽聪敏，这回却理会不到这许多，含了甜情蜜意妩媚的笑，说道："你高兴，我总也可以奉陪你的。但酒只管喝，菜可不要忘记吃呀。"说着话，拿了筷子，向杯子上连连地点了几下。秋明见她表情和举动都令人感到可爱，于是握起筷子，也不免望着她笑了。

两人且谈且饮，相形甚欢，不知不觉都已微醉。蟾珠两颊若芙蓉出水，如牡丹生春，眼睛水汪汪地瞟了他一眼，露着雪白的牙齿，憨笑了一会儿，低低地问道："秋明，我问你一句话，你不知肯告诉我吗？"

"是什么话？假使我所知道的，总没有不告诉你的。"秋明见她很正经地问，遂望着她粉脸儿，也认真地回答。

蟾珠听了，却又不问了，拿了筷子只管在桌面上画着圈子，好像在想什么心事般的。秋明见她这个意态，心中自然十分奇怪，把脸儿凑近了一些，低声地又问道："蟾珠，干吗一会儿又不说话了？你要问我什么？你只管问呀！"在秋明心中的意思，就是你失却了今天这个机会，不知何年何月再能够有重逢的日子，不过他嘴里是没有说出来，只是心中感到一些悲酸罢了。

蟾珠听他这么地一催，方才微抬起粉颊，逗了他一瞥羞意的媚眼，支吾了一会儿之后，方才悄声儿地问道："你刚才不是已经承认有一个女朋友了吗？不知这个女朋友姓什么叫什么？和你感情深不深？假使彼此有很深厚爱情的话，你若一旦地冷淡了她，她不是要感到失恋的悲哀了吗？"

秋明听她这么地问，笑了一笑，说道："虽然我们的感情也不算坏，不过我和她到底没有订过什么婚约，况且我为她又干了一件有益于她的事，所以我也很对得她住了。蟾珠，你请放心，我绝不会负心你的。"

蟾珠听他不肯宣布那女朋友的名字，一时也不好意思去追究他，因为他再三向自己表示安慰，所以她是宽慰了不少。但她又柔和地道："明，我知道你是不会负心我的，这个我倒并不忧愁。不过我所忧愁的是你这一位可怜的女朋友，因为人心是肉做的，对他人和对自己都是一样的。你忘了我，我也许会到自杀的地步。这是多么悲惨！假使你和那女朋友感情已好到不能分离的话，你忘了她，她的生命从此不是也会陷入到悲苦的境地吗？"

秋明细细地回味她这几句话的意思，一半虽然是她多情之处，而大半还是向自己下一个警告，就是我若忘记了她，她一定会到自杀的地步。秋明感到她痴心得可怜，这就更坚定了爱她到底的心，遂说道："珠妹，你真不愧是个博爱的姑娘，就可知你的爱不是自私的，是人群的，我相信你将来还会把爱我的心更会爱到大众的身上去。珠妹，我们携着手儿，踏着齐整的步伐，共向自由烽火燃遍了四方的光明大道上前进吧！"

蟾珠听他这样说，心中肯定他是绝不会改变爱我的方针了。她心里一快乐，酒窝儿掀起，忍不住又妩媚地笑起来了，说道："明哥，你说得我太伟大了，我感到惭愧。不过总有那么一天，我会接受到哥哥给予我的勇气，为人群、为大众谋一些儿幸福。"

"是的，我也希望你有这么一天的实现。妹妹，来，我们喝酒吧！"秋明暗暗地点头，他觉得蟾珠终不是个平凡的姑娘。他欢喜自己得了那么一个才貌双全的姑娘做妻子，同时他又伤心自己犯了杀不能赦的通敌之罪。欢喜和伤心的混合把他刺激得有些振奋，握起了空杯子，还是向蟾珠笑出声音来说着。可是当他把杯子凑到嘴边去的时候，方才瞧到已没有酒了，于是扬着脸儿，向外面高声地喊着伙计。

蟾珠见他这举动，至少是带了一些醉了的样子，遂笑道："你还想喝酒吗？不，我不许你再喝，正经的，我们大家一同吃饭。"

秋明听她这一句"不许"两字说得可爱，遂笑道："如今就这么厉害，明儿过了门，这可不得了。你爸爸是个将军，我把你也要当作女将军看待了。"

蟾珠听他这么地说，知道他真的有些醉了，遂不和他理论，只逗了他一个妩媚的白眼，抿嘴羞涩地笑。这时侍者进来，蟾珠就先吩咐他们盛饭。

在吃饭的时候，秋明忽然想到了什么似的，望着蟾珠问道："妹妹，我也问你一句话，你不知肯回答我吗？"

"只要我知道一丝半毫的，我总也得回答你一丝半毫。"蟾珠拿着象牙筷挑着碗内的饭粒，秋波回望了他一眼，温柔地回答。

秋明支吾了一会儿，方才微笑着道："我说句玩话，比方我犯了死罪，你在爸的面前是否有力量可以救我不死？"

蟾珠好好儿的忽然听他说出这个比方来，一时定住了乌圆的眸珠，倒是愕住了一会子，说道："你又不曾杀了人，如何会犯死罪呢？我可不懂你是什么意思。"

"我预先向你声明，不是比方说句玩话吗？那又有什么关系？"秋明见她鼓着玫瑰花样的脸腮子，好像很生气的样子，遂赔了笑容，向她低低地解释。

蟾珠眸珠一转，忽然有些理会他的意思了，暗想：男人家也是挺会多心的，大概他是试试我的真心不真心？于是认真地道："那还用说的，凭了我这条性命，也得保你不死的。"

秋明点了点头，沉吟了一会儿，又问道："假使你爸不肯听从你的话，那么你难道瞧着我死吗？"蟾珠冷笑道："爸若不肯听从我的话，这已是绝了父女之情。我生虽不能与你白首偕老，死亦当与你做对同命鸳鸯。"说到这里，不禁泪如雨下，伏在桌子上，竟是呜呜咽咽地哭起来了。

这一哭把秋明弄得莫名其妙，不知如何是好，遂忙说道："珠妹，珠妹，我可不曾真的犯了死罪呀！你怎么就真的伤心起来了呢？唉，别哭吧，这可是我害你了。"

蟾珠却并不因他的劝慰而终止了伤心，她越哭越厉害，两肩是不停地耸动。幸而门帘是放下着，外面也不会有什么人注意。秋明只好站起身子，走到她的旁边，扶起她的娇躯，温和地又道："妹妹，你别闹孩子气了，叫人家听见了像什么？你再哭，我也被你引逗得要哭了。"

蟾珠抬起满颊是泪的娇靥，恨恨地逗了他一瞥哀怨的目光，叹道："我这一份儿痴心对待你，不料你还拿这些话来试我的心，这不是叫我太灰心太心痛了吗？假使你再信不过我的话，那么我就立刻地死在你的眼前好不好？"

说也可怜，在秋明的心中倒实在并没有试她芳心这一层意思，今听她这么地说，方知是她误会了自己，所以她感到失望的心痛，一时深悔不该这么地问她。同时又因为感到她太痴心的缘故，所以他没有回答，也没有劝慰，自己两行热泪也是像泉水一般地直涌上来。

蟾珠见他也哭了，遂反而收束了自己的眼泪，怨恨地道："你哭什么？反正你往后瞧着我是了。"秋明这才说出一句来道："妹妹，我若有试你芳心的意思，那么我一定不得好死的！"

"罢了，何苦来念这些誓。反正你死，也是我死的时候……"蟾珠被他念了誓，心肠也软了下来，明眸瞟了他一眼，泪又雨下。

秋明感动得太厉害了，他猛可抱住了蟾珠的脖子，偎了她的粉脸，说道："妹妹，你别说死，我们还年轻啦！我们该说活，我们应该活下去，永远活下去！为我们祖国争光荣，为我们自身而努力！你说是不是？"

两人相抱对泣了一会儿，才完了这一餐饭。

走出燕华酒楼的时候，差不多已近三点钟了。上午出了一些淡淡的阳光，此刻又飘着鹅毛样的大雪，天空中的愁云和秋明内心一样抑郁。临别的时候，秋明向她说了两句珍重的话，不知怎么的，蟾珠会感到悲酸的意味，在跳上街车之后，由不得暗自落了一会儿眼泪。

秋明待蟾珠走后，他望着漫天飞舞茫茫的白雪，深长地叹了一口气，急匆匆地找到了露英的家，问露英可在家中。一个仆妇告诉，小姐在一点钟的时候，拿了一只皮箱出去后，一直没有回来过。秋明心中明白，遂急急赶到火车站，但哪里还找得到露英的影子？所以也只好购了车票，预备亡命他乡去干些儿有意义的工作去了。

第四章

惊弓小鸟含冤沉沉巧认娘

　　暖炉里的火融融的，燃烧得血红的；室中是包含了无限的春意。四周显得十分静悄，只有一个年轻的姑娘手脚忙碌地在整理着皮箱里的衣服。她脸部的表情是分外慌张，因了慌张的缘故，使她那颗芳心跳跃得加倍快速。她望着房中所有的一切，那些平日久在一起的家具，默默地似乎在向她依恋着，好像在说："姑娘，你这一走后，几时才能够重投入我们的怀抱？"姑娘的脑海里既有了这么的一个感觉，她也由不得起了惜别之情。瞧着梳妆台上那些平常日用的零星小东西，她都感到它们的可爱，拿了这样，拿了那样，可是结果她一样都没有拿。对了窗外阴沉沉又欲下雪光景那么的天空，却是呆若木鸡样地出了一会子神。

　　时候是十二点的正午了，张妈手端了盘子，开上饭来，低声地叫道："小姐，吃午饭了。"姑娘回过身子来，挨近到桌边，纤手抚摸着桌沿边，两眼望着那一碗清荫荫的雪丝汤。在那雪丝汤里起了一幕紧张危险的幻景，她有些心惊，同时更有些肉跳，恐怖在她处女脆弱的芳心中激起了神经的麻木，她情不自禁地"啊哟"一声叫起来了。

　　这一声叫不打紧，把旁边的张妈大吃了一惊，急忙问道："小姐，你怎么啦？"

　　姑娘被她叫醒了，方才从恐怖的幻想中惊觉过原有的知觉来，连忙摇了摇头，回答了一声"没有什么"，从椅子上坐了下来。张妈盛了饭，放在她的面前，自管悄悄地下去了。室中仍旧归之于沉寂，像死过去了一样，在她的心头激起了一阵莫名的悲哀。

　　姑娘口里虽然吃着饭，下着菜，但食而不知其味，她的脑海里只管在另一个环境中表演着。突然一阵急促的呼声"露英！露英！"震碎了四周静寂的空气。她听了这熟悉的呼声，惊喜在她心头展开了美丽的花朵，猛可地站起身子，投向正从房外奔进来那个男子的怀里，亲热地伤心地叫着："爸爸！爸爸！"

默默地偎抱了一会儿，父女俩的眼角旁都展现了一颗晶莹莹的泪。

"露英，徐秋明是你的同学吗？他捉了我，又放了我，他说是你向他去求援过，是不是？"云箫推开女儿的身子后，望着女儿海棠着雨般的娇容，低低地问。

"是的，爸爸，他为了我，情愿牺牲一切，预备不顾危险地救出你。并且下午他约我在火车站候他一同离开北京城。"露英喜欢得眼泪只管扑簌簌地流，同时又悄声儿回答。

云箫点了点头，似乎不解样地问道："徐秋明他和刘邦杰也并不认识的，不知这次他用什么方法来救我？为什么狱兵竟放心把我给他带走呢？"

露英觉得事到如此，也顾不得什么羞涩两字，于是收束了眼泪，红晕了脸儿，低声地道："爸爸，你道徐秋明是谁？原来是徐觉民师长的少爷。"

"什么？他是徐觉民的儿子，那么他却如何会救我出险呀？"云箫因为自己和他父亲是站在敌对的地位，想不到他会救我性命，心中自然感到万分骇异。

露英被她父亲这么一问，两颊益发像玫瑰花朵儿般地红起来，支吾了一会儿，方才接着告诉道："是秋明告诉我的，他当时把爸捉获，原是为了生恐连累过路旁人的意思。不料刘将军既知道他是徐师长的儿子，又因为他忠勇过人，便给他在军部任了一个名义卫队长之职，预备待他大学毕业后，给他正式在军部任事，并且把将军的女儿配给他做妻子。但是秋明因为和我感情很好，所以颇为不愿意。今天早晨，我到他那儿去一哭诉，求他救爸爸，他才知道昨天捉获的凶手竟是我的爸爸。于是他下了一个决心，预备牺牲一切，救出了爸爸之后，和我一同逃往上海。我因救父心急，遂也答应了他。谁知爸爸果然脱了虎穴，这不是叫我喜欢煞人吗？"露英一口气说到这里，因为她芳心中有了双重的得意，这就扬着眉毛儿，破涕嫣然地娇笑起来。

云箫听了女儿这一番话，心中方才有了一个恍然大悟，暗想：原来秋明的冒险相救，还是和我女儿有深厚爱情的缘故。遂点头说道："虽然我原是被他捉获的，不过捉获是他应该的事，放我却是他特别用情之处。所以这一份儿救命之恩，我们不能得而忘之。既然他叫你同奔上海，我十分赞成。一面固然了却我一头心事，一面也就算你报答了爸爸的救命大恩。露英，你且快快地吃饭，爸爸团部中尚有要事，不能久搁，我们就此分手了吧！"云箫说到这里，身子已向后转，他说话的声音包含了一些凄凉的成分。

露英听父亲这样说，明白他老人家就是答应我嫁给秋明的意思，芳心里又羞又喜，粉颊儿益发浮上了一层青春的色彩。但是听到后面这句分手了吧的话，她喜悦的芳心，又被悲哀慢慢地占据了，情不自禁奔了上去，拉住了父亲的衣袖，叫了一声"爸爸"。她自己也不知道为什么要这样辛酸，眼泪像泉水一般地涌了上来。

云箫回头见女儿淌泪，这就也激起了一阵别离的伤心，猛可地把露英又抱在怀里，偎着她的粉颊亲热了一会儿，安慰她道："孩子，不要伤心，我们虽然暂时分手，但将来终还能有见面的日子。即使不幸的话，这也是你爸爸杀身成仁的时候，虽死犹荣，你难道不给我代为欢喜吗？孩子，你是个娇弱的身子，在外面千万保重，免得我时时记挂。"

露英听了这句话，抱住了父亲的脖子不放，几乎失声哭泣起来，说道："不！不！女儿希望你老人家永远平安，踏上成功的道路。"

"是的，我也和你有同样的希望。孩子，别离虽然是令人心酸的，但重逢也会令人感到喜悦和甜蜜。不要恋恋做小儿女之态，我得走了。说不定在上海我们还有相见的日子……"云箫听了女儿的祝语，挂着眼泪也微微地笑了。他慢慢地推开女儿的身子，他第二次预备回身作别的神气。

露英对于父亲这句话说不定在上海还有相见日子的话，她芳心倒是怦然地一动，遂拉住了父亲的衣袖，眸珠一转，说道："爸爸，我有一个不情之请，最好请你答应了我，那么我们父女自可以不分离了。"

云箫忽然听女儿又说出了这两句话，因为是出乎意料之外的，所以望着她倒是愕住了一会子。露英接着又道："秋明说，他和我的结合，若以个人的环境而说，这是绝没有结合的可能，因为他爸和我爸是站在敌对的地位，所谓势不两立的。所以他今后将撇开政治的关系，和我永远地去过新生活的幸福。我想爸爸年近半百，这次的性命可说是死里逃生，所以我的意思，爸爸何不脱离危险的生活，和我们一同到上海去过清净的生活好吗？不知爸爸也能答应我这个请求？"

云箫抚摸着女儿的手儿，微微地一笑，说道："孩子，我知道你是因为疼爱你的爸爸，所以才有这么的一个请求。不过孩子的意思是错了，孩子的爱也太私有了。在这一个年头儿，若没有一班人去流那鲜红的碧血，这是永远不会得到清净的生活。虽然我这次的性命是死里逃生的，但正因为是死里逃生的缘故，我觉得今后我的性命已不是属于我自己所有了。我的年纪虽已近半百，可是我在再生的今日，我还觉得年轻，因为我是重新做了一个人。我将把我的生命寄托给国家，把我的热血贡献给民族！孩子，你说爸的意思和你的意思，是哪一个对呀？"

露英听了父亲这一篇话，她心头感动极了，同时也惭愧极了，红晕了两颊，连连地点了点头，说道："爸爸，我明白了，我知道了。我觉得太自私，所以我感到惶恐。对的，在这一个年头儿，我们不能为了个人的幸福，而希望苟且偷生下去。爸爸是个上了年纪的人尚且如此，何况我们年轻的人？所以我一定尽我的责任，把秋明的思想去同化过来，为我们千百年来的民族做一个彻底的解放。爸爸，你说是不是？"

云箫听女儿觉悟了，他喜欢得什么似的，含了满面的笑容，把她手儿紧握了一阵，说道："对呀，孩子，你明白了，我希望你能胜过你的爸爸，干一番有血气的工作。"他说完了这两句话，向露英一招手，便匆匆地走了。

露英这回没有再去拉住他，望着他身子在门框子里消失了后，立刻回头去瞧梳妆台上的钟，已经是一点差三分了。她没有工夫再吃剩下那一碗饭了，提了那只皮箱，急匆匆地也奔到楼下去了。

在楼下遇到了张妈，她有些不解似的问道："小姐，老爷刚走，你又到什么地方去呀？"露英忙道："我要到上海去一次，你好生看守在家中，说不定三两个月会回来的。即使不回来，你的生活费用，我也会寄给你的，因为老爷的行踪原是没有一定，你得小心小心才是。"

露英连说了两声小心，她身子已向大门口走。张妈有些难受的样子，一路跟着出来，说道："干吗这样急促？那么我给小姐去叫车子。"

"不用了，我自己到胡同口去叫吧。你看门儿仔细一些，我走了，张妈再见。"她说声再见的时候，一阵冷风扑面，由不得身子抖了两抖，也感到一阵凄凉的意味。

张妈是露英小时的乳娘，在白家已有了悠久的历史，她把白家已当作了自己家一样忠心。因为露英一向由自己服侍的，十八年来没有分离过，今日突然地分手，她也激动了一些哀思。手儿扶着大门的框子，望着露英娇小的身影远去了后，她几乎要淌下眼泪水来了。

露英一辆车子坐到了火车站，一望手表，已是一点十分了。她想秋明一定比自己先到了，芳心中有些怨恨自己不遵守时间，倒累他久等了。于是提了皮箱，三脚两步地奔车站。见旅客已站了许多，一个一个地打量过去，却并没有秋明这一个人。她心中有些焦急，芳心跳跃的速度是显得加倍快速，暗想：难道他还没有到来吗？这一班火车是一时半开驶的，此刻离开驶行的时间已只有二十分了。秋明既没有到来，那么我且先购买了车票，免得临时局促。露英想定主意，遂去买了两张二等车票，把皮箱放在身旁，呆呆地等着。两眼望了车站外进来的旅客，希望其中一个最好就是自己的秋明。

在火车驶行前的五分钟，站警方才让旅客经过验票的检查处走进月台里面去。不料正在这个时候，忽然车站外涌进二十多名武装的巡逻队来，和站警不知说了些什么，顿时车站四处都戒起严来，旅客们因为不知是什么事情，所以就不免纷乱了一会儿。露英虽然自己本身根本没有涉及政治关系，但为了爸爸刚才脱险，秋明又私放了罪犯，再则秋明到此刻尚没有到来，所以在她芳心里也会起了一阵莫名的惊慌。在旅客们纷乱的时候，露英的身子被人们拥挤了一会儿。她想到身旁的皮箱，遂立刻低头去望，见好好儿地放着没动，于是镇静了态度，也依然站着没动。

这时巡逻队和站警吩咐旅客们不许奔跑，站着别动，告诉他们原因是有人报告军部，一点半班火车，有乱党私带军火到上海去，所以要在旅客们的皮箱内搜查搜查，别的没有什么事情，叫旅客们不用惊慌。

露英因为自己并不是个私带军火犯，所以既得知了这个消息，她倒反而定心了许多。那时二十多名巡逻队和站警都出了盒子炮，情势颇为紧张。一个一个地检查下去，结果真的查出有三个男子的行李中有大批的军火。不多一会儿，一个巡逻兵走到露英的身旁，望了她一眼，问道："这只皮箱可是你的？"

露英点了点头，说声是的。

巡逻兵就叫她把皮箱打开来瞧。

露英遂摸出钥匙，蹲下身子去开皮箱。不料开了许多时候，却没有把皮箱打开来。巡逻兵有些疑惑起来，喝道："为什么这许多时间还不打开来？"

露英心中一急，忽然认清楚那只皮箱虽然大小颜色都和自己的差不多，可是却不是自己之物了。于是她奇怪道："这只皮箱不是我的，谁给我换一只去了？"

"胡说！在你身旁放着的东西，有谁会给你换了去？"那个巡逻兵听她这么说，又见她神色惊慌的样子，这就益发疑心起来，遂向她喝声胡说，立刻拔出刺刀，老实不客气地把皮箱划破，打开来一瞧，赫然满皮箱的全是枪械。

"妈的！你这小妮子好厉害的东西！竟有胆量带了这许多家伙吗？"那个巡逻兵见了这一满皮箱的军火，冷笑了一声，把皮靴在地上一顿，早已将露英看押起来。

露英在瞧到这一皮箱子枪械之后，先已吓出了一身冷汗。这时被他们如狼似虎地一拉，不觉花容变成了惨白的颜色，几乎要哭出声音来了，忙说道："这可不是我的皮箱呀！谁起的歹心，把我的皮箱调换了去？"

可是那班巡逻兵谁肯再去听她的辩白，早又挨下去查别一个旅客的行李去了。露英知道和他们声明没有什么用处，因此也只好和其余那三个身穿西服的军火犯并站一旁，呆呆地出神。还有那三个军火犯见了露英，都暗暗地称奇，不过他们明白这是伙伴在旅客纷乱之间干的事情，只可怜无辜连累了一个小姑娘了。

巡逻兵在查毕众旅客之后，知道军火犯除了三个男子和一个女子外，没有别的人了。于是押了四人，并带了军火，一同跳上汽车，直开到军部里去审问了。

这时候露英内心的痛苦真非笔墨能够形容其万一的了，她一面忧愁着秋明把爸爸救出后，在他本身不知会不会发生意外的惨变？因为他约我一时在车站相见，为何他却没有到来呢？一面又忧愁着自己受冤被捕，在审问的时候，不知能不能辩明我是一个良善的百姓？假使把我委屈而死，这不是叫我太心痛了吗？想到这里，一阵悲酸，泪水又不禁夺眶而出了。

汽车到军部停下，巡逻队押着四人进内的时候，迎面见走出来一个少年军官。他见露英身穿银鼠的大衣，脚踏黑漆高跟皮鞋，因为丝袜绝薄得像一层蝉衣，所以单瞧了那只脚儿已俏丽得够令人心醉的了。何况露英生了那副倾人的脸庞儿，所以使那少年军官站在一旁呆住了。巡逻队见了那少年军官，便都举手行了一个军礼。

"这四个人是怎么样的？"少年军官口里问着话，两眼望着露英的粉颊儿出神。

"都是私带军火的罪犯，在车站上捉获的。"巡逻队队长向他很小心地报告着。少年军官微微地点了点头，便又向外面走出去了。

这里巡逻队遂把露英等四人押到军法处审问。军法处处长王一定命他们一个一个地带上来问话。那三个男子并不抵赖，一一地都招认了。但问到露英的时候，只见她泪流满颊，竭力地口称冤枉。王一定见她海棠着雨般的粉脸，令人颇觉楚楚可怜，遂问道："军火带在你的旁边属实，你如何尚称冤枉抵赖？想不到你这小小的年纪，竟做此犯法的勾当。你姓什么？叫什么？今年几岁？哪儿地方的人？从实地告诉。"

露英听问，遂拭了拭眼泪，说道："我姓白名叫露英，今年十八岁，原是生长在这儿北京的人。这只皮箱是歹人给我调换的，因为我身边带的钥匙根本不能开这个皮箱。处长若不相信，可以到我校中去问，因为我在北京高级女中读书，如何会干这个犯法的勾当？"

"既然你尚在读书，那么你带了皮箱在火车站上干什么？你家住哪儿？家中有什么人？爸爸叫什么名字？做什么事情的？"王一定听她这么声明，有些将信将疑的神气，皱了眉尖，手儿拈着人中上的短须，望着她又低低地问。

露英在他这几句问话中，觉得有两句话是叫自己不容易回答的。第一，带了皮箱到火车站做什么去呢？不过这还可以圆一个谎。至于爸爸叫什么名字，做什么事情的，那是绝对地不能告诉，万一露出破绽来，那可不是自投罗网吗？心中既有这么一个考虑，于是她不得不改变一些告诉道："我家住西车站路第三个胡同十四号的屋子里，今天因为星期日，我原到天津去探望亲戚的。爸爸是没有了……"

"那么除了你一个人，家中还有谁？妈和弟妹有吗？"王一定接着又问下去。

"都没有的，除了我，还有一个多年的老妈子。"露英很认真地回答。

王一定暗想：看她样子，倒不像是个歹人，但她既无父母，又无兄弟姊妹，一个单身的女子，这就有些可疑的地方。况且那班军火犯大都利用摩登女子的也很多，所以这件事还得详细调查不可。遂命一并带下暂押，明天再审。

当下王一定退回处长室中，来回踱了一会儿步，先摇个电话到北京高级女中去询问，不料今天是星期日，大概教务室中都走完了人，所以摇了好多时候，却没有人来接听。王处长有些着恼，遂把听筒搁上，回到写字台旁坐下，暗想：这姑娘生得怪惹人爱怜的，假使真是冤枉的话，我倒可以释放了她，并且愿意收她做一个义女。因为我这个老太婆早想一个女儿，晚想一个女儿，这二十年来，就生不出一个女儿来。好容易在十年前养了一个儿子，把他真当作活宝一般看待了。正在细细地思忖，忽然见室外推进一个人来，回眸望去，原来是将军的少爷刘重生，遂含笑让座，问道："小刘，你到这里来有什么贵干吗？"

刘重生是蟾珠的哥哥，他是陆军军官学校毕业的，现在军部里任教导官之职，兼任第八师第三十七旅旅副之职。他听王处长这么问，遂笑道："没有什么大事，听说车站上捉获了四名军火犯是不是？王处长可曾审问过吗？"

"审问过了。三个男犯都直认不讳，但那个女犯却一口地喊冤枉，说是被歹人换去皮箱的。所以我正在考虑，不知这话是真是假。"王一定听重生提起这件事，遂微蹙了眉尖，向他低低地告诉。

"那么你可曾问她叫什么名字？在火车站预备到什么地方去的？"刘重生在袋内摸出一只金制的烟盒，打开盖子，取了一根烟卷，送到一定面前。然后又取一根，衔到自己的嘴里去。拿了打火机，给王一定燃火。

王处长说了一声"劳驾"，遂吸着了烟卷，喷去了烟后，方才告诉道："她姓白名叫露英，原是北京高级女中读书的，说到天津去探望亲戚。我想到她校中去调查调查，问她们校长，白露英是否是个良好的学生……"

"什么？原来是叫白露英吗？哈，那可不用调查了，她是我小学时的同学，大概是冤枉的，因为我知道她是个很优秀的姑娘呀！"刘重生因为在门口瞧见过露英的人儿，他爱上了露英的美色，所以竟不管利害地来冒认是他的同学，在他当然是要救露英无罪的意思。

王处长想不到白露英竟会是重生小时的同学，因为自己原有收她做义女的意思，所以感到了意外的惊喜，望着他笑问道："你这话可当真的？"

"这样重大的事情能儿戏吗？当然是真的。"刘重生把手指弹了弹烟灰，睁大了眼睛，表示非常正经的神气。

王处长听了，这就呵呵地笑起来，说道："那么你就做了她的保人，让我判她无罪，释放了她怎么样？"

刘重生听他这么说，也十分欢喜，笑道："也好，我就做了她的保人吧。"王处长把右腿搁到左膝上去，摇了两摇，似乎很自在的样子，笑道："不过我有一个小小的条件。"

刘重生听他还要有个小小的条件，暗想：难道在这条件中还包含了一些神秘的作用不成？这就故意逗他一句笑道："是什么条件？莫非你已看中她做小老婆了不成？"

王一定今年已是六十二岁的人了，在军部里可说是个老处长了。当时他听重生这么地取笑他，便"唉"了一声，苍老的目光逗给他一个怒意的嗔恨，但却又笑着道："你这孩子顽皮！我是个离开坟墓将近的人儿了，还会有这个非分的妄想吗？那我可不像你的爸，还是老兴勃勃地爱风流。"

"那么你老伯到底有个什么条件呢？"刘重生听他这么解释，方才又笑嘻嘻地问着他。

"我的条件是看中她做个干女儿，因为我的老内姜只想有一个聪敏美丽的女儿做个伴。那位白小姐既是你的同学，我就相烦你做一个说客，不知她肯不肯答应我？"王一定吸了一口烟，笑着告诉了他。

"原来是这一个条件，那不用说的，可以包在我的身上，终归叫她来喊你一声干爹是了。"刘重生对于一定要收露英做干女儿的一件事，他倒也非常赞成，拍了拍胸部，表示很有把握的神气。

王一定乐得把两条稀疏的眉毛儿扬了起来，笑道："那么我把这件事拜托你了，此刻就着人去释放她出来好不好？"

"你老且不要性急，让我先到狱中去探望探望她，看到底是不是我那个姓白的同学。"刘重生心里自有他的计划，遂摇了摇头，故意郑重其事般地说着。

王一定听他这话也说得不错，遂点头表示赞成，刘重生于是起身走到狱中去了。

刘重生到了监狱里，由女狱兵伴到露英关着的那间铁栅子旁边，问女狱兵要了大铁锁的钥匙，回头却向她挥了挥手。女狱兵因为重生是将军的少爷，不敢有违，且不管他，便悄悄地退到外面去了。

刘重生拿了钥匙，并不立刻去打开大铁锁，站在铁栅子旁边，向里面坐在草堆铺满的石板上的白露英出了一会子神。见她很颓伤地坐着，低垂了头儿，却没有顾及外面的自己，尽管暗暗地淌眼泪。从她这一份儿可怜伤心的样子看来，重生也肯定她是个蒙冤的姑娘，于是忍不住低低地叫道："白小姐！白小姐！"

白露英正在暗自伤神，叹息命苦，突然听了这两声柔和的呼喊，使她奇怪地抬起头来。因为铁栅子的外面是亮了一盏暗淡的灯光，在灯光笼映之下，露英明眸瞧到站在铁栅外那个年轻的军官，正是刚才军部门口遇见的这个。想不到他会亲自到狱中来探望我，而是还呼我白小姐，这光景不是一些儿没有恶意吗？因为自己和他根本没有丝毫的认识，芳心中在无限惊奇之余，自不免定住了乌圆的眸珠，向他怔怔地愕住了一会子。

刘重生见她木然的神情，当然明白她是感到惊奇的缘故，遂微含了笑容，又向她招了招手，低低地叫道："白小姐，你不要伤心，你也不要害怕，我有话跟你说哩。"

白露英这才站起身子，一步一步地移近到铁栅子旁，抬了手背，在眼皮上来回擦了一下泪水。秋波在他白净的脸颊儿上掠了一瞥，镇静了态度，悄声儿问道："请问你这位军官贵姓？不知跟我有什么话吗？"

"你是不是名叫露英的？"刘重生且不告诉自己姓什么，先低低地问她。

"是的，我叫露英。这次被捕，完全是冤枉了我，因为我是个良善的百姓。"白露英点了点头，趁势向他温和地辩白，当然是希望他援救的意思。

"我知道，我在门口见到你那副模样儿，我就明白你是个受冤枉的姑娘，因为你颊上沾着丝丝的泪痕。假使真是个私带军火的罪犯，她绝不会这么胆怯。"刘重生很表同情的样子回答她，话声是显得特别温和。

白露英听他这样说，明眸含了无限感激的目光，向他凝望了一会儿，频频地点了一下头，说道："那么军官肯担保我向军法处声明我是个良民吗？假使能救我无罪的话，此恩此德真是我的重生父母了。"

刘重生就是希望她向自己有这个求助，遂笑了一笑，说道："不用

188

白小姐先对我恳求，我已向处长那儿去求情过，但是我冒认你是我幼时的同学，处长就答应释放了你。回头你见了处长，千万别露马脚，否则叫我就没有脸儿见人了。"

白露英对于他这一份儿的情意，心里这一感激和惊喜，使她两手握了铁档子，不禁乐得跳了跳脚，笑道："我一定不会露马脚的，请问你贵姓大名？也好叫我心里记着感激你。"

"我的名字叫刘重生，现任第八师第三十七旅旅副之职，和处长王一定颇为知己的。"刘重生见她这兴奋的神情，更增加她妩媚的风韵，心里不免荡漾了一下，一面低声地告诉她，一面已拿钥匙去开铁栅子上架着的大铁锁。

白露英在绝望之余，突然有人救了自己出狱，使自己有重睹光明的时候，你想，这还不使她感激到心眼儿上去吗？所以在跨出铁栅子门的时候，她的全身会感到轻松得仿佛卸下一副千斤担般爽快，立刻向刘重生先深深地鞠了一个躬，说道："我先在这儿谢谢刘旅长的救命大恩了。"

刘重生见她可人心意，遂走上一步，情不自禁把她纤手儿握住了，笑道："白小姐，你不要客气，我还得告诉你一件喜欢的事。就是王处长心中想要你做干女儿，因为他的太太很需要一个女儿做伴，我想这也是一件很好的事情，不知你肯不肯答应吗？"

白露英被他握住了纤手，虽然有些难为情，不过他是自己的恩人，也只好让他握住着。今听王处长要自己做干女儿，因为这位处长已经是个头发秃顶的老者，所以倒也不疑他有意外的作用。乌圆的眸珠一转，微微地笑道："承蒙处长抬爱，那我还有一个不情愿的吗？"

"白小姐，说起来我很冒昧，因为白小姐的身世我根本没有头绪，竟冒认了你是同学，那么回头在处长那儿少不得有缠错的地方。所以我的意思，先把白小姐的身世约略告诉我一些，不知白小姐肯告诉我吗？"刘重生望着她的粉颊儿，话声显得特别温柔。

"刘旅长，你这话也太客气，这还有个不可以的吗？"白露英俏眼儿斜乜了他一眼，遂把自己回答处长的话，再重复地向他告诉了一遍。

重生点了点头，很表同情的神气，说道："原来白小姐是个既无父母，又无兄弟姊妹的姑娘。这么孤零零的一个人，身世也够寂寞的了。我想你认个干爹干娘，也是一件很需要的事情。所以王处长会看中你做干女儿，其间也未始不是一个缘，所以我倒代为你庆幸有个很快乐的家庭了。"

"可不是，这也全仗刘旅长的大力，所以我心头是非常感激。"白露英听他这些话中，至少是包含了爱护自己的成分，她芳心中有些感动，遂望着他轻柔地说。

在刘重生耳中听到了这几句话，心头当然得到了无上的安慰，含了得意的笑容，和露英一同走出了狱中。门口女狱兵向重生赔笑请示，重生把钥匙交还她，说是处长的命令，因为她是含冤的，故而将她释放了。女狱兵只要他有了这一句话，遂也不管什么地放他们走了。

刘重生伴了露英到处长室，见王一定口里衔了雪茄，反背了双手，在室中团团地打圈子。他听皮靴声音响进来，遂抬头去望，见室中已早立了两个年轻的男女了。白露英是个很聪敏的姑娘，她也不待重生的开口，早已笑盈盈地步到一定面前，跪了下来，拜了四拜，亲热地叫道："干爹在上，干女儿在这里拜见了。多蒙干爹救了女儿的性命，此恩此德，真叫我女儿没齿不忘哩！"

王处长活了六十多岁的年纪，从来也没有一个女子会向他叫一声爹。此刻见露英满嘴里全是爹啦女儿啦，他心中这一欢喜，把他那颗苍老的心儿，也不免乐得心花开了。于是慌忙把露英的身子扶起，连说"罢了，罢了"。王处长说话的时候，因为是欢喜过了度，所以使他忘记口里衔了一截雪茄，在经他一开了口之后，那雪茄也就掉落到地下去了。

露英瞥眼瞧见，遂给他又拾了起来，含笑交到他的手中，说道："干爹，你应该相信我，我委实不是个私带军火的罪犯呀！"

"我当然相信你，你现在可是我的女儿了呀！"王处长见她妩媚得可爱，拈着人中上短短的八字须，很喜悦而且很得意地回答。接着又向重生笑道："小刘，相烦你的大驾，伴我干女儿先回家中去见她的干娘好吗？我回头完了公务就回来的。"

重生听了，那还有个不好的道理吗？于是两人辞别走出，坐了军部的汽车，直开到王处长公馆里去了。在汽车途中驶行的时候，重生少不得和露英又温和地闲谈了一会儿。这时露英的芳心中，只感激重生相救之恩，把秋明也就慢慢地忘记了。

到了处长的公馆，那是个小小的洋房，四面还有个小小的圈地，十分清静优雅。仆人招待他们到小客厅里，遂进内去报告处长太太。不多一会儿，王老太迎接出来。重生笑道："王老太，你不是想念有个女儿吗？如今我给你老人家找到一个又美丽又聪敏的女儿来了，你心里可欢喜吗？"

露英听了，早又含笑上前，向她盈盈跪倒拜见，口里亲亲热热地叫了一声"妈"。王老太突然听了重生的话，已经不胜稀罕，此刻见一个花朵儿般的姑娘，果然向自己拜见喊妈，心里又惊又喜，一面扶起，一面急问是怎么的一回事。重生遂告诉了一遍，王老太因为知道是重生的同学，所以深信不疑，一时大喜，拉了她的纤手，问长问短，细细地端详，乐得她那张瘪嘴也笑得合不拢来了。重生因为生恐军部有事，不敢留恋，遂先作别回去了。这里娘儿俩絮絮地谈了一会儿，一同又到上房里坐，叫她从此安心地在这儿住下，显得格外亲热异常。

黄昏的时候，王处长从军部里回家，一路地叹气进房。王老太奇怪道："你如今得了一个如花似玉的女儿了，欢喜还来不及，怎么又叹气了？"一定道："我得了干女儿，当然欢喜，不过我怨徐秋明这孩子糊涂，他竟放走了乱党一同逃跑了，倒累害了他的老子，那不是叫人感叹吗？"露英在旁边听了王处长这几句话，她心中这一惊跳，把她粉脸转变了颜色，那颗芳心早已像小鹿般地乱撞起来。

第五章

各有怀抱娘儿同苦求

军法处处长王一定待重生和露英走后，心里十分得意，笑了一笑，走到写字台旁坐下，又批阅了一会儿公文。忽然有个卫兵前来说道："禀处长，将军有令，把昨天那个刺客再行审问一遍，便即实行枪决。谓此等乱党留着，防生后患。"

王处长点头答应，当下遂到法庭，有众推事书记一同升座，传法警把白云箫带上再行审问。不料法警去了良久，回来报告，说刺客业已由名义卫队长徐秋明带到将军太太前去亲自审问。众人听了这话，好生惊讶。王处长知事有蹊跷，遂亲自走到将军室来。只见刘邦杰坐在太师椅上，一面吸烟，一面在炭盆上玩火，见了一定，遂把手一摆，表示请他坐下的意思，问他说道："那凶手可曾审问属实？当即枪毙是了。"

王处长听说，皱了皱眉两条稀疏的眉毛，说道："这事情就透着有些儿奇怪，狱兵报告，凶手业已由徐秋明带去给将军太太亲自审问。请将军回宅去问一声你的太太，这到底是怎么的一回事？"

刘将军一听这个话，心中好生奇怪，忙道："是什么时候带去的？"王处长道："据狱兵报告，在十二点半左右的时候。"

"什么？此刻已快近三点钟了，假使太太要审问，也用不到这么许多的时候，这事情有了变化，难道秋明这孩子把凶手放了吗？"刘邦杰摸出金表一瞧这就急了起来，两道浓眉一竖，他的心中有些儿愤怒的意思。

王处长虽然也有这个感觉，不过秋明已经是将军的快婿了，所以他不敢说是的，还转一个波折道："我想不会的吧。秋明既然要放他走，昨天又何必去捉获他？我想还是请将军回府先去问一声的好。"

刘邦杰听了这话，心中一想，倒又觉得不错。凶手原是秋明捉获的，他如何又会去放走他？这断断是没有这一回事的。于是他点了点头，站起身子，就急急地回到里面住宅去了。走到吕雪鸿的房门口时候，听有阵捺钢琴的声音叮叮咚咚地从室中播送出来，知道雪鸿在玩钢琴，遂不敢惊动她。来的时候心中是非常气急，因为这是一件严重的事情。可是既到了雪鸿的房门口，因为他对雪鸿有着怕的心理，所以把心中那股子急促的气竟又缓和了许多。轻轻地推开门进内，跷着脚儿步到雪鸿的身后。只见雪鸿披着白缎绣龙的睡衣，上面露着雪白的酥胸和脖子，下面露着两条肉感的大腿。刘邦杰站在她的身后，鼻管内只闻到一阵一阵的幽香，令人心醉。刘邦杰站立了一会儿，待她一曲终了，他有些情不自禁地挽了她脖子，把她粉脸儿向后扳过来，低下头儿去，在她鲜红的小嘴儿上接了一个甜蜜的热吻。

"你这人老喜欢鬼鬼祟祟的，倒叫人家吓了一大跳哩！"吕雪鸿在经过他热吻了一会儿之后，红晕了娇靥，鼓着小嘴儿，撒痴撒娇的，故意把秋波逗给他一个妩媚的白眼。

雪鸿的睡衣，原没有系着带子，经过邦杰一吻之后，衣襟更披了开来。展现在将军眼帘下的，是绝薄衬衣内的两个高耸的乳峰，隐约地还可以瞧到紫葡萄那么的一粒。将军的神魂已飘飞到雪鸿的身上去了，他把到雪鸿房中来的本意都忘记了。还是雪鸿见了他木然的神情，便站起身子，又娇嗔地问道："你这时候到我房中又干什么来的？人家好好儿地玩着钢琴，你又来打断人家的兴趣！"

刘邦杰被她这么地一问，总算才被她问出一个知觉来，遂连忙把她拉到沙发上坐下，按着她削平似的两肩，问道："我有一件非常要紧的事情来问你，你得告诉我，你得告诉我呀！"雪鸿见他很急促的样子，同时又听他连催自己告诉，这就把手指儿向他额角上狠狠地戳了一下，又好气又好笑地嗔道："瞧你这人竟糊涂得这个模样儿，还亏是个将军哩！你问我的到底是件什么事？叫我告诉你一些什么呀？"

刘邦杰听了，自己也不禁哑声儿笑了出来，遂又急急地道："太太，你可曾着秋明去把昨天那个凶犯带来亲自审问过吗？现在那个凶犯到什么地方去了？"

吕雪鸿听他这么地问，一时奇怪得目瞪口呆，真弄得有些丈二和尚摸不着头脑了。秋波向他凝望了一会儿，蹙锁了翠眉，怔怔地问道："你说的是些什么话？我可一些儿都听不懂呀！"

"他妈的！这么说来，竟是秋明私通乱党，把他放走了。"刘邦杰听了这话，方知是秋明弄的玄虚，他又气又急，猛可地跳起身子，把皮鞋靴在地上重重地一顿，大骂了一声"他妈的"，他愤怒得眼睛里几乎要冒出火星来了。

雪鸿听秋明放走了乱党，一时也暗吃了一惊，遂跟着站起身子，拉了他一下衣袖，说道："你的脾气就是这个样子，这一些儿事情都忍耐不住的。你仔细地告诉我，乱党是秋明捉获的，他如何还会去放走他，这不是他发了神经病吗？我想这是不会的，你得再细细调查一下是正经，不要冤枉了好人，秋明已是我们的未来新姑爷哩。常言道，拳头打出外，手臂弯进里。他难道还会和你丈人来捣蛋不成？"

刘邦杰原是胸无成竹的人，他听了雪鸿这一篇话，倒又觉得这话不错起来，暗想：我的女儿配给他做了妻子，他当然格外给我尽忠了，照事实上说，他实在不会再去放掉那个凶犯的。不过狱兵所报告的当然不敢说谎，那么秋明把凶犯又带到什么地方去了呢？于是望了雪鸿一眼，说道："并不是我忍耐不住事情，但凶犯不见了那是事实，秋明这人不在军部也是事实。照此二点说，他们恐怕已一同逃走了呢，你想是不是？"

对于这个猜测，邦杰倒是粗中带细的。雪鸿雪白的牙齿微咬了一会儿红红的嘴唇皮子，凝眸含蹙地沉吟了一会儿，说道："你这话虽然不错，但是这事情其中还有曲折，天下没有这么的傻子，捉了他，再放了他，将军女儿的妻子不要，倒还去犯这个杀头罪名吗？我想你此刻打个电话给徐师长，叫他带了秋明一同到军部里来议事，看他们父子两人来不来。"

"这倒是一个好办法，假使他们都来了，我当然可以问问他为什么放走了凶犯；假使他们一个都不来，这显然是他们有了异志，我立刻把他们满门杀死，也消我心头之恨！"刘邦杰连连地点了点头，一面说，一面把身子已匆匆地向房外奔出去了。

雪鸿意欲再嘱咐他一句，可是已来不及，他的人影子也走得没处找了。于是坐到沙发上去，手托着香腮，自不免沉思了一会子，心中只觉百思不得其解，因为这实在是太奇怪了。说秋明和凶犯是朋友吧，当初秋明绝不会去捉获他；说秋明父子生异志吧，似乎也没有这么傻。觉民在邦杰手下共了二十年的患难，现在任了师长之职，邦杰认他若弟兄，而且又和他结了亲翁之好，这样情谊深厚，岂还会背叛邦杰的吗？雪鸿想到这里，虽然觉得事情是有了蹊跷，不过她只知事情有了蹊跷，而究竟不知是怎的蹊跷，因此呆呆地出了一会子神。

无论如何聪敏的人，对于这件事终也想不出一个缘故来。雪鸿觉得秋明若真的已放走了凶犯，他必定也已脱离北京城的了。于是又想到他约自己明天在京城饭店见面，原来是敷衍我的性质。真也奇怪得很，像他这么一个风流俊美的男子，会不爱女色的，真是叫我意想不到。难道像我这么一个女子，还不够他的醉心吗？忽然又想起和秋明互相热吻了两回嘴，真是怪有劲的，可见他并不是没有火样的热情，假使我能够和他……想到此处，她全身一阵子热燥，两颊立刻涨得火样地绯红起来。

"唉，这孩子真是个令人可爱又可恨的！"雪鸿自语了这一句，却忍不住又深深地叹了一口气，暗想：也许秋明还不曾逃出北京城吧？万一被邦杰着人捉了回来，他一发怒，势必要把秋明枪毙的。啊哟！这是多么令人可惜！那我一定要搭救他的不死，也许秋明会感激我的救命之恩，从此便死心贴地地爱上了我。倘若我有秋明这么一个少年做心头的爱人，那我就是死了也甘心情愿，绝不悔恨的了。想到这里，齐巧小红进房，雪鸿遂吩咐她拿衣服，给自己匆匆地换上。她套了高跟皮鞋，遂急急地走出房去，到将军室那儿听消息了。

雪鸿在走到院子里的时候，迎面就见蟾珠笑盈盈地回来了。她见了蟾珠，还以为蟾珠和秋明虽订了婚，他们两小口子还不曾见过一面呢，于是代她很为难受，忍不住脸色慌张地向她急急地告诉道："蟾珠，你刚从什么地方回来，事情可出乱子了，那怎么办呢？"

"怎么啦？姨娘，你快告诉我呀，到底是出了什么变化了？"蟾珠在雪地上停住了步，收起了笑容，也由不得很惊慌地还问她。

雪鸿这时已奔到她的身旁，拉了她的纤手，欲语还停地支吾了一会儿，方才皱了蛾眉，低低地告诉道："这事情说起来真叫人意想不到，秋明昨天捉获了凶手，今天竟又把他放走了，而且连他自己的人儿都没了影子哩！你爸愤怒得很，如今已打电话去找徐师长来问话，也不知闹得如何的地步哩！"说到这里，不禁又深深地叹了一口气。

这消息突然听到了蟾珠的耳里，那仿佛是晴天中起了一声霹雳，不禁"啊哟"了一声，粉脸由玫瑰的娇艳转变到白莲般的惨淡，她在想酒楼中秋明对待自己种种的情形，到此她才有些恍然了。她伤心得泪水已在眼眶子里贮满了，她已是呆若木鸡般地说不出一句话儿来。

"蟾珠，你不要伤心，你也不要难受。万一你爸要重重地办他，我终给你代为竭力说情是了。"雪鸿见她盈盈欲泣的情形，芳心表示非常同情，遂摇撼了她一下手儿，低低地安慰了她这几句话儿之后，身子又向雪缝中急急地奔去了。

蟾珠心中倒并不难受秋明会被爸捉获的，因为她明白秋明这时候恐怕已不在北京城里的了。但伤心的是秋明这一走之后，不知何年何月再有重逢的日子。她木然地站在院子里，让天空的大雪尽向头上身上飘打。她胸口只觉空洞洞的，好像失却了一件珍贵的东西，眼前是展现了秋明孤独地在原野中逃亡的一幕。在她猜疑之中，或许秋明的身旁还有一个娇艳的姑娘，这姑娘和那凶手当然是有着密切的关系了。蟾珠在这个感觉之下，她一阵悲酸触鼻，眼泪水早已扑簌簌地滚下来了。

蟾珠回到自己的卧房，也不脱去身上的大衣，卧在床上，就呜呜咽咽地哭了起来。心中暗暗地思忖：谁料到今日的和秋明初次见面，也就是彼此分手的日子。她越想越伤心，因此也就越哭越厉害了。蟾珠这一哭不打紧，把她的丫头小芸倒是吓了一大跳，悄悄地走到床边，推了推她的身子，低低地问道："小姐，你不是刚从外面回来吗？好好儿的怎么伤心了？莫非是受了什么人的委屈了吗？"

蟾珠并没开口，只管伤心地哭泣着。小芸被她哭得悲酸，由不得也淌下泪来，哽咽着叫道："小姐，到底为什么事情，你不是也该告诉我吗？尽管这么伤心，叫我瞧着难受不难受？"说着，也哭了。

蟾珠这才从哭泣声中挣出几句话来道："小芸，你别管我，我心头闷得厉害，若不是给我痛痛快快地哭一场，我实在是受不了呢！"

小芸也明白姑娘的脾气有些古怪，遂只好退到梳妆台的旁边，望着小姐不住地颤动的身躯，呆呆地出了一会子神。

大约经过十五分钟的哭泣之后，蟾珠不用人劝，才算哭停了。她从床上翻身坐起，纤手在眼皮上来回地揉擦了一下。小芸见姑娘这意态这举动，至少是包含了一些孩气未脱的成分，因此倒又暗暗地好笑，遂慌忙到面汤台旁拧了一把手巾，交到她的手里，说道："小姐，你擦了脸，把大衣脱去了吧。"

蟾珠接过手巾，遂胡乱地擦了一个面，然后脱去了大衣。小芸给她挂到玻镜大橱里去，回身的时候，遂又轻声地问道："小姐，你这会子闷得好过一些儿了？到底为了什么事？你就告诉给婢子听听好吗？"

"没有什么事情，你给我静静地躺一会儿。"蟾珠摇了摇头说，她的身子又躺到床上去了。小芸知道小姐是叫自己暂退的意思，于是便回身跨出了房门。

这时蟾珠的心中思潮起伏不停，把刚才酒楼中秋明和自己的一番谈话却又涌现上心头来。她的耳际旁仿佛还这么地流动着，这是秋明真挚恳切的热情在他内心至性的表现。

"是的，我绝不会忘记今天对你说的这几句话，虽然隔别了十年廿年之后，也永远铭刻在我的脑海中。蟾珠，我和你在今天虽然还只有初次的见面，不过我已知道你是个爱情专一至死不变的姑娘，我是完全被你深深地感动了。我将拿出我的热血和良心，永远地爱你到底……"

当初我听了他这一篇话，心中就有些猜疑，我们又没有分离，何必用得着隔别十年廿年的话呢？但到底我因他的恳诚而把我欢喜得糊涂起来，所以没有寻思下去。谁知他说这几句话并非无因的。恐怕在院子里遇见的时候，他已经把凶犯放走了。唉，假使我们彼此没有在院子里这一撞见，恐怕他心中对于这个婚姻根本是忘怀了的吧。于是蟾珠耳旁又仿佛听秋明在说道：

"是的，我们得认清目标，为大众为民族干些儿有血肉的工作。我们不要为私欲的满足而争斗，我们要为人群的幸福而努力奋发！蟾珠，你认为这话对吗？

"珠妹，你真不愧是个博爱的姑娘，就可知你的爱不是自私的，是人群的，我相信你将来会把爱我的心更会爱到大众的身上去。珠妹，我们携着手儿，踏着齐整的步伐，共向自由烽火燃遍了四方的光明大道上前进吧！"

蟾珠记起了秋明这两次的话，她明白秋明是存心去为大众奋斗了。同时在他这几句话中的意思，包含了我们分离之后，希望我也努力一些救民族的事情。唉，在他每说一句话，都是包含了一些分离的意思。可惜我在当初竟会糊涂了过去，这真是叫我悔恨得很！于是她更想到秋明曾经问过这一句话：

"比方我犯了死罪，你在你爸的面前是否有力量可以救我不死？"

从他这两句话中想，原来他正忧愁着自己放走了凶犯怕被我爸捉住。只可惜我认为他是试我心的意思，当初还和他吵了嘴，谁料到他说的句句是实话哩！蟾珠静静地经过了这一层反复的思忖，她心里是只感到无限的悲酸。虽然她觉得秋明也许是不会遗忘了我，但今日一别，何日再相逢？她说不出的伤感和难受，她怨恨秋明不明白地向自己告诉，否则我倒也情愿牺牲一切，跟他一块儿去流亡。想到这里，忍不住又泪湿衣襟矣。

正在这个当儿，小芸忽然很慌张地奔进来，向蟾珠告诉道："小姐！啊哟！这事情可不好了，将军把徐师长已关到监狱里去，他正在愤怒得了不得呢！"

蟾珠猛可听了这个报告，还以为秋明也被捉在内了，于是吃惊得从床上跳起来，粉脸转变了惨白的颜色，"啊哟"了一声，问道："什么？徐少爷也一同捉去了吗？"

"徐家姑爷没有捉到，因为他放走了昨天那个凶犯，连他自己也逃得没了影儿。将军问徐师长，不料徐师长却茫无头绪地回答不知道。将军说徐师长失教之过，姑爷有通敌之罪，所以连累徐师长也犯了罪，叫他把姑爷去召来，方才放徐师长出狱。小姐，你想，这事情不是叫人出乎意料之外的吗？"小芸蹙了眉尖，很忧愁地告诉着。

蟾珠听了这话，虽然把那颗跳跃得剧烈的心儿又安定了许多，不过她的眼泪水早忍不住又像断线珍珠一般地直滚下来了。小芸也微微地叹了一口气，望着蟾珠海棠着雨般的娇靥，低声地问道："小姐，你刚才的伤心，莫非也是为了这些事情吗？"

蟾珠点了点头，她没有回答什么，倒在床上忍不住又呜呜咽咽地啜泣起来了。小芸挨近到床边，拍着她的身子，含泪安慰道："小姐，事到如此，你伤心也没有用，还是身子保重一些儿要紧。那个徐姑爷你没有瞧见过吧？我昨晚倒见到过，人儿生得很俊美，看来是个很有勇敢的青年。不过婢子感到太奇怪，凶犯是姑爷捉获的，为什么今天他又放走了他，那不是叫人感到神秘吗？"

蟾珠听她这么说，因为小芸是自己心爱的婢女，平日把她当作妹妹一般看待，所以坐起身子，拉了她的手儿，含泪从实告诉道："小芸，你以为我没有和徐少爷见过面吗？其实刚才我还和他一同在酒楼吃饭哩。"

"小姐，你这话可真的吗？那么他跟你说起些什么话？你和他又怎么认识的？他干吗要放走凶犯？不知小姐都已明白了吗？"小芸对于蟾珠这两句话，真是感到了不胜的奇怪，凝眸含釁地望着蟾珠的粉脸，急急地问出了这几句话。

蟾珠深深地叹了一口气，遂把院子里撞见后经过的情形，向小芸细细地告诉了一遍，并且说道："小芸，我想他所以放走那凶犯的缘故，一定他后来明白那凶犯就是他女朋友的父亲，所以他对我这头婚姻根本是不放在心上的。何况我们又没见过面，感情两字也就愈加谈不到的了。所以他在放走凶犯之后，便欲远走高飞了。凡事都有一个定数，在他欲离开北京城之前，偏会遇见了我，因此给我俩有这最后的一叙。大概他被我情义感动得太厉害的缘故，所以他曾经向我说过永远爱我到底的话。不过我和他直到分手的时候，还不知道他有远走高飞的意思呢。小芸，你想，我这人也不是太糊涂了吗？"

小芸听了，方才有个恍然大悟，一面拿帕儿给她拭泪，一面点头说道："小姐，婢子在没有听到你这些话之前，我心中倒有这个意思。反正小姐和姑爷既没见过面，又无感情可言，他既然不顾小姐情义出亡了，这头婚姻自然在无形之中可以打消了。但如今听了小姐告诉之后，方知姑爷曾经对你有过永远相爱的话，那么我这意思当然不能实行。并且还要劝劝小姐，姑爷的放走凶犯，这其间或许还含了一些政治作用，至于儿女私情，我想他不会忘记你的。所以将军愤怒地把徐师长定罪入狱，还得小姐竭力设法救他才是。一方面固然是尽你的孝道，一方面给姑爷在外闻知了，他心中不是也会感激你而更不会遗忘了你吗？"

小芸这一篇话，才把蟾珠提醒过来了，点头说道："不错，我一定向爸爸去求情。"她说着话，似乎很感激小芸的意思，把她手儿摇撼了一阵后，遂站起身子，预备匆匆地走到爸爸那儿去了。

"小姐，你别忙呀，外面冷呢，披了羊毛大衣去吧！"小芸见小姐这么性急的样子，心中就明白小姐和姑爷虽只一次的见面，他们的情意一定已是很深的了。她怕小姐受寒，伸手撩过一件羊皮短大衣，很快地追到房门口去。

蟾珠在房门口回过身子，接来披上，她是很急促地直奔到将军室中去了。蟾珠走到将军室中，只见雪鸿也在里面。她坐在沙发上，鼓着小嘴儿，呆呆地出神。爸爸却在室内团团地打圈子，嘴里猛吸着雪茄，好像两人在赌气的样子。

"蟾珠，我告诉你，你爸爸真正一些儿感情都没有的。既捉住了徐师长，还要下令通缉秋明。我说秋明年纪轻，虽然偶尔干错了事，但他到底是我们未来的姑爷，你纵然心中痛恨秋明，不过你也得瞧在蟾珠姑娘的脸上。这话不是也很合乎情理的吗？谁知你爸一味地不答应，我正在和他斗嘴哩。蟾珠，你说句话，你的心中到底怎么样？"雪鸿见蟾珠眼皮红肿地进来，显然她是曾经哭泣过了来的，于是便很快起身，鼓动蟾珠一同向邦杰求情。

蟾珠听雪鸿告诉，说爸爸要通缉秋明，她心中这一急，忍不住又哭泣起来。邦杰见女儿一哭，遂停止了踱步，皱了眉毛儿，向她望了一眼，说道："蟾珠，你哭什么？秋明这狗蛋串通敌方，明明有叛反的意思，我若不早除他，岂非后患无穷吗？"

　　蟾珠抽抽咽咽地哭道："早知如此，爸爸何必又把我终身许配给他？现在军部里有谁不知道我是徐家的媳妇呢？你要除掉秋明，那你不是害了女儿的终身吗？爸爸，你若杀徐家的父子，那么你就先杀了我吧！"说完了这些话，号哭不止。

　　雪鸿见蟾珠居然向邦杰用了一个苦肉计，芳心不免暗暗地欢喜。邦杰却皱了浓眉，"唉"了一声，说道："你这傻孩子！别说那些傻话吧！你和秋明虽已订过婚，不过到底没有成亲过。再说昨天你又不在家，这个婚约根本不能有效的。现在我给你解除婚约，明儿给你再配个好夫婿是了。"

　　"爸爸，你这个话错了，婚姻大事岂有儿戏的吗？女孩儿家的终身，岂可一会儿配张三，一会儿配李四的？我既配了秋明，自然始终如一。这头婚姻可不是女儿的自由恋爱，原是爸爸做的主意。现在你给我受了这么一个打击，我做人还有什么趣味，倒不如死了干净吗！"蟾珠听邦杰这么地说，遂停止了哭泣，泪眼盈盈地逗给他一瞥怨恨的目光，显出非常痛心的神气。

　　邦杰听女儿这么说，又见她如此楚楚可怜的神情，一时心头倒也软了下来，遂回眸向雪鸿望了一眼，带有埋怨她的口吻，说道："都是你想的好主意，叫我把女儿配给他这小子，如今事情弄得这一副尴尬的局面。唉，真叫我好生为难的。"

　　雪鸿秋波却反逗给他一个娇嗔，很生气般的样子，说道："就是因为我出的主意，所以我不忍蟾珠姑娘成了终身的遗恨，竭力地对你求情。你也得仔细想想，蟾珠是你心爱的女儿，你如何忍心看她悲愤而死吗？"

　　邦杰连吸了两口雪茄，很烦恼的样子，说道："我何曾叫她死过？真也奇怪，她和秋明又不曾见过面，为什么蟾珠对于一个不相识的男子要这么专一呢？"

雪鸿听了这话，心中似乎也同样地感到有些奇怪。不过她还代为蟾珠说道："你这话益发奇怪了，女儿的终身肯听父母做主，这还不是一个孝顺女儿吗？至于蟾珠爱情的专一，这更是她的美德。难道你不希望女儿忠于丈夫吗？"

邦杰在室中来回又踱了几步，沉吟了一会儿，说道："你这话虽然说得是，不过秋明私通敌人，和我就变成了冤家一样。我不杀他，他必杀我。我试问你，一个女人家爱护爸爸要紧，还是爱护丈夫要紧？"

邦杰这两句话，倒是把雪鸿和蟾珠问住了。两人互相望了一眼，却是怔怔地回答不出话来。良久，蟾珠收束了眼泪，方才说道："有人说无论谁都可以做自己的丈夫，但却没有无论谁都可以做自己的父母，这话我以为不然。父母固然只有一个，丈夫岂能有数个吗？爱爸和爱丈夫都是一样的。我想秋明一定是受人愚弄，所以一时糊涂了心。爸爸假使能够饶赦他，他当然慢慢地会想明白过来的。到那时候，他必给爸爸尽心出力了。你若实行通缉，叫他心中岂非记恨吗？再说徐师长和爸生死之交，他替爸爸出过多少的死力。如今秋明虽犯了罪，和徐师长又有什么相干？你现在把他幽禁在狱，岂不是叫人家心灰吗？所以依女儿之见，第一，放出徐师长，恢复他的自由；第二，取消通缉的命令，使秋明可以感激你的恩惠，说不定亲自会来自首求饶的。爸爸，女儿的意思也是为了爸爸着想，难道爸爸一些儿无动于衷吗？"

蟾珠这一篇委婉动听的话，才把邦杰那颗坚决的心儿软化了。他吸着雪茄，频频地点了一下头，沉吟着一会儿，说道："你的意思当然很不错，但是在我处境着想，也有种种的困难。所以你们且暂时回房去，让我再三地考虑一下，定夺主意。"

雪鸿听了，遂拉了蟾珠的手儿，说道："也好，让他考虑一下再做道理。"说着，便和蟾珠跨出了将军室的门口。在门口的时候，方才又向蟾珠附了耳朵，低低地说道："孩子，你放心，不要难受。今天晚上他到我房中的时候，我总有办法叫他答应了我。"

蟾珠回味她这两句话中的意思，虽然感到有些神秘的成分，不过姨

202

娘那份儿热心爱我的存心，是足以使我感激的，所以望着她粉脸儿点点头，表示谢谢的意思。雪鸿既说了出来，却感到有些难为情，红晕了粉脸，向她嫣然地一笑，便各自分手回房去了。

蟾珠待雪鸿走后，却暗自沉吟了一会儿。她脑海里不知有了一个什么感觉之后，于是回身且不回房，匆匆地到了监狱的门口，向狱兵道："请你们带我到徐师长那儿去望望，我有几句话跟他谈谈。"

"小姐，很对不起，将军有令，说今后无论谁，没有命令不准入狱中见罪犯。"狱兵听了蟾珠的话，含了歉意的目光向她望了一眼，低低地告诉。

蟾珠冷笑了一声，柳眉微微地一竖，秋波逗给他一个娇嗔，说道："将军岂有这个命令？恐怕你们听错了吧！将军的意思，是无论谁不能私自带罪犯出狱，岂有无论谁不准入狱中去探望吗？你们这班浑蛋，真是胡说！"

狱兵听了，面面相觑，颇觉有理，暗想：也许是我们弄错了。遂只好赔了笑脸，引导蟾珠步入黑魆魆的监狱里去。

蟾珠既到了狱中，向狱兵挥了挥手，于是她悄悄地走到铁栅子旁，只见徐师长正在喟然长叹，好像非常郁闷的样子，遂低低地叫声大叔。徐觉民回过身来，突然见一个美貌的姑娘向自己软柔地呼着大叔，因为是并不相识，所以感到非常惊异，移步也到铁栅子旁，瞧着蟾珠暗淡的芳容，低低地问道："这位姑娘是谁？你来望我有什么事情呀？"

蟾珠红晕了娇靥，秋波逗了他一瞥哀怨的目光，说道："我……我……就是刘将军的女儿蟾珠……"她支支吾吾的，似乎有些羞涩的神气。

"哦，你原来就是刘姑娘吗？唉，我想不到你竟会来探望我……"觉民不禁"哦"了一声，他见蟾珠红肿的眼皮，他明白蟾珠是个至性多情的姑娘。他庆幸自己有了这么一个贤孝的媳妇，可是他又烦恼自己有个这么不孝的儿子，因此他又深长地叹了一口气。

"大叔，你别难受，秋明和那凶犯究竟有什么关系？你不知道详细吗？秋明现在逃到什么地方去了？"蟾珠颦锁了柳眉，一面向他安慰，一面又向他低低地探问。

"对于秋明这件放走凶犯的事情，我根本是莫名其妙的。那是奇怪极了，他既是捉了凶犯，干吗又放了凶犯，这畜生简直是在发疯哩！他逃到哪儿去，我如何知道？假使我知道的话，还不把这畜生捉来打个半死吗？刘姑娘，你也该明白，我跟随你的父亲，出入于枪林弹雨之中凡二十余年，我们真可说是个生死之交，我如何会有叛变的心吗？昨天我得知秋明捉获凶犯，救了将军，将军把秋明认作女婿，我心中快乐，真是难以笔述。谁料到第二天的下午，就会发生了惨变，叫我岂不心痛？秋明这不孝子，害得我既羞惭又悲痛，叫我好恨也！"觉民听她这么问，遂絮絮地告诉了她。说到后面这几句话，他脸上浮现了悲惨的颜色，咬牙切齿，似乎有说不出的愤怒和痛恨；同时他的眼泪也淌了下来。

蟾珠听了他这一篇话，知道他确实是委屈的。因为见觉民淌泪，自己心头也有无限的悲酸，忍不住哭了起来，低低地道："大叔，秋明实在是太糊涂了。他做这一件事的时候，却会没想到他的父亲在军部是个什么的职位，虽然他逃跑了，可是岂不要累及老父吗？唉，真是聪敏一世，懵懂一时。不过大叔千万别伤心，我总可以在爸爸的面前保你出狱的……"

觉民听她软语安慰，又见泪水满颊，倍觉楚楚可怜，一时又爱又疼，遂感激地道："刘姑娘，你对于秋明的不情不义，你既不见恨在心，反而前来安慰于我，你真不愧是个贤淑多情的姑娘，真不知叫我如何地报答你好……"

"大叔，你别说这些话，我知秋明所以出此下策，心中一定也有不得已的苦衷。虽然爸爸要我解除这个婚约，但我是个读书识字的女子，古来历朝的臣子，事二主以为可耻，那么一个女子岂亦能事二夫吗？虽然我并没和秋明结过婚，但我心中也觉有个遗恨了。所以我无论如何不答应父亲，并且求他释放大叔出狱。倘若爸爸执拗不允，我必就死于地下，以留我的清白……不知大叔也同情我这样做吗？"蟾珠见他感激自己，芳心暗暗地安慰，遂更坚决地向他说出了这几句话，表示自己始终是徐家的儿媳。

"刘姑娘，我太感激你了……"觉民感动得说不出什么话来好，只说了一声，他的眼泪又淌了下来，接着方说道，"刘姑娘，我血战沙场半生以来，从不知眼泪为何物，今日在姑娘感动之下，我居然也会淌泪不已，就可知非姑娘之情，不足以动我武夫之心。唉，我何幸而有此贤淑之媳妇，但又何不幸而有此不孝子耶！"说毕，长叹了一声，不禁挥泪如雨。

蟾珠听了这话，亦呜咽而泣。两人默泣一会儿，蟾珠才抬起粉脸，泪眼盈盈地瞟了他一眼，低声地又安慰他道："大叔，你也不要痛恨秋明了，也许他会想明白过来的。"

"是的，但愿他回头是岸才好。刘姑娘，承蒙你如此用情专一，我当然感到心头，至死难忘。现在我托你一件事，希望你有空到我家去一次，安慰安慰我的老妻，因为她年老多病之身，一旦聆此凶耗，恐怕要受不了的……"觉民点了点头，遂又向她诚恳地拜托。

蟾珠听了，遂含泪答应，一面又向他安慰了几句，方才悄悄地走了。觉民扶着铁栅子的铁档，泪眼模糊地凝望着远去了蟾珠娇俏的倩影。想起她的贤淑，想起她的多情，他忍不住叹了一口气，心中说不出有阵甜酸苦辣悲欢离恨的滋味。

第六章

汤药亲尝聊尽儿媳职

　　天色已经是入夜了，室中亮了一盏五十支光的电灯。四周是静悄悄的，一丝儿声音都没有。徐老太独个儿歪在床栏旁，耳中听着窗外呼呼的朔风凛冽的声音，她心头觉得有些凄凉的意味，心里不免暗自地思忖：刘将军把我那口子喊了去，不知有些什么事情商量，为什么直到这时候还不见回来？而且秋明这孩子也没有回家，不知也在军部里呢，抑是在别处游玩？叫人好记挂呢！

　　徐老太正在这样地想着，陈妈开上饭菜，低低地说道："已经八点钟了，老爷和少爷大概是不会回来吃饭了，老太太先用过了好吗？"

　　"我也吃不下，再等他们一会儿吧。也许就回来了。陈妈，你倒杯开水给我喝，我口渴得十分。"徐老太摇了摇头，低声地回答，她把手帕握着嘴儿，又咳嗽了一阵。

　　"老太太，你这几天怎么又咳起来了？前儿瞧了张大夫，倒好过几时了。"陈妈点了点头，遂在热水瓶内倒了一杯开水，走到床边，递给徐老太的手里，低低地说。

　　"可不是，我这人就三天停不得药喝，喝了药罐子，才把我那条命多活两年。"徐老太伸手接过茶杯，微微地呷了一口，很感慨地回答。说到后面这一句话的时候，喉间至少是带了些颤抖的成分。

　　陈妈听了，忙笑着混道："老太太又说那些话了，年纪老了的人，少不得有些小病小痛，那也算不了什么的。少爷如今定了亲，明年结了婚，后年养了一个白白胖胖的孙子官儿，那么家里就热闹了许多，老太太心里一快乐，那些小病小痛，也就都逃跑了。"

206

陈妈那张嘴总算很灵活，把个满心忧郁的徐老太也不免回过笑脸儿来，说道："你的话也不错，我家的人就太少，老爷少爷一走，就只剩了我一个人，你想，这是多么寂寞，人儿一寂寞，自然益发感到懒洋洋地不舒服起来。假使少爷婆了亲，有了孩子，我也就有得解闷的事情做了。你瞧李太太多福气，哥儿才二十岁，就有孙子抱了。秋明这孩子今年已二十二岁了，他是个怪脾气，我给他早定亲，他偏又不答应，昨天也不知是什么缘分，竟和刘将军对起亲眷来了，那也真叫人意想不到的。"

陈妈听老太太开了话匣子，知道她老人家心中是很欢喜的表示，于是也就和她絮絮地说了许多奉承她快乐的话。经过主仆这一阵子闲谈后，不知不觉的时候已经敲九点钟了。陈妈见老太太肚子不饿，可是自己腹内却咕噜咕噜地吵了起来，于是又问道："老太太此刻可以吃饭了吗？老爷少爷此刻不回来，我想他们是不会回来的了。"

徐老太见时钟已敲九下，想来父子两人不回家吃饭了，遂说道："我倒不饿，你饿了先去吃吧。你倒摸我的手有些热辣辣的，莫非身上患了寒热吗？"

陈妈听了，给她手儿摸了摸，果然有些烫手的，这就微蹙了眉尖，沉吟了一会儿，故意又安慰她道："还好，一些儿热度，老太太躺下来休息一会儿吧。"一面说，一面把她身子扶下来。徐老太道："那么你们都去先吃过了吧。时候真也不早了。"陈妈知道老太太是很体谅下人的，于是点了点头，遂悄悄地到房外去了。

待陈妈饭后回到房中，已经九点四十分了。徐老太躺在床上没有合眼，她听了轻微的步声就知道是谁了似的叫道："陈妈！"

"老太太，你没有睡熟吗？"陈妈听了唤声，遂走到床边轻轻地问。

"什么时候了？"徐老太心中似乎有块大石镇压着那么不安心，低声地问。

"九点四十分了。"陈妈回答着，她心中有些明白老太太的意思。

"快近十点钟了，为什么他们还没有回来？叫人惦记的。"徐老太有些忧愁的神气。

"大概军部里有些什么重要的事情吧。老爷少爷昨天不是也十点敲后回家的吗？我想总就要回来的了。"陈妈放低了语气，温和地安慰着她。

徐老太点了点头，过了一会儿又说道："也不知是我病了的缘故，还是为了有别的原因，我的眼睛和心都在跳跃得厉害。所以我有些担心，你倒差阿三到军部里去探问探问，不知他们有些什么事情。"

陈妈点头，遂走到房外去了。不多一会儿，又走了进来，向徐老太道："阿三已经去了，老太太，你此刻身子觉得怎么样？开水还要喝一口吗？"

"我觉得全身发烧得厉害，头脑也有些疼痛的……"徐老太回答了这两句话，她又连声地咳嗽起来。陈妈伸手摸她额角，果然比前热辣辣的更烫手，这就忙道："我想再去请张大夫来诊诊脉吧。"

"慢着，待老爷少爷回来了，再作道理吧。"徐老太带了些微颤的声音回答，显然她的心头是感到十二分的难受。陈妈没有回答什么，这样子静静地又过了二十分钟，只有壁上的钟很调匀很含有节拍地发出了"嘀嗒嘀嗒"的声音。

就在这个当儿，突然一阵急促的脚步声音响了进来，同时听阿三的口吻慌慌张张地告诉道："啊哟！老太太不好了！我们少爷竟私自释放了凶犯乱党，现在连累老爷也被刘将军打入监狱里去了。"

这个消息骤然听到了徐老太的耳里，真仿佛是天打杀一般地把她的心儿都震得粉碎了。在常人的心中，已经是吃惊不小，何况徐老太是正在病发的时候。她只觉一阵眼花缭乱，连连地叹了两口气，脸色顿时惨白，喉间霍的一声，竟是气厥过去了。

陈妈见老太太气厥过去，一时大惊失色，推着她的身子，拼命地叫喊。可是徐老太却没有回答她，依然是昏倒着没醒转。陈妈一面叫，一面回头向阿三顿足埋怨道："你这冒失鬼！为什么要把这凶讯说得这样急促？你不知道老太太有病在身的人吗？"

"我……我……那可怎么办？那可怎么办？"阿三见老太太昏厥的情形，心里也焦急起来，一时又悔恨又害怕，愁苦着脸儿，搓着两手，

208

话声是显得特别紧张。

"你还不快去请大夫吗？在这儿干急有什么用？"陈妈也知道埋怨他没有用，遂向他提醒了一句，还连连地挥了两挥手。

"请张大夫好不好？我就立刻赶了去请……"阿三说着话，身子已向外奔。

"慢着，张大夫是中医，怕不中用。你还是请林大夫去，老爷前儿不是他打针打好的吗？你快去，你快去！"陈妈听他说要请张大夫，遂立刻叫住了他。到底是女人家有主意一些，慌忙又向他这么地叮嘱着。阿三点头答应了一声，便一溜烟似的直奔出房外去了。

待阿三把林中惠西医请到，徐老太还没有醒转，陈妈差不多已经急得哭出声音来了。林中惠叫她别哭，遂走到床边，向她视察了一会儿，给她注射了两枚针，说道："老太太本来原有病体，受不住过分的刺激，所以气闭住了。因为身体虚弱，醒转得缓慢，没有多大的关系。给她静静地躺一会儿，慢慢地自然会醒来的。不过醒转之后，她这个病体是需要好好儿服药调理才能够复原过来呢。"

陈妈听了，心中这才落了一块大石，于是收束了泪痕，谢了她的诊金，说明天再来请大夫诊治，一面叫阿三用汽车送林大夫回去。林中惠点头答应，也就匆匆地走了。

这晚徐老太到子夜一时，才悠悠地醒了回来。她见陈妈坐在床边打瞌睡，于是低低地唤醒了她。陈妈揉了揉眼皮，见太太醒转，心里颇为欢喜，忙问道："老太太，你要喝开水吗？刚才我真急死了，你现在觉得怎么样？"

徐老太道："我也不觉得怎样，那么你的老爷和少爷已判了罪吗……"问到这里的时候，一阵子悲酸，那满眶子的眼泪早已扑簌簌地滚了下来。

"太太，你是有病的人，你且不要伤心，刘将军也无非是一时的愤怒，我想明天一定会把他们放出来的。因为老爷和将军不是一年两年的交情，将军如何忍心判老爷的罪呢？"陈妈见徐老太这么伤心的神情，她不敢把少爷已逃亡的话告诉她，所以只用温和的口吻去安慰她。

徐老太却并不因陈妈的安慰而终止她的伤心。她哭着道："秋明啊，你这孩子真太糊涂了，为什么把凶犯又放走呢？假使你父子两人都判了死罪的话，那叫我还用做什么人？倒不如大家一块儿死了去了干净吗！"说着，不觉痛心如割，放声大哭。

陈妈没有办法劝阻她的不伤心，因此也只好陪着她落了一会儿眼泪。徐老太本是上了年纪的人，兼之又是患了病，所以经她这么一阵子痛哭后，眼泪也是没有了，神志更昏沉了，显然她的病势是加重了许多。陈妈见她哭了一会儿之后仿佛睡去了的样子，还以为她是因为倦怠的缘故，所以不敢惊动她，也悄悄地自管地去睡了。

第二天起来，陈妈见老太太一会儿哭老爷，一会儿哭少爷，拉了陈妈又当作刘将军，苦苦地哀求，非常伤心可怜。陈妈知道老太太在病之中又加了一重心病，这当然是因为刺激受的太深的缘故。因为老太太身旁没有一个亲密的人，自己虽然在徐家多年了，不过到底是个仆妇的身份，叫自己又做不了十分的主意。正在忧煎万分的时候，阿三进来悄悄地告诉道："外面有个姓刘的小姐要来见老太太呢。我因为不知道她是谁，所以你最好出去问问她。"

你道这姓刘的小姐是谁？原来就是蟾珠。蟾珠昨晚受了觉民的嘱托，本当立刻就要来徐家，后来因为天已入夜，诸多不便，所以到次日一早便来看望徐老太，预备安慰于她。可是已经迟了，徐老太的病势已增加很沉重的了。

当时陈妈匆匆走到会客室，果然见站着一个身穿灰背大衣的姑娘，面目秀丽，十分娇艳。于是低低问道："你这位刘小姐找我家太太有什么事情吗？"

蟾珠见是个仆妇模样的女子，知道他家实在没有别的人了，遂红晕了两颊，低低地道："我是刘将军的女儿，特地来安慰你家太太的。"

陈妈再也想不到这姑娘就是少爷的未婚妻，一时又惊又喜，遂急急地道："刘小姐，你看在我少爷的分上，千万你要救救我的老爷。可怜我家老太太，昨晚得了这个凶耗之后，她可病得厉害呢！"

"什么？老太太病了吗？"蟾珠听了她这些话，一时也管不得羞涩两字了，遂微蹙了翠眉，很慌张地问，同时她把身子已欲向里面走的神气。陈妈明白刘小姐今日到来，她一定对少爷很有情的表示。她在万分绝望之余，眼前似乎展现了一线光明的希望，于是很欢喜地在前面领路，一直向上房里走。蟾珠在走到房门口的时候，只听徐老太在房中独个儿自哭自念道："秋明！我的孩子！你是我生命中只有这一点的骨血啊！你若和你爹都被刘将军杀死了的话，你叫我怎么地做？你叫我怎么地活得下去……

"刘将军！你千万发个慈悲心吧！你可怜我这个老太婆吧！你就饶了他们这一遭，以后我叫秋明这孩子一定给你尽忠出力，和他的爸爸一样……"

蟾珠听她说完这些话后，又呜咽哭泣不止，一时万分悲酸，眼皮儿一红，泪水先已抛了下来。陈妈走到床边，向徐老太低低地叫道："老太太，你快不要伤心了，刘将军的姑娘，是我家未婚少奶奶来望你老人家了，她说一定能救老爷少爷的。"

徐老太听了这两句话，仿佛尚有不信之意，她停止了哭泣，望着陈妈，惊奇地问道："你这话可是真的吗？刘将军的女儿肯来望我吗？她……她的人儿在哪里呀？你一定骗我，一定骗我……"

"老太太，我没有骗你，你瞧吧，这位小姐就是刘将军的女儿呀！"陈妈把身后的蟾珠向床前推近了一些，低低地含笑说。

徐老太睁眸望去，果然床前站着一个如花如玉的姑娘。她脸上显出骇异的神色，两手摸了摸自己的脸颊，怔怔地道："我是在梦中吧？我是在做梦吗？"

蟾珠见她这样糊涂的神情，遂俯了身子，向她叫道："老太太，你不是做梦，这是真的事实，我就是刘蟾珠呀！"

徐老太听她这么地声明，方才如梦初醒般的，她猛可地把蟾珠手儿握住了，浮现了一丝苦笑叫道："刘小姐！刘小姐！你真会来看望我吗？你真能救他们父子不死吗？那你真是我家的大恩人了！你叫我如何地疼爱你、如何地报答你才好呀？"

蟾珠被她这么地一握，手儿的感觉是热辣辣得厉害，一时觉得徐老太的病势不轻，遂蹙了柳眉，回眸向陈妈道："老太太热度很盛，得快些请个大夫瞧瞧才是呀！"

陈妈点头道："昨夜老太太得知了这个消息，她是曾经昏厥了三个小时的。我请了林中惠西医给她注射过针，林医生原说老太太还得好好儿服药调理呢。不过我是不知道哪一个大夫好，如今有了刘小姐，我就觉得放心了大半，刘小姐的意思，请哪一个大夫呢？"

蟾珠觉得事到如此，也只有自己来给他们做一个主人了，于是沉吟了一会儿，说道："蔡柏春大夫的医道很好，我从前患了一场伤寒，也是他治好的。他的诊所在东大街上的狮子胡同十二号，你快些坐车去请他来吧。"

陈妈听了，遂匆匆地去了。这儿徐老太拉了蟾珠的手，又低低地问道："刘小姐，秋明父子都被幽禁在狱中，那么刘将军肯不肯听从你的话而饶赦了他们呢？"

"老太太，你不知道吗？秋明放走了罪犯之后，他也一同逃走了呀，到现在没有消息，也不晓得他是逃到什么地方去了。所以爸爸十分愤怒，把大叔暂时押起来，其实爸爸是并无相害之意的。所以老太太不用伤心，大叔也许回头就可以释放回家了。"蟾珠一面从实地告诉，一面又低低地安慰她。

不料徐老太听了这些话，益发痛伤起来，哭泣着道："唉，秋明这孩子他跟了凶犯逃走了吗？他莫非是入了魔，竟会变死到这个模样儿啊！我不怨刘将军的发怒，我只恨这孩子在自寻死路！我费了多少的心血，把他养到这么大，反而来害他爸爸的性命。唉，这叫我不是太心痛了吗？"说到这里，又呜咽不止。

蟾珠听她这么地说，同时又见她哭泣的情形，一时也落了不少的眼泪，又安慰她道："老太太，你不要心痛，你也不要心灰。我知道秋明一定会想明白过来的，到他懊悔的时候，他当然也会回来的。我知道他是个很有作为的青年，大概并不会过分糊涂吧。"

徐老太听蟾珠这几句话中，多少还包含了一些庇护秋明的意思意识到有些奇怪，摸着她白胖的纤手问道："刘小姐，你不怨恨秋明吗？"

"是的，我不怨恨他，因为一个人有一个人的环境，在他的环境中也许有说不出的苦衷吧。我因为是同情他的缘故，所以我才向爸爸竭力地恳求，赦大叔的无罪，饶秋明的过错。老太太，你别难受，我虽然和秋明只有两天日子的订婚，不过我是绝不会再变心的了。老太太，我始终是徐家的媳妇，请你放心，我必定使两家能够和好如初的。"蟾珠红晕了娇靥，厚了脸皮儿，终于向她说出了这几句真挚安慰的话。

　　在蟾珠所以会这么说，当然是因为和秋明在酒楼中曾经有个一度的谈话，不过徐老太既没有知道他们其中有这一回事，心中不免感到了无限的奇怪，觉得蟾珠虽然是个摩登美丽还在读书的姑娘，可是她却有旧式女子从一而终的思想。她在万分悲痛之余，觉得能够得到这么一个贤淑而多情的媳妇，这也真是一件难得的事情。她把暗淡的目光凝望着蟾珠四月里蔷薇花朵那么的粉脸，感激得又淌下眼泪来，说道："刘小姐，你真好！你真太有情义了……"

　　约莫半个钟点之后，陈妈伴了蔡柏春大夫来了。他一见了蟾珠，便即含笑点头，招呼道："原来刘小姐也在这儿。"

　　蟾珠微笑着点点头，也不便说什么，遂端椅子给他坐到床边，替老太太诊脉息。蔡柏春诊过脉息，看过舌苔，又问了一会儿病情，然后坐到桌子旁去开方子。蟾珠悄悄地跟到桌子旁，俯了身子，向他低声地问道："蔡大夫，你瞧老太太的病势怎么样？"

　　蔡柏春眉头微微低一蹙，说道："老太太气血两亏得很是厉害，非好好儿调养，一时难以复原的。"

　　蟾珠听他这么地回答，知道老太的病势是很危险的意思。她紧锁了柳眉，芳心中也不免暗暗地焦急。待大夫开好方子，蔡柏春说先服一帖，看明天怎么样。蟾珠点头，一面吩咐阿三去撮药，一面亲自送大夫出去。待蟾珠回到房中，陈妈已拢旺了炭炉子。她见蟾珠满堆了愁容进来，遂走到她的身旁，低声问道："刘小姐，老太太的病，大夫说要紧吗？"

　　"只要医治得快，大概是不要紧的……"蟾珠生恐她心慌，遂摇了摇头，柔和地安慰着她。陈妈听了，这才放心许多似的，又去斟了一杯

213

热气腾腾的玫瑰茶，交到蟾珠的手里，微笑道："刘小姐累了大半天，我连一杯茶还没有给你喝过，看我这人真也忙糊涂的了。"

蟾珠说声不要客气，一面接了茶杯，一面又探问她道："你家少爷平日有女朋友到家里来玩的吗？"陈妈道："这个倒不曾瞧见过，但少爷在外面也许是免不了有的，因为我在他书桌的玻璃台板下曾经瞧到过一张女子的照片。"

蟾珠沉吟了一会儿，低声地道："这张照片不知现在还在吗？你去拿来给我看看好吗？"陈妈点头说好，遂匆匆地到书房里去拿了来，交给蟾珠。蟾珠见那是一张四寸半身的小影，里面一个十七八的女郎，浅笑含颦，美目流盼，果然是非常艳丽。陈妈见她呆着不作声，遂也问道："刘小姐，你可认识这位姑娘吗？"

"我哪里认识她？你可知道她姓什么、叫什么名字吗？"蟾珠一撩眼皮，抬起头来，瞟了她一眼，低低地问。

陈妈摇了摇头，说："我没有知道，因为她没有到来过。"并又问道，"刘小姐，我家少爷逃走后，到现在没有下落吗？唉，少爷也糊涂极了，有了刘小姐这么一个好少奶，其实他也不忍心就逃跑呀！"

蟾珠红晕了粉脸儿，摇了摇头，却不作声。这时阿三把药撮来，蟾珠于是把照片交还陈妈，她走到桌旁去瞧那药包了。大家透药煎药，忙了一阵子，不觉时已近午。陈妈道："刘小姐，我不跟你客气了，你给老太太喝药，我去厨房里做饭菜了。"

蟾珠点头道："你放心去好了，我知道的。"说着，把药碗盖子拿下，凑在嘴旁尝了尝，已不十分烫嘴了。于是小心地拿到床边，低低地叫道："老太太，你可以喝了。"

徐老太闭了眼睛躺着出神，听了这呼声，遂微微地睁开眸珠，含糊地叫道："秋明，你回来了吗？你怎么这样糊涂？刘小姐是多么痴情地爱上了你，你实在不应该忍心地逃跑了呀！"

蟾珠听她自言自语这么地念着，为自己为老太太的身世着想，都觉无限悲痛，一阵辛酸，那满眶子里的眼泪忍不住早又扑簌簌地滚了下来。徐老太见蟾珠泪人似的站在床边，心头这才清楚了一些似的，叹道："刘小姐，可怜的！秋明害苦了你，害苦了我，而且又害苦了他老子。唉，这孩子真是太不孝了……刘小姐，你不要伤心，你这样好心眼儿待人，我知道你将来一定有光明的前途、幸福的乐园！"

蟾珠对于她这两句话，倒又感觉徐老太的人儿并不十分含糊，因为我有光明的前途，当然秋明也是安然无恙，和我有重圆的希望。这就挂着泪水，微微地一笑，说道："老太太，我和你是一样的，我有幸福的乐园，你也有幸福的乐园。所以你叫我别伤心，我也劝你不要伤心。你是上了年纪的人，身子最要保重。老太太，我服侍你喝了这一剂药汁吧。"

徐老太当然也明白蟾珠这句"我和你是一样"的话，她觉得蟾珠的情痴，她觉得蟾珠的可爱，紧紧地握了她的手，点了点头，说道："刘小姐，我感激你的意思。不过我也许是等不及光明的来临了……"说到这里，再也说不下去，喉间已经是哽咽住了。

这是一句多么痛心的话啊！蟾珠几乎已欲失声哭泣起来。但是她到底竭力忍熬住心头的悲痛，含了眼泪，脸上还浮了一丝浅浅的微笑，安慰她说道："老太太，你别这么说，一个人谁不要生病呢？蔡大夫的医道很好，我想这一剂药喝下后，老太太的病儿自然好起来了。"她一面说，一面把手臂挽住徐老太的颈项，让她仰起了脖子，把药碗凑到她的嘴边，服侍她喝完了药汁，又给她漱了口，方才让她又躺了下来。

徐老太点了点头，好像有些得意的样子，苦笑道："我在这样可怜孤独的环境下，想不到还有这么一个美丽多情的未婚媳妇来安慰我、服侍我。啊，我虽死亦可谓是无恨的了。"但听在蟾珠的耳里，倒忍不住被她诱引得泪下如雨了。

这天蟾珠在徐家直到下午四时敲过，方才向徐老太告别，说明天再来望你，匆匆地回家。一路上不免暗暗地想：大叔还没有回来，可见爸爸也没有给他释放。这事情不知又转变得如何的局面了呢？想到这里，又暗自地焦急，对于爸爸的固执，真有些说不出的怨恨。

蟾珠回到自己的卧房，小芸向她悄悄地告诉道："小姐，刚才姨太太来找过你的。"蟾珠脱了灰背大衣，望了她一眼，问道："有什么事情吗？她说将军到底肯不肯放徐师长呢？"

"姨太太见小姐不在房中，就悄悄地回头走了。她没有跟我说什么，我也没有问她。小姐如今回家了，不妨到她房中去一次，也许她有什么话对小姐谈哩！"小芸低低地告诉着。蟾珠点了点头，随手披上一件羊毛短大衣，遂匆匆走到雪鸿的卧房里去。当她轻轻推开房门的时候，在她眼帘下突然瞥见了一幕有趣的情景，顿时使她芳心跳跃得加倍快速，两颊也像玫瑰花朵儿般地娇红起来。你道为什么？原来她见姨娘仰躺在席梦思上，爸爸坐在旁边，低了头儿，却在姨娘的嘴唇上甜甜地接吻。

蟾珠是个青春时期的姑娘，她见了这一回神秘的事，如何不要羞涩得芳心像小鹿般地乱撞起来？连忙把推开的房门，又轻轻地拉了拢来，站在房门口，呆呆地出了一会子神。就在这时候，雪鸿的丫头小红端了一盘子点心，从厨下走来。她见小姐偷偷地站立着，仿佛听秘密的样子，于是低声地叫道："二小姐，你干吗不进房中坐呀？"

蟾珠忙回过身子，向她摇了摇手，是叫她别高声的意思。小红瞧此情景，心中倒又奇怪起来，忙又问道："二小姐，太太一个人在房中呀，你怎么啦？"

"谁说一个人的……"蟾珠摇了摇头，秋波向她神秘地斜乜了一眼，微微地笑。

"那么还有什么人在房中？"小红听了这话，益发奇怪起来，定住了乌圆的眸珠，怔怔地问。

"你想还有谁呢……"蟾珠走到她的身旁，小嘴儿附着她的耳朵，低低地告诉了一阵。小红这才明白了，也不免红晕了两颊，噗地一笑，说道："我才到厨房去端点心，将军什么时候就回房来了？二小姐，我喊他们一声吧，进房里大家去吃些儿点心。"

"不，我刚在外面吃过，不进房中去了。"蟾珠却欢喜避一些嫌疑，遂摇了摇头，身子匆匆地又退到外面去了。经过哥哥的书房间，只见哥哥正从里面匆匆地走出来。他今日穿了一套花呢西服，厚呢的大衣，满身香喷喷的，仿佛是一个女孩儿家似的，这就笑道："打扮得像一个新官人，到哪儿会情人去？"

"妹妹，你又胡说白道地取笑我？只是你那个未婚新姑爷到现在到底怎么了呢？"刘重生笑了一笑，说到后面，把脸色又平静下来，表示非常关怀的样子。

蟾珠听哥哥这么地一提起秋明事情，内心就感到非常悲酸，由不得深深地叹了一口气，微蹙了柳眉，摇了摇头，说道："哥哥，你也不用谈起了，这总是妹子的命苦，所以才会遭到出人意料之外的惨变呢。哥哥，爸爸为什么还不把徐师长释放呢？其实秋明的私放凶犯，和他父亲又有什么相干？"

"大概回头还要由王处长审问一过，方才有释放的希望。妹妹，你怎么说是自己命苦？那你也太迂腐之见了。这一种盲目的婚姻根本是错误的。看秋明的行动，不管为公为私，他对你总是毫没情义可言，所以你何必耿耿在心，还去想念他呢？"重生见妹妹那份儿哀怨的神情，遂向她正色地劝慰着，同时说到末了，还表示非常愤激的模样。

蟾珠对于哥哥的话，觉得未始不是对的，然而自己的芳心里原有一段难以告人之隐，所以她摇了摇头，没有回答什么，晶莹莹的眼泪水已在她粉颊儿上一颗一颗地展现了。

刘重生因为自己要紧去探望露英，所以也管不了妹妹的伤心，安慰了她几句之后，身子早已向外面急急地走了。

到了王处长的公馆，第一遇见的是王老太房中的丫头梅香。她见了重生，就明白他是望小姐来的。因为这位小姐昨天原是刘少爷陪伴到来，在他们心中当然是难免有情了。于是笑盈盈地叫道："刘少爷，你来得正好，我家小姐不知怎么的竟病起来了。"

"什么？你家小姐病了吗？"刘重生突然听到了这个消息，由不得暗吃了一惊，脸上浮现了忧愁的神色，向她急急地问。

"是的，小姐病了。不过小姐这病很奇怪，我摸摸她的额角，也不见有什么热度，可是她却茶饭不思，躺在床上只管伤心地落眼泪，也不只是为了什么缘故。老太太真愁闷哩！"梅香是个爱多嘴的姑娘，她把露英的病情悄声儿都告诉了他。

刘重生对于茶饭不思的那句话，倒又引起了疑窦，暗想：莫非是患了相思病吗？不过她想的到底是谁呢？于是微蹙了眉尖，点头问道："这时老太太可在房中？"

"刘少爷，你跟我到上房里坐吧。"梅香点了点头，于是引导重生走到上房里去。梅香在跨步进房的时候，先高声叫道："老太太，刘少爷来了。"

王老太听将军的少爷来了，自然表示很欢喜，遂忙从炕床上坐起，含笑相迎。重生却很恭敬地向她鞠了一个躬，叫声"老太太，你好"。王老太道："刘少爷，你快请坐，外面风很大吧？梅香，你先给刘少爷拧把手巾洗个脸。"

重生知道自己脸上一定沾有了灰沙，遂先拿帕儿擦了擦脸。这时王老太亲自地又递过一支烟卷，重生连忙道了谢。梅香也把热手巾拧上，给重生洗过了面，方才吸了一口烟卷，向王老太望了一眼，低低地问道："老太太，梅香说露英病了吗？"

"可不是，我说这孩子胆小，昨天被巡逻队一带到军部里去，一定是吓着她了。"王老太听他这么地问，遂一撩眼皮，微皱了那淡淡的眉毛，一面告诉，一面这么地猜想着。

重生对于王老太的猜想倒认为是很不错的，遂连连点了点头，说道："对了对了，她一个女孩儿家如何经得这一番惊吓呢？一定是吓着她了，那么老太太可以用土方法，点了一卷纸火，在她面前叫应叫应，也许就好了。"

王老太听了，便笑起来，说道："这就难为刘少爷想得到的，我这人糊涂，竟会把这个土法儿忘记了。梅香，你把吸水烟筒的点火纸卷拿一根来，我们大家到这孩子房中去叫应一会儿吧。"

梅香点头，遂去拿了一根纸卷。王老太站起身子，向重生招了招手，于是三个人一同到露英的卧房里去。

这时已五点相近，冬日苦短，室中早已笼上了一层暮霭的颜色。重生随了王老太跨进房中去的时候，只觉有阵暖意，在暖意之中还包含了一层细香。重生瞥见室中放了一只炭缸，里面燃烧得血红的。因为没有亮着灯光的缘故，所以那一缸的火也就显得分外通明了。大家生恐露英熟睡着，所以脚步放得特别轻微。不料这时却听露英低叫道："是谁？梅香吗？"

梅香知道小姐没有入睡，便走到床边，一面扭亮了灯光，一面笑着告诉道："小姐，你干吗不亮了电灯，难道说是节省电费吗？刘家少爷来看望小姐了呢！"

露英因为今天没有起身过，所以一头蓬松的云发，仿佛睡成病西施的模样。她突然听重生来看望自己了，心中先是一惊，不过她回眸望去的时候，万不料重生已经跟着干娘一同步进在房中的了。因为自己是个年轻的姑娘，她芳心中自然感到万分羞涩，因此红晕了娇靥，倒是怔怔地呆住着，一句话也说不出来了。

第七章

情切切病榻话缠绵

刘重生见她定住了乌圆眸珠望着自己出神的意态，由不得向她微微地一笑，说道："露英，你好好儿的怎么会病起来了？也没有觉得什么地方不舒服吗？"

露英听他这么问，因为我们既认作了同学，而且他已呼我名字了，那我自己当然也不好意思再喊他刘旅长了。于是把定住了的眼珠又转起来，也报之以浅笑，说道："也不知是什么缘故，我觉得胸口闷烦得厉害。重生，你刚来吗？坐一会儿吧。"

"孩子，你一定是受不了惊吓，所以才病的。刘少爷提醒了我，叫我给你拿个纸卷儿叫应叫应，怕你昨天魂灵真会吓出了呢！"王老太坐到床边去，含了慈祥的笑容低低地说，在她的神情中至少是包含了无限疼爱的意思。

"妈，我没有受惊吓，不用叫应的了……"露英听了，似乎有些难为情，红晕了娇靥，摇了摇头，笑着拒绝了。

"就是没有受惊吓，叫应叫应原也没有什么关系的。小姐，你难道还害着羞不成？"梅香拿了火柴盒，一面已燃了纸卷，一面插着嘴儿笑盈盈地说。

"那我又不是三两岁的孩子，难道还会吓掉了魂灵儿？"露英口里还是这么地声明着，她也微微地笑了，秋波在重生脸上掠了一下，逗给他一个妩媚的媚眼。

重生明白她这两句话是向自己说的意思，因为这土法儿原是我想出

220

的主意。一时不免又觉得好笑，也回望了她一眼，把身子已退到那张小圆桌旁去坐下了。

这时梅香把点着了火的纸卷已交到王老太的手里。王老太拿着，临到露英头顶上来回地盘旋着，口里还叫着道："露英！魂灵儿回来吧！"

王老太每叫一声，梅香在旁边总得答应一声回来了。直到纸卷儿烧成了尾端，王老太才放到地上去，把燃余的灰抹一些，塞到露英的耳边去，才算完了事情。露英心中真有说不出的好笑，但是没有办法，也只好给她们鬼闹了一阵子。

叫过了魂灵儿，王老太站起身子，向重生道："刘少爷今天没有事，晚饭吃了回去。你给我伴着露英谈谈，我和梅香吩咐他们去烧几样好小菜。"

"王老太，可不是又累忙了你！"在重生的心中，那当然是求之不得的事情。不过他的口里免不得还是这么地客气了两句，表示惊吵的意思。王老太说声不要客气，她和梅香已一同走出房外去了。

露英的生病，原是听了王一定回来告诉秋明逃走，他爸爸连累入狱的缘故。因为自己在火车站上曾经等过他，约定的时间是一点钟，谁知他没有到来，同时我又会发生了这件不白之冤，这遭遇不是也太可怜了吗？所以露英当时的心中真有说不出的难受。她一面既忧愁秋明逃往何处，一面又代秋明的爸爸担忧不知会不会被判决死罪的。假使秋明的爸被判了死罪，那么秋明因救我父亲的性命，反而害了他自家父亲的性命，这叫我的良心如何能说得过去？露英在这么感觉之下，她是整整地伤心了一夜，你想，她如何不要忧郁得病起来了呢？

王老太和梅香走后，室中就只剩了两个人。露英因为自己是个女孩儿家，在一个年轻的男子的面前就这么地睡在床上，那到底太不好意思了一些。所以她撩过一件羊毛短大衣，披在身上，就在床栏旁倚靠起来。重生这就有了说话的机会，望了她一眼，低低地道："你不是有病的人儿吗？干吗又靠起来了？不要为了招待我，倒反累乏你了。"

"我原没有什么大病……你倒相信叫魂灵的一回事吗？"露英摇了

摇头，含了浅浅的笑容，又向他轻声地问。

重生被她这一问，两颊由不得微微地红起来，笑道："你倒不要以为这事情是不足为信的，其实倒很有些效验的。不过这也许是心理学，因为一个人得到了安慰之后，就会觉得什么病痛都没有了。"

"你后面这两句话倒真有些道理，重生，你这时候如何又有空闲来望我？"露英点了点头，秋波脉脉含情地凝望着他俊美的两颊，毫无意识地问。

重生对于她后面这句话，心里不免引起了误会，沉吟了一会儿，微笑道："我在军部里空闲的时候原很多的，露英，怎么啦？你讨厌我来吗？"

"你这是什么话？我干吗讨厌你？想不到你这人倒是挺会多心的……"露英急得两颊浮上了青春的色彩，秋波无限哀怨地逗给他一个妩媚的娇嗔。她慢慢地垂下了粉脸，手儿却自玩弄着那一方绢帕。

重生见她这个情景，心中倒又懊悔自己不该去问她这一句话，遂站起身子，移动着脚步，走到她的床边去，柔和地说道："露英，我原和你说着玩的，你别生气吧。"

露英听他这两句话中至少是包含了一些赔不是的成分，这就很快地抬起粉脸，向他嫣然地一笑，说道："谁生你的气？因为你今天又来望我了，我心中是表示感激你的意思……"重生听了这话，心中有些惊喜的神情，他忘其所以地走上一步，猛可地把她手儿紧握了一阵，笑道："露英，你这话可是真的吗？"

露英有些赧赧然的样子，秋波斜乜了他一眼，抿嘴笑了笑，却又垂下了粉脸。重生知道她因为自己握住了她的手儿，所以她是怕难为情的意思，于是把她手儿又放了下来，身子向后倒退了两步，良久，才说道："露英，昨天我冒险相救，就说你是我的同学，照事实上说，我觉得是太大胆了，因为我委实不知道你究竟是不是一个军火犯。但是我见了你的人儿之后，我就觉得无论如何困难我也得设法救你，因为你实在生得太美丽可爱了。露英，你的心中，不知道也能懂得我心中对你一番

222

意思吗……"

露英听他问出了这一篇话，心头别别地乱跳不止，红了两颊，却羞涩得不敢抬头。好一会儿，方才回眸瞟了他一眼，点头说道："我也许可以懂得你心中对我那一番意思，所以我是非常感激你。不过你现在心里是否还疑惑我是个私带军火的犯人吗？"

"假使你真是个私带军火的犯人，我也会痴心地来对待你的，希望你能够脱离黑暗的世界，而步上光明的大道。"重生听她后面这句话问得有些神秘的意思，遂笑了一笑，又走了上去，和她恳切地说出了这几句话，表示他对露英的一番痴心实在已到了一百二十四分的程度。

露英的一颗芳心，自然十分感动。不过她想到了秋明，她觉得有些痛苦。秋明牺牲一切的幸福，犯了死罪来救我的爸爸，他的本意是和我同奔上海，这在他还不是为了爱我的缘故吗？现在我偏又遭到了不幸，受了重生相救之恩，而他也是为了爱我的缘故。那么我既无分身之术，那叫我怎么是好？不是太左右为难了吗？想到这里，她急得几乎欲滴下泪来，不免又愣住了一会子。

"露英，你为什么不回答我？莫非你又生我的气吗？其实我只不过说一句比方的话，像你那么一位身份的姑娘，岂会干此犯法的勾当？那不用说当然是受委屈的了。"重生见她不答，遂又向她含笑地解释。

露英这才望他一眼，摇了摇头，说道："我并没有生你的气，我心里在想，你救了我的性命，我自然要报答你的。但你是一个有声望的旅长身份，只怕我……"重生不待她再说下去，就急急地阻止她，说道："露英，你不要说这些话，叫我听了会感到难受的。只要你不讨厌我……我终不会放弃我的爱你……"说到这里，明眸中充满了热情的目光，向她粉嫩的脸儿脉脉地凝望。

露英回答不出什么话来是好，因此望着他又愣住了良久，方才说道："重生，你也不要说这些话，你救了我的性命，难道我还会来恨你？那我还能算是个人了吗？你瞧我这人也是挺糊涂的，你府上还有什么人？不知道爸爸也在军部里干事吗？"

重生听她这么问，忍不住扑哧地笑出声音来，说道："露英，你当真不知道？刘将军就是我的爸爸呀……"

"啊哟！你就是刘将军的儿子吗？"露英听了这话，她的粉脸立刻浮现了惊异的神色。也不知为什么缘故，她的芳心就像小鹿般地乱撞起来了。

"是的，我就是刘将军的儿子，你难道不相信吗？"重生见她惊异的神气，他感到有些奇怪，含了微微的笑容，向她低低地问。

"我相信……我当然相信的……"露英连连地点了两点头，她脑海里是在想刘将军把女儿许配给秋明做妻子的一回事，那么不就是重生的妹子吗？以重生的容貌而论，其妹之艳丽当然也是可想而知了。可惜秋明并没有瞧见过蟾珠，否则秋明恐怕也不会冒险救我的爸爸了。于是接着又问他道："重生，我听干爸说，徐觉民师长的儿子秋明，既奋勇捉获了凶犯，但却又放走了凶犯，现在反累了他的爸爸，这到底是件怎么的事情？你可知道详细吗？"在露英所以这么地问，她是要慢慢地探听重生的妹子对于秋明究竟有个如何的态度。

重生听了，忙道："这件事情说起来，真叫人感到莫名其妙的。秋明这人一定是发了神经病，所以他才一会儿这样，一会儿那样地干出这种神怪的事情来。当初他捉获了凶手，爸爸知道他是徐师长的儿子，所以颇爱他的人才，把我妹妹蟾珠许配给他，并且当夜就给他们举行订婚的仪式。谁料到第二天早晨他就放走了凶犯，你想，这不是太叫人奇怪了吗？"

露英听了，方知秋明说的没有半句不是真实的事情。他想到秋明为自己牺牲到这一地步，她的眼泪忍不住已欲掉了下来。不过在重生的面前，她当然又不得不竭力熬住了悲哀，微蹙了柳眉，表示很奇怪的样子，低低地又问道："那么你妹妹的心里，不是非常地怨恨秋明吗？你可知道秋明是逃到什么地方去了？"

"那我如何地知道？说起我的妹妹，真也有趣，她也是一个高中的学生，不料她对于秋明这头盲目的婚姻却表示非常痴心呢。她曾经为秋明的逃亡而暗暗地淌过眼泪。我劝她不用伤心,秋明这种没有情义的少年,还值得为他伤心吗?可是妹妹却偏想不明白的……"重生摇了摇头,遂把妹妹刚才淌眼泪的情形,向她低低地告诉。

露英听了这些话,一颗芳心是说不出的悲欢离合的滋味。重生说秋明没有情义,反转来说,正是秋明的情深如海、义薄如云之处。他对我的爱,可说是已到痴的地步,叫我如何能够忍心去背负他而答应重生的爱我?不过蟾珠对秋明的情义,也是到了痴的地步,我又如何忍心去拆散他们这头美满的婚姻?想到这里,真不知如何是好,她又呆住了一会儿。

重生见她并不回答什么,仿佛在做个沉思的样子,遂又低低地道:"妹妹和我有同样的痴心,假使在感到失望之后,一定会悲哀得自杀的,所以我正替妹妹担忧哩!"

露英听他拿妹妹来表白自己的心理,一时芳心倒不免跳动了一下,暗想:在他换句话说,就是我给他失望的话,他必定也会自杀的。秋明所以给蟾珠的失望,是为我的缘故。我两条性命,这叫我们心中又如何说得过去?倒不如一双两好,两全其美地称人心意吗?露英在这样感觉之下,她芳心有些活动起来,遂说道:"你妹妹痴心得很可怜,而且也很可爱。假使我病好后,请你给我介绍一下,我愿意跟她做一个朋友。"

重生听她这么说,方才感到欢喜起来,笑道:"这是再好也没有了,我明天一定给你们介绍一下,妹妹也是挺欢喜交朋友的呢。"

露英点了点头,秋波一转,又低低地问道:"对于徐师长这人,听干爹说是非常忠心的,我想你爸爸不应该为了他儿子犯罪而连累他父亲的。徐师长是个有智勇的人才,也可说是你爸的栋梁,若把他杀死,岂非失却一个帮手了吗?所以你应该向父亲竭力保释,因为你爸的前途也就是你的前途,你如何可以不关痛痒地不闻不问呢?"露英因为秋明救了她爸的性命,所以她也要费尽心计地救觉民的不死,以报答秋明的知己之情。

重生被露英这么地说,觉得和自己确实也大有利害关系的,所以点

225

头道："你放心，据我所知道，爸已有放徐师长的意思，大概不至于会害他性命的。你干爸今晚回来，你就可以知徐师长是已经出狱的了。"

露英听了这个消息，她心中是得到了无上的安慰，扬着眉毛儿，乌圆眸珠一转，不禁妩媚地笑起来，说道："那就真叫人欢喜……"说到这里，又怕重生奇怪自己为什么要这么欢喜，所以她又补充一句道："无论一个家庭、一个国家，最危险的就是自相残杀。有道是：'二人同心，其利断金。'所以我认为徐师长和你爸仿佛是手足，又若是唇齿，唇亡齿寒，那是一个最危险的动机，所以他们应该合作到底，不使彼此的力量薄弱下去，你说是不是？"

重生听她这么地说，情不自禁把她纤手又握住了，点头道："露英，你的见解真不错，你真不愧是个有思想、有才干的姑娘。假使有一日我开赴前线去的时候，我一定请你作为参谋长，不知你肯给我出一份力量吗？"

"那我当然愿意给你效一些劳，只不过我怕没有这个资格罢了。"露英听他这么地颂赞，一颗芳心不免又羞又喜，俏眼儿默默地逗了他一瞥娇羞的目光，忍不住嫣然地笑了。

重生握着她手儿，却没有作答，两眼望着露英的粉脸，却只管呆呆地出神。露英虽然感到羞涩，不过喜悦的成分已占过了羞涩的半数以上，所以她没有低下头儿去避重生的呆瞧。两人相对凝望了一会儿，都不免笑了。

"露英，我摸你的手没有什么热度了，大概明天就可以起床的了。"经过了良久之后，重生方才又向她低低地说出了这两句话。

其实露英的病原是为了觉民被捉入狱而生的，如今听到将军有释放他的意思，她的病也就霍然而愈了。遂笑了一笑，说道："我原说没有什么大病的，睡了一整天，也睡腻了，我想起来走走……"

"那不行，你也太以性急一些了。今晚睡过了，明儿起床，这才是个道理。"重生见她欲掀被下床的神气，遂忙又伸手按住她的被儿，低低地劝她。

露英原也是一时兴奋的缘故，仔细地一想，也觉得自己这病未免好得太快一些儿了。在干娘心中想来，重生一到，自己连病都没有了，这不是太失了姑娘的身份了吗？因此笑了一笑，也就罢了。这时梅香却悄悄地进来叫道："刘少爷，老太太请你用饭去了。"

两人一听，慌忙放手，回眸向床外望去，不料梅香却逗给他们一个顽皮的娇笑。露英、重生这就红晕了娇靥，大有赧赧然的神气，也都笑了。重生道："露英，你晚饭怎么样？"

"我不想吃，你快些儿请用去吧。"露英瞟了他一眼，向他低声地催促着。

"小姐有两餐没吃了，老太太给小姐煮了燕窝粥，回头我到厨下去盛了来，小姐现在是应该吃一些儿的了。"梅香听露英还说不想吃，遂抿嘴噗地一笑。

重生觉得这孩子的话和笑至少是包含了一些神秘的意思，于是不好意思再站下去，和露英一点头，遂走到王老太的上房里去了。

这里梅香望着露英，却只管抿嘴哧哧地笑。露英被她笑得两颊浮现了玫瑰的色彩，秋波逗给她一个娇嗔，笑道："你这妮子痴了，老望着我笑干吗？"

"因为小姐的病儿好了，所以我代小姐感到欢喜哩……"梅香也瞟了她一眼，俏皮地说着。

"你怎么知道我病儿好了呢？"露英故作不解似的向她问。

"咦，小姐不是说要起床来走走了吗……"梅香带了惊异的口吻笑着说。露英方知这妮子在房门外头听了好多时候了，这就益发红晕了两颊，倒是被她问得哑口无言了。梅香哧哧地一笑，她却又奔到厨下去盛燕窝粥了。

重生在王老太房中晚饭毕，又到露英这儿来闲谈了一会儿，方才匆匆地回去，回到军部，经过爸爸的办公室，听里面有说话的声音，遂推门进内。只见爸爸、王处长、徐师长三人就在写字台旁坐着吃大餐，知道他们已经和好了，遂很欢喜地上去一一叫应了。王处长向他问道：

227

"你用过了晚饭没有？"

"我已经吃过，你们请用。"重生含笑回答，把身子退到沙发上坐下，取了一根烟卷吸着，一面拿过报纸翻阅。他虽然瞧着报纸，但耳中却在听他们谈话道：

"对于令郎这么的人才，我原很是敬爱，故而把我蟾珠许配给他。万不料事情会变化得如许快速，这真叫我感到扼腕殊甚。"

"这件神秘莫测的变化，将军固然出乎意料，就是我做他父亲的根本也弄得莫名其妙。将军的发怒、将军的疑惑，这完全是情理之中事情。所以我一些也不怨恨，我知道将军必定会想明白过来，因为我和将军不是寻常之交。我只恨这个小畜生在自寻死路，他简直拿枪在杀死我一样。我若得知他在何处的消息，我必定把他捉来，碎尸万段，方消我心头之恨！"

"徐师长，你也不要这么愤怒了，秋明这孩子一定是受了人家的愚弄，所以才会胡闹得这个地步。我想只要他能醒悟，那么这孩子到底还是将军的女婿，也是你老的儿子，所以就饶恕他了吧。"

重生听王处长很和平地劝着觉民，但觉民还是怒气未平地愤恨着秋明。倒是刘邦杰说道："对于秋明这行为，假使是我儿子的话，也是杀不可赦的。不过我蟾珠这孩子却非常痴心，她是始终如一地要爱上秋明，所以叫我真没了法儿。因为这头婚姻原是我给蟾珠做的主意，如今事情闹到这么一副尴尬的局面，若一味地认了真，岂不是害了我女儿的终身？我为了爱女儿，反而害女儿，这我做爸的是不忍心的。所以早晨我已取消了通缉的命令，希望这孩子能够醒悟，那么我一定还可以重用他的。"

徐觉民知道这完全是蟾珠的力量，他心里真是感激得了不得，遂说道："将军如此加恩于卑职，虽肝脑涂地，不足以报将军知遇之恩。"

刘邦杰知道觉民是个死士，遂不疑有他，三人欢然畅饮。直到九时敲过，徐觉民方才坐车赶回家中。不料一到家里，老妻已是病入膏肓，当下大吃一惊，遂问陈妈道："老太太如何会病得这个模样？刘家小姐不知可曾到来过吗？"

陈妈见老爷回家，心中十分欢喜，但想起太太病势垂危，又觉十分伤心，遂红了眼皮，低低地告诉道："昨天晚上，太太身上原有些热度，突然听到少爷逃亡、老爷入狱的消息，她心中一痛，便昏厥了三个钟点。我连忙请西医给她打针救治，直到子夜一时才醒转。从此老太太便哭哭啼啼的，十分悲伤，劝也劝她不止的。今天早晨刘小姐来了，她连忙请蔡柏春大夫给老太太医治，亲自服侍老太太喝药，直到下午四时敲过才回家的。老爷，你回来了，太太心中就会喜欢的。但不知少爷现在可有下落吗？"

"陈妈，你快不要提起这个小畜生，一提起来，我心中就会感到万分的痛恨！倒是这位刘小姐如此多情，真叫我感到心头的。"徐觉民想着秋明的胡闹，恨得咬牙切齿得连说可恶。想起蟾珠的情义深重，又是感激零涕，连声地赞美不绝。

这时徐老太昏沉地躺在床上，她似乎也听到房中有人谈话的声音，遂低低地问道："陈妈，谁在房中说话？"

陈妈听问，忙步到床边，含了微笑，告诉道："太太，你快不要伤心了，老爷回家来哩！"徐老太这才把颓伤的精神振奋了一些，睁开眸珠来，惊喜地道："真的吗？老爷在哪里呀？"

"秋明的妈，我回来了，你怎么病得这个模样儿了？"徐觉民也步近床边去，皱了眉峰，望着徐老太瘦黄的脸颊，他心中有些悲哀的意味。

徐老太既瞧到了丈夫之后，她倒是愕住了一会子，满心眼儿里充着喜悦和伤心的成分，她自己也说不出为什么要这样悲酸，泪水已像蛇行般地从她颊上直淌了下来。觉民自然也辛酸起来，眼皮有些红润，把她枯瘦的手儿握住了，低低地道："太太，你急坏了吧？可是你不要难受，我已经回来的了。"

徐老太微微地点了点头，脸上浮现了一丝浅浅的苦笑，说道："真是上帝保佑的……但秋明这孩子到哪儿去了，你可知道吗……"一面问，一面眼泪只管落了下来。觉民知道她的心中是疼爱儿子的，所以自己不好表示愤怒的样子来痛恨秋明，遂一面给她拭去了眼泪，一面安慰她道："刘将军也已饶赦秋明这孩子了，所以过几天秋明也会回来的。你放心，你只管静静地养病，千万不要为他而担忧伤心吧。"

"啊，谢谢将军的恩典！他饶赦了我的爱儿了。但愿天爷保佑，保佑秋明早日地回来，保佑秋明在外面平安健康吧！"徐老太听了觉民的话，她是破涕微微地笑了，慢慢地把双手合上了，向天空拱了一拱，表示无限虔心的样子。

觉民瞧了这个情形，他感到慈母爱子之心真非笔墨所能形容其万一的了。他想到自己夫妇两人年过半百，膝下只有这一点骨血，现在秋明不知逃亡何处，生死未卜，思想起来，怎不令人痛到心头？因此他的眼眶子里也贮满了晶莹莹的泪水，几乎要滚湿了衣襟。

"老爷，你知道吗？刘小姐真是太贤惠了，今天她在我的床边伴了一整天，我心中是多么感激呀！"徐老太这时回眸又望了他一眼，低低地告诉他这几句话。

"是的，我知道。刘小姐她到狱中也来探望过我，安慰我不要难受，因为她无论如何总要设法把我保释出狱的。今天我能安然无事，还不是刘小姐的能力吗？所以刘小姐真不啻是我徐家的一个大恩人，我们不知修了几世才有这的一个好媳妇。然而所可惜的是儿子太不争气一些罢了。"觉民点了点头，也把这情形告诉了她。但说到后面，心中有些悲伤，他情不自禁深深地叹了一口气。

徐老太听了，也感叹不已，便又问觉民可曾用过了饭。觉民见她病得这个样子，还关心自己有没吃过饭，一时觉得爱我者唯有老妻也，心中一阵子感动，泪水涔涔而下。但又恐增加徐老太的病体，所以竭力熬住了悲哀，点头说道："我在军部里已吃过了大餐，和刘将军、王处长一同吃的。在将军的意思，当然对我表示亲善和好的意思。不过在我心中很明白，这完全是刘小姐的力量。"

徐老太点了点头，说声保佑刘小姐永远美丽健康。她似乎很疲劳的神气，微微地含上了眼皮，像要睡去了的样子。觉民因时已不早，遂嘱咐陈妈小心侍候，他也回到书房间里安置去了。第二天早晨，觉民起身，匆匆地用了点心，走到上房来见徐老太，问陈妈道："此刻醒着没有？"陈妈道："似睡非睡的样子。"

觉民听了，皱了眉头，说道："那么昨夜还安静吗？"陈妈低低地道："也念过几遍少爷的名字，老爷，我瞧太太不大想吃东西，这病象终不十分好，所以我的意思，今天再请蔡大夫来看一次呢，还是老爷心中有好的大夫呢？"

"唉，秋明这孩子不孝……"觉民听她念着秋明的名字，他知道秋明一日不回家，太太的病也一日不会痊愈。他心中有些怨恨秋明，不禁长长地叹了一口气。

就在这个当儿，外面有一阵皮鞋脚步的声音响起来，抬头望去，原来是蟾珠姑娘，于是忙含笑迎上去叫道："刘小姐，你早！"

"大叔早！老太太好些儿了吗？"蟾珠一面还问了一声，一面含笑低低地说。

"总是这个样子，你倒走近床边去瞧瞧她。"觉民望了她一眼，轻声地回答。

蟾珠移着轻微的步子，走近床边去瞧，只见徐老太脸黄如蜡，竟瘦削得一些儿血色都没有，一颗芳心由不得暗暗地吃惊，遂低唤了一声"老太太"。徐老太微睁眼皮，见了蟾珠，微微地一笑，点了点头，表示招呼她的意思。

蟾珠见她这一笑的样子是非常可怕，一时心头十分悲酸，可见上了年纪的人，是生不了真病的。想不到才病了三天，就落得这一份骨瘦如柴的样儿了。忍住了眼泪，又问道："老太太，你今天好些儿吗？"

徐老太见她温和的神情，她明白蟾珠是非常地关心自己，心中很感激，便点点头，却没有精神说话去回答她。

"那么老太太想些儿什么东西吃吗？"蟾珠见她不答，遂继续地问她，话声是带有了颤抖的成分。徐老太依然没有作答，这回却是摇了摇头。

蟾珠见她精神衰弱得这个模样，使她脑海里陡然想起三年前自己亲娘病终的神情，也是这个样子。她再也问不下去，回转身子，把她久熬在眼眶子里的泪水终于熬不住地滚了下来。可是她又怕觉民瞧见难受，立刻抬上手去，在眼皮上来回地揉擦了两下，向觉民说道："大叔，我瞧老太太精神一些也没有，东西又不想吃，还是请西医来给她注射葡萄糖针营养营养。否则，她老人家的身子如何受得了？"

"是的，我也这样地想，那么刘小姐给我伴着她，我立刻去请牛克森博士去。"觉民对于蟾珠的淌泪自然瞧得非常清楚，他明白老妻已是危险十分的了，所以他点头回答了两句，身子已是很慌张地奔出房外去了。

觉民走后，室中是显得怪静悄的，在蟾珠善感的心头中不免有些凄凉的意味。陈妈在旁边低低地问道："刘小姐，你还不曾用过早点吧？"

蟾珠摇头道："不，我吃过了。"正说时，徐老太在床上低低地叫。蟾珠忙又走到床边，俯了身子，柔和地问道："老太太，你要什么东西吗？"

"秋明的爸呢……"徐老太摇了摇头，低低地问。

"大叔请牛克森博士去了，牛博士的医理很好，老太太只要给他诊视一次，就会慢慢地好起来的。"蟾珠含笑向她告诉，语气是特别温和。

"唉，其实是不用请什么大夫了……"徐老太叹了一口气，她的神情有些惨淡的颜色。

"老太太，你别这么地说，一个人病了，就仿佛一件东西坏了。东西坏了，需要修理；人病了，不是也得瞧大夫吗……"蟾珠轻轻地向她安慰着。

"但是大夫只能医病，可是却医不了命……我这次的病来势很凶，所以我自知难以活命了……"徐老太说到这里，忍不住咳嗽了一阵。

蟾珠听了这话，眼泪再也熬不住地落下来，一面拿开水给她喝，一面向她叫声老太太，可是喉间已经哽住着，要说的话再也吐不出一句来了。

徐老太摇着头，她不要喝开水，叫她放到桌子上去。两手捧了蟾珠白胖的纤手，抚摸了一阵，眼睛已失了神的光芒，望着她带雨海棠般的粉颊，低沉地道："刘小姐，你不要伤心。人老了，难免要死的。我有你那么一个……我觉得非常安慰，但是我恨自己福薄……唉，秋明这孩子糊涂……他……也没有福气……"说到这里，大有上气不接下气的样子。

蟾珠听她支支吾吾、欲语还停的意态，若有无限隐痛的样子。她明白老太太的意思，因为秋明逃亡至今，生死未卜，就是自己能不能给徐家做媳妇还是一个问题，所以便低低地安慰她道："老太太，你别抱消极的观念，你的病是会好起来的。至于秋明在外面，一定也平安健康着，我相信你们母子还有团圆的日子。"

徐老太听她这样说，含了眼泪，又微微地一笑，说道："但愿能够如此，这当然是万幸了。不过我自知病已深重，恐怕今生再不会有和秋明见面的日子了。我只有希望你和秋明……明儿还有团圆的日子……"

蟾珠听了，泪水又落了下来。徐老太低低地吁气，也不免老泪纵横。两人默默地流了一会儿泪，觉民把牛克森医师请来，给徐老太诊治了一会儿，遂注射了两枚葡萄糖针。他和蟾珠低低地说了几句英语，觉民因为不懂英语，自然不知道他们在说些什么，所以待蟾珠送了牛博士回来的时候，方才向她低低地问道："刘小姐，牛博士和你怎么地说呢？"

蟾珠眼皮一红，泪水像雨一般地落下了粉颊，呆住了一会儿，却是摇了两摇头。徐觉民瞧此情景，哪里还有不明白的道理，他的脸儿已转变了颜色，忙把蟾珠拉到房外，急急地问道："刘小姐，你告诉我，是不是已经不中用的了……"

蟾珠没有回答，她把身子别转了去，手帕握了嘴儿，啜泣不止。觉民见她两肩一耸一耸的，显然她是这一份儿的伤心，一时也不觉悲酸触鼻，泪如雨下。过了一会儿，陈妈悄悄地走出来。说道："老爷，刘小姐，你们快不要伤心呀！被太太听见了呢！她在叫你们进去……"觉民和蟾珠听了，慌忙停止了啜泣，收束了眼泪，大家悄声儿地又走进房里去。

徐老太在床上又拖延了五天，这天晚上已经是气息奄奄的了。她口口声声地念着秋明和蟾珠，觉民慌忙打电话给蟾珠，待蟾珠赶到，徐老太已口不能言，望着蟾珠，唯有淌泪而已。蟾珠伏在床沿旁边，伤心得已是哭出声音来。

时钟敲子夜一点了，夜已显得分外深沉。

室中静得像死过去了一样，只有嗒嗒的钟声很清晰地流动着，这音韵至少是包含了悲哀的成分。电灯的光芒似乎也很暗淡，大概是心理作用的缘故，好像室中的一切没有一样不是呈现了惨淡的色彩。

今夜月色很好，虽然是眉毛儿的那么一钩，但光芒十分清澈。可是不多一会儿后，西边漂浮来几朵灰褐的浮云把月儿遮蔽住了，宇宙间笼上了一层黑暗，仿佛天地为愁，草木凄悲。在寒夜的风声呼呼中，这就从窗内流动了一片凄切的呜咽之声。

第八章

雪飘飘含恨奔长途

光阴匆匆，徐老太死后不觉已是五七之期了。这已是一个初春的季节，徐师长在皇觉寺中给徐老太诵经开吊。一方面固然是给徐老太超度亡魂，早升天国；一方面也是为了活人的面子关系，因为觉民是个师长的身份，少不得要热闹热闹。蟾珠因为痴心欲做徐家的人，所以对于徐老太死后，她愿意尽儿媳之职，给老太太哭灵。刘将军没有办法，也只好由她。只有徐师长的心中自然是感激得了不得，把蟾珠爱护得像个亲生女儿一般的了。

这天皇觉寺中从大门起，一直扎彩到厅堂里面。孝帏外是灵门，灵门外是蝴蝶素彩排。上面全亮了五彩小灯泡，开得金碧辉煌，令人目眩神迷，十分富丽。四壁及大柱上都是名人的挽联和素轴，军警商学各界无不齐备。

王一定处长的太太领了干女儿白露英，也到皇觉寺里来吊祭。走进门口，先遇见刘重生，于是他迎上去招呼。露英点头道："你先在了吗……"说时，吹打的早已大吹大打起来，那引子也拿了引牌，接两人到灵门前站住。有赞礼的高喊启灵门，于是灵门开处，由王老太先入灵前吊祭。那时候灵门内有鼓手挝鼓，灵旁站着的是徐师长远房侄女儿，答谢来宾吊祭之礼。

露英走到灵前吊祭的时候，耳中先听到素帏内一阵女子哀哀的哭声，若巫峡猿啼，令人不胜酸鼻，芳心暗想：这是徐家什么人？竟哭得悲切若此。抬头见徐老太的遗容高悬灵前，对于徐老太的人儿，她实在还只有第一次瞧见。因为今日在瞧见的时候，已经不是徐老太的人，却

235

是徐老太的遗像。同时使她内心想起秋明不知逃亡何处，现在究竟是生是死，倍觉辛酸，因此也由不得落下泪水来了。

母女吊祭毕，就有招待的接到里面客厅坐下，敬烟敬茶，十分殷勤。不多一会儿，重生也悄悄地溜进来。露英遂问他道："孝帏内哭泣的女子是谁？你可知道吗？"

"就是我的妹妹呀！你没有知道吗？要不我给你们去介绍一下？"重生听了，微笑着告诉她。

"哦，原来是你的妹子，我正想和她认识认识哩。"露英这才恍然大悟了，暗想：他妹子竟哭起灵来，那不是已做徐家的媳妇了吗？心中这就冷了一大半，觉得自己纵然和秋明本身情意相投，恐怕也是不中用的了。想到这里，她有些悲哀。不过她表面上是不敢忧形于色，"哦"了一声，装出毫不介意的神气，站起身子，似乎有和蟾珠立刻认识的希望。

刘重生于是伴她到孝帏内来，只见蟾珠坐在椅子上，虽已停止哭泣，还拿帕儿在拭眼泪，于是叫她道："妹妹，我给你介绍一个朋友，这位是王处长的干女儿白露英小姐，她老早就想跟你认识一下哩，你们大家快见见。"

蟾珠连忙站起身子，一面收束泪痕，一面和白露英握了一阵手，含笑说道："白小姐，我们是初会，你和哥哥大概认识很久了吧？"两人说着话，四道秋波就接了一个正着。两人在仔细见面之下，蟾珠脑海里先有一个感觉，这姑娘的容貌真是怪面熟的，仿佛在什么地方已经见过了似的，不过此刻却再也想不起来。遂拉了露英，一同坐下。重生因为是个男子，不好意思老在里面混，遂走到大厅外去了。

蟾珠和露英坐下后，彼此却没有说话，各自想了一会子心事。露英暗想：原来蟾珠有这么艳丽，那自己更及不来她，假使秋明见到了她人儿之后，对于我当然愈不放在心上了。虽然我的希望嫁他，无非为了报答他救父之恩，不过现在想起来，这事实是不可能的了。蟾珠也在暗想：这位白小姐实在太面熟了，我总要想起她是在哪儿遇见过她的。果然，在沉思了一会儿之后，给她想起一个多月前在徐老太病重的时候，

236

陈妈曾给自己瞧过一张女子的照片，还不是和这位白小姐容貌一模一样的吗？于是她秋波向露英一瞟，笑了一笑，低低地问道："白小姐，恕我冒昧，问你一句话，秋明在没有逃亡之前，你和他不是也认识的吗？"

露英猛可听了这几句话，把她那颗心儿几乎要从口腔里跳出来了，粉脸儿一阵子热燥，顿时像玫瑰花朵般地娇红起来。在露英脸红的原因，倒还并非是纯粹为了羞涩的缘故，在羞涩之中，至少还包含了一些惊恐的成分。所以她呆住了半晌之后，方才镇静了态度，低低地还问她道："刘小姐，你这个如何知道的呀？"

"我当然有些知道，白小姐，你且告诉我，我这话是不是？"蟾珠听她这样反问，那当然是千真万真的了，遂笑了笑，故意不说出原因，先向她低声地追问。在她那种说话的表情上看来，至少还带有了一些顽皮的成分。

露英这就感到蟾珠姑娘的可爱，遂点了点头，也微笑着道："是的，我和秋明原认识的，不过并没认识得怎么久长。刘小姐，我很觉得奇怪，他捉获了凶手之后，不是已和你订了婚吗？不知为什么他又放走了凶犯连自己都逃跑了呢？那不是叫人稀罕吗？"露英是个聪敏的姑娘，她所以先这么地问，就是避免蟾珠来问自己的意思。

蟾珠暗想：我正欲问你，不料你反来问我，那你这人也太以刁恶了。遂一撩眼皮，笑道："白小姐，我和秋明虽然是对未婚夫妻，不过在交谊上说，也许还不够你们的深厚。所以这次他的逃亡，我根本莫名其妙。在我的意思，以为白小姐总可以知道一些的，不料你竟也一些儿不知道详细吗？"

露英听蟾珠说的话，倒也着实不老实的，叫自己听了，会感到极度的不安。所以她的粉脸上，在一度退去红晕之后，此刻又热辣辣地娇红起来了，遂正色地道："我委实没有知道，因为在他出亡之前，我和他有许多日子没有见面，所以他的近况我也不甚详细的。我想你们总有个一度的谈话，在事先他可曾对你露一些口风吗？"

蟾珠对于她这几句推脱的话，心中当然不会相信的，遂故意逗她一句道："订婚那一夜我和哥哥恰巧在吃同学的喜酒，所以没有和秋明碰见过。后来第二天早晨，我和他在院子里碰见了，曾经在外面馆子里吃一餐饭。在吃饭的时候，他的神情非常急促，后来我问他可是和女朋友有约会，他在支吾之中，告诉我他和白小姐确实有个约会的，那天叫白小姐一定感到失望，我觉得有些抱歉……"

露英在骤听之下，她的粉脸由红已变成了灰白的颜色，但仔细地一想，秋明在未婚妻的面前，断断乎不肯告诉这些话的。从这一点猜想，可见蟾珠说的不是事实，她是在试探我的实情，我倒不能上她的当。所以立刻又平静了脸色，很认真地说道："刘小姐，你一定缠错了，那天我根本没有和秋明有什么约会，恐怕不是我，是别的朋友吧。因为我和秋明的友谊，也是极普通的。"

蟾珠听她不肯承认，当然也不能一定强说她和秋明有约会，不过从她脸部的表情上转变颜色的样子看，可见她完全是强辩。遂又问道："那么白小姐和我哥哥是怎么认识的？不知友谊深不深？"

露英对于这两句话倒是感觉不容易回答的，因为我若编了谎，她回头一定要问重生，万一两不相符，这在我以前所说的话，她不是也全都不信任了吗？假使我从实地告诉她，那么她是个鬼灵精似细心聪敏的姑娘，说不定她可以知道我在车站上等候的就是秋明，秋明放走的就是我的爸。这么一来，她若一起恨心，在刘将军面前一说明，我的性命还有了吗？想到这里，真是难以回答，深悔不该多事，和她来见面。不过这儿也有一个疑问，她不知如何地会认识自己，若说秋明告诉她，这我想是绝不会。因此红晕了两颊，却半晌都说不出一句话儿来。

蟾珠见她不答，心中愈加猜疑不定。幸亏这时吊客又至，鼓声再起，蟾珠不得不终止谈话，呜呜咽咽地哭起来。露英因为事情陷入了尴尬的局面，心中非常烦恼，如今被蟾珠哀哀地一哭，她也伤心起来，这就陪着蟾珠一同哭了一场。

陈妈听孝帏的哭声不停，遂拧了手巾来劝阻她，突然见有两个人哭泣着，心里倒是怔了一怔，遂先推着蟾珠身子，劝道："刘小姐，你息息吧，时候早哩，这一日哭下来，我怕你喉咙也要哭哑了。人死了也不能复生，终是活的人身体要紧。"

蟾珠于是也就停止哭泣，不料自己既然已没有哭了，谁知空气中依然流动着哭声，她这就奇怪起来。回眸望去，原来是白小姐。因为自己在哭的时候，原没有理会到旁的，此刻听白小姐的哭声，也是哀哀欲绝，令人心酸。蟾珠这就暗想：她的哭当然是伤心人别有怀抱了。从这一点猜想，可见白小姐和秋明一定也有深厚的爱情，否则，她如何也会哭得这一份悲切呢？于是向陈妈努了努嘴，表示也劝劝她的意思。

陈妈遂走到露英身旁，推了两推她的肩胛，低低地道："你这位小姐快也不要伤心了，哭过一会儿也就罢了。"

露英听蟾珠已止了哭，自己当然不好意思再哭下去，因此也只好收束泪痕。她见陈妈拿手巾给她，遂低低地说了一声"劳驾"。不料陈妈见了露英脸庞儿之后，她就"咦"了一声，向她怔怔地望了一会子出神。

露英被她这一阵子呆望，倒难为情起来了，一面把手巾交还了她，一面秋波瞟了她一眼，辗然地笑道："你认识我吗？"

"有些面熟，我在少爷写字台上见到一张女子的照片，不就是这位小姐吗？"陈妈点了点头，含笑说到这里，回头又向蟾珠说道，"刘小姐，那天我给你瞧的这张相片，和这位小姐的脸庞儿像不像？"

蟾珠被陈妈这么地一问，倒不禁抿着嘴儿扑哧的一声笑出来了，说道："你瞧像不像？还不是她吗？"

"啊哟，那么这位小姐一定也是我家少爷的朋友了。不知贵姓芳名？我道是竟有这么面熟哩！"陈妈听蟾珠这么地说，便"哟"的一声笑了，一面又向露英低低地问。

露英到此才算完全地明白了。因为自己那天拍了一张小照，去取的时候，秋明也在身旁，他一定要讨一张去，所以自己也没有拒绝他。不料秋明拿了我的小照，却公开地放在写字台上。这样说来，蟾珠的认识我，也不是因为瞧见我这张小照而起的吗？可见她刚才对我说的话，完全是不相符合的。

露英这一阵子思忖，当然没有回答什么话，倒是蟾珠在旁边告诉道："这位小姐姓白名叫露英，是王一定处长的干女儿。"

"原来是白小姐，我见你刚才原和王老太一同走进来，还以为是王老太的亲生女儿呢！白小姐，我家少爷真糊涂，有了你这么女朋友，又有了刘小姐这么未婚妻，照理他也不忍心逃亡的，现在累老太太病死了，虽然老太太原是灯草样的身子，但到底心中急一急痛一痛，所以就病得更厉害了。"陈妈向露英弯了弯腰，又很感伤似的告诉她。

但这些话听到露英的耳中，内心不免更增加了一重痛苦。因为她明白秋明的逃亡，是为了我的爸，换句话说，也就是为了我。那么累老太太忧急而死，还不是我害了她吗？这样一想，她摇了摇头，深深地叹了一口气，不免又落下眼泪来。

陈妈因为外面有事，遂也自管出外照料去。这里又剩下蟾珠露英两个人，她们呆坐了一会儿之后，蟾珠才拉过她的手，握紧了一会儿，低低地道："白小姐，你今年几岁？"

"我十八岁，刘小姐多少年纪？"露英听她忽然问起年龄来，遂向她低低地告诉，同时又还问了她一句。蟾珠道："我比你长一岁，不怕你见笑的话，我就做你的姊姊。"

"那有什么见笑？只怕我没有资格做你的妹妹。"露英见她和自己表示亲热的样子，因为不知她是什么用意，所以和她也表示非常亲热。

"你这话就太客气，我是没有一个姊妹的，那么你就准定给我做妹妹。妹妹，你的心里不知可情愿吗？"蟾珠偎着她身子，秋波逗给她一个妩媚的娇嗔，微微地笑。

"我有你这么一个美丽的姊姊，我心中如何还会不情愿的吗？姊姊，那么我就认你做一个姊姊了。"露英听她很热诚的口吻，遂也偎了她身子，望着她粉脸儿娇媚地说。

两人正说时，灵门外鼓声又起。蟾珠正欲哭灵，露英忙阻止她，说道："姊姊已哭了不少次数了，身子要紧，还是我跟你掉换着哭吧。因为我和秋明是很知己的朋友，对于伯母的死，自然也有一哭的义务。"

蟾珠因为自己喉咙真的有些哑声了，所以也只好由她，可是心中却在暗想：这是你自己把马脚露出来了，刚才说和秋明原是极普通的友谊，此刻怎么又说是很知己的朋友了呢？心里想着，由不得暗暗地好笑。

露英哭了一会儿，蟾珠把她劝住了，一面又低声地问道："妹妹，我们既结成亲姊妹了，彼此似乎不应该再有欺骗谁的地方。请你老实地告诉我，秋明在出亡之前，不知他曾经和你说起过什么话么？我不欺骗妹妹，秋明在酒楼和我吃饭的时候，确实并没有提起你，我是在陈妈那儿瞧到你的照片，所以才认识你的。妹妹，你应该告诉我，假使你和秋明有私订婚约的话，那么我情愿牺牲自己，而成全你们这一对姻缘的，不知妹妹也信得过姊姊的话吗？"

露英听了她后面这两句话，她感动得倒在蟾珠的怀中又泣起来。蟾珠知道秋明和她也许真有婚约的，一时倒很表同情，因为自己和秋明的订婚，至少是包含了一些强迫的手段。于是抱起她的娇躯，给她拭了眼泪，说道："妹妹，你别哭，你别伤心，我也不是一个自私的女子，假使我能同情你的话，我决定牺牲自己。妹妹，你告诉我吧！"

"姊姊，你叫我告诉，我原可以答应你。不过在事先，我得求姊姊救我的性命。假使你不肯救我性命的话，我告诉了你，我就不能再活下去了。"露英因为感动得太厉害的缘故，所以含了泪水，情不自禁地向她说出了这几句话。

蟾珠听她这么地说，心里倒不禁为之愕然，暗想：这话是打哪儿说起的呢？于是连忙说道："妹妹，请你放心，我若有相害之意，我绝没有好的结果，那你总可以大胆地告诉我了。"

露英虽然放心了许多，不过蟾珠这话究竟是不能做准的，万一她翻脸无情的话，这可叫我不是懊悔也来不及了吗？所以她望着蟾珠的娇靥，支吾着依然没告诉出来。蟾珠虽然催着她告诉，不过她芳心里也有自管地思忖着，对于她这些话，其中显然是有些儿蹊跷。她怕犯罪活不下去……那么她的爸爸除非是个……想到这里，乌圆的眸珠在长睫毛里一转，猛可地会过来了似的，说道："妹妹，我明白了，我知道了。秋明放走的那个革命党，莫非就是你的爸爸吗……"

露英再也想不到她会一言道破了，这就把粉脸转变成死灰的颜色，急忙伸手把她嘴儿扪住了，不禁双泪交流地说道："姊姊，你救我，你救我……"

蟾珠听果然被自己猜中了，于是拍着她的肩胛，低低地安慰她道："妹妹，你别怕，我们的父亲各为主义而斗争，与我们儿女原不相干的。所以他们是仇敌，我们依然是姊妹呀！妹妹，我绝不会因此而加害你的性命。不过我觉得奇怪，你如何又会拜王处长做干女儿的？你告诉我呀！"

"姊姊，我太感激你了……"露英偎着她的身子，眼泪不住地淌了下来，接着方低低地告诉道，"那个革命党确实是我的爸爸，因为我向秋明哭求相救爸爸的性命，所以秋明有反复无常、捉而复放的举动。在秋明的初意，他是绝对不满你这头盲目的婚姻。他和我虽无私订终身的婚约，然而彼此是情好至笃，确实是心心相印了。所以他当初便对我说，为了爱我，他情愿牺牲一切，放弃将军女儿的婚姻，预备放了我爸爸之后，和我同奔上海去过新的生活。不料我在火车站等他的时候，却又发生了私带军火被漏消息的事情，因此我也被冤枉在内了。可是我被你哥哥冒认同学相救出狱，王处长又欲收我做干女儿，因此我在王家便无形中住了下来。"

蟾珠听了她这一篇话，方才有个恍然大悟，遂点头道："是的，怪不得秋明说十二点三刻还有要事去干，可是却被我硬拖住了，大家在酒楼中相聚了一餐。我们分手是在三点以后，大概他到火车站你已被连累同捕到军部来了，是不是？"

"我回家去问过我的仆妇，据张妈告诉我，秋明那天三点以后，他是曾经先到我家中去找过我，因为听我已在一时到火车站去，所以他也匆匆地走了。姊姊，在我当初的心中，以为姊姊和秋明始终没有见过面，到如今我才知道你们在酒楼中是一同吃过饭的。我想秋明在见到姊姊时，他一定会深深地懊悔了，因为姊姊不但是个才貌双全的姑娘，而且又这么多情温和，在秋明心中岂能无动于衷吗？只是那时候他一定已经放走了我爸爸，所以他处此环境，正是欲留不能、欲去不忍，想见他那时的痛苦，真非笔墨形容的了。按诸实际，都是为了我一个人所致。这样说来，我真是你们俩间的一个大罪人，叫我怎么对得住姊姊呢？"

露英含了无限歉意的目光，脉脉地凝望着蟾珠的的粉脸，她的眼泪像雨点一般地落了下来。

蟾珠听她这么地说，可见她也是个胸中雪亮的姑娘。因为她对我有抱歉之意，在自己的心中自然也有些感动，所以拍着她的肩胛，给她拭去颊上的眼泪，轻柔地安慰她道："妹妹，你别那么说，我不怨秋明，我也不怨你。因为我和秋明这一头婚姻是冷不防出乎意料之外的结合，不但是盲目，而且是含有强迫的手段。不过在我是并没有知道妹妹和他有这一份的情义，以为我既配给了他，总希望有圆满的结局。万不料你们有心心相印的感情，假使把你换作了我的话，也是要痛到心头的……唉，为什么要把这么尴尬的局面临到我们的身上？妹妹，你不用伤心，假使我们能有一日碰见秋明的话，我总可以成全你们一对的……"蟾珠口里虽然这么地说，但心中却有阵悲酸的意味，她的眼角旁也展现了晶莹莹的泪珠。

"不，姊姊，你这话错了，姊姊和秋明是名正言顺地订过了婚约，这是很美满的一头姻缘。况且徐师长对你服侍徐老太病中的事情也非常感激。我算什么人？如何也谈得上这些？不过我知道姊姊是个多情慈爱的人，你所以这样地说，也无非是疼爱妹妹的意思。但妹妹也不是个无感情的动物，岂能不把姊姊爱我之情来转爱姊姊吗？所以姊姊千万别那么说，我和姊姊虽然是萍水之交，然一见如故，惺惺相惜，这也非常难得。在我的心中，以为姊姊能够得到幸福，和我得到幸福是一样的……"露英摇了摇头，她一口气地说到这里，心中因为太感动的缘故，所以眼泪也只管流了下来。这时吊客又至，鼓声咚咚，蟾珠、露英因为满腔的情绪无从发泄，于是索兴呜呜咽咽地痛哭起来了。

经过了这一场痛哭之后，两人的胸中才算好过了一些。可是却又累忙了陈妈，拧手巾倒茶地劝着，忙碌了一会儿。谁知道她们的哭，却是伤心人别有怀抱的呢！

最后，露英握了蟾珠的手，向她叮嘱着道："姊姊，我在王处长和你哥哥那儿都骗说没有爸爸的，所以对于这点，还请姊姊给我严守秘密，千万不要说出来才好。这在妹妹的心中，感激着姊姊是了。"

"妹妹，你放心，我不是早跟你说过吗？他们管他们，我们管我们，至于他们的成败如何，我们也听他们的天意如何。假使我爸爸失败了，这也是天意，假使你爸爸失败了，这也是天意，我们是不能因此而破裂感情的。妹妹，你说是不是？"蟾珠听她这么叮嘱，遂握紧了她的手儿，摇撼了一阵，低低地说，表示非常亲热的意思。

露英觉得蟾珠真是个血性中的人，她没有回答什么，偎在蟾珠的怀里，眼泪只管在她颊上像蛇行般地淌了下来。

从此以后，她们倒成为了闺中的腻友，情爱至笃，甚于手足。因为蟾珠心里既明白露英对于秋明有放弃之意，所以她竭力想把露英和哥哥配成一对。露英因为重生是自己的恩人，而且对自己又非常痴情，所以在她的芳心中原也存有两全其美的意思。他们三个人的心中既有了同样的意思，重生和露英的举动上自然益发显得亲热了。兼之蟾珠在旁边鼓吹着，叫露英为嫂子，这么一来，把露英一颗处女的芳心真是又羞又喜，也说不出是什么的滋味了。

这几天春雨连绵，把那些花瓣都打落在满池塘上，显然那大好的九十春光已经悄悄地溜走了。时候已到了初夏的季节，在北京的气候虽是四月里长夏的天气，不过还并不十分炎热，和南方春天里差不多，十分暖和。那些青山绿水的风景幽美的地方，自然又成为年轻男女谈情说爱的好地方了。

在中山公园的一角落里，树叶儿茂盛的丛林下，那张亮眼长椅子上坐着两个年轻的男女。男的身穿一套淡青条子花呢西服，那女的身穿一件湖色的薄呢旗袍，彼此靠得很近，那少年的怀中还放了一件维也纳的单大衣，这大概还是少女的大衣。两人晒着暖和和的阳光，大家静悄悄地没有说一句话，好像在想什么心事般的。

那少年抬头望着青青的天空，只见那对对的燕儿在白云间盘旋地绕飞，显出怪热情亲密的样子，这就回眸望了那少女一眼，低低地笑道："露英，你瞧那燕儿对对成了双，这是多么令人羡慕呀！"

原来这男的就是刘重生，女的便是白露英。他们两人每在星期假日，总在一块儿游玩，情爱的至笃，差不多已超过沸点以上了。这时露英听重生这么问，显然在他话中是包含了一些神秘的意思，这就红晕了两颊，俏眼儿瞟了他一下，抿嘴嫣然地一笑，却没有作答。

"露英，你为什么不回答我？难道你不喜欢像燕儿那么对对地成双吗？"重生见她不答，遂把她纤手儿拉过来，柔情蜜意地抚摸了一会儿，含笑又低低地问。

"你何必问我？难道你就知道我心中不喜欢吗……"露英乌圆眸珠一转，却逗给他一个妩媚的娇嗔，憨然地微笑。

重生见她那种倾人的意态，是足以令人梦魂颠倒为她心醉的，这就把身子靠近了一些过去，偎着她的娇躯，笑道："露英，我知道你心中是很爱像燕儿那么对对成双的。就是我吧，心里是更爱一些。妹妹时常跟着你叫嫂子，你干吗老是娇嗔着要捶她？我以为你心中不情愿做她的嫂子，所以我就不敢向你冒昧求婚。今天我实在再也忍熬不住了，请你可怜我一番痴心，你就答应了我好吗？假使你答应的话，我马上叫爸爸跟王处长去求亲，那么我们就先订一个婚，也不是叫我心中可以定一定了吗？"

露英听他这么地说，倒是扑哧地一笑，说道："那么照你说，你妹妹叫我嫂子，我就老实地承认了不成？那除非是你这个老面皮哩！"说着，把纤指儿在他额角上一点，秋波白了他一眼，却又羞涩地别转脸儿去了。

重生这就明白她并非不喜欢做妹妹的嫂子，实在是因为怕难为情的缘故，一时不免把她爱极欲狂，猛可地把娇躯抱住了，笑道："妹妹，我太感激你了，让我们也化作了燕儿吧，对对地在白云间盘飞，那是多么快乐！"

露英被他这么地一抱，一颗芳心在羞涩的成分中，是只有感到无限甜蜜和喜悦，红晕了娇靥，俏眼儿瞟着他，只是妩媚地笑。

重生和她脸儿的距离是只有两三寸光景，被她这一阵子妩媚娇笑，只觉她吹气如兰，细香扑鼻，令人心醉。他已情不自禁地勾住了露英的脖子，露英明白他是有个亲吻的表示了。因为树叶儿遮盖了他们的四周，这原是爱河沉醉的乐园，所以露英没有拒绝他，柔顺得像一头驯服的羔羊似的，尽让他默默地温存了一会子。

这天重生回家，就厚着脸皮向刘邦杰悄悄地告诉自己的意思。刘邦杰对于露英也瞧见过好多回，认为是个很美丽、很有才干的女子，遂点头道："你的年纪原也不小了，我就早有给你定一门亲事的心。王处长的干女儿可不错，当初我见了她，就有给你做媳妇的意思。既然你也欢喜的，那么再好没有了。我回头立刻和王一定去说，他当然也不会拒绝的，过几天就给你们订个婚吧，也了却我一桩心事。"

重生听了这话，心中这一快乐，不免乐得心花儿也朵朵地开起来。双脚一并，行了一个军礼，把身子便喜孜孜地退出将军室去了。因为是过分兴奋的缘故，他在门口竟和一个来人撞了一个满怀，那人便娇声地喊起来了。重生定睛一瞧，原来是姨娘吕雪鸿，这就连连地弯腰，赔笑说道："对不起！对不起！撞痛了姨娘哪儿没有？"

雪鸿见了重生，却伸手一把抓住了，笑嗔道："走得这么急干什么？一脸喜气洋洋的，可是你爸给你定下了王处长的干女儿了吗？"

重生被她一言道破了，两颊倒是涨得绯红的，支吾了一会儿，憨笑道："姨娘怎么就像收音机般的，难道你在门口偷听多时了吗？"

"你这孩子说话没大没小，姨娘会偷听你们的话？"雪鸿听他这么说，遂把秋波逗给他一个妩媚的娇嗔，又笑道，"那天白小姐来军部玩，将军见了，当晚就对我啧啧赞美白小姐的人才，我说大少爷还没定亲，瞧他们情形很是亲密，倒不如给大少爷定下亲事了吧。你爸也有这个意思，所以我见你今天喜气洋洋的神色，我就猜中是为了这件事情了。"

重生含笑不答，回身要走，雪鸿拉住了他不放，说道："怎么一句话也没有交代，就走了吗？这件亲事是全仗我在你爸面前鼓吹的，你要给我吃东道。"

"姨娘，你要我怎么地请客，我就怎么地请你，好不好？"重生听了，没法脱身，只好回过身子，望着她微微地笑。

"我也不是敲诈你，你此刻就伴我瞧电影去。"吕雪鸿粉脸儿含了妩媚的娇笑，秋波在他俊美的脸儿上逗了一瞥无限情意的俏眼，低低地说。

"此刻怕时候来不及，明天可以吗？叫妹妹一同去。"重生一瞧手表，含笑回答。

"不，时候正好，我要此刻就去的，你推三阻四地又想滑脚了吗？"吕雪鸿忸怩了一下腰肢儿，鼓着小嘴，有些撒痴撒娇的神气。

重生见她那种缠人的意态，觉得分外妩媚，一时没法再拒绝，也只好答应了，含笑问道："你这样子就去了不成？要不换一件衣服？"

"这衣服不好吗？怕坍了你大少爷的面子不成？"雪鸿却如恨如嗔地逗给他一个白眼。

"这是哪儿说起？既不换衣服，也该拿件单大衣，晚上回来怕冷了身子吧。"重生含了笑容，又向她认真地说。

"也许晚上我不回来了……不会冷的，现在是什么时候，还会冷吗？"雪鸿红晕了娇靥，说了第一句，立刻又笑起来，接着又瞟了他一眼，说出了下面这两句话。

重生知道这位年轻的姨娘老是爱说笑话的，遂也并不去想她第一句话究竟包含了什么作用，于是和她一同走到外面去了。

在街上的时候，雪鸿撩着手腕，瞧了瞧金表，说："时候真已不早，还是上舞厅去听一会儿音乐吧。"重生道："也好，听毕音乐出来，我就请姨娘吃大餐怎么样？"雪鸿抿嘴嫣然地一笑，却没有作答。

重生和雪鸿到舞厅游玩，是已经有第三次了。不过第一二次的时候都有蟾珠一同在着，今天的情形却又有不同的了。两人并肩坐在舞厅中的沙发上，瞧着舞池里对对的情侣欢舞的情景，听着爵士乐曲兴奋热狂的音调，他们的心儿是都在怦怦地跳动。重生本来是个有舞瘾者，但因为今日身旁坐的是自己姨娘，所以他不敢冒昧，欲想下海找舞娘去跳，又恐冷落了雪鸿，所以只好呆呆地出神。

"重生，为什么不跳？光听音乐有什么兴趣？"良久，雪鸿微偎过身子去低低地说。

"那么姨娘也一同去跳好不好？'重生回眸望了她一眼，微微地笑。

"也好，我就和你去舞一次。"雪鸿点了点头，笑盈盈地站起身子来。在重生的意思，是叫雪鸿一同去跳舞娘的，不料雪鸿却听错了，还以为重生求她去舞一次，所以在重生的心中，不免感到意外的惊喜，红着脸儿，倒是愕住了一会子。因为雪鸿已到舞池去了，于是自己也就不得不跟着走下去。

在舞池里，重生因为胸部感到柔软得可爱，他才知道雪鸿人儿是胖得很肉感的。雪鸿也许是特别感到有兴趣一些，她把粉颊儿老是靠近到重生的脸上去，几次都被重生避过了，但最后却是没法再拒绝，在灯红酒绿昏暗的场所，热情把人们的心已融化得迷糊起来了。

两人正在相亲相爱舞得很高兴的时候，忽然重生背后轻轻地有人拍了一下。重生回眸去瞧，原来是自己从前的同学张光靖。他笑着道："老刘，好多年不见了，你得意啦！"

"真的，好多年不见，你一向在哪儿干事？"重生放开了雪鸿的身子，口里含笑着回答，心头却跳跃得很厉害。

"在大中银行里任个经理小混混，谁像你是个大人物，把我们老同学丢在脑后了。老刘，请介绍，这位是尊夫人吗？"张光靖还是脱不了那副老脾气，喜欢拉开了嘴儿说笑话，最后又说到雪鸿身上去，嘻嘻地笑。

尊夫人三字听到重生、雪鸿的耳中，真弄得啼笑皆非，涨红了两颊，却再也回答不出一句话儿来了。幸而这时音乐停止，大家点头含笑，也就匆匆地分手回座了。

重生坐下后，握了杯子喝了一口茶，偶然向雪鸿望了一眼，不料雪鸿却逗给他一个娇嗔，恨恨地道："这是什么野小子！胡说白道地就乱讲！"

"他是我从前的同学，这人的脾气就爱说笑话……"重生含了无限歉意的目光，向她脉脉地瞟了一眼，在他心中至少是包含了一些赔不是的意思。

"你这人也浑蛋！为什么不向他声明？难道你就喜欢占我便宜不成？"雪鸿脸部上虽然是薄怒娇嗔地拿秋波白着重生，可是她身子却向重生身旁靠过去。

"我怎么敢占你的便宜？那是天晓得的事情。"重生皱了眉尖，真是又好气又好笑，他在恨老张太嘴快一些了。

"我问你，你为什么不向他声明？"

"那当然也有说不出的苦衷。"

"奇怪，这是什么苦衷呢？"

"假使我回答你是我的姨娘吧，这给人家心中想来，不是更要笑的吗？所以我还是不回答的好，你说是不是？"重生望着她娇靥，方才低低地解释。

"你不回答，你就是默认的表示。难道你在人家的面前，真把我当作了你的妻子不成？假使往后在路上碰见他的时候，他倒叫我同学嫂子了，这可叫我怎么地回答好？"雪鸿把臂膀按到重生的肩胛上去，把小嘴几乎要凑到他脸颊儿上去了。

"那是绝不会的，况且像我们这么的人，在路上也不会随便乱走的。姨娘，你别生气，这是我的错了，请你原谅我吧。"重生没有办法，只好向她柔声儿地安慰。

雪鸿不作答，却把娇躯慢慢地偎到重生的怀里去，良久，微仰了粉脸，秋波在他脸上逗了一瞥哀怨的目光，却是深深地叹了一口气。"怎么啦，姨娘？你饶了我这一遭吧！"重生见她这个模样，心中开始有了恐慌，伸手去扶她的娇躯，低低地问。

"不，我不生你的气，我在恨我的命……"雪鸿把纤手去扪重生的嘴，摇了摇头，她的眼角旁却是淌下晶莹莹的泪水来了。

重生被她手儿这么一扪，只觉有股子细香扑鼻，他心里倒是荡漾了一下。忽然又见雪鸿流下泪来，他明白在她这两句话中，至少是包含了身世可怜四字的意思。因为雪鸿和爸爸年龄真的相差太远了，自然也不免激起同情的悲哀。遂把帕儿给她拭了颊上的泪水，低声地安慰道："姨娘，你别伤心，你这么福气的命，难道还有什么可恨的吗？"

不料雪鸿听他这么地说，益发伤心起来，泪下如雨地说道："我以为你是个很懂得女人家心事的，谁知你还挖苦我福气！你说我的福气在哪儿呀？"说到这里，伏在重生的肩胛上竟抽抽噎噎地哭起来。

雪鸿这么一来，把个重生心儿的跳跃，几乎像小鹿般地乱撞起来，遂低下头去，在她耳边低低地说道："姨娘，事到如此，你也得想明白一些儿，伤心没有什么用，自己身子保重，还是找寻一些儿快乐的好。"

"唉，重生，你能可怜我的命苦而给我一些安慰吗？"雪鸿在他这几句话中才感到他是包含了一些多情的成分，遂微抬起满颊是泪的粉脸，秋波逗了他一瞥求人哀怜的目光，情不自禁地向他说出了这两句话。

重生听她这么地说，一颗心儿不免感到极度紧张。他望着雪鸿楚楚可怜的神情，倒不禁愕住了一会子，良久，他才低低地说道："姨娘，你的身世，我表示可怜，你的遭遇，我表示同情。但我在表示可怜同情之外，我没有办法可以给你一些现实的安慰。因为我是个年轻有理智的人，我不能为了情感太浓厚而抹煞了自己的良心，同时侮辱了你清白的身子。姨娘，你还年轻，你应该还可以为大众干些儿事业。在这一个时代中，我们要生存，我们要平等，我们还得把我们的热血向大地上洒吧！姨娘，你不要恨我心狠，你要原谅我的苦衷呀……"

雪鸿想不到素来抱着醉生梦死的重生竟会对自己说出这一篇话来。她在无限羞涩之余，又感到无限惭愧，叹了一口气，额角上的汗点和眼眶子里的泪水同样大颗儿地滚了下来，毅然地道："重生，你这话对的，我明白了，我恍然了。请你可怜我的神经麻木，勿责我淫荡吧。我将听从你的话，把我们的热血为大众谋一些幸福吧！"

重生听了她这两句话，他仿佛干了一件伟大的事情，心头感到痛快极了，猛可地站起身子，拉了雪鸿的手儿，笑道："姨娘，你已经从黑暗中步入光明大道了。我为你庆幸，我为你快乐！来，我们去舞一次，这一点我是可以安慰姨娘寂寞的芳心。"雪鸿没有说什么，她收束了眼泪，身子已跟着他到舞池里去了。

经过了这一次的谈话，雪鸿不敢再有非分的妄想了。她发起了一个妇女互助协会，竭力奋发于大众的事业，成绩非常优异。

流光如驶，一年容易，又是雨雪纷飞寒冬的季节了。重生和露英是早已订过了婚，两人卿卿我我，从此益发亲热十分。照刘邦杰的意思，待明年春天降临大地的时候，给他们度一个圆满而甜蜜的月乐。这时的蟾珠已在北京医院里做看护实习了一年的时间。因为她想起和秋明酒楼分别时的话，秋明是曾经嘱她为人群谋一些幸福的，所以她悉心研究医学上的知识，预备给一班痛苦者得一些安慰。

这是一个冬至的夜里，露英请重生兄妹到她家里晚饭。可是六点钟敲过了，他们兄妹还没有到来。露英站在窗前，见天空是黑漆漆的，雪是飘飞得大，好像搓棉一般，纷纷地搓舞在一处。忽然在露英的心中会想起了爸爸，自从夏天里回到自己的家去望一次张妈，和爸在家中恰巧碰见过一次面之后，直到现在半年来的光景，却没有得到他一丝儿消息。在这么寒冷的冬天里，爸爸又不知在什么地方奔波呢？但愿上帝保佑他老人家平安无事，身子健康吧！露英望着黑魆魆天空中那纷飞的大雪，暗暗地祈祷了这两句话，心中一阵凄凉的意味，由不得微微地叹了一口气。

"小姐，刘少爷来了。"正在这个当儿，忽见梅香匆匆奔来告诉着，脸上还含了浅浅的微笑。

露英听了，这才把心头的哀思又慢慢地消失了。当她回过身子来的时候，只见重生翻上厚呢大衣的领子，含笑跨进室中来，连喊着好冷的天气。露英于是迎上去叫道："你真好大的架子！等了你大半天，珠姊没有一块儿来吗？"

"珠妹怕冷，说身子不大舒服，所以叫我向你回一声，谢谢了。"重生一面脱了呢帽，一面脱了手套，笑着向露英告诉。

露英替他接过呢帽和手套，微蹙了眉尖，说道："没有什么大病吧？"重生又脱了大衣，摇了摇头，说道："没有什么大病，妹妹今年脾气比往年变多了，从前奔奔跳跳，还闹着孩子气，自从秋明订婚走了后，她就变成沉默寡言了……"

"唉，这也难怪她的……"露英把他大衣呢帽都去挂上了，轻轻地叹了一口气，她在想和秋明过去的种种，她心头有些儿感叹。

梅香倒上一杯热气腾腾的玫瑰花茶，交到重生的手里。重生呷了一口，也感叹道："秋明这人也奇怪，他不知到什么地方去了，怎的连一封信也不寄给妹妹？真也太糊涂了。"说着话，和露英一同坐到炭盆的旁边。露英没有说什么，她有些凄凉的样子。

吃晚饭的时候，只有露英和重生两个人。王一定在军部里没有回来，王老太却有些不舒服，歪在床上没有起身。所以两小口子一面吃饭，一面唧唧唧唧地说着话，心里十二分快乐。

饭后，梅香又泡上两杯香片。露英和重生坐在炭盆旁的沙发上，一面烤火，一面闲谈着。露英道："嫌冷静吗？我们开话匣子好吗？"重生点头道："好的，你爱听歌唱，还是爱听平剧？"露英站起身子，打开话匣子，在唱片箱内抽了一张，说道："比较平剧有兴趣一些，你呢？"

"我什么都爱听，平剧歌唱都很动听的。"重生喝了一口茶，微笑着回答。

"我想你是爱听歌唱的，珠姊告诉我，说你对于跳舞很有兴趣。"露英一面开了片子，一面把俏眼儿逗了他一瞥神秘的媚眼，抿嘴嫣然地笑。

"哪里？你听妹妹的胡说……"重生因为露英平日不赞成跳舞，所以红了脸儿，连忙向她辩白着。

"这也没有关系，光跳舞也不能算是一件坏事情，一个人总有一样的嗜好，譬如我就爱学平剧。"露英见他慌张的样子，遂索性很大方地说着，心里却感到有趣和好笑。

重生这就不再辩解，低了头儿，只管喝茶。两人静静地听了一会儿唱片，露英凝眸含颦地沉吟了一会儿，她忽然想到了一件什么似的，低低探问道："你知道这几天前线消息怎么样？"

"我军似乎很不利，所以这两天爸爸也很烦恼。徐师长或许要调上去接防，说不定这儿军队都要更动一下。"重生听她这么问，遂又抬起头来，皱了眉头，显然有些忧愁。

"我以为大家还是携手了好，何必为地盘而战争，倒苦了百姓。"露英雪白的牙齿微咬着殷红的嘴唇皮子，低低地说。

重生没有回答什么，静默了一会儿，忽然他想到了一件事，说道："今天早晨枪毙了一个革命党，我瞧他视死如归，这种人的精神是足以

252

令人作为模范的。"

"哦，那人不知叫什么名字？"露英听了这个消息，她有些心惊，遂把唱片一搁上，很急促地问他。重生想了一会儿，说道："这人上次就是被秋明捉获的，叫什么倒没有知道，听他们说，好像是姓白的……"

"什么……是他吗……真枪毙了吗……"露英听了这话，仿佛是一枚利箭戳穿了她的心头，使她粉脸转变成灰白的颜色，她几乎失声要哭出来了。

"是的，早晨枪毙了……怎么啦……露英……"重生见她神色剧变的样子，也不免吃了一惊，放下玻璃杯子，身子已是站了起来。

露英在一阵剧痛之后，她"啊呀"了一声，身子却是昏倒下去。重生慌忙把她抱在怀内，坐到沙发上，连喊"英妹醒来"。好一会儿，露英方才"哇"的一声哭出来，不禁泪如泉涌。重生奇怪道："英妹，你为什么这样伤心？你认识……啊哟！他姓白……你也姓白……这样说来，莫非是你爸？但是你跟我说，你的爸爸不是已过世了吗？"

露英没有回答，倒在他的怀内，只管呜呜咽咽地悲泣着。重生被她哭得也伤心起来，叹了一口气，说道："别哭啦！到底是你的什么人？你快告诉我呀！"

露英坐正了身子，拭了拭眼皮，心中暗想：我不能告诉那人是我的爸爸，因为我和他说是没有爸的。同时我也不能肯定地说这人是谁，因为他既没有告诉我这人是叫什么名字，我如何就猜想得到他是谁呢？于是她眸珠一转，哽咽着道："我的堂叔父他是加入革命军的，你说那个姓白的，是不是四十多岁的年纪了吗？我猜一定就是他了……"说着，又哭了起来。

重生"哦"了一声，才算明白了，遂拍着她的肩胛，安慰她说道："英妹，这不过是你的猜测罢了，也许不是你的叔父吧。你且别伤心，我回头去打听打听，这人叫什么名字，你就可以知道了，那么你的叔父叫什么名字呢？"

"我的叔父名叫云箫，照我猜测一定是的……"其实露英不用猜测，她根本确定爸爸是为大众而流血了。重生叫她别伤心，可是她又如何能不伤心呢？因此她的眼泪又像珍珠那么地落了下来。

重生又竭力劝慰了她一会儿，露英忍熬了悲痛，也只好暂时收束泪痕，不再哭泣了。两人闲谈了一会儿旁的，重生见她精神不好，遂叫她早些休息，便告辞回去。

这晚露英躺在床上，又哭泣了一会儿，心中不住地暗想：爸爸被他们枪毙了，虽然不是邦杰亲手杀死，但到底还是死在他的手中。那么我和邦杰实在有杀父之仇，现在我给仇人的儿子做妻子，这在我的良心上如何对得住已死的爸爸呢？虽然重生对我有救命之恩，但此恩不足以抵去这不共戴天的大仇。唉，重生，我和你只怕是没有结合的希望了。假使我再留在北京的话，重生固然不肯放弃我，就是我的心灵也不会一分钟停止痛苦了。唉，离开这伤心的北京吧！

露英想到这里，她猛可地从床上跳起，毅然地下了一个决心，坐到写字台旁，开了笔套，抽出信笺，簌簌地写了两封信，一封给王一定干爹，一封给重生。她整理了一只小皮箱，披上了银鼠的大衣，悄悄地出了王处长的公馆。外面西北风是吹得紧，因了风势紧的缘故，那鹅毛似的雪花也就愈加狂飘得大。天空是黑漆漆的，街道是白茫茫的。露英站在雪地上愕住了一会子后，方才踏着痛心的步伐，在雪缝里终于慢慢地消失了她娇小的身影。

第九章

腥风血雨战地逢鸳鸯

"老爷！太太！这是打哪儿说起？小姐在桌子上留了两封信，她的人儿已不知到什么地方去了。"第二天早晨，梅香手里拿了两封信，脸色慌张地急急奔到上房里来告诉着。

王老太还歪在床上，王一定坐在沙发上一面喝牛乳，一面瞧报纸，听了梅香的话，急忙放下报纸，说道："什么？你快把信拿来我瞧。"说着，已把两封信接来。只见一封上书"面呈干爹干妈双启"，一封上书"面呈重生吾哥手拆"。于是先把自己那封信儿拆开，展了信笺念道：

干爹、干妈二位大人膝下：

　　女儿不孝，有负双亲疼爱，不得已而忍痛匆匆别矣！爸妈得悉此信，心中必然惊愕，但事非无因，盖女儿之出此下策，亦有苦难诉也。至于究系何因，问重生哥，自当知晓，恕女儿痛苦不忍再述。别矣，爸妈！一年来留养之恩，唯期他日有所报答耳！临别依依，敬祈双亲福体康强！

　　　　　　　　　　　　　　　　不孝女白露英百拜
　　　　　　　　　　　　　　　　　　即日深夜

王一定瞧毕这封信，弄得目定口呆，真所谓丈二和尚摸不着头脑，"啊呀"了一声，自语着道："奇怪！奇怪！这到底是为了什么原因呢？"

"喂！这孩子信中写些什么？她到底有什么不满意？干吗就留信走了？她走到什么地方去了呢？"王老太听一定这么地说，也是不胜奇怪，遂从床栏旁靠起，向他急急地问。

"她信中也没有写明为了什么原因，只说问重生就知道了，那么难道他们两小口子在昨夜吵闹过了吗？"王一定皱了眉毛儿，方才向她低低地告诉。

梅香在旁边"哦"了一声，插嘴说道："也许是的吧。昨夜我见刘少爷走后，小姐脸上还沾了丝丝泪痕哩！"

"那你为什么不早些儿告诉我们？唉，真是一对小冤家，那可叫我怎么办呢？"王老太听了，遂叹了一口气，又向梅香埋怨着。梅香道："我以为小姐和刘少爷偶然吵几句嘴，那也算不得一回事，我若告诉了老太太，倒说我大惊小怪地搬嘴了。谁知道小姐今天就会悄悄地出走了，小姐这个人的脾气也不是太古怪了吗？"

王老太被梅香这么地一说，倒是哑口无言了。良久，方向一定又道："那么你瞧瞧还有一封信中写些什么呢？"

"还有一封信原是她给重生的，我们不能私拆。这样吧，我立刻到军部找重生去。"王一定一面说，一面已把身子站起。梅香拿上大衣，一定披上大衣，叫阿张备汽车，匆匆到军部去了。

在军法处处长室中，王一定命勤务兵去请刘旅长到来谈话。不多一会儿，刘重生推门进来，见一定反背了双手在室内团团地打圈子，好像有一桩什么心事般的，一见了自己，立刻停止了踱步，劈头就问道："你昨夜在我家和露英吵过了嘴吗？"

"我没有和她吵过嘴呀！"重生突然听了这句问话，倒不禁为之愕然，心中别别地乱跳，呆住了一会子后，方才说出了这一句辩白的话。

王一定听了，摇了摇头，把两手搓着，叹道："那么她到底为什么出走了呢？她在给我信中说，问你便可以知道的，那你知道她心中有什么不满意之处吗？"

"这真是奇了，我知道些什么呢……"重生益发奇怪得发呆起来，忽然又问道，"那么她可有给我的信吗？"

这句话才算把王一定提醒了，遂在袋中摸出信封，连说有有，立刻交到他的手中。重生迫不及待地拆开信封，展了信笺，念道：

重生吾哥如握：

　　去年妹在车站受冤被捕，多蒙哥哥竭力相救，方才得脱无罪。心中感激，真是刻骨难忘。今日得能结成良缘，亦妹心中欲报之恩的得意事也。妹身虽非私带军火之罪犯，但妹父实乃一革命党之党员耳。妹之所以谓父已不在人世，实不敢以真情相告故也。盖妹与哥之间，原隔一辽阔之鸿沟，为感情所蒙蔽，竟不知不觉地相恋着。以环境论，实水火不相容耳。今夜突闻吾哥相告，知吾父已惨遭不幸，妹心之痛，安得不昏厥者再乎？虽然各为其志，但杀妹父者，总乃哥之父也。如是，则哥父实妹之仇人，妹岂敢以身许仇人之子为室，妹将何颜见地下之老父耶？思维再三，觉妹与哥之婚姻终不能相合，万不得已，只好留书出亡，去度流浪之生活。唯哥救命之恩未报，私心颇以为憾，期待来生当再图报耳。言念及此，芳心欲碎，不情之举，还希谅鉴，不胜感激之至！专此话别，敬祝前途光明！

　　　　　　不情女露英含泪留字

重生念完了这封信，不禁"啊哟"了一声大叫起来，向一定说道："原来……原来昨天枪毙那个革命党竟是露英的爸爸呀！啊！这哪里想得到？王老伯，你知道那人叫什么名字的？"

王一定听了这些话，心中也大为吃惊，忙道："此人名叫白云箫，原来是白露英的爸爸吗？这么说起来，对于去年秋明的放走云箫，倒有一个头绪来了。"

重生沉吟了半晌，忽然大声叫道："对！对！秋明和露英一定是对情人的了……"说到这里，他心头也不知有阵什么感触，只觉甜酸苦辣、悲喜怒乐，一股脑儿地涌了上来，长叹了一声，几乎欲掉下来眼泪了。

"刘贤侄，露英不是你的同学吗？那么你难道连她身世一些都不知道的吗？想不到我竟会收一个乱党的女儿做了一年多的干女儿，幸亏她存心还好，否则，那真是太危险了。"王一定呆了半晌之后，才向重生说出了这几句话。在他的心中，倒还暗暗地庆幸自己没有被露英害死。现在她肯远走高飞，所以一定感到非常安慰。

重生被他问得哑口无言，良久，方说道："因为年数隔久了，她说父亲已没有了，我难道不相信她吗？唉，这真是做了一场梦。"

"事到如此，你也不用难受了。你做一场梦，我也做一场梦。现在你爸爸那儿怎么地去向他告诉好呢？"王一定见他很伤心的样子，遂又低低地安慰他。

"爸爸那儿还用说什么，随便告诉他一声也就罢了，人也走了，难道还治我的罪不成？"重生恨恨地说了这两句话，身子已向门外走，显然他内心也有说不出的恼恨。

重生回到自己的办公室，把露英的信又细细地瞧了一遍，觉得信中的词句，露英虽不愿与我结成夫妇，但她并没有怨恨我，而且还向我表示抱歉。就可知她的出此下策，也是万不得已的呀！因为她信中写得非常委婉动听，唉，露英真是一个多情的姑娘。我不怨恨你，我只怨恨自己福薄……自念到此，不觉流下泪来。

下午，重生碰见了徐师长，遂把他悄悄地拉到无人处，向他问道："大叔，你知道秋明和露英从前发生过恋爱吗？"

觉民因为重生已定了露英做妻子，如今突然问出了这句话，心中由不得大吃了一惊，忙正色地回答道："这话打哪儿说起？我委实地不知道。"

重生把露英留别的信拿给觉民瞧，并且说道："大叔，那个革命党就是去年秋明捉而复放的一个，现在既知是露英的爸爸，那么秋明放走云箫的一个谜，我们也可以很明白的了。大叔，你说是不是？"

觉民瞧了此信，又听了他这个话，脸上不免浮了灰白的颜色，皱了眉尖，叹了一声，说道："刘贤侄，秋明对于外面结交的女朋友，我是并不知道底细。至于家中是没有一个女朋友到来过，所以我做父亲的说来惭愧，儿子的行动，竟一无知晓。"说到这里，又怒目切齿地恨道，"孽子可杀，为了一个女人，几丧吾一老命也！唉，若有人捉获此子，虽把他碎尸万段，吾亦毫不痛惜耳！"

重生知道他老人家是痛恨到了极点的表示，于是也不再追究，反向他劝慰了一会儿，闷闷地自管回到宅内书房里去。在院子里恰巧碰见了妹妹蟾珠，她见重生垂头丧气的样子，便低低地叫道："哥哥，有什么心事？干吗一脸的不高兴？"

"妹妹，你不知道吗？露英逃亡了……"重生见到了妹妹，他叹了一口气，才把满眶子里的眼泪落了下来。

"什么？英妹逃亡了？这是为了什么原因？"蟾珠突然听到了这个消息，芳心大吃一惊，红晕了两颊，秋波凝望着哥哥满罩愁容的脸儿，怔怔地问。

重生摇了摇头，又把那封信递了过去。蟾珠瞧过了信后，"哦"了一声，说道："对于这一件事情，我是知之久矣。露英确实是秋明的爱人。秋明为了露英，情愿牺牲一切，把她爸爸捉而复放，他和露英原是相约情奔的。但天下事有凑巧，秋明在放走云箫之后，会被我撞见，因此到酒楼相聚了一餐。同时露英在车站等候，又会发生这件搜查军火的事情哩！"

"妹妹，你说的到底是怎么的一回事？你详细地告诉我一遍吧！"重生听蟾珠这么地说，心中还是茫无头绪，这就向她又急急地问。

蟾珠这才把徐老太五七之期会见露英后的情形，都告诉了重生知道。重生方才恍然大悟，忙道："那么照露英的意思，她不是已放弃秋明的爱了吗？本来我们原是一双两好，如今忽又出了这个乱子，她便又向我决裂了。唉，这叫我不是太心痛了吗？"说着，不禁凄然泪下。蟾珠因为秋明至今信息杳然，想起兄妹同病相怜，因此陪着重生也落了一会儿眼泪。

刘邦杰为了这几天前线战事不利，所以心中十分苦闷，对于露英逃亡的一回事也不放在心上，只管计划善后的办法。这天徐师长接到将军命令，即日开拔前线赴敌。因为觉民家中已无记挂，遂欣然调派军队，连夜动身。不料出城之前，蟾珠匆匆赶来，说愿跟随大叔同往，她愿任战地服务团的团员。徐师长劝她不听，也只得罢了。

徐师长带领军队抵达阵地，有王师长赵旅长等前来迎接入营。大家会谈一切。徐师长道："敌军有多少人马？带领该军的不知是谁？你们可都详细吗？"

王师长道："敌军也不过两师人马，军长是陈实纪，听说他的参谋很有韬略，但不知是谁。"

徐师长点了点头，说道："兵不在多，全在将才之能用事耳，洵不虚也。今吾军会合兵有一军人马，足抵彼军之实力。我奉刘将军之命，今后临阵，若有畏敌而退者，自吾而下，均当军法从事，请各位勉之。"

众人听了，都唯唯而应。如是军心大振，准备死战。

自徐师长到后，一连大战十余次，虽然双方死伤惨重，但敌军退移阵地已二十余里。

这夜月明星稀，徐师长带领随从十余名，亲自视察阵地，只见一片原野，无边无际。虽是初春季节，但夜风扑面，犹觉春寒料峭，不禁为之微颤，大有凄凉之意。徐师长默视良久，忽闻鬼哭之声，哀号不绝，兼之夜风呼呼，更觉惨然心酸。想起"常覆三军，往往鬼哭"之句，只觉此景此情，正是"鸟无声兮山寂寂，夜正长兮风淅淅，魂魄结兮天沉沉，鬼神聚兮云幂幂。日光寒兮草短，月色苦兮霜白，伤心惨目，有如是耶"。不觉泫然泪下。

正在这时，忽见有三五身穿白色制服女子悄然而来。其中一个向徐师长鞠了一躬，低低地道："大叔，我打听得对方的参谋长就是秋明，不知这消息是真是假。"

徐师长急视之，乃蟾珠也，遂点了点头，咬牙切齿，大有恨意，冷笑道："孽子竟敢抗我大军，誓必杀之，以消吾心头之恨！"

正言间，忽闻炮声轰隆，不绝于耳。徐师长知敌夜袭，遂急传令准备应战。蟾珠等护士也退回后方，静待和平之神来临，出动救护那些无名英雄。不多一会儿，只听炮声更响，枪声愈密。抬头见天空中，哪里还有星月的光芒。一层一层地冒着浓烟，在一个开花弹爆炸之后，天空的浓烟又变成了火烧过那么血红。蟾珠和众护士的心儿都在瑟瑟地抖动。她们的耳朵已被炮声震动得聋了，神经也有些麻木起来。她们知道这一场大战比往日又厉害了许多。大家已备齐了帆布床，像蛇行般地匍匐着爬了过去。看啊！尸体已布满在沙场上了，血水像河道般地流着，白骨如山，枕骸遍野。一个炮弹落下后，泥土都被轰了起来，和健儿的肉体混合一处，不辨是血是肉、是泥土是沙砾。蟾珠伤心极了，想起谁无父母，提携捧负，畏其不寿，今则利镞穿骨，尸暴沙砾，其生命不如畜类，战神之残酷，有如斯也。她一面救那些手折腿断的勇士，一面却只管扑簌簌地淌着眼泪。

经过这一场血战之后，沙场上又多染了一层鲜红的碧血。双方的阵地并无移动。不过徐师长身先士卒，不幸受伤惨重。蟾珠得此消息，芳心粉碎，不禁失声哭泣，遂急急地奔到后方医院，只见徐师长躺在床上，头裹纱布，臂扎药水棉花，但尚有血水渗出。床前围着王师长等将士，前来慰问。

蟾珠分开众人，伏在病床旁边，叫了一声"大叔"，不禁呜咽哭了起来。徐师长见了蟾珠，惨白的脸上还含了一丝微微的苦笑，把他那条没有受伤的手臂放到蟾珠的头上去，轻轻地抚摸了她一会儿乌黑的美发，低声地道："蟾珠，你别伤心，哪一个将士不死在沙场上的？我今日也可谓给你爸尽了最后的一分力了。"

蟾珠没有说什么，只管哭泣着。

徐师长这时又向众人道："我今已不能临阵矣，望各位努力！"

众人点头答应，挥泪不已。

徐师长这时气喘甚急，回视蟾珠，说道："秋明想不到竟在对方任参谋之职，他日你若有会面之时，当代吾怒责其不孝。"说罢，吩咐左右拿笔，遂颤抖着在一方白布上写"杀父母者乃秋明孽子也，父绝笔"。写毕，掷笔长叹，溘然而逝矣。

蟾珠明白觉民的意思，遂把白布藏入身怀而泣。这时天已微明，炮声又起，王师长等各举手行最后敬礼，大家一阵杂乱的脚步声，纷纷地奔出去预备决一死战了。

王师长继觉民之志，下令部下，愿与阵地共存共亡。于是将军拼死而战，结果全军覆没。陈实纪军长占领了阵地，出榜安民。因这一场血战，革命军将士死伤亦颇多，所以战地医院甚为忙碌。蟾珠等原抱救世之心，故不分人我界限，既然革命军占领阵地，遂投身入他们医院服务了。

蟾珠对于医学常识，因为在北京已实习过一年，所以颇具经验，为军医所企重，升为护士长之职，出入于高级军官之病房。

这日蟾珠拿了药水等步入一间病室，只见床上躺着一个少年军官，微闭了眼睛，好像正熟睡了的样子。蟾珠在骤睹之下，芳心不禁怦怦地一跳。她还有些不相信，遂伸手揉了揉眼皮，仔细地望了过去，那还不是秋明吗？她向前奔了两步，但却又停止了步。一时心中也不知道是欢喜是伤心，只觉一阵子悲酸触鼻，那满眶子的眼泪不禁像泉水一般地抛了下来。意欲叫醒了他，彼此叙一叙别后的衷情，但又怕劳乏了他的精神，同时又想：秋明和我隔别了将近两年光景，他的心中不知还记得有我这一个人吗？分别的时候，他是曾经有过这两句话："蟾珠，虽然我们隔别了十年二十年，我也不会忘记今天对你说的几句话，我将拿出我的良心和热血，爱你到底！"不过隔别了两年后的今天，我倒要试试他的心哩！蟾珠想定了主意，遂匆匆地出外。待她这回进房的时候，秋明已经醒了过来。他见这位小姐身上穿的制服，就明白她是个高普通看护一级的护士长。头上戴了一顶白色帽子，差不多掩住了眉毛。也许她是天生好洁的缘故，还套上了一个嘴套。因了她这么一来，却辨别不出她是个怎么容貌的女子来。不过她的皮肤是细腻的，两双眼珠是灵活的。从这一点猜想，她的庐山真面目不见得会错，一定是个很秀丽的姑娘。

蟾珠被他这一阵子呆瞧之后，还以为他已瞧出自己是个什么人了，由不得粉脸儿绯红起来。但她兀是显出毫不介意的样子，步近床边，低低地说道："我给你换伤药吧。你是伤在什么地方的？"

"我伤在右腿上，你这位小姐贵姓，我们似乎还是初见吧？"秋明一面低低地回答，一面望着她粉颊儿，心里似乎有些什么感觉般的。

262

"不错，我是才调派到这儿房间的。我姓徐，你受伤有多少日子了？"蟾珠听他这样地问，方知他实在没有发现自己的秘密，遂笑了一笑，眸珠一转，一面回答，一面一掀开他身上盖着的线毯，去换他腿上的伤药。

　　蟾珠在一笑的时候，被秋明发觉她颊上还显现了一个深深的酒窝儿，一时由不得想起了自己的蟾珠，两年没见了吧，她现在不知是怎么的了？心里想，口中低低地道："原来你也姓徐的，我受伤差不多已有一星期，是进占这儿的那一夜，冲锋的时候受伤的。"

　　"那么你也姓徐的吗……"蟾珠秋波逗了他一瞥媚眼，忍不住微微地笑了。她把秋明腿上纱布透开，见腿上有个深深的创洞，心头由不得一阵乱跳，她代为暗暗地有些作痛。

　　"是的，我也姓徐。徐小姐，恕我冒昧，你的芳名是……"秋明在这杀人不见哭的碧血沙场上，过了两年毫无情感作用的生活，今日突然遇到了这位同姓又和自己未婚妻同貌的姑娘，他平静的心境上又激动了一圈情意的波纹，遂向她低低地问。

　　蟾珠用很快的手法把他伤药换上了，一面给他盖上了线毯，一面秋波斜乜了他一眼，笑道："我叫月珍，名字很粗俗的，你别见笑。"

　　"女子的名字大都如此，这也算不了粗俗，徐小姐，你太客气。"秋明摇了摇头，表示不以为然地轻声儿说，脸上浮现了一丝浅笑。

　　蟾珠没有回答他什么话，嫣然地一笑，遂轻轻地退出病房去了。

　　这又是一星期后的一个晚上，蟾珠照例带了嘴套，走进病房来给他换伤药。因为创洞已经平复了许多，芳心真是非常欢喜和安慰，遂笑道："徐先生，你好多了，说不定过几天就可以起床了。"

　　"真吗？徐小姐，我很感谢你……"秋明望着她粉脸儿，含笑回答，眼眸中充满了无限感激的意思。

　　"别那么地说，这是我们的应尽责任。徐先生，你府上还有什么人吗？"蟾珠摇了摇头，她想在秋明口中听到他几句记念未婚妻的话。

　　"我家中有爸爸有妈妈，还有……"秋明顺口地告诉着，但说到这里，却没有再说下去。

蟾珠听他还在说有爸妈的话，她感到伤心，暗自地说道：你现在是变成没有父母的孤儿了，唉，你真是还在做甜蜜的梦。蟾珠几乎要流下泪来，但到底又竭力忍熬了悲哀。因为秋明在还有后面至少是包含了一些神秘的作用，所以她不禁掀着酒窝儿，微微地一笑，问道："还有什么人？哥哥弟弟，还是姊姊妹妹？"

"都不是……"秋明摇了摇头，两颊有些浮上了桃色的红晕。

"那么是谁？"蟾珠感到暗暗地好笑，凝眸含颦故作不解似的问。

"是……我还有没有过门的未婚妻刘蟾珠。徐小姐，你听了别笑话，我和她的结合是太平凡了，然而和她认识又是太有意义了。"秋明支吾了一会儿，才低声地告诉。不过他怕被这位徐小姐见笑，所以又红了两颊解释着自己的心事。

蟾珠听到他这几句的话，心头是多么安慰。她只觉甜蜜蜜的，掀着酒窝儿，微微地笑了，遂问他道："那么你很记挂她吗？"

"我见到徐小姐的脸儿，我就会想到了她，因为你太像蟾珠了。徐小姐，这是真实的话，你听了千万别动气。"秋明点了点头说。

蟾珠的粉脸像玫瑰花朵那么娇红起来。她万分羞涩地逗给他一个媚眼，露齿笑起来，却回过身子，向门口走了两步。

"徐小姐，你生气吗？难道你以为我有意取笑你，那我不是跟你预先声明过吗？"秋明见她走了，心中有些焦急，急急地说着。

蟾珠这就又回过身子来，不料见秋明已坐起在床上了。她芳心这一急，也情不自禁地奔近床边去，扶了他的身子，说道："徐先生，我没有生气，你躺下来吧！"

秋明对于蟾珠这一下子的举动倒是出乎意料之外的，望着她艳丽的芳容，倒是愕住了一会子。蟾珠似乎明白他的意思，遂扶他躺下了，笑道："徐先生，你误会了我的意思，因为我还有别的事情呢。"

"徐小姐，我觉得很不应该，因为我说话是太冒昧一些了。"秋明被她温柔的情意，感动得有些悲哀的意味，他眼角旁竟涌上了一颗自己也说不出所以然的眼泪来。

蟾珠见了他这个神情，她心头是不忍极了，觉得自己实在不应该再

264

瞒骗他了，在这碧血的沙场上，我们能够依依相聚在一处，我应该立刻给他知道我就是他的未婚妻才好啊！这样地自责着，她的眼泪也会落了下来。

"徐小姐，你……你……怎么啦……"秋明见她淌泪，使他心头更引起了极度的不安，望着她的芳容，话声带有些颤抖的成分。

"我没有什么……秋明……你知道我是你的谁呀……"蟾珠突然把头上白色的帽子脱下，把嘴套也拉下了，望着秋明皱了眉尖的脸儿，破涕嫣然起来。

"啊哟！蟾珠！"秋明骤然瞧见了她的真面容，他惊喜得猛可地又坐起身子，叫了一声"啊哟"，他抱住了蟾珠，却再也说不出一句话来了。

两人紧紧地抱在一起，脸儿是互相地倚偎着。蟾珠颊上的感觉，仿佛有一条虫在爬行着，显然，秋明的泪和我的泪已交流在一起了。

"蟾珠，你真忍心，你会瞒骗了我一个星期的日子……"良久，秋明推开她的身子，望着她海棠着雨般的娇容，低低地说。

"秋明，你饶恕我吧……"蟾珠的眼泪愈加大颗儿地滚了下来，她伸手又抱住了秋明的脖子，话声包含了求他可怜的成分。

"不，蟾珠，你别这么说，我知道你是顽皮的意思。我的爱妻！我做梦也想不到在这儿会遇见你，你如何会在这儿来做看护呀?"秋明不忍再去责备她，他抱了爱妻的娇躯，反而安慰着她。

蟾珠是喜欢极了，感激极了。她说不出怎么来答谢秋明才好，挂着泪水，向他浮现了妩媚的笑，说道："我是听从你的话呀！你在临别的时候，不是跟我这样说吗? 愿我把爱你的心，更会爱到大众的人群上去……这话可不是你说的?"

"蟾珠，你真不愧是个有智慧、有思想的女子！过去的一切，我是太对不住你了。"秋明听她这么地说，愈加把她爱到心头，抱紧了她的身子，低低地说。

"过去的别说了，我一切都谅解你的苦衷。同时对于你的行动，我也一切都明白了。我并没有怨恨你，我只和你表示无限的同情。秋明，露英这姑娘如今已是我的未婚嫂子了，你听了这话奇怪吗？"蟾珠听他提起了往事，便也低低地告诉他。

秋明听她这话中好像什么都详细了的样子，这就又把她推开身子，望着她倾人的粉脸，低低地道："真的吗？你也认识露英的？这其中的曲折你告诉我吧。"

蟾珠于是把过去的事情都向他告诉了一遍。秋明听了，很安慰地笑道："露英配给你的哥哥，总算也不辱埋了她的好模样儿了。"说到这里，又把她的手儿紧紧地握了一阵子，说道，"蟾珠，你真大度，你真多情，你不怨我，但我却对你非常抱歉，也只好慢慢儿地报答你了。"

"你这话真有趣了，我和你是夫妇了，夫妇之间，还用得到报答两个字吗？"蟾珠听他这么说，秋波却逗给他一个妩媚的娇嗔，抿嘴嫣然地笑了。

"是的，你这话不错，我们的心已合在一块儿的了。蟾珠，那么露英现在王处长那儿做干女，她还没有和你哥哥结婚吗？"秋明点了点头，含了满脸笑容说。

不料蟾珠在听到他末了这两句话的时候，却把笑容收起了，微微地叹了一口气，说道："唉，但是不幸得很，露英妹妹她又留书出亡了。"

"什么？那又是怎么的一回事呀？"秋明突然听到了这个消息，脸上也浮现了无限的惊异，慌张地问她。

蟾珠于是又把露英爸第二次被捕枪决的事，向他告诉了一遍。秋明知道云箫已经杀身成仁了，由不得也落下泪来，暗想：那么以我和蟾珠的地位论，也不是正和露英和重生一样的吗？这就蹙了眉尖，叹了一口气，默不作答。

蟾珠见他淌泪，又见他叹气，可是却并不作答，一时有些猜疑，他到底为露英出亡伤心呢？抑是为云箫枪决伤心呢？她沉吟了一会儿，低低地道："英妹太可怜一些，因为她良心的刺激确实是太痛苦一些。不过哥哥并没知道这一回事，为了英妹的出走，可怜他也伤心了许多的日子……"

"这问题太为难一些，所以我感到有些害怕……"秋明点了点头，在他这一句话中，至少是包含了一些同情感觉的作用。

蟾珠当然明白他这一句"害怕"两字的意思，她回答不出一句什么来好，一颗芳心只是敬虔地祈祷着，希望彼此有个和平合作的结局。

"蟾珠，我爸妈都好？"秋明在愕住了一会子后，若有所思地向她问出了这一句话。

"是的……都很好……"蟾珠被他这一问，泪水几乎夺眶而出了。她竭力忍熬住心头的悲哀，说了这五个字，音韵是抖动得厉害。她不忍在秋明伤处还未完全复原之前，给他得知这一件痛心的噩耗。所以她再也站不下去，向他说道："秋明，话说得很多了，你安静地休息一会儿，我干别的去了。"

秋明不敢耽误了她的公务，遂点了点头，没有再叫住她。蟾珠在走出病房门口的时候，方才把她那满眶子里的悲泪痛痛快快地落了下来。

又过了一星期，秋明的伤处完全好了。大军继续开拔前进，这日抵达了汉口。秋明在军兵口中仿佛听到对方的徐师长也已为公牺牲了，他非常纳闷。这夜他独步营外，只见满郊秋色，富有诗情，在一钩新月的光芒下，忽然瞥见那边树梢蓬内有火光闪烁。心中不觉大疑，遂悄悄地步到树丛外面，偷眼望去，见有个身穿白色看护制服的女子跪在地上，却正烧着纸钱。因为她背着自己，所以瞧不清楚她是个怎么模样的女子，心中暗想：大概是她的什么人的过世日子吧，所以她偷偷地在野祭了。一时颇为同情，不料这时却听那女子低低地啜泣道：

"大叔，凭你英魂不远，受我一番吊祭吧！你临终的时候，是这样地痛恨秋明，嘱我怒责他的不孝。虽然秋明是负了大叔的养育之恩，然而他为正义而奋发，为大众民族生存而战斗。他是勇敢的，他是伟大的！因为革命军是全国的一支优良的军队，是我国的救星！你老人家虽然忠心耿耿，至死不变，然而你要为祖国整个的存亡着想，所以你要原谅秋明的苦心！你要可怜他的出此下策！大叔，你这一封遗笔，叫我如何忍心拿给秋明看，叫他心头加重了一层痛伤！唉，我实在不忍，我实在不忍！大叔，我有负你的嘱托了，唉，你可怜我一番苦心，你就饶赦我吧……"

秋明听她说到这里，呜咽哭泣不止，手拿一方白布，却要丢到正燃烧着的纸钱上去一同焚化，这就猛可地奔上去，把那方白布抢了过来，展开念道：

"杀父母者乃秋明孽子也，父绝笔！"

秋明念到这一句话，他两手发抖了，脸色变成了惨白的颜色，眼泪像泉水一般地淌了下来。

蟾珠冷不防被秋明夺去了白布，心中倒是大吃了一惊，立刻回眸去望，见是秋明，芳心这就愈加害怕，站起身子，望着秋明已经失去知觉那么的神情，她是害怕得一句话也说不出来了。谁知秋明在出了一会儿神之后，他突然拔出身旁的指挥刀来，要横刀脖子上去自刎了。

蟾珠心中这一急，真是非同小可，她没命似的奔上去，把他指挥刀夺下了，抱着秋明哭起来道："秋明……你……"说了一个你字，却没有说下去，呜咽哭泣不止。

"爸爸！我负了你二十四年来的养育之恩了……"秋明被蟾珠抱住了这一哭，他不免也失声哭了起来。

"秋明，但是你应该明白忠孝不能两全，你是为民族、为国家，你是情有可原的。现在大众正需要你去领导争取自由平等的时候，你岂能做如此无谓的自刎？这你不是成为大众的罪人了吗？"蟾珠一面哭泣，一面用正义的口吻去勉励他、鼓励他。

秋明摇了摇头，他在地上跪了下来，向天叩头拜了下去，叫声"爸爸，孩儿不孝"，不禁又声泪俱坠。便问蟾珠道："爸爸究竟死在哪儿？妈妈又怎么死的？你告诉我吧！"

蟾珠不肯就说，淌泪不已。秋明道："我绝不伤心，你只管告诉我吧！"蟾珠于是把他扶起身子，遂把过去的事情向他诉说了一遍。秋明听了，捶胸悲恸不绝，蟾珠却偷偷地把那方白布丢入纸钱中一块儿焚烧了，以免秋明心中多一个痛痕。

不料正在这时，忽然轰隆的一个炮声响过云霄，惊断了两人的哭泣，蟾珠推着秋明的身子，说道："秋明，现在不是哭的时候！你去吧！你快去吧！为我们大众的幸福，去进取一条光明康庄的大道吧！"

秋明这才如梦初醒一般地插入指挥刀，他满身的热血在沸腾着，已飞样地直奔回到军营中去了。

光阴匆匆，一年容易，又是第二年的春天了。革命军进抵了北京城，刘邦杰携带爱姬吕雪鸿逃亡海外做寓公去了。大地回春，普天同庆。秋明和蟾珠在民众热烈欢腾中，也就圆满了一头甜蜜的婚事。

秋明在国府成立之后，却退出了政治舞台，携了爱妻，一同到上海来度蜜月的生活。在秋明心中的意思，他若做了官后，他会想到父亲的惨死，所以他不忍做官，为的是向已死的父亲表示一些儿忏悔。

蟾珠很赞成秋明的意思，他们到了上海，却经营了一些小工厂的事业，为社会的民生问题效一些微薄的能力。蟾珠知道爸爸是往海外逍遥去了，不过他明白哥哥绝不会那么丧失心肝，所以她忧愁着哥哥也许杀身成仁了，也许痛心流亡了。她时常地记挂，同时又常想念着露英。秋明自然也和她同样地记惦着。这天风和日暖，鸟语花香，春光明媚，真是非常爽朗。秋明遂和蟾珠到公园里去闲散，只见红男绿女，游人如云。两人在绕过假山，经过一条木桥的时候，忽然见迎面走来两个青年男女，手挽手儿，颇形亲热。秋明、蟾珠仔细一瞧之下，这就不约而同"啊哟"了一声叫起来。你道为什么？原来这一对青年男女正是他们夫妇俩心中念念不忘的重生和露英，那岂不是叫他们要喜欢煞人了吗？

第十章

灯红酒绿海角会故剑

白露英那夜在大雪纷飞中留书出走，先回到自己的家。这时张妈已经睡了，见小姐半夜而回，心中好生惊讶，一面开门接入，一面急急地问道："小姐，怎么啦？深更半夜你如何回家来了？难道又出了什么乱子不成？"

露英听张妈这么问，心中一阵悲酸，这就投入张妈的怀抱呜呜咽咽地哭了起来。张妈被她这一哭，心中在吃了一惊之后，不免又目定口呆地愣住了一会子。良久，方把露英扶到房中，低低地劝道："小姐，你别哭呀，有什么事情你不是也该先告诉我要紧吗？"

"张妈，什么都完了，我爸爸昨天早晨被他们枪毙了……"露英这才停止了哭泣，抬起满颊是泪的粉脸，低低地告诉着。但说到末了，忍不住又哇的一声伤心地哭了。

张妈方才也明白了，由不得淌下眼泪来，说道："小姐，那么你干吗不向刘少爷求救呢？他是将军的少爷，难道这一些力量都没有吗？"

"这消息我才吃晚饭的时候重生告诉我的，叫我如何还来得及吗……"露英一面哭，一面诉说着。

张妈叹了一口气，落了一会儿眼泪，又道："现在刘少爷可知道这是你的爸爸吗？"露英摇了摇头，说道："没有知道，因为我原和他说没有爸的，所以他知道是我的堂叔父。张妈，你想他爸和我爸已有了杀父之仇，我还能和他结成一对吗？"

"那么小姐如今预备怎么样呢？"张妈听她这么说，望着她海棠着雨般的娇靥，倒是出了一会子神。

露英沉吟了一会儿，秋波向她瞟了一眼，说道："我的意思，想和你一同到上海去找一条光明的出路，这北京城里我实在住不下去了。"

"小姐，老爷的死，原是为了大众而牺牲的，和刘少爷原不相干，你和他突然决裂，岂不叫他心中伤悲吗？我说还是叫刘少爷脱离军队生活，和我们同往上海，那么小姐的终身依然有了归宿，这样你也对得住老爷的了。"张妈怕小姐和自己一老一少两个弱女子，若流亡他乡会遭到种种的困苦，同时为小姐的终身着想，所以她又向露英低低劝告着。

露英想起重生的恩情，芳心虽然为之怦然欲动，但事情已到这个地步，想来也没有挽回的余地，遂摇了摇头说道："不，革命军若一日不到北京，我终没有和他结合的希望。他若早日脱离，我也就原谅他了，因为他到底是我救命的恩人。不过现在我的主意已决，准定不再在北京城中留恋了。张妈，你愿意跟我到上海去吗？"

张妈听小姐误会自己又不肯跟她到上海去的意思，这就连忙说道："小姐，你这是什么话？小姐到东，我也到东，小姐到西，我也到西，那还有什么不愿意的吗？但什么时候动身呢？"

"这可不是吃喜酒，还得拣个好日子。说走就走，我们此刻就得动身了。"露英瞧了瞧手腕上的金表，很急促地说着。

张妈虽然感到今夜动身是太局促了一些，不过小姐的脾气她是知道的，于是不敢违拗，便急急地整理了一个包袱，在门上落了锁，和露英冒雪匆匆地奔长途去了。

火车到了上海，只觉上海地方比北京更要热闹一些。露英在经过一整天的奔波忙碌，终算在三马路大新街道亨里十一号借到了一间前楼房子，给她们主仆两人住下了。

当晚，两人瞧着灯光下那些简陋破旧的家生，回想到北京的家，由不得都叹了一口气。张妈道："小姐，我们既到了上海，那么最要紧的是找个事情做做，不过女子又有什么生产的能力呢？所以这事情正是一个极困难的问题。"

"张妈，你别着急。女子一样有手有脚，干吗没有生产的能力？你放心，我总不会叫你饿肚皮的。"露英很勇敢地回答她。

"小姐，你又误会我的意思了。张妈是个什么人？难道还怕吃不了苦吗？我所忧愁的，是怕小姐娇弱的身子挨不得一天的饿呢！"张妈听露英这么地说，遂向她正经地说，表示她对于小姐是这一份儿的忠心。

"那你别忧愁，有道是天下无难事，只怕不勤俭。我们只要有埋头苦干的精神，就什么事情都不怕的了。"露英当然很感激，遂把明眸含情脉脉地凝望着她，向她坚定地勉励着。

张妈点了点头，瘦黄的脸上也不免含了一丝微微的笑意。

主仆两人经过这一度谈话后，露英在第五天那日，果然给她在美丽百货公司里找到了一个卖货员的职位，所得薪水，总算勉强地也可以维持了两人的生活。

光阴匆匆地过去，一会儿春，一会儿秋，露英流亡上海，不觉也有一年光景了。这是一个寒冬的季节，露英大概受了一些风寒，所以身上有些热度，而且还不住地咳嗽。但是她因为不愿告假，所以仍旧支撑着去办事。不料这晚回来，就病倒在床上了。

张妈见她两颊绯红，全身发烧，心中急得什么似的，皱了眉头，说道，"小姐，你身上有什么不舒服？早晨我劝你告一天假，你偏不听，现在可怎么好？"

"你别焦急，我这病没有关系，睡一天也就好了。"露英闭了眼睛，用了低沉的口吻，向她柔声地安慰着。

但事情往往不肯称人心意的，露英这一病下去，却再也没有气力起床了。张妈心中的忧煎真仿佛热锅上的蚂蚁一样。给她请过一次大夫瞧，也不见什么效验，一时既愁小姐的病，又愁经济的困难。这天她到美丽百货公司去借薪水，经理在厚厚玻璃片的近视镜框内望出来，向张妈望了一瞥，冷冷地问道："你是露英的谁？找我有什么事情吗？"

"露英是我的小姐，可怜她已病了二十多天，请经理先生暂支一个月薪水好吗？"张妈愁苦了脸儿，向他弯了弯，话声是带了央求的成分。

"什么？她请假的那天恰巧发过薪水，如今她告假了二十多天，还不来做事，本公司已把她辞去职位了。从此她不是我们公司的职员了，如何还能够支薪水呢？"经理先生把脸儿一沉，向她声色俱厉地告诉着。

在他这张脸皮上看了，至少是带了铁面无私的样子。

张妈听小姐已被解职了，这仿佛是兜头泼了一盆冷水，全身一阵子瑟瑟地发抖，两腿一软，竟向他扑地跪了下来，淌泪哀求道："经理先生！我家小姐在公司里任职也有一年，平日做事是很勤俭的，无奈她如今生了病，这也是不得已的事情。经理先生！你可怜可怜我们，就饶了我们吧！"

"这话奇怪了，假使本公司职员都生了病，我这家公司不是得停止营业了吗？一天两天倒还情有可原，如今十天二十天，那可是玩的事情吗？不行不行，我已用了别个人了，你家小姐，谁叫她生病的？"经理先生却并不因她哀求而激起了哀怜之心，依然毫无感情作用地回答着。他心头暗暗地还在痛恨，因为平日经理先生请露英瞧戏吃饭，都被拒绝了。他觉得今天毅然地拒绝，也是一个报复。

张妈听了，不禁哭了起来，说道："人家说恻隐之心，人皆有之，你这位先生难道说没有心的吗？照你说，人家生病还是欢喜的不成？一个人谁保得了谁不生病？我家小姐生十天二十天的病也是没有办法的事情，你先生将来生病最好一天两天，万一生了三年四年，我瞧你还是去自杀了的好……"张妈边说边哭，把经理室内两个书记都忍不住笑了。

经理先生这就恼羞成怒，猛可站起身子，把脚一顿，喝道："放你娘的臭屁！你这老不死满嘴里胡嚼些什么东西？还不给我快滚出去！"

张妈站起身子，也怒气冲冲地把脚一顿，说道："你神气活现的算什么东西！你这短命鬼有像我老太婆那么长命，倒是你的福气哩！"

经理先生这回气得脸也青了，正欲喊门警把张妈拖出去，但张妈早已回身自管奔出室外去了，她在奔到大街上的时候，才算清楚了一些。忽然听得一阵连珠炮样的大响，听得满街道的全在大放其爆竹，一时好生奇怪，这到底是为了什么原因？连忙不问三七二十一地拉了一个路人细问，方知革命军已抵达上海，表示欢迎的意思。

张妈在听到这个消息之后，她满腔的愤怒和哀愁都消失了。她快乐地收束了眼泪，急急地奔回家中，只听小姐正在叫自己，遂忙到床边，低低问道："小姐，你叫我什么事情呀？"

"你在哪儿？我叫你好一会儿了。"露英抬头望了她一眼，低声地问。

"小姐，我在街上瞧热闹哩……"张妈含了笑容说。

"你瞧什么热闹……呀！这是哪儿来的枪声？"露英也听到了噼啪不绝之声，她心中一惊，脸上显出慌张的神气。

"小姐，这不是枪声，这是放爆竹的声音！小姐，你听了该高兴，革命军已抵达上海了呀！"张妈连忙向她很快地告诉，话声是特别轻松。

"真的吗？真的吗？"露英突然聆此消息，心中这一快乐，她兴奋得猛可跳起床来。连问了两句话，接着她额角上的汗点，和她眼眶子里的泪水一起滚了下来，抬头仰望了天，说道："爸爸！爸爸！我们踏到成功的道路了！你老人家魂儿有知的话，当亦含笑九泉了吧……"

"小姐，你欢喜过度了吧，但你忘记你是有病的人儿了。你快躺下吧，我祈祝小姐早日健康，早日和刘少爷团圆……"张妈听她这么地说，心中又喜欢又悲伤。她含了热泪，把露英身子扶到床上，低低地说出了这两句话。

但露英听了她这几句话，心中也不知为什么要这样悲酸，她伏在枕儿上已忍不住呜呜咽咽地哭起来了。

经过了露英这一场痛哭之后，也许是因为出了一身大汗，说起来奇怪，不多几天，露英的病儿确实不药而愈了。张妈这才低低地告诉她百货公司已解职的话，并且叫小姐不要伤心，我们且另找出路是了。露英冷笑道："这种毫无心肝的狗头，我在他手下也不愿干事了，我真不会伤心呢！"

张妈点头道："不错，小姐，革命成功了，我们还是回老家去吧。"露英虽然也同意，不过她忧虑着会和秋明碰在一块儿，那不是多增自己一层痛伤吗？所以摇了摇头，说道："且慢，在上海真不能生活下去，我们再回老家也不迟。"

露英主意打定，遂又竭力找寻职业。那天在报上给她发现一则招考歌唱女子启事。露英暗想：我原是很爱京剧和歌唱，倒不妨去一试。遂瞧什么地方招考，原来是一家皇后舞厅。于是匆匆前往，在经过一度试唱之后，认为喉音清亮，真可说珠圆玉润，甜人心头，当即合格聘用，月薪二百元。露英十分欢喜，从此以后，她便在音乐台上专门播唱各种时代的歌曲了。

这天晚上，爵士乐曲正在奏得热狂，对对舞侣在霓虹灯下也舞蹈得兴奋。香槟酒气满场飞，钗光鬓影幌来回。露英站在麦克风的面前，运用她的黄莺出谷的歌喉，在清脆地播送。突然有个身穿破旧西服的少年走到音乐台上，拿出一管口琴，凑在麦克风旁，和着露英的歌声，狂吹起来。

露英听他吹得非常纯熟，且声音响亮，使那些洋琴手都停止了奏乐，让他一个人独奏。露英因为这种事情原是舞厅中常有的事情，所以不足为奇，遂也不去注意他是个怎么样的人，只管唱着歌曲。两人一和一唱地合奏着，真是非常美妙动听。待他们一曲奏毕，早已掌声四起，大喊再来一个。

不料露英回眸向那少年一瞧，这真是应了不瞧犹可的一句话，使她那颗芳心顿时像小鹿般地乱撞起来。因为他身上衣服非常破陋，使她知道他也流亡在上海的。两人相对凝望了一会儿，这就情不自禁地抱在一起，紧紧地抱住了。

原来这少爷不是别人，就是露英的未婚夫刘重生。两人这一拥抱的情景，瞧在众人的眼里，一时愈加掌声雷动，欢呼不绝。露英听了，遂推开重生，红晕了两颊，向众人报告道："诸位先生，你们不要奇怪，因为他是我多年不见的未婚夫，今日在海天的一角居然相会一起，所以把我们喜欢得糊涂了，请众位别笑话吧！"

舞客们听了这些话后，益发拍手不绝，其中有一个舞客，手里拿了两杯香槟，走到音乐台上去，笑着道："白小姐，你的歌喉是使我久所敬佩，今日与你如意郎君欣逢海上，我理应庆贺，请两位喝了我这杯香槟吧！"

露英、重生心中好不欢喜，当下接过酒杯，一饮而干，向那舞客连声道谢，并且说道："承蒙雅意，无可报答，还是合奏一曲，以谢盛情。"

众人听了，都又拍手欢呼。就在欢呼声中，两人一个奏口琴，一个唱《燕双飞》的歌曲，真是说不出的清脆悦耳、美妙动听。待他们唱毕奏罢，雷响似的掌声早又在灯红酒绿的空气中流动了。

这晚两人回家，忍不住又相抱哭了一场。张妈在旁边劝道："小姐和少爷今日团圆在一处，理应欢喜才对，快不要伤心了。"说着，倒上了茶后，便很识趣地悄悄地退到房外去了。重生待张妈走后，便握了露英的手，淌泪道："妹妹，我现在是个天涯落魄的人了，你能可怜我而不记以前一切的事情原谅我吗？你的出走，我不怪你的无情，我只有无限敬爱你、同情你！唉，假使不是蟾珠妹妹告诉了我，我还不知道是你的爸爸呢！"说到这里，泪如雨下。

露英没有回答他什么话，眼泪只管扑簌簌地落了下来，良久，方才问道："你为什么竟潦倒得这个模样儿？"

重生叹道："唉，我假使也和爸爸一样地追求快乐，我早已也逍遥海外去了。但我心头时刻不能忘记的就是你啊！所以我要到处地去过那流浪的生活，假使找不到妹妹的话，我情愿一辈子流浪着。现在妹妹虽然被我找到了，可是我却弄到这一份地步。唉，叫我有什么脸颜可以见妹妹呢？"

露英听了他这几句话，她心中是感动极了，这就情不自禁倒入他的怀内，叫了一声哥哥，她又呜呜咽咽地哭了起来。

重生除了流泪之外，他心中当然是有说不出的欢喜和得意，抱着她的娇躯，抚着她的美发，低低地道："妹妹，你别伤心，我觉得妹妹真不愧是个天地古今多情人，我忘不了你，我死则可，忘你则不可……"

露英听他这么说，立刻伸手把他嘴儿扪住了，哀怨地逗了他一瞥娇媚的俏眼，低低地道："我也并没有丝毫儿地怨恨你，你何苦又说这些死活的话呢？"

重生听她这样地说，可见她芳心中是多么爱我。又见她泪眼盈盈，那种楚楚可怜意态，这是更增加她妩媚的风韵。他这就大胆地环住了她的脖子，低下头儿去，在她小嘴儿上接了一个甜蜜的长吻。

两人经过这一次长吻之后，小夫妻也就和好如初。在一个春光明媚

276

的季节，两人在礼拜堂里行了隆重的婚礼。芙蓉帐暖，芍药花开，不知不觉地已度去三次月圆了。这天风和日暖，云淡天青，重生因露英近日患过一些小病，遂要她到公园里去散步。不料事有凑巧，秋明和蟾珠也到公园里来玩，当下四人在那条木桥上见了面，岂不是要喜欢得眼泪也落下来了吗？

四人互相握了一阵手之后，大家各道别后的情形，忍不住又欢喜又伤心。露英望着秋明的脸儿，淌下泪来，说道："我太对不住你，你的爸妈是我害了他们的……"

"露英，你别那么说，凡事都有一个数，这岂能怪得了你？"秋明见她淌泪，遂低低地安慰她，同时回想过去种种的情景，真有不胜今昔之感，这就又微微地叹了一口气。蟾珠也去握露英的手，笑道："过去的事还提起它做什么？英妹，不，我又叫错了，如今是该叫嫂子的了。嫂子，哥哥不是说你有些微恙才出来散步的吗？怎么又伤心了？现在我们重逢在一起，愿从今以后永远在幸福的乐园中生活着，是不是？"蟾珠这几句话，才把露英说得破涕嫣然，于是四人都微微地笑了。

阳光是暖和地照临着大地，春风柔和地吹扑着四人的脸庞，送过来百花的幽香。蝶儿对对地在花丛中飞舞，燕儿双双地在云端间环绕。它们呢喃地仿佛在对四人说道：

"可爱的人儿啊，春天是我们的！"

附　　录

从鸳鸯蝴蝶派谈到冯玉奇小说

裴效维

　　《民国通俗小说典藏文库·冯玉奇卷》将收录冯玉奇的百余种小说作品，此举极其不易。现在，我愿以这篇文章给出版者呐喊助威。尽管我人微言轻，但我毕竟是一个中国文学的研究者，为鸳鸯蝴蝶派说些公道话是我的责任。

　　冯玉奇是一位鸳鸯蝴蝶派作家，因此我们要想了解冯玉奇，必须首先厘清有关鸳鸯蝴蝶派的一些问题。

一、何谓鸳鸯蝴蝶派

　　鸳鸯蝴蝶派作家平襟亚在《关于鸳鸯蝴蝶派》（署名宁远）一文中对鸳鸯蝴蝶派的来历说得很清楚：

　　　　鸳鸯蝴蝶派的名称是由群众起出来的，因为那些作品中常写爱情故事，离不开"卅六鸳鸯同命鸟，一双蝴蝶可怜虫"的范围，因而公赠了这个佳名。

　　　　　　　　　　　——载香港《大公报》1960 年 7 月 20 日

　　可见鸳鸯蝴蝶派并不是一个有组织有宗旨的小说流派，而是因为当时流行的言情小说多写一对对恋人或夫妻如同鸳鸯蝴蝶般相亲相爱，形影不离，因而民间用鸳鸯蝴蝶小说来比喻这种言情小说，那么这种言情小说的作家群当然也就是鸳鸯蝴蝶派了。这种说法应该是可信的，因为民间常用鸳鸯和蝴蝶来比喻恋人或夫妻，很多民间文学作品中不乏其例。这一比喻非常形象生动，但并无褒贬之意，因此不胫而走。

传到新文学家那里，便加以利用，并赋予贬义，作为贬低对手的武器。但新文学家对鸳鸯蝴蝶派的界定并不一致，大致有两种看法。

一种看法认同民间的比喻说法，即将鸳鸯蝴蝶派小说局限为通俗小说中的言情小说，将鸳鸯蝴蝶派局限为言情小说作家群。鲁迅是这种看法的代表，他在1922年所写的《所谓"国学"》一文中说："洋场上的文豪又作了几篇鸳鸯蝴蝶派体小说出版"，其内容无非是"'卿卿我我''蝴蝶鸳鸯'"（载《晨报副刊》1922年10月4日）。又于1931年8月12日在社会科学研究会做了《上海文艺之一瞥》的长篇演讲，其中对鸳鸯蝴蝶派小说更做了形象而精辟的概括：

> 这时新的才子＋佳人小说便又流行起来，但佳人已是良家女子了，和才子相悦相恋，分拆不开，柳阴花下，像一对蝴蝶、一双鸳鸯一样。

——连载于《文艺新闻》第20、21期

此外，周作人、钱玄同也持这种看法。周作人于1918年4月19日在北京大学文科研究所小说研究会做《日本近三十年小说之发达》的演讲中，就说现代中国小说"还有《玉梨魂》派的鸳鸯蝴蝶体"（载《新青年》第5卷第1号）。次年2月，周作人又发表《中国小说里的男女问题》（署名仲密）一文，认为"近时流行的《玉梨魂》，虽文章很是肉麻，（却）为鸳鸯蝴蝶派小说的鼻祖"（载《每周评论》第5卷第7号）。与周作人差不多同时，钱玄同在1919年1月9日所写的《"黑幕"书》一文中也说："人人皆知'黑幕'书为一种不正当之书籍，其实与'黑幕'同类之书籍正复不少，如《艳情尺牍》《香闺韵语》及'鸳鸯蝴蝶派小说'等等皆是。"（载《新青年》第6卷第1

号）这种看法后来被人称之为"狭义的鸳鸯蝴蝶派"看法。

另一种看法却将鸳鸯蝴蝶派无限扩大，认为民国年间新文学派之外的所有通俗小说作家都是鸳鸯蝴蝶派，他们的所有通俗小说都是鸳鸯蝴蝶派小说。这种看法的代表人物是瞿秋白和茅盾。瞿秋白从小说的内容方面来扩大鸳鸯蝴蝶派小说的范围，他在《财神还是反财神》一文中说，"什么武侠，什么神怪，什么侦探，什么言情，什么历史，什么家庭"小说，都是鸳鸯蝴蝶派小说（见人民文学出版社 1953 年 10 月版《瞿秋白文集》）。茅盾则从小说的形式方面来扩大鸳鸯蝴蝶派小说的范围，他在《自然主义与中国现代小说》一文中认定鸳鸯蝴蝶派小说包括"旧式章回体的长篇小说""不分章回的旧式小说""中西合璧的旧式小说""文言白话都有"的短篇小说（载 1922 年 7 月《小说月报》第 13 卷第 7 号）。这种看法后来被人称之为"广义的鸳鸯蝴蝶派"看法，而且逐渐成为主流看法，以致后来的文学研究者都接受了这种看法。

新文学家不仅在鸳鸯蝴蝶派的界定问题上分成了两派，而且在鸳鸯蝴蝶派的名称上也花样百出。如罗家伦因为徐枕亚等人好用四六句的文言写小说，便称其为"滥调四六派"（见署名志希的《今日中国之小说界》，载 1919 年《新潮》第 1 卷第 1 号），但无人响应。郑振铎因为《礼拜六》杂志为鸳鸯蝴蝶派的主要刊物之一，便称其为"礼拜六派"（见署名西谛的《新文学观的建设》一文，载 1922 年 5 月 21 日《文学旬刊》第 38 号）。这一说法得到了周作人、茅盾、瞿秋白、朱自清、阿英、冯至、楼适夷等人的响应，纷纷采用，以致使用频率越来越高，知名度越来越大，终于成为鸳鸯蝴蝶派的别称了。于是"鸳鸯蝴蝶派"和"礼拜六派"两个名称便被新文学家所滥用。如郑振铎在《新文学观的建设》一文中称"礼拜六派"，而在《〈文学论争集〉导言》一文中却称"鸳鸯蝴蝶派"（见上海良友图书公司 1935 年 10 月出版的《新文学大系·文学论争集》卷首）。还有人在同一篇文章里既称鸳鸯蝴蝶派，又称礼拜六派。如阿英在 1932 年所写的《上海事变与鸳鸯蝴蝶派文艺》一文中说：张恨水的所谓"国难小说"，与"礼拜六派的作品一样，是鸳鸯蝴蝶派的一体"，"充分地说明了鸳鸯蝴蝶派的作家的本色而已"（见上海合众书店 1933 年 6 月出版的《现代中国文学论》）。

茅盾在 20 世纪 70 年代觉得统称鸳鸯蝴蝶派或礼拜六派都不合适，于是提出了一个折中的看法，他在《紧张而复杂的生活、学习与斗争（上）——回忆录（四）》中说：

> 我以为在"五四"以前，"鸳鸯蝴蝶派"这名称对这一派人是适用的。……但在"五四"以后，这一派中有不少人也来"赶潮流"了，他们不再老是某生某女，而居然写家庭冲突，甚至写劳动人民的悲惨生活了，因此，如果用他们那一派最老的刊物《礼拜六》来称呼他们，较为合式。

> ——载 1979 年 8 月《新文学史料》第 4 辑

事实是该派在"五四"前后没有根本变化，都是既写言情小说，又写其他小说，将其人为地腰斩为两段，既显得武断，又无法掩盖当时的混乱看法。

这些混乱的看法导致后来的文学研究者无所适从：或沿用"鸳鸯蝴蝶派"的说法（如北大本《中国文学史》和《中国小说史稿》、复旦本《中国文学史》和《中国近代文学史稿》等）；或沿用"礼拜六派"的说法（如山东师院本《中国现代文学史》等）；或干脆别出心裁地称之为"鸳鸯蝴蝶—礼拜六派"（见汤哲声《鸳鸯蝴蝶—礼拜六小说观念的价值取向及其评价》，载《苏州大学学报》1992 年第 2 期）。这可真算是中国小说史上的一出有趣的滑稽戏了。

二、如何评价鸳鸯蝴蝶派

鸳鸯蝴蝶派的开山作品是 1900 年陈蝶仙的言情小说《泪珠缘》，因此鸳鸯蝴蝶派应该是指言情小说派，这也就是后来的所谓"狭义的鸳鸯蝴蝶派",但被新文学家扩大为"广义的鸳鸯蝴蝶派",实际上也就是民国通俗小说派。

鸳鸯蝴蝶派与同时期的"南社"不同,既没有组织,也没有纲领,而是一个在思想倾向和艺术风格上大体相同或相近的小说流派,连"鸳鸯蝴蝶派"这一招牌也是别人强加给它的。然而客观地说,鸳鸯蝴蝶派确实是一个产生过巨大影响的小说流派。在"五四"以前的近二十年间,它几乎独占了中国文坛;在"五四"以后的三十年间,虽然产生了新文学,但新文学只是表面上风光,而鸳鸯蝴蝶派却一派兴旺发达景象。我对"广义的鸳鸯蝴蝶派"做过不完全的统计:该派作家达数百人,较著名者有一百余人,所办刊物、小报和大报副刊仅在上海就有三百四十种,所著中长篇小说两千多种,至于短篇小说、笔记等更难以计数。在此前的中国文学史上,还没有哪个文学流派有过如此宏大的规模,产生过如此巨大的影响。

鸳鸯蝴蝶派由于规模宏大,又处在历史的一个巨变时期,其成员的确鱼龙混杂,其作品也良莠不齐,但总体来说,它形象地记录了中国二十世纪前五十年的历史,为中国读者提供了丰富的精神食粮,对中国小说的传承起过积极作用,因此应该给予充分的肯定。

鸳鸯蝴蝶派小说已经不是中国传统通俗小说的复制,而是一种改良的通俗小说。在形式方面,它既采用章回体,也采用非章回体,甚至采用了西洋小说的日记体、书信体等,至于侦探小说则更是完全模仿自西洋小说。在艺术手法方面,受西洋小说的影响非常明显,如增加了人物形象和景物描写,结构与叙事方式也趋于多样化,单线和复线结构并用,第三人称和第一人称叙述法兼施,还采用了倒叙法和补叙法。在内容方面,鸳鸯蝴蝶派小说已经扩大了描写范围,反映了当时社会生活的各个方面,甚至已经紧跟时事,及时反映当前的社会现实,被称为"时事小说"。如李涵秋的《广陵潮》描写辛亥革命,而他的《战地莺花录》则描写五四运动,这种及时反映当时发生的重大政治事件的小说,与多写历史故事的古代小说完全不同,显然是一大进步。鸳鸯蝴蝶派的言情小说,也不同于古代的才子佳人小说,而是一种新才子佳人小说。

古代的才子佳人小说因面对森严的封建礼教，只能写才子与佳人偶尔一见钟情，以眉目传情或诗书传情的方式进行交流，最后皆是有情人终成眷属的大团圆结局。而这种大团圆结局完全是人为的：或出于巧合，或由于才子金榜题名，皇帝御赐完婚，这就完全回避了封建包办婚姻的问题。而民国年间的封建礼教已经在一定程度上松绑，尤其像上海、北京等大城市得风气之先，恋爱自由和婚姻自主思想已经渐入人心。因此有些鸳鸯蝴蝶派的言情小说也突破了古代才子佳人小说的窠臼，才子佳人已经敢于"相悦相恋，分拆不开，柳阴花下，像一对蝴蝶、一双鸳鸯一样"。其结局也不再全是有情人终成眷属的大团圆，而是"有时因为严亲，或者因为薄命，也竟至于偶见悲剧的结局……这实在不能不说是一个大进步"（鲁迅《上海文艺之一瞥》，连载于 1931 年 7 月 27 日、8 月 3 日《文艺新闻》第 20、21 期）。言情小说由大团圆结局到悲剧结局的确是一个大进步，因为前者是回避封建包办婚姻礼制，而后者是控诉封建包办婚姻礼制。而这一进步的开创者是曹雪芹和高鹗，他们在《红楼梦》里所写的婚姻差不多都是悲剧。因此胡适称赞《红楼梦》不仅把一个个人物"都写作悲剧的下场"，而且最后"作一个大悲剧的结束，打破了中国小说的团圆迷信"（《〈红楼梦〉考证》，见 1923 年亚东图书馆版《胡适文存》）。可见鸳鸯蝴蝶派的言情小说在一定程度上继承了《红楼梦》开创的爱情婚姻悲剧模式，因而具有相当的反封建意义。我们可以徐枕亚的《玉梨魂》为例加以说明，因为该小说被新文学家指为鸳鸯蝴蝶派的代表性作品。

《玉梨魂》的故事很简单——清末宣统年间，小学教员何梦霞与年轻寡妇白梨影相爱，但两人均认为他们的这种行为是不道德的。为了得到感情的解脱，白梨影想出个"移花接木"的办法，即撮合何梦霞与自己的小姑崔筠倩订了婚。然而何梦霞既不能移情于崔筠倩，白梨影也无法忘情于何梦霞，结果造成了一连串的悲剧——白梨影在爱情与道德的激烈冲突下郁郁而死；崔筠倩因得不到何梦霞之爱而离开了人世；白梨影的公公因感伤女儿、儿媳之死而一病身亡；白梨影的十岁儿子鹏郎成了孤儿。何梦霞为排遣苦闷，先赴日本留学，继又回国参加了辛亥武昌起义（即辛亥革命），壮烈牺牲。

《玉梨魂》不仅描写了一个爱情婚姻悲剧，而且不同于一般的爱情婚姻悲剧。一般的爱情婚姻悲剧都是由封建势力造成的，即由包办婚姻造成的；而《玉梨魂》所写的爱情婚姻悲剧，其原因却是何梦霞和白梨影自身的封建道德。他们既渴望获得恋爱自由和婚姻自主的权利，又不能摆脱封建道德和封建礼教的束缚，两者激烈冲突，造成三死一孤的惨剧。从而揭露了封建道德和封建礼教的影响力是多么巨大，它已深入人们的骨髓，使其不能自拔。因此，它的反封建意义比一般的爱情婚姻悲剧更为深刻。

其实，新文学阵营也不是铁板一块，虽然大多数新文学家对鸳鸯蝴蝶派全盘否定，但也有少数新文学家态度比较客观，他们对鸳鸯蝴蝶派也给予一定的肯定。鲁迅是其中最突出的一位，他不仅认为某些鸳鸯蝴蝶派的悲剧言情小说是"一大进步"，而且不同意某些新文学家对鸳鸯蝴蝶派消极影响的夸大其词。他说：

> 至于说他流毒中国的青年，那似乎是过虑。倘有人能为这类小说所害，则即使没有这类东西也还是废物，无从挽救的。与社会，尤其不相干，气类相同的鼓词和唱本，国内非常多，品格也相像，所以这些作品也再不能"火上添油"，使中国人堕落得更厉害了。

——《关于〈小说世界〉》，载《晨报副刊》
1923 年 1 月 15 日

这种客观的观点与前述周作人无限夸大鸳鸯蝴蝶派作品能使国民生活陷入"完全动物的状态"乃至"非动物的状态"的观点形成了鲜明对比。当抗日战争爆发后，鲁迅更提倡文学界的抗日统一战线，主张团结鸳鸯蝴蝶派一起抗日。他说：

我以为文艺家在抗日问题上的联合是无条件的，只要他不是汉奸，愿意或赞成抗日，则不论叫哥哥妹妹，之乎者也，或鸳鸯蝴蝶都无妨。但在文学问题上我们仍可以互相批判。

——《答徐懋庸并关于抗日统一战线问题》，
载《作家》月刊第1卷第5期

　　鲁迅不仅提倡团结鸳鸯蝴蝶派一起抗日，而且主张新文学派与鸳鸯蝴蝶派在文学问题上"互相批判"，这种平等对待鸳鸯蝴蝶派的度量，也与那些视鸳鸯蝴蝶派如寇仇，必欲置诸死地而后快的新文学家形成了鲜明对比。

　　对鸳鸯蝴蝶派给予肯定的不只鲁迅，还有朱自清和茅盾。朱自清认为供人娱乐是中国传统小说的特点，因此不赞成将"消遣"作为罪状来批判鸳鸯蝴蝶派小说。他说：

　　　　在中国文学的传统里，小说……更是小道中的小道，就因为是消遣的，不严肃。不严肃也就是不正经，小说通常称为"闲书"，不是正经书。……鸳鸯蝴蝶派的小说意在供人们茶余酒后的消遣，倒是中国小说的正宗。

——《论严肃》，载《中国作家》创刊号

　　茅盾也承认鸳鸯蝴蝶派小说也"写家庭冲突，甚至写劳动人民的悲惨生活"。他还从艺术性方面对鸳鸯蝴蝶派小说给予一定肯定。他认为鸳鸯蝴蝶派的有些长篇小说"采用西洋小说的布局法"，如倒叙法、补叙法，以及人物出场免去套语、故事叙述"戛然收住"等等，这一切是对"旧章回体小说布局法的革命"。还认为鸳鸯蝴蝶派的有些短篇小说学习了西洋短篇小说"截取一段人生来描写，而人生的全体因之以见"的方法："叙述一段人事，可以无头无尾；出场一个人物，可以不细叙家世；书中人物可以只有一人；书中情节可以简至只是一段回忆。……能够学到这一层的，比起一头死钻在旧章回体小说的圈子里的人，自然要高出几倍。"（《自然主义与中国现代小说》，载 1922 年 7 月 10 日《小说月报》第 13 卷第 7 号）

鲁迅、朱自清、茅盾毕竟属于新文学派，因此他们对鸳鸯蝴蝶派的肯定是有限的。我们应该摆脱成见与束缚，从中国文学史的角度，对鸳鸯蝴蝶派做出客观公正的评价。

三、如何看待冯玉奇的小说

我们澄清了以上有关鸳鸯蝴蝶派的三个问题，等于为介绍冯玉奇的小说提供了一个坐标，也等于为读者提供了一把参照标尺。读者用这把标尺，就可自行评判冯玉奇的小说了。

冯玉奇于 1918 年左右生于浙江慈溪，笔名左明生、海上先觉楼、先觉楼，曾署名慈水冯玉奇、四明冯玉奇、海上冯玉奇。据说他毕业于浙江大学（一说复旦大学）。1937 年九一八事变后寄居上海，感山河破碎，国事蜩螗，开始写作小说以抒怀。其处女作为《解语花》，由上海春明书店出版。出版后旋即由东方书场改编为同名话剧，演出后轰动一时。那时他才十九岁。由此一发而不可收，至 1949 年 7 月《花落谁家》出版，在短短十来年时间里，他创作的小说竟达一百九十多种，平均每年近二十种，总篇幅应该不少于三千万字，只能用"神速"来形容。这时他只有三十一岁。近现代文学史料专家魏绍昌先生（已去世）所编《鸳鸯蝴蝶派研究资料（史料部分）》（上海文艺出版社 1962 年 10 月出版）开列的《冯玉奇作品》目录只有一百七十二种，也有遗珠之憾。不过我们从这一目录中仍可确定冯玉奇是一位以写言情小说为主的通俗小说作家，因为在一百七十二种小说中，言情小说占有一百二十二种，其他小说只有五十种：社会小说三十四种、武侠小说十四种、侦探小说两种。

冯玉奇不仅是一位写作神速且极为多产的通俗小说作家，还是一位热心的剧作家和剧务工作者。早在他二十六岁（1944 年）时，就担任了越剧名伶袁雪芬的雪声剧团的剧务，并为之创作了《雁南归》《红粉金戈》《太平天国》《有情人》《孝女复仇》五大剧本，演出效果全都甚佳。在他二十七到二十八岁（1945～1946）时，又与他人合作，前后为全香剧团和天红剧团编导了《小妹妹》《遗产恨》《飘零泪》《义薄云天》《流亡曲》等二十多个剧本，演出效果同样甚佳。可见冯玉奇至少写过十几个剧本。

冯玉奇一生所写的小说和剧本总计不下两百五十种，总篇幅可能达到四千万字以上，是名副其实的"著作等身"，是当之无愧的中国最多产的作家，号称多产的同派小说家张恨水也难望其项背。当时的文学作品已是一种特殊商品，冯玉奇的小说如此畅销，其剧本演出又如此轰动，这足可以证明其受人欢迎，这就是读者和观众对冯玉奇的评价，它比专家的评价更为准确，也更为重要。遗憾的是，我们无法看到他的剧作和三十岁以后的作品，也不知其晚景如何，卒于何年。

从冯玉奇的生活年代和创作时段来看，他显然是鸳鸯蝴蝶派的后起之秀，所以尽管他作品如此之多，影响如此之大，而同派的老前辈却很少提到他，这也是"文人相轻"的表现之一。

按说要介绍冯玉奇的小说，应该将其全部小说阅读一遍，但我没有这么多时间，也没有这么大精力，因而只向中国文史出版社借阅了《舞宫春艳》《小红楼》《百合花开》三种，全都是言情小说。因此我只能以这三种言情小说为例加以介绍，这可能会犯以偏概全的错误，因此只能供读者参考。

《舞宫春艳》写了两个纠缠在一起的爱情婚姻悲剧故事：苏州富家子秦可玉自幼与邻居豆腐坊之女李慧娟相恋，由于门第悬殊，秦可玉被其父禁锢，二人难圆成婚之梦。不幸李慧娟生下了一个私生女鹃儿，只好遗弃，自己则郁郁而死。鹃儿被无赖李三子收养，长大后卖到上海做伴舞女郎，改名卷耳。中学生唐小棣先是爱上了姑夫秦可玉家的婢女叶小红，不料叶小红失踪，于是移情于卷耳，但无钱为卷耳赎身，两人感到婚姻无望，于是双双吞鸦片自尽。

《小红楼》的故事紧接《舞宫春艳》：曾经被唐小棣爱过的叶小红的失踪，原来也是被无赖李三子拐卖为伴舞女郎，小棣、卷耳自杀后，小红才被救了回来，并被秦可玉认为义女。经苏雨田介绍，与辛石秋相识相恋而订婚。同时石秋的姨表妹巢爱吾也爱石秋，但石秋既与小红订婚在先，便毅然与小红结婚。爱吾为了摆脱难堪的地位，离家出走，下落不明。石秋奉父命赴北平探望二哥雁秋，在火车站被人诬陷私带军火，被军人押到司令部。可巧爱吾此时已成为张司令的干女儿兼秘书，便设法救了石秋一命。但张司令强迫石秋与爱吾结婚，二人既不敢违命，又固守道德，便以假夫妻应付。后来石秋回到家里，终于与小红团聚。

　　《百合花开》写了两个紧密相关的爱情婚姻故事：二十岁的寡妇花如兰同时被四十二岁的教育家盖季常和十八岁的革命青年盖雨龙叔侄俩所爱，而盖季常的十六岁侄女盖云仙又同时被三十六岁的银行家杨如仁和十九岁的革命青年杨梦花父子俩所爱。经过许多曲折后，终于两位长辈让步，盖雨龙与花如兰、杨梦花与盖云仙同场结婚。

　　由以上简单介绍可知，冯玉奇的这三种小说共写了五个爱情婚姻故事，其中两个是悲剧结局，三个是有情人终成眷属。这正如鲁迅所说："有时因为严亲，或者因为薄命，也竟至于偶见悲剧的结局……这实在不能不说是一个大进步。"其次，这三种小说的五个爱情婚姻故事，倒有四个是三角爱情婚姻故事，但它们的情况并不雷同。唐小棣、叶小红、卷耳的三角恋是一男爱二女，辛石秋、叶小红、巢爱吾的三角恋是两女爱一男，而盖季常、盖雨龙、花如兰和杨如仁、杨梦花、盖云仙的三角恋更为异想天开，竟然都是两辈嫡亲男人（叔侄、父子）同爱一个女子。可见冯玉奇极有编故事的才能，从而使作品更具吸引力和娱乐性。又次，这三种言情小说的描写极为干净，没有任何色情描写。除了秦可玉与李慧娟有私生女外，其他人都非礼勿言，非礼勿行。如辛石秋与叶小红因婚礼当天石秋之母去世，为了守孝，新婚夫妻在百日之内没有圆房。而辛石秋与姨表妹巢爱吾为了对得起叶小红，虽被张司令强迫成亲，却只做了几天假夫妻。

从表现形式和艺术手法来看，我觉得冯玉奇的小说与当时新文学的新小说都受了西洋小说的影响，基本相同。譬如：两者都突破了传统小说书名的套路，不拘一格，尤其采用了一字书名和二字书名，如冯玉奇有《罪》《孽》《恨》《血》和《歧途》《逃婚》《情奔》等；而巴金有《家》《春》《秋》，茅盾有《幻灭》《动摇》《追求》。两者的对话方式也突破了传统小说的套路，灵活自如：对话既可置于说话者之后，也可置于说话者之前，还可将说话者夹在两句或两段话之间。至于小说的结构法、叙述法与描写法，更是差不多的。譬如人物描写不再是"沉鱼落雁""闭月羞花""倾国倾城"之类的千人一面，景物描写也不再是"落红满地""绿柳成荫""玉兔东升"之类的千篇一律，而加以具体描绘。这里随便举一个例子：

> 　　小红坐在窗旁，手托香腮，望着窗外院子里放有一缸残荷，风吹枯叶，瑟瑟作响。墙角旁几株梧桐，巍然而立。下面花坞上满种着秋海棠，正在发花，绿叶红筋，临风生姿，可惜艳而无香，但点缀秋色，也颇令人爱而忘倦。

　　这是《小红楼》对莲花庵一角的景物描绘，虽然算不上十分精彩，但作者通过小红的眼睛描绘了院中的三样东西——风吹作响的"枯荷"、巍然挺立的"梧桐"、正在开花的"海棠"，从而衬托出莲花庵幽静的环境，曲折地表明了时在秋季。频繁使用巧合手法是冯玉奇小说的显著特点，可以说把所谓"无巧不成书"用到了极致。巧合手法有助于编织故事，缩短篇幅，增加作品的吸引力等，但使用过多则时有破绽，有损于作品的真实性。冯玉奇的某些小说也采用了章回体，但只是标题用"第×回"和对偶句，"却说""且听下回分解"之类的套语已不再经常出现，因此并非章回体的完全照搬。况且章回体并非劣等小说的标志，它在我国小说史上发挥过巨大作用，产生过杰出的四大古典小说。因此用章回体来贬低冯玉奇的小说，也是毫无道理的。
　　冯玉奇的小说也有明显的缺点。它们与其他鸳鸯蝴蝶派小说一样，主要注重小说的娱乐性，而忽视小说的社会性和艺术性，因此没有产生杰出的作品。他是南方人而小说采用北方话，加之写作速度太快，无暇深思熟虑，导致语言不够流畅，用词不够准确，还有许多错别字和语病。还有使用"巧合"法太多，有时破绽明显，这里不再举例。

总而言之，冯玉奇既不是"黄色"和"反动"小说家，也不是杰出小说家，而是一位勤奋多产、有益无害的通俗小说家，他应在中国小说史尤其是中国现代小说中占有一席之地。

2017 年 6 月 4 日于北京蜗居

图书在版编目（CIP）数据

鸾凤鸣春·蟾宫艳史／冯玉奇著. — 北京：中国文史
出版社，2018.3

（民国通俗小说典藏文库·冯玉奇卷）

ISBN 978 - 7 - 5034 - 9820 - 6

Ⅰ. ①鸾… Ⅱ. ①冯… Ⅲ. ①长篇小说 - 中国 - 现代
Ⅳ. ①I246.5

中国版本图书馆 CIP 数据核字（2017）第 289849 号

点　　校：乘昕昕　张　楠　李　潇
责任编辑：牟国煜

出版发行：**中国文史出版社**

网　　址：http://www.chinawenshi.net

社　　址：北京市西城区太平桥大街 23 号　邮编：100811

电　　话：010 - 66173572　66168268　66192736（发行部）

传　　真：010 - 66192703

印　　装：廊坊市海涛印刷有限公司

经　　销：全国新华书店

开　　本：720×1020　1/16

印　　张：19　　　　字数：268 千字

版　　次：2018 年 3 月第 1 版

印　　次：2018 年 3 月第 1 次印刷

定　　价：57.50 元